누구를 위하여 좋은 울리나

누구를 위하여 종은 울리나 상
For Whom the Bell Tolls

어니스트 헤밍웨이 장편소설 이종인 옮김

FOR WHOM THE BELL TOLLS
by ERNEST HEMINGWAY (1940)

이 책은 실로 꿰매어 제본하는 정통적인 사철 방식으로 만들어졌습니다.
사철 방식으로 제본된 책은 오랫동안 보관해도 손상되지 않습니다.

이 책을 마사 겔혼에게 바친다.

아무도 자신만으로 완전한 섬이 되지는 않는 것이니, 모든 사람이 대륙의 한 조각, 본토의 한 부분이기 때문이라. 한 줌 흙이 바닷물에 씻겨 나간다면 유럽은 그만큼 더 작아지는 것이리라. 이는 하나의 곶이 씻겨 나가고 그대의 친구, 그대의 영지가 씻겨 나갈 때에도 마찬가지이리라. 나 자신이 이 인류의 한 부분이니, 친구의 죽음은 곧 나의 한 부분이 떨어져 나가는 것이라. 그러니 누구를 위하여 종이 울리는지 알아보려 하지 말라. 그것은 곧 너 자신을 위하여 울리는 것이므로

존 던

누구를 위하여 종은 울리나 상
11

# 1

그는 갈색 솔잎이 깔린 산 중턱에 엎드려 프개어 놓은 양 팔 위에 턱을 괴고 계곡 아래를 내려다보고 있었다. 그의 머리 위 높은 곳에서 바람이 소나무의 우듬지를 흔들었다. 그가 엎드려 있는 곳은 경사가 완만했지만 아래쪽은 매우 가팔랐다. 검은 아스팔트 길이 계곡을 따라 구불구불 나 있는 것이 보였다. 그 길을 따라 냇물이 흐르고 그토다 훨씬 아래쪽의 냇가에는 제저소가 들어서 있었다. 댐에서 떨어지는 물이 여름 햇살을 받아 하얗게 빛났다.

「저게 제재소인가요?」 그가 물었다.

「그렇습니다.」

「기억이 안 나는데.」

「당신이 여기 다녀간 다음에 지은 것 같습니다. 옛날에 지은 제재소는 훨씬 아래쪽에 있습니다.」

그는 복사한 군사 지도를 바닥에 펴놓고 꼼꼼히 살폈다. 노인은 그의 어깨 너머로 지도를 들여다보았다. 작은 키에 다부진 몸집의 노인은 농부들이 입는 검정 작업복 상의에 매우 뻣뻣한 회색 바지를 입고 로프 창을 댄 신발을 신고 있었다. 그는 지금 막 산에 올라온 탓인지 숨을 몰아쉬고 있었다. 노인은 그들이 메고 온 두 개의 큼직한 짐 위에 팔을 걸쳤다.

「그럼 다리는 여기서 안 보이겠군요?」

「네.」 노인이 말했다. 「이 근방은 개울이 느리게 흘러가는 평탄한 곳입니다. 하지만 저 아래 숲에 가려 보이지 않는 곳은 물살이 빠르고 험한 골짜기지요.」

「아, 이제 생각이 나는군.」

「다리는 바로 그 골짜기에 걸쳐 있습니다.」

「그럼 초소는 어디 있나요?」

「저기 보이는 제재소 앞에 있습니다.」

주위를 살피고 있던 젊은이는 색이 바랜 카키색 플란넬 셔츠 주머니에서 망원경을 꺼냈다. 손수건으로 망원경의 렌즈를 닦고 거리를 조절하자 제재소의 나무판자가 뚜렷하게 보였다. 둥근 톱이 설치되어 있는 노천 헛간 뒤에는 톱밥이 산더미처럼 쌓여 있고, 개울 건너편의 산 쪽으로는 목재를 끌어내리는 데 사용하는 홈통 수로가 보였다. 망원경으로 보니 개울도 또렷하게 잘 보였다. 물이 굽이치며 떨어지는 곳 아래쪽으로 댐에서 흘러나온 물보라가 바람에 날리고 있었다.

「보초는 없군요.」

「제재소 사택에서 연기가 피어오르고 있어요.」 노인이 말했다. 「그리고 빨랫줄에 빨래도 걸려 있는데요.」

「하지만 보초가 움직이는 것은 안 보여요.」

「아마 그늘 속에 들어가 있을 겁니다.」 노인이 설명했다. 「저 아래쪽은 지금 상당히 더워요. 보초는 후미진 그늘에서 쉬고 있을 겁니다.」

「그럴지도 모르겠군요. 두 번째 초소는 어딥니까?」

「다리 아래에 있습니다. 언덕 꼭대기에서 내리막으로 5킬로미터쯤 떨어진 곳에 있는 도로 보수 요원의 사택이 바로 그 초소입니다.」

「이쪽 초소에는 사람이 몇 명이나 있나요?」 그가 제재소를 가리키며 물었다.

「아마 사병 넷에 하사가 한 명 있을 겁니다.」

「저 아래쪽은요?」

「더 있을 겁니다. 알아봐야겠지만.」

「그럼 다리에는?」

「양쪽에 한 명씩 늘 두 명이 지키고 있습니다.」

「그렇다면 우리도 사람을 상당히 동원해야겠는걸.」 그가 말했다. 「몇 명이나 모을 수 있을까요?」

「원하는 대로 데려올 수 있습니다. 이 산에는 사람이 많아요.」 노인이 말했다.

「얼마나 있는데요?」

「1백 명 이상 됩니다. 모두 소규모 부대로 흩어져 있지요. 얼마나 필요한데요?」

「다리를 살펴보고 나서 말씀드리죠.」

「지금 살펴보시게요?」

「아닙니다. 일단 폭약을 숨길 수 있는 곳으로 가야겠어요. 다리에서 30분 정도 떨어진 곳에 안전하게 숨겨 놓고 싶습니다. 가능한가요?」

「그건 간단하죠. 우리가 지금 가려는 곳에서 다리까지는 내리막길입니다. 그러나 거기까지 가려면 앞으로 오르막길을 조금 힘겹게 올라가야 합니다. 시장하지 않소?」 노인이 물었다.

「배가 고프긴 합니다만 나중에 먹겠습니다. 이름이 뭐라고 하셨죠? 죄송스럽게도 잊어버렸습니다.」

잘 잊어버린다는 것은 어쩐지 좋은 징조가 아닌 것 같다.

「이름은 안셀모고 고향은 바르코[1]요. 그 짐을 들어 드리죠.」

젊은이는 키가 크고 날씬했다. 금발 머리는 햇볕에 탔고 얼굴은 비바람에 닦인 사람처럼 거칠었으며 색 바랜 플란넬 셔츠와 농부 바지를 입고 로프 창 구두를 신고 있었다. 그는 허리를 구부려 배낭의 가죽끈에 한 팔을 찔러 넣고 무거운 배낭을 어깨에 둘러멨다. 다른 팔은 남은 끈에 찔러 넣어 배낭의 무게를 등 위에서 적절히 조절했다. 배낭을 메었던 자리는 여전히 땀에 축축이 젖어 있었다.

「다 됐습니다. 자, 어디로 가죠?」 그가 물었다.

「오르막길을 올라가야 합니다.」 안셀모가 말했다.

그들은 무거운 배낭을 메 허리를 약간 구부리고 땀을 흘리면서 산등성이의 솔밭을 열심히 올라갔다. 젊은이는 산길이 나 있지 않다는 것을 알았다. 그러나 산 위쪽으로 꾸준히 걸어 올라가 작은 개울을 건넜다. 노인은 묵묵히 돌투성이의 개울 바닥 끝 쪽으로 걸어 올라갔다. 오르막길은 점점 더 험해지고 힘겨워졌다. 개울은 커다란 화강암 바위 위로 흘러내려갔는데 그 바위 지점까지는 더욱 가파른 고갯길이었다. 노인은 바위 끝까지 먼저 걸어 올라가 젊은이가 올라오기를 기다렸다.

「힘들지 않소?」

「괜찮습니다.」 젊은이가 대답했다. 그는 땀을 많이 흘린

[1] 아빌라 주에 있는 마을. 마드리드에서 서쪽으로 약 150킬로미터 떨어진 지점에 있음.

데다 가파른 길을 힘들게 걸어 올라온 탓인지 넓적다리 근육이 아팠다.

「여기서 잠깐 기다려요. 먼저 가서 당신이 온다는 걸 알려야 하니까. 아무런 연락 없이 그런 짐을 지고 가다가는 총 맞을지도 모릅니다.」

「농담이라도 총 맞는 건 싫습니다. 여기서 멉니까?」

「아주 가깝습니다. 당신 이름은 뭐요?」

「로베르토라고 합니다.」 젊은이가 말했다. 그는 배낭을 어깨에서 풀어 개울 옆에 있는 두 개의 큰 바위 사이에 내려놓았다.

「로베르토, 그럼 여기서 기다려요. 곧 돌아올 테니.」

「좋습니다.」 젊은이가 말했다. 「그런데 다리로 내려갈 때도 이 길로 갑니까?」

「아뇨. 다리로 내려갈 때는 다른 길로 갑니다. 더 짧고 평탄한 길이지요.」

「이 물건을 다리에서 너무 멀리 떨어진 곳에 보관하면 안 되는데.」

「곧 그 장소를 보게 될 겁니다. 마음에 안 들면 다른 곳을 잡을 수도 있습니다.」

「알겠습니다.」 젊은이가 말했다.

그는 배낭 옆에 앉아 바위 너머로 기어 올라가는 노인을 쳐다보았다. 노인은 별로 힘들이지 않고 바위를 기어 올라갔다. 단번에 손 짚을 데를 찾아내는 것을 보니 전에도 그 바위를 여러 번 오르내린 것이 틀림없었다. 아무튼 그 위에 살고 있는 사람들은 이동한 흔적을 남기지 않으려고 매우 조심하는 것 같았다.

젊은이의 이름은 로버트 조던이었다. 그는 너무 배가 고픈 데다 여간 걱정되는 것이 아니었다. 전에도 가끔 배가 고플 때가 있었지만 별로 걱정하진 않았다. 무엇보다도 자신에게 일어나는 일에 대해서는 대범했으며 이 나라의 적진 후방에서 움직이는 것이 수월한 일이라는 것을 경험한 적이 있었기 때문이다. 적진의 후방에서 움직이는 것은 정면으로 돌파하는 것만큼 쉬운 일이었다. 단, 좋은 안내인이 있다는 전제하에 말이다. 그러나 적에게 사로잡히게 되면 사정은 달라지고 자기 자신에게 벌어진 일도 중요한 의미를 띠게 된다. 그뿐만 아니라 그렇게 되면 일이 더 어려워진다. 또 누구를 신임할 것인가도 중요한 문제이다. 같이 일하게 될 사람에 대해서는 완전히 믿어 버리거나 아예 믿지 않는 것이 좋다. 그리고 그 사람에 대한 신임 여부는 순전히 스스로 결정할 문제인 것이다. 그러나 그는 이런 문제로 걱정할 형편이 아니었다. 다른 고민거리가 있었기 때문이다.

이 안셀모라는 노인은 훌륭한 안내인일뿐더러 산속을 나는 듯이 걸어다닐 수 있는 사람이었다. 그도 산을 잘 탈 수 있었지만 동트기 전 산속을 걸으면서 안셀모를 계속 따라다니는 것이 매우 힘들다고 느꼈다. 로버트 조던은 안셀모라는 노인이 모든 면에서 마음에 들었다. 하지만 단 한 가지 그의 판단력이 어떤지는 미지수였다. 아직 노인의 판단력을 시험해 볼 기회가 없었으며 어쨌든 그 판단력에 대한 문제는 자신이 책임져야 할 일이었다. 그는 안셀모에 관한 한 걱정되는 것이 없었다. 다리 문제도 다른 문제들과 마찬가지로 잘 될 것이었다. 그는 어떠한 형태의 다리도 폭파할 수 있는 기술을 갖고 있었고 실제로 다양한 다리를 폭파했다. 거기다 그가 메고 온 등짐에는 충분한 양의 폭약과 장비가 있었기 때문에 설혹 다리가 안셀모가 얘기한 것보다 두 배 이상 크다고 해도 별 어려움 없이 폭파시킬 수 있었다. 그는 1933년 라 그란하[2]로 가는 도보 여행 중에 그 다리를 건넌 적도 있고 또 골스가 다리의 개요를 일러 주기도 했다. 로버트 조던은 이곳으로 떠나오기 이틀 전 밤에 에스코리알[3] 교외에 있는 저택의 2층 방에서 골스를 만났다.

「다리를 폭파하는 것은 아무것도 아니야, 무슨 말인지 알겠나?」 골스는 연필로 커다란 지도를 가리키면서 말했다. 실내의 램프가 흉터가 있는 그의 빡빡 깎은 머리를 비췄다.

「네.」

「정말 아무것도 아니야. 단지 다리만 폭파해서는 실패라고 할 수 있어.」

「알겠습니다, 장군 동지.」

「공격에 맞춰 정해진 시각에 폭파하는 것이 무엇보다도 중요해. 이 점은 금방 알 수 있을 거야. 그게 자네 일이니 그렇게 해야 하네.」

골스는 연필을 내려다보다가 그걸로 자신의 이빨을 탁탁 쳤다.

로버트 조던은 아무 말도 하지 않았다.

「자네 일이니 어떻게 해야 하는지는 잘 알겠지?」

골스는 조던을 쳐다보며 고개를 끄덕이더니 말을 이었다. 그는 연필로 지도를 두드렸다.

---

2 과다라마 산맥에 있는 마을. 세고비아로 가는 중요한 길목에 있다.
3 마드리드 북서쪽에 있는 16세기의 왕궁. 대규모 도서관, 수도원 그리고 성당이 있다.

「난 꼭 이렇게 하고 싶은데 그렇게 할 수가 없으니……」

「왜 할 수가 없습니까, 장군 동지?」

「왜냐고?」 골스는 화가 나는 듯 말했다. 「자네는 그렇게 여러 번 공격을 경험하고도 그 이유를 묻는 건가? 내 명령이 변경되지 않는다는 보장이 어디 있나? 공격 명령이 취소되지 않는다는 보장이 어디 있어? 공격 연기는 또 어떻고? 설혹 공격이 시작되더라도 계획된 시간에 맞춰 여섯 시간 이내에 시작된다는 보장이 어디 있나?」

「장군님의 공격 명령이라면 제시간에 시작될 겁니다.」 로버트 조던이 말했다.

「내 공격이라는 건 없어. 내가 공격을 입안하기는 하지. 그러나 내가 주도하는 것은 아니야. 포병대도 내 것이 아니고 신청해서 지원을 받아야 해. 그런데 포병대가 충분히 있을 경우에도 신청해서 제대로 나온 적이 없지. 그건 약과야. 다른 불합리한 일들도 많이 있어. 이곳 사람들이 어떤 사람들인지는 자네도 잘 알지? 그 얘기를 다 늘어놓을 필요는 없겠지. 늘 문제가 생겨. 그리고 늘 방해자가 나타나. 그러니 자네는 그런 상황을 명심해 두게.」

「그럼 언제 다리를 폭파해야 한다는 말입니까?」 로버트 조던이 물었다.

「공격이 시작된 다음이야. 공격 직후여야 하고 그 직전은 안 돼. 그래서 증원군이 도로에 나타나지 못하게 해야 돼.」 그는 연필로 도로를 가리켰다. 「저 도로로 적의 증원군이 오지 않는다는 것을 나는 사전에 확실히 알고 있어야 해.」

「그럼 공격은 언제 시작됩니까?」

「나중에 알려 주겠네. 그러나 그 날짜와 시각을 그대로 믿으면 절대로 안 되네. 그건 단지 하나의 가능성일 뿐이야. 자네는 일단 그때에 맞춰 준비해 두게. 공격이 시작되었다 하면 다리를 폭파하는 거야, 알았나?」 그는 연필로 도로를 가리켰다. 「그들이 증원군을 불러올 수 있는 길은 저 도로밖에 없어. 저 도로를 이용해서 탱크, 포, 트럭 등을 내 공격 지점인 산마루까지 끌어오려고 할 거야. 그러니 나는 저 다리가 폭파되었다는 것을 사전에 알아야만 해. 하지만 미리 폭파하면 안 돼. 혹시 공격이 연기되면 그 전에 보수할 수가 있으니까. 다리는 반드시 공격의 시작과 함께 폭파해야 하고 나는 그것을 사전에 알아야 해. 보초는 단 두 명뿐이야. 자네와 함께 갈 사람이 방금 그곳에서 도착했네. 아주 믿을 만한 사람이라더군. 자네가 직접 확인할 수 있을 걸세. 그 사람은 산에 동료들도 있어. 필요한 만큼 사람들을 확보해서 쓰도록 하게. 가능한 한 적게 동원하는 것이 좋겠지만 필요한 만큼은 써야지. 이런 것까지 얘기할 필요는 없겠지만.」

「그럼 공격이 시작되었다는 것은 어떻게 압니까?」

「공격은 정규 사단의 전 병력을 동원하여 시작할 걸세. 사전 작업으로 공중 폭격이 있을 거야. 자네, 귀머거리는 아니지?」

「그럼 비행기가 폭격을 개시하면 공격이 시작되는 것이로군요?」

「반드시 그런 것은 아니지. 그러나 이번에는 그렇게 봐도 좋아. 이번에는 내가 공격하는 거니까.」

골스는 그렇게 말하고 나서 고개를 저었다.

「알았습니다. 그러나 마음에 든다고는 말하지 않겠습니다.」 로버트 조던이 말했다.

「마음에 들지 않기는 나도 마찬가지일세. 이 작전이 마음에 안 들면 지금 말하게. 그리고 해낼 자신이 없어도 지금 말하게.」

「하겠습니다. 잘할 자신은 있습니다.」

「그 다리 위로는 아무것도 올라오면 안 된다는 것, 그건 절대적으로 지켜야 하는 조건일세. 그리고 나는 그걸 사전에 알아야겠네.」 골스가 말했다.

「알겠습니다.」

「나는 사람들에게 어떻게 하라고 시시콜콜 지시하는 것을 싫어하네.」 골스는 이어서 말했다. 「자네에게 이 일을 해내라고 명령할 수는 없어. 내가 제시한 조건을 자네가 수행해 내려면 어떤 어려움을 견뎌 내야 하는지 잘 알기 때문이지. 그래서 이 일의 어려움과 중요성을 잘 이해하도록 아주 자세히 설명해 준 걸세.」

「다리가 폭파되면 라 그란하까지 어떻게 공격하실 생각입니까?」

「일단 그 산마루를 질풍같이 점령하고 나면 다리를 보수할 생각이네. 이건 매우 복잡하면서도 멋진 작전이야. 늘 그랬던 것처럼 복잡하기 때문에 멋진 거지. 이 작전은 마드리드에서 수립된 거야. 이건 교수로서는 성공을 거두지 못했던 빈센테 로호의 또 다른 멋진 작품이지. 나는 언제나 그렇듯이 충분하지 않은 병력을 가지고 공격을 시작하네. 그렇지만 성공할 가능성이 아주 높은 작전이야. 나는 여느 때보다도 이 작전이 마음에 드네. 다리만 제거하면 성공할 확률이 높아. 우리는 세고비아[4]를 수중에 넣을 수 있어. 자, 어떻게 작전을 풀어 나가는지 설명해 주지. 우리는 산마루의 꼭대기를 공격하는 게 아니야. 거기는 잠깐 제쳐 두는 거지. 그보다 훨씬 뒤쪽을 먼저 치는 거야. 자, 보게나……. 여기를……. 이렇게 달일세.」

「차라리 모르는 게 낫겠습니다.」 로버트 조던이 말했다.

「알았네. 될 수 있으면 부담스러운 짐은 지지 않겠다는 뜻이지?」 골스가 말했다.

「차라리 모르는 게 낫습니다. 그럼 무슨 나쁜 일이 벌어져도 자백할 게 없을 것 아닙니까?」

「하긴 그렇군.」 골스는 연필로 이마를 비벼 대며 말했다. 「나도 차라리 몰랐으면 했던 적이 한두 번이 아닐세. 그러나 다리의 중요성 한 가지는 잘 알겠지?」

「네, 알고 있습니다.」

「그러리라고 믿네. 자네에게 시시한 연설 같은 것은 하지 않겠네. 자, 술이나 한잔 하세. 얘기를 많이 했더니 목이 마른걸. 호르단[5] 동지, 자네 이름은 스페인식으로는 좀 우스꽝스럽군.」

「장군님, 골스는 스페인식으로 어떻게 됩니까?」

「호체야.」 골스는 싱긋 웃으며 말했다. 그의 목소리는 감기에 걸려 가래를 뱉어 내는 듯 목구멍 깊숙한 곳에서 울려 나왔다. 「호체.」 그는 다시 갈라지는 듯한 목소리로 말했다. 「스페인식으로 헤네랄[6] 호체 동지가 되지. 골스를 그렇게 부른다는 것을 알았더라면 전쟁에 참가하기 전에 좀 더 나은 이름을 골라잡았을 텐데 말이야. 사단장이 되어 적당한 이

---

4 세고비아 주의 주도. 마드리드에서 북서쪽으로 약 70킬로미터 떨어진 지점에 있다. 1937년 봄 공화군은 이 도시를 장악하기 위해 대공세를 폈는데 골스의 공격도 이 공세의 일환이었다.

5 조던의 스페인식 발음.

6 스페인어로 〈장군〉이라는 뜻.

름을 선택할 때 하필이면 골라잡은 것이 호체였단 말일세. 헤네랄 호체. 이제 바꾸기에는 너무 늦었어. 파르티잔 일은 해보니 어떻던가? 좋던가?」 파르티잔이란 전선 후방에서 활동하는 게릴라를 뜻하는 러시아 말이다.

「아주 좋습니다. 야외에서 하는 일이라 건강에도 좋고요.」 로버트 조던이 말했다.

「나도 자네 나이 때는 파르티잔 활동을 좋아했지. 다리를 아주 잘 폭파한다는 소문이 있던데, 매우 과학적으로 말이야. 그러나 소문으로 들었을 뿐 직접 폭파하는 것을 본 적이 없으니 사실은 다를지도 모르지. 자네 정말 다리를 폭파해본 적이 있나?」 골스는 농담을 하고 있었다. 「이걸 마시게. 자네 정말 다리를 폭파해 봤나?」 그는 스페인산 브랜디 병을 로버트 조던에게 건네면서 말했다.

「가끔 합니다.」

「이 다리에 관한 한 가끔이라는 얘기는 안 되네. 기필코 해내야 돼. 자, 이만하면 됐어. 다리 얘기는 그만하기로 하세. 다리 폭파 건은 충분히 알았을 테니까. 상황이 너무 심각하다 보니까 심각한 농담도 할 수 있는 거라네. 이봐, 자네는 전선 후방에 여자 친구가 많은가?」

「아뇨. 여자를 사귈 시간이 없었습니다.」

「그렇지 않네. 맡은 임무가 불안정할수록 대인 관계도 불안정해지는 법이지. 자네 임무는 매우 불안정하지 않은가? 그리고 머리도 좀 깎아야 할 것 같네.」

「필요할 때마다 깎습니다. 여자 문제는……. 그것 말고도 골치 아픈 문제가 많습니다.」 로버트 조던은 골스처럼 머리칼을 빡빡 밀어 버리지는 않겠다고 생각하며 심드렁하게 말했다. 「제복은 어떤 것을 입어야 합니까?」로버트 조던이 물었다.

「제복을 입을 필요는 없네. 그리고 자네 머리 모양은 됐어. 한번 놀려 본 것뿐이야. 자넨 나와 아주 다르군.」 골스는 두 사람의 잔에 다시 술을 따르며 말했다.

「자네는 오로지 여자 생각만 안 한다고 했지? 난 생각이라면 아예 안 하는 사람일세. 생각할 필요가 뭐가 있겠나? 나는 소비에뜨의 장군일세. 결코 생각 따위는 한 적이 없네. 그러니 날 꾀어 생각하게 만들지 말게.」

의자에 앉아 제도판 위에 놓인 지도에 작업을 하던 그의 참모가 로버트 조던이 알아들을 수 없는 말로 투덜거렸다.

「닥쳐. 나는 내 멋대로 농담을 하는 사람이야. 너무 심각하다 보니 농담도 할 수 있는 거지. 자, 이걸 마시고 그만 가 보게. 자네, 잘 알아들었지?」 골스가 영어로 말했다.

「네, 알겠습니다.」 로버트 조던이 말했다.

그들은 악수를 나누었다. 그가 거수경례를 하고서 참모용 차량이 있는 데로 나가 보니 안내인 늙은이가 기다리다 지쳐 잠이 들어 있었다. 그들은 차를 타고 과다라마를 지나 나바세라다 도로를 따라 달렸다. 그리고 마침내 산악 클럽의 오두막에 이르렀다. 그동안 노인은 내내 잠을 잤다. 로버트 조던은 그 오두막에서 세 시간 정도 잠을 잔 뒤 다시 출발했다.

그가 골스를 만난 것은 그것이 마지막이었다. 골스는 조금도 햇볕에 그을리지 않은 듯한 새하얀 얼굴, 독수리같이 생긴 두 눈, 커다란 코, 얇은 입술, 가로로 잡힌 주름살과 상처가 있는 빡빡머리의 사내였다. 내일 밤이면 그들은 에스코리알을 벗어나 어둠 속에서 도로를 따라 진군하리라. 보병들을 잔뜩 실은 트럭이 줄을 지어 어둠 속을 달려갈 것이다. 완전 무장을 한 보병들이 낑낑대며 그 트럭에 기어오르겠지. 기관총 분대는 낑낑대며 기관총을 트럭에다 적재할 테지. 탱크를 차체가 긴 탱크 트럭에 적재하려 철제 판을 트럭에다 연결시키겠지. 그 산마루를 공격하려면 야간에 전 사단 병력을 이동시켜야 하리라. 그는 그런 것은 생각하지 않으려고 했다. 그건 골스가 알아서 할 일이었다. 그가 해야 하는 일은 딱 한 가지였고 이제 그것만 생각해야 했다. 그는 그것을 분명하게 생각해 내야 했으며 무조건 그 일을 해치워야 했고 걱정 따위는 하지 말아야 했다. 걱정하는 것은 두려워하는 것만큼이나 나쁜 것이다. 걱정하면 일만 더 꼬이게 된다.

그는 이제 시냇가에 앉아 바위틈으로 맑은 물이 흘러가는 것을 지켜보았다. 개울 건너편으로는 무성한 물냉이 숲이 눈에 띄었다. 그는 냇물을 건너가 두 손 가득 물냉이를 뜯어 뿌리의 진흙을 흐르는 물에 씻었다. 그런 다음 다시 짐 꾸러미 옆에 자리 잡고 앉아서 깨끗하고 시원한 그 녹색 이파리와 아삭아삭하고 매운 맛이 나는 줄기를 씹어 먹었다. 그는 무릎을 꿇고 자동 권총을 허리띠 뒤로 밀어젖혀 물에 젖지 않도록 한 뒤 손으로 돌을 짚으며 몸을 굽혀 냇물을 마셨다. 물은 이가 시리도록 차가웠다.

그가 손에 힘을 주어 일어나 고개를 돌리니 늙은이가 바위턱을 내려오고 있었다. 한 사람이 그의 뒤를 따랐다. 그는 이 지방의 공식 복장처럼 보이는 농사꾼의 검은 작업복과 짙은 회색 바지를 입고 로프로 창을 댄 신발을 신었고 등에는 카빈총을 메고 있었다. 모자는 쓰고 있지 않았다. 그 두 사람은 산양처럼 바위를 타고 내려왔다.

그들이 다가오자 로버트 조던은 벌떡 일어났다.

「안녕하시오, 동지.」 그는 카빈을 멘 사람에게 미소를 지으며 말했다.

「안녕하시오.」 상대는 마지못해 말했다. 그 사람은 음산한 얼굴에 턱수염이 텁수룩했다. 얼굴은 둥근 꼴이었고 머리통 전체도 둥근 꼴이어서 어깻죽지에 바싹 붙어 있었다. 눈은 작고 양미간은 넓었으며 귀도 작아서 머리에 딱 달라붙어 있었다. 키는 5피트 10인치[7]에 손발이 큰 육중한 사내였다. 코는 일그러져 있었고 입 가장자리에는 한쪽이 찢어진 상처가 있고 윗입술에서 아래턱까지 이어지는 흉터가 얼굴에 난 털 사이로 보일 듯 말 듯했다.

늙은이는 그 사내 쪽으로 거리를 끄덕이며 미소를 지었다.

「여기 두목입니다.」 늙은이는 씩 웃으면서, 마치 근육이 튀어나오게 하려는 듯 팔뚝을 꺾어 보이며 카빈을 멘 그 사나이를 감탄스럽다는 듯 쳐다보았다. 「아주 힘이 세지요.」

「알 만합니다.」 로버트 조던은 그렇게 말하고 다시 웃음을 지어 보였다. 그는 어쩐지 사내가 마음에 들지 않았다. 그래서 내심으로는 전혀 웃지 않았다.

「신분증 같은 건 없소?」 카빈을 멘 사내가 물었다.

로버트 조던은 주머니 덮개를 가로지르는 안전핀을 뽑은 뒤 플란넬 셔츠의 왼쪽 주머니에서 접힌 서류 한 장을 꺼내 그에게 건넸다. 사내는 그것을 펴서 의심스러운 눈초리로 쳐다보더니 서류를 뒤집었다.

글을 읽을 줄 모르는 친구로군. 로버트 조던은 생각했다.

「그 도장을 보시오.」 그가 말했다.

[7] 약 178센티미터.

늙은이가 도장을 가리키자 카빈총을 멘 사나이는 그것을 천천히 살펴보더니 손가락으로 서류를 앞뒤로 돌려 보았다.

「이건 무슨 도장이오?」

「이런 도장을 본 적이 없다는 말입니까?」

「없소.」

「그 서류에는 도장이 두 개나 있소. 하나는 군사 정보부 것이고 다른 하나는 참모 본부의 것이오.」 로버트 조던이 말했다.

「알았소. 전에 이런 도장을 본 것 같기도 하오. 그러나 여기에서는 내가 대장이오. 짐 꾸러미 안에는 뭐가 들었소?」 사내는 화가 난 사람처럼 물었다.

「다이너마이트일세. 간밤에 어둠 속에서 전선을 가로질러 왔고 오늘은 하루 종일 이 다이너마이트를 메고 저 산을 넘어왔다네.」 늙은이가 자랑스럽다는 듯이 말했다.

「나도 다이너마이트를 다룰 줄 알아.」 카빈총을 멘 사내가 말했다. 그는 서류를 로버트 조던에게 되돌려 주고 나서 그를 한 번 훑어보았다.

「그래, 나도 다이너마이트가 필요해. 내게 줄 건 얼마나 가져왔소?」

「당신에게 줄 것은 없소. 이 다이너마이트는 쓸 데가 따로 있어요. 당신 이름은 뭡니까?」 로버트 조던이 침착한 어조로 물었다.

「이름은 알아서 무엇 하려고?」

「파블로입니다.」 늙은이가 대신 대답했다. 카빈총을 멘 사내는 두 사람을 못마땅하다는 듯이 쳐다보았다.

「아, 그렇군요. 당신에 대해 사람들이 좋게 이야기하는 걸 많이 들었소.」로버트 조던이 말했다.

「무슨 얘기를 들었는데?」파블로가 물었다.

「당신이 뛰어난 게릴라 대장이라는 얘기를 들었소. 또한 공화국 정부에 충성을 다하며, 행동으로 그것을 증명할 뿐만 아니라, 진지하면서도 용감한 사나이라는 말도 들었소. 참모 본부에서 안부 전해 달라고 하더군.」

「그런 얘긴 어디서 들었소?」파블로가 물었다. 로버트 조던은 아첨하기 위해 그렇게 말한 것은 아니라는 표정을 지었다.

「부이트라고에서 시작해 에스코리알에 이르는 전 지역에서 들었소.」그는 후방의 모든 지역을 들추면서 말했다.

「부이트라고나 에스코리알에는 아는 사람이 하나도 없는데.」파블로가 말했다.

「저 산 너머에는 전에 그곳에 살지 않았던 사람들도 많이 있소. 고향이 어디요?」

「아빌라요. 저 다이너마이트는 어디에 쓸 거요?」

「다리를 폭파할 거요.」

「어떤 다리 말이오?」

「그건 내가 알아서 할 일이오.」

「이 지역 안에서 벌어지는 일이라면 자연히 내 일도 되오. 자기가 사는 곳의 다리는 폭파하지 않는 법이오. 거주 지역과 작전 지역은 엄연히 다른 거요. 나도 무슨 일을 어떻게 해야 하는지쯤은 알고 있소. 전쟁이 터지고 1년이 지나도록 목숨이 붙어 있는 자라면 어떤 일을 해야 하는지 정도는 아는 법이오.」

「이건 내가 해야 할 일이오. 물론 그 일에 대해 의논을 할 수는 있겠지만. 저 짐 좀 들어 주겠소?」로버트 조던이 말했다.

「싫소.」 파블로는 그렇게 말하면서 고개를 저었다.

늙은이가 갑자기 파블로 쪽으로 몸을 돌리더니 로버트 조던이 겨우 알아들을 수 있는 사투리로 재빨리 말을 내뱉었다. 화가 난 목소리였고, 마치 케베도[8]의 작품을 읽는 것 같았다. 안셀모는 고어(古語) 투의 카스티야 방언으로 말했는데 대략 다음과 같은 뜻이었다. 〈자네 짐승인가? 그래, 짐승임이 틀림없어. 그래. 그보다 몇 배 더 지독한 짐승이야. 자넨 머리가 있나? 아냐, 없어. 우린 지금 아주 중요한 일을 하러 왔는데 자기 소굴만 다치지 않으면 된다는 심보로 그 여우굴 같은 소굴을 인류의 평화보다 더 소중하게 여기고 있어. 내가 자네 아버지의 이런저런 일들을 이리저리 해주고 또 자네의 지금 일들을 이리저리 봐주고 있는데도 말이야. 자, 어서 저 짐을 들어.〉

파블로가 고개를 떨구었다.

「누구나 자기가 할 수 있는 일을 잘 아는 방법으로 해야만 합니다. 나는 여기 살고 작전은 세고비아 이외의 지역에서 펴고 있어요. 만약 소란이라도 피우면 우리는 여기서 쫓겨나게 될 거요. 그러니 그저 죽치고 앉아 있어야만 이 산 속에서 살 수 있단 말입니다. 여우가 살아가는 방식이라고나 할까.」 파블로가 말했다.

「늑대처럼 살아야 하는데 여우 같은 방식을 취하겠단 말이지?」 안셀모가 화가 난 듯 말했다.

「사실 당신보다는 내가 더 늑대에 가깝죠.」 파블로가 말했다. 로버트 조던은 파블로가 짐을 들어 주리라는 것을 알았다.

---

8 Francisco de Quevedo(1580~1645). 스페인의 유명한 정치 풍자가이자 시인.

「하이, 호⋯⋯.」 안셀모가 그를 쳐다보았다. 「자네는 나보다 더 늑대에 가깝지. 그리고 난 예순여덟이야.」

그는 땅에다 침을 뱉고 고개를 흔들었다.

「그렇게 나이가 많으세요?」 로버트 조던이 물었다. 그는 당분간 사태가 부드럽게 풀려 나갈 것 같은 느낌을 받으면서 그것을 좀 더 쉽게 만들려고 애썼다.

「오는 7월이면 예순여덟입니다.」

「우리가 그때까지 살아 있다면. 당신의 짐을 들어 주겠소. 다른 짐은 저 노인에게 주시오.」 파블로는 다소 시무룩하면서도 저의 슬픈 어조로 말했다. 「그는 아주 힘이 센 노인이오.」

「짐은 내가 들겠습니다.」 로버트 조던이 말했다.

「아닙니다.」 노인이 말했다. 「저 힘센 남자에게 줘요.」

「내가 들겠소.」 파블로가 그에게 말했다. 슬픔이 섞여 있는 그의 시무룩함은 로버트 조던을 심란하게 만들었다. 그는 그런 슬픔이 무엇을 의미하는지 알았고 그것을 여기서 보게 되니 걱정이 되었다.

「그럼 그 카빈총은 이리 주시오.」 로버트 조던이 말했다. 파블로가 총을 그에게 건네주자 그는 총을 등에 멨다. 두 사람은 그를 앞서서 올라가기 시작했다. 그들이 힘겹게 화강암 턱을 잡고 기어올라서 모서리를 넘어서자 숲 속에 푸른 공터가 나타났다.

그들은 조그만 풀밭 가장자리를 돌아서 걸어갔다. 로버트 조던은 짐을 지지 않아 발걸음이 가벼웠다. 땀이 날 만큼 무거운 짐을 메고 걸어오다가 그것을 벗고 대신 카빈을 멘 터라 총은 상쾌할 정도로 어깨에 착 달라붙었다. 군데군데 풀이 깎이고 땅에 말뚝이 박혔다가 뽑힌 자리가 보였다. 물을 먹이기 위해 말을 냇가까지 끌고 내려간 자국이 풀밭 사이로 보였고, 몇 마리 말들이 금방 싸갈긴 듯한 똥이 눈에 띄었다. 여기서 말뚝에다 말을 매어 둬 먹을 것을 주고 밤이 되면 숲 속에 감춰 두는구나, 하고 그는 생각했다. 이 파블로라는 자는 말을 몇 마리나 가지고 있을까?

그는 파블로의 바지 무릎과 허벅지가 닳아서 반들반들하던 것을 부지불식간에 눈여겨보았던 것을 기억했다. 저 녀석은 장화가 있을까? 아니면 저 로프 창 구두를 신고 말을 타는 것일까? 어쨌거나 장비가 상당히 있는 것 같아. 그러나 아까 저 녀석이 보여 준 그 슬픈 얼굴은 마음에 들지 않아. 그런 표정은 틀려먹었어. 임무를 포기하거나 배반할 것 같은 표정이야. 부하를 팔아먹을 것 같은 상판이었어.

그러자 앞쪽의 숲 속에서 말이 히힝 하고 우는 소리가 들렸다. 그는 소나무의 갈색 밑동을 통해, 그리고 나무 꼭대기가 서로 맞닿을 듯 빽빽이 들어차 햇살이 간신히 뚫고 들어올 수 있는 사이를 통해 나무둥치에 밧줄을 쳐 만든 마구간을 보았다. 인기척에 말들이 일제히 머리를 그들 쪽으로 돌렸다. 마구간 바깥의 나무둥치에는 차곡차곡 쌓인 안장이 방수포로 덮여 있었다.

짐을 멘 두 사람은 마구간 가까이 다가가자 멈추어 섰다. 로버트 조던의 머릿속에 말을 칭찬해 주어야 한다는 생각이 번개처럼 스쳤다.

「흐음, 멋진 말들이로군요. 훌륭한 기마대감입니다.」 그가 파블로에게 고개를 돌리며 말했다.

밧줄을 둘러 만든 우리 속에는 다섯 마리의 말이 있었는데 적갈색 셋, 밤색 하나, 다갈색이 하나였다. 로버트 조던은 그

덜들을 쓱 훑어본 다음 다시 한 번 한 마리씩 찬찬히 살펴보았다. 파블로와 안셀모는 그 말들이 얼마나 훌륭한지 잘 알고 있었다. 파블로는 자랑스럽다는 듯 아까토다는 유쾌한 표정으로 그 말들을 바라보았다. 늙은이도 그 말들이 자기가 갑자기 내놓은 깜짝 놀랄 만한 물건인 양 득의양양하게 쳐다보았다.

「당신이 보기에 어떻습니까?」 그가 물었다.

「이놈들은 모두 내가 데려온 거요.」 파블로가 말했다. 로버트 조던은 그가 자랑스럽게 말하는 것을 보자 기분이 좋아졌다.

「저건 정말 멋진 말이군요.」 로버트 조던이 적갈색 말을 가리키며 말했다. 그 말은 우리 앞쪽에 있었는데 이마에 흰 점이 있고 앞발 하나가 흰색인 커다란 종마였다. 벨라스케스[9]의 그림에나 나올 듯한 멋진 말이었다.

「저 말들은 다 훌륭하오. 말을 볼 줄 아시오?」 파블로가 물었다.

「그렇소.」

「좋았어. 흠이 있는 말을 가려낼 수 있겠소?」 파블로가 다시 물었다.

로버트 조던은 바야흐로 까막눈인 사나이가 자신의 신분증을 다른 방식으로 검사하는 중임을 알았다.

말들은 여전히 고개를 들고 그를 쳐다코고 있었다. 로버트 조던은 우리의 두 겹 밧줄 사이로 비집고 들어가 다갈색 말의 엉덩이를 탁 때렸다. 그러고는 울타리의 밧줄에 기대어 서서 말들이 우리 안을 도는 것을 한 1분쯤 보다가 말들이

[9] Diego Velázquez(1599~1660). 스페인의 화가.

정지하자 몸을 숙여 밧줄 사이로 빠져나왔다.

「밤색 말이 오른쪽 뒷다리를 저는군. 또 발굽도 갈라졌소. 편자를 잘 갈아 주면 더 나빠지지는 않겠지만, 험한 곳을 달리면 머지않아 쓰러질 거요.」 그는 파블로를 쳐다보지도 않고 말했다.

「저 말은 데려올 때부터 발굽이 저 모양이었소.」 파블로가 말했다.

「가장 좋은 말은 저 하얀 머리의 적갈색 종마인데 정강이뼈 윗부분에 종기가 났소. 어쩐지 좋아 보이지 않는데.」

「그건 별거 아니오. 사흘 전에 가볍게 부딪친 것뿐이오. 탈이 날 거라면 벌써 탈이 났을 거요.」

그는 방수포를 들쳐 안장을 보여 주었다. 미국식 카우보이 안장처럼 평범한 목동용 안장이 두 개, 묵직한 수제 가죽 제품으로 덮개 달린 의자 쇠가 붙어 있는 호화로운 목동용 안장이 한 개 그리고 검정색 가죽으로 된 군용 안장이 두 개였다.

「경찰 두 명을 죽였소.」 그는 군용 안장 두 개를 가리키며 말했다.

「굉장하군.」

「그들은 세고비아에서 산타마리아 델 레알로 가는 도로에서 말을 내렸지. 수레를 몰고 가는 사람에게 신분증을 요구하기 위해서였소. 그래서 말은 하나도 다치지 않고 그들을 죽일 수 있었던 거요.」

「경찰을 많이 해치웠소?」 로버트 조던이 물었다.

「여러 명 해치웠지. 그러나 말을 다치지 않고 처치한 건 그 둘뿐이었소.」

「아레발로에서 기차를 폭파한 것도 파블로였어요.」 안셀모가 말했다.

「폭파 공작 때 외국인도 있었소. 당신, 그 사람을 아시오?」 파블로가 물었다.

「이름이 뭐요?」

「기억나지 않는데 매우 흔치 않은 이름이었소.」

「어떻게 생긴 사람이었소?」

「당신처럼 금발이었소. 하지만 키는 당신만큼 크지 않았고. 손이 크고 코는 일그러져 있었소.」

「그럼 까슈낀일 거요.」 로버트 조던이 말했다.

「그래요. 그 비슷한 이름인데 아주 특이한 이름이었지. 그 사람은 어떻게 되었소?」

「지난 4월에 죽었소.」

「누구나 다 그렇게 되는군. 우리 모두 그런 식으로 끝장날 거야.」 파블로가 우울하게 말했다.

「누구나 다 그렇게 끝나는 거야. 모든 사람이 늘 그래 왔어. 자네, 왜 그렇게 맥이 없어? 속이 거북한가?」 안셀모가 말했다.

「그들은 아주 강력해요.」 파블로가 혼잣말을 하듯 말했다. 그는 우울하게 말을 바라보았다. 「그들이 얼마나 강력한지 당신은 모를 겁니다. 늘 더 강력했을 뿐만 아니라 더 잘 무장돼 있었지. 그리고 물자도 풍부해. 나는 이런 별 볼 일 없는 달이나 가지고 있을 뿐입니다. 그러니 뭘 바라볼 게 있겠습니까? 그저 쫓기다 죽을 수밖에.」

「쫓기고 있지만 적을 쫓고도 있지 않은가.」 안셀모가 말했다.

「아니에요. 이제는 그렇지 못해요. 그리고 이 산을 떠나면 어디로 간단 말입니까? 어디 대답해 보십시오. 이제 어디로 갑니까?」

「스페인에는 산이 많아. 여기 말고 그레도스 산맥[10]도 있어.」

「난 못 가요. 이제 쫓기는 일이라면 신물이 나요. 여기 있으면 안전해요. 그런데 다리를 폭파한다면 쫓기게 될 겁니다. 우리가 여기 있다는 것이 발각되면 저들은 비행기로 수색 작업에 나설 것이고 결국 발각될 겁니다. 무어인 병사들을 보내 우리를 수색하기 시작하면 우린 이동할 수밖에 없어요. 하지만 난 이동하는 게 지겨워요. 무슨 소린지 알겠습니까?」 파블로는 로버트 조던에게 고개를 돌리면서 말을 이었다. 「외국인인 주제에 무슨 권리로 내게 이래라저래라 하는 거요?」

「당신에게 어떻게 하라고 말한 적 없는데.」 로버트 조던이 파블로에게 말했다.

「하지만 앞으로는 말하게 되겠지. 바로 저놈의 물건이 탈이라니까.」

파블로는 그들이 말을 구경하느라고 내려놓은 그 두 개의 무거운 짐을 손으로 가리키며 말했다. 말을 보고 있는 동안 온갖 잡생각이 떠오른 모양이었다. 그러다가 로버트 조던이 말에 대해 잘 안다는 것을 알자 갑자기 입이 가벼워진 것이었다. 그들 세 사람은 이제 밧줄 울타리 옆에 서 있었다. 적갈색 종마의 갈기에 햇빛이 비치고 있었다. 파블로는 그를 한 번 흘끗 바라보고 나서는 무거운 짐을 발로 밀어젖혔다. 「이놈의 물건이 탈이야.」

「나는 임무를 띠고 이곳에 왔소. 전쟁을 수행하는 사람들

[10] 마드리드 서쪽 아빌라에 있는 산맥.

의 지시를 받고 온 거요. 당신에게 도움을 청했는데 싫다고 할 경우 다른 사람의 도움을 받을 수밖에 없소. 그리고 아직 당신에게 정식으로 요청하지도 않았소. 나는 지시받은 대로 할 수밖에 없고, 또 그 지시가 대단히 중요하다는 것을 당신에게 장담할 수 있소. 내가 외국인이라는 점은 내 잘못이 아니오. 난 차라리 이곳에서 태어났더라면 더 좋았을 거요.」로버트 조던이 파블로에게 말했다.

「내게 가장 중요한 것은 시끄러운 일이 벌어지지 않도록 하는 것이오. 내 중요한 임무는 부하와 나 자신에게 충실하게 행동하는 것이오.」

「부하 얘기는 빼.」 안셀모가 말했다. 「오래전부터 자네는 자네 생각만 해왔어. 자네하고 저 말들만 말이야. 말이 생기기 전에는 우리와 동고동락했지. 그러나 지금은 말이나 생각하는 자본주의자일 뿐이야.」

「그건 부당한 말입니다. 나는 일이 있을 때마다 말을 내놨어요.」 파블로가 말했다.

「그런 적은 별로 없어. 내가 보기에는 거의 없는 말이야. 훔치고, 먹고, 사람을 죽이는 일만 잘하지 도무지 싸우려고는 하질 않는단 말이야.」

「당신은 입을 잘못 놀려 신세 조질 늙은이요.」

「나는 늙은이지만 무서운 게 없어. 또 말 같은 것은 한 마리도 없지.」 안셀모가 말했다.

「당신은 오래 살긴 다 틀렸어요.」

「나는 살 만큼 살다가 죽을 늙은이야. 그리고 여우 따위는 무섭지도 않아.」 안셀모가 되받아쳤다.

파블로는 아무 말도 하지 않고 짐을 집어 들었다.

「물론 늑대도 두려워하지 않지. 설혹 자네가 늑대라고 할지라도.」 안셀모가 다른 쪽 짐을 들며 말했다.

「입 좀 닥쳐요. 당신은 정말 수다스러운 늙은이에요.」 파블로가 안셀모에게 말했다.

「그렇지만 한다면 하는 늙은이지.」 안셀모가 짐 위로 허리를 구부리면서 말했다. 「그리고 이젠 배도 고프고 목도 마른 늙은이야. 슬픈 얼굴을 한 게릴라 두목아, 어서 가자. 우리들을 먹을 것이 있는 곳으로 안내해라.」

이거 시작이 불길한데. 로버트 조던은 생각했다. 그러나 안셀모는 사나이임이 틀림없어. 저런 사람들은 좋을 때는 한없이 좋지. 그러나 심사가 뒤틀리면 대단히 야비하지. 안셀모는 나를 이리로 데리고 올 때부터 자기가 무슨 일을 하고 있는지 잘 알고 있었을 거야. 하지만 일이 이렇게 시작되는 것은 불길한데, 어쩐지 마음에 안 들어.

그나마 좋은 징조라고 한다면 파블로가 짐을 메고 카빈총을 그에게 주었다는 것이었다. 아마도 저 친구는 늘 저 모양인지도 모르지. 로버트 조던은 생각했다. 아마도 천성적으로 성격이 우울한 녀석인지도 몰라.

아니야, 자신을 속이려고 하지 마. 그는 자기 자신을 타일렀다. 전에는 어떤 인간이었는지 모르잖아. 그렇지만 점점 더 나빠지는 데다 그걸 감추려고도 하지 않아. 그걸 감추기 시작하면 뭔가 결단을 내리겠지. 늘 염두에 두고 있어야 해. 파블로가 아주 다정한 짓을 하면 뭔가 결단을 내렸다고 보면 될 거야. 그렇지만 말들은 아주 좋은 상태였어. 참 이상하군. 저 말들을 보고 파블로가 느낀 기분을 나도 그대로 느끼고 있으니. 늙은이가 한 말이 맞아. 말을 소유하고 있으면 부자가 된 것 같고, 부자가 되면 인생을 즐기고 싶어지지. 그러면 곧 경마 클럽에 가입하지 못해 기분이 언짢아지겠지. 거기다가 그 말을 타고 경마에 나설 기수를 찾지 못해 안달하겠지. 불쌍한 파블로. 기수가 없어서 안됐네.

그런 생각을 하자 기분이 좀 나아졌다. 그는 등에다 짐을 지고 숲 속을 걸어가는 파블로와 안셀모를 쳐다보면서 빙긋이 웃었다. 그는 하루 종일 자기 자신에게 농담을 걸지 못했는데 이제 그렇게 하고 나니 한결 기분이 좋아졌다. 너도 결국은 다른 사람들과 마찬가지가 될 거야, 하고 그는 혼잣말을 했다. 너도 우울해지고 있어. 그는 골스를 만났을 때 심각하고 우울했다. 이번 임무는 그를 압도하는 데가 있었다. 약간 압도당했던가? 아니야, 완전히 압도당했지. 골스는 명랑한 척했다. 그가 떠나기 전에 기분이 유쾌하기를 바랐던 것 같았다. 그러나 그는 유쾌하지 않았다.

곰곰이 생각해 보면 선량한 사람들은 모두 쾌활한 성품을 가지고 있었다. 그렇게 하는 편이 생활해 나가기에 유리했다. 또 위대한 사람들은 그런 경향을 가지고 있었다. 그렇게 쾌활하면 살아 있는 동안에 영원히 죽지 않을 것 같은 기분을 느끼게 된다. 그러면서도 그들은 참 복잡한 사람들이었다. 그렇지만 그런 사람들이 이제 얼마 남지 않았다. 정말 그런 사람들은 이제 거의 남아 있지 않았다. 그러나 이 친구, 자네도 그렇게 계속 생각해 나가다 보면 살아남지 못하게 돼. 이 친구, 이 역전의 노장, 그런 생각은 집어치워. 넌 이제 다리를 폭파해야 돼. 생각 따위는 집어치우라고. 어후, 배고파. 파블로가 음식을 잘 차려 먹는 사람이라면 좋겠는데.

2

 그들은 나무가 빽빽한 숲을 지나 작은 계곡의 컵처럼 생긴 윗부분까지 왔다. 그때 앞쪽에 나무들 사이로, 모자 테 모양으로 솟아 있는 바위 아래에 야영지가 있음 직한 곳이 보였다.
 그곳은 야영지로서 적당한 곳이고 또 위치도 좋았다. 로버트 조던은 가까이 갈 때까지는 결코 그곳을 볼 수 없었으므로 공중에서도 탐지되지 않는 곳임을 단번에 알아차렸다. 곰의 굴처럼 안전하게 감춰져 있어 상공에서는 도저히 발견하지 못할 것이다. 그러나 수비는 다소 허술해 보였다. 그는 그곳으로 다가가면서 캠프를 자세히 살펴보았다.
 바위 속으로 큰 동굴이 있었다. 동굴 입구에는 한 사내가 바위에 등을 기대고 두 다리를 땅에 쭉 뻗은 채 앉아 있었다. 자신의 카빈총은 바위에 기대 세워 놓고 있었다. 그는 칼로 나뭇가지를 쳐내고 있었는데 그들이 다가가자 잠시 노려보더니 가지치기를 계속했다.
 「*Hola*(안녕하시오), 함께 오는 사람들은 누구요?」 앉아 있던 사나이가 물었다.

「늙은이와 다이너마이트 전문가.」 파블로가 말했다. 그는 동굴 입구 안쪽에다 짐을 내려놓았다. 안셀모도 역시 짐을 내려놓았고 로버트 조던은 총을 벗어 바위에 기대어 놓았다.

「너무 동굴 가까이 두지 말아요. 안에 불이 있으니까.」 나뭇가지를 치고 있던 사내가 말했다. 그의 눈동자는 푸른색이었다. 얼굴은 그을린 가죽처럼 거무튀튀했으나 잘생긴 얼굴이었다.

「자네가 일어나서 치우게. 저기 나무 옆으로 말이야.」 파블로가 말했다.

집시는 꼼짝도 하지 않으면서 더없이 상스러운 욕을 내뱉었다.

「거기다 둬요. 당신은 폭사나 해버리시지. 그럼 당신 몸의 병들도 싹 치료될 거 아니오.」 집시가 나른한 목소리로 말했다.

「뭘 만드는 거요?」 로버트 조던은 집시 옆에 앉았다. 집시가 보여 준 것은 4자형 덫이었다. 그는 그 덫에 쓰일 가로대를 깎고 있는 중이었다.

「여우를 잡는 덫입니다. 여기에 걸려들던 통나무가 여우의 등에 떨어져 박살나죠. 이렇게 말입니다.」 집시는 씩 웃으면서 조던에게 말했다. 집시는 덫의 얼개가 무너져 내리면서 통나구가 떨어지는 시늉을 해 보였고, 그런 다음 머리를 흔들더니 손을 오므리고 팔을 벌려 등이 부러진 여우의 모습을 해 보였다. 「아주 쓸모 있는 물건입니다.」

「저 친구는 집신데 토끼를 잡아요. 토끼를 잡고서도 여우라고 하니까 여우를 잡으면 아마도 코끼리를 잡았다고 할 겁니다.」 안셀모가 말했다.

「그듵 코끼리를 잡으면 뭐라고 할까요?」 집시는 그렇게 말하면서 하얀 이를 드러내며 로버트 조던에게 윙크를 보냈다.

「탱크라고 하겠지.」 안셀모가 대답했다.

「그럼 탱크를 잡을 테니 그 탱크는 당신 좋을 대로 부르세요.」

「집시들은 말만 많고 사람 죽이는 일은 제대로 하지도 못하지.」 안셀모가 비아냥거리듯 말했다.

집시는 로버트 조던에게 윙크를 보내고 계속 나뭇가지를 쳤다.

파블로는 동굴 안으로 들어가서 보이지 않았다. 로버트 조던은 그가 먹을 것을 좀 내다 주었으면 하고 바랐다. 그는 집시 옆의 땅바닥에 털썩 앉았다. 오후의 햇살이 나무 꼭대기 사이를 비집고 내리비쳐 다리가 따뜻해지기 시작했다. 동굴 속에서 음식 냄새가 흘러나왔다. 기름과 양파와 고기 볶는 냄새에 배 속이 요동치기 시작했다.

「탱크도 잡을 수 있소. 그건 그리 어려운 일이 아니니까.」 로버트 조던이 집시에게 말했다.

「이걸로 말입니까?」 집시가 두 개의 짐 보따리를 가리켰다.

「그렇소. 내가 가르쳐 주겠소. 당신은 덫을 만드시오. 그건 그리 어렵지 않으니까.」

로버트 조던이 그에게 말했다.

「당신과 나하고 둘이서 말입니까?」

「그럼. 충분하오.」 로버트 조던이 말했다.

「이봐요, 그 짐들을 어디 안전한 곳에다 좀 옮겨 놓아요. 귀중한 것들이니까.」 집시가 안셀모에게 말했다.

안셀모는 투덜거리더니 〈난 술이나 찾아 보러 가겠습니다〉라고 말했다. 로버트 조던은 땅바닥에서 일어나 그 짐을 동굴 입구에서 옮겨다가 나뭇등걸 양편에 기대어 놓았다. 그는 그 짐 안의 내용물을 잘 아는 만큼 짐이 서로 붙어 있지 않도록 신경 썼다.

「내게도 컵을 하나 갖다 줘요.」 집시가 그에게 말했다.

「와인이 있소?」 로버트 조던이 집시 옆에 다시 앉으며 물었다.

「와인? 있고말고요. 가죽 부대에 하나 가득 있어요. 아니, 적어도 반 부대쯤은 있을 거예요.」

「그럼 먹을 것은?」

「뭐든지 다 있어요. 우리는 장군처럼 먹으니까.」

「집시들은 전쟁 통에 무슨 일을 하오?」 로버트 조던이 그에게 물었다.

「그저 집시 노릇을 하죠.」

「아주 좋은 직업이군요.」

「최고의 직업이죠. 당신은 이름이 뭡니까?」 집시가 물었다.

「로베르토요. 당신은?」

「라파엘. 그런데 아까 탱크 얘기는 진심입니까?」

「물론이오.」

안셀모가 동굴 입구에서 나왔다. 그는 손에 와인이 가득 담긴 술동이를 들고 손가락에는 술잔을 세 개 끼고 있었다. 「이보요, 술잔도 있고 괜찮은데.」 안셀모가 그렇게 말하자 파블로가 그들의 뒤에서 나타났다.

「곧 음식이 나올 거요. 담배 있소?」 그가 물었다.

로버트 조던은 짐이 있는 곳으로 가서 그중 하나를 열고 속주머니를 더듬어 골스 사령부에서 얻은 납작한 러시아제 담뱃갑을 꺼냈다. 조던은 엄지손톱으로 가장자리를 빙 둘러 누른 다음 뚜껑을 열어 파블로에게 건네주었다. 파블로는 담배를 여섯 개비 꺼내 그중 한 개비를 집어 올려 불빛에 비춰 보았다. 길고 가는 담배로, 입을 대는 부분이 원통형 판지로 되어 있었다.

「연기만 많고 연초는 적은 것이로구먼. 난 이걸 잘 알지. 지난번의 그 이름이 희한한 사람도 이걸 피웠어.」 파블로가 말했다.

「까슈낀.」

로버트 조던은 그렇게 말하고 나서 집시와 안셀모에게도 담배를 권했다. 그들은 한 개비씩 꺼냈다.

「더 가지시오.」 그가 말하자 그들은 하나씩 더 꺼냈다. 그가 두 사람에게 네 개씩 더 주자 그들은 담배를 손에 쥐면서 감사의 표시로 그에게 고개를 끄덕였다. 손에 쥔 담배 끝이 마치 긴 칼을 가지고 경례하는 사람처럼 까닥거렸다.

「그래, 정말 특이한 이름이었어.」 파블로가 말했다.

「여기 술이 있습니다.」 안셀모가 술동이에서 한 잔을 떠 로버트 조던에게 건넨 다음 집시와 자기 몫으로 두 잔을 더 퍼냈다.

「내 술은 없어요?」 파블로가 물었다. 그들은 모두 동굴 입구에 앉아 있었다.

안셀모는 컵을 건네주면서 다른 잔을 찾으러 동굴 안으로 들어갔다. 그가 다시 나와서 술동이를 기울여 자신의 잔을 채우자 그들은 술잔의 가장자리를 부딪치며 건배했다.

그 술은 술 부대에서 묻어난 희미한 송진 냄새를 빼고는 아주 맛이 좋았다. 혀끝에 닿는 맛이 순하고 깨끗했다. 로버트 조던은 피곤한 몸 전신으로 술기운이 따스하게 퍼져 나가는 것을 느끼며 천천히 마셨다.

「음식이 금방 나올 거요. 그런데 그 괴상한 이름의 외국인은 어떻게 죽었소?」 파블로가 물었다.

「체포된 뒤 자살했소.」

「어떻게 하다가?」

「부상을 당했는데 전쟁 포로가 되고 싶지 않았던 것 같소.」

「더 구체적인 얘기는 없소?」

「잘 모르오.」 그는 거짓말을 했다. 구체적인 사실을 아주 잘 알고 있었으나 지금 분위기에서는 좋은 화제가 될 것 같지 않았기 때문이다.

「까슈낀은 기차 습격 때 부상을 입어 도망칠 수 없게 되면 자기를 쏴 죽여 달라고 부탁했소. 말하는 방식이 아주 독특했지.」 파블로가 말했다.

신경이 날카로워져 있었던가 보군. 로버트 조던은 생각했다. 불쌍한 까슈낀.

「그는 자살을 아주 싫어했소. 내가 직접 들은 얘기요. 또 고문을 아주 무서워했소.」 파블로가 말했다.

「그런 얘기도 하던가요?」 로버트 조던이 그에게 물었다.

「그럼요. 우리 모두에게 그렇게 말했어요.」 집시가 대화에 끼어들었다.

「당신도 기차 습격에 가담했소?」

「그럼요. 여기 있는 사람 모두 가담했죠.」

「그는 말하는 방식이 아주 이상했지만 매우 용감했어요.」

불쌍한 까슈낀. 로버트 조던은 생각했다. 그는 이곳에서 좋은 일보다는 해가 되는 일을 하고 있었군그래. 그 친구가 오래전부터 신경과민이었다는 것을 알았더라면 좋았을 텐데. 그를 이 일에서 빼주었어야 하는 건데. 이런 일을 하는 자가 그렇게 떠들고 돌아다니면 안 되는 거야. 그런 것은 말하는 게 아니지. 비록 임무는 완수했다고 할지라도 그런 얘기를 한다는 것은 그렇게 이로운 일이 아니니까 말이야.

「그 사람은 좀 이상했소. 내 생각엔 좀 돌지 않았나 싶소.」 로버트 조던이 말했다.

「그러나 폭약을 다루는 데는 아주 능숙했어요.」 집시가 말했다. 「그리고 아주 용감했어요.」

「그렇지만 좀 돈 것 같소. 이런 일에는 똑똑하고 또 냉정해야 하지. 그런 식으로 나발을 불고 다녀서는 안 되는 거요.」 로버트 조던이 말했다.

「그럼 당신은 이번 다리 폭파 일에서 부상을 당한다면 기꺼이 뒤에 남는 것을 선택하겠소?」 파블로가 물었다.

「잘 들어 두시오.」 로버트 조던은 그렇게 말하면서 몸을 기울여 와인 한 잔을 다시 떠냈다. 「똑바로 들어 두시오. 만약 당신들에게 도움을 청해야 될 때가 오면 그때 가서 요청하겠소.」

「좋았어. 훌륭한 양반들은 모두 이런 식으로 말한단 말이야. 아, 이제 식사가 나오는군.」

집시가 만족스럽다는 듯이 말했다.

「자넨 먹었잖아.」 파블로가 말했다.

「하지만 앞으로 두 번은 더 먹을 수 있어요. 누가 가지고 오는지나 봐요.」 집시가 그에게 말했다.

그때 웬 처녀가 큰 쇠 쟁반을 들고 동굴 입구에서 허리를 굽히며 나왔다. 로버트 조던은 처녀의 옆얼굴을 보는 순간 무언가 이상하다는 생각을 했다. 그녀는 웃으면서 말했다. 「안녕하세요, 동지.」 로버트 조던도 〈안녕하시오〉라고 대답했다. 그는 그녀를 똑바로 쳐다보지는 않았으나 그렇다고 시선을 다른 데로 돌리려고 하지도 않았다. 그녀가 그의 바로 앞에 넓적한 쇠 쟁반을 내려놓자 그녀의 멋진 갈색 손이 보였다. 이제 그녀는 조던의 얼굴을 정면으로 바로 보면서 미소지었다. 그녀의 갈색 얼굴 속에서 치아가 하얗게 드러났다. 피부와 눈 빛깔도 황금빛에 가까운 갈색이었다. 그녀는 볼록한 광대뼈와 반짝이는 눈 그리고 반듯한 입 모양에 도톰한 입술을 하고 있었다. 머리칼은 햇볕에 짙게 탄 곡식밭같이 황금빛이 도는 갈색이었다. 그러나 머리는 비버의 털처럼 짧게 깎여 있었다. 그녀는 로버트 조던의 얼굴을 들여다보며 미소를 지었고 갈색 손을 들어 자신의 머리칼을 쓰다듬었다. 머리칼은 순간적으로 반반해졌으나 손길이 지나가자 다시 뻣뻣하게 솟구쳤다. 얼굴이 예쁜데. 로버트 조던은 생각했다. 저렇게 머리를 짧게 깎지 않았더라면 더 예뻤을 텐데.

「저는 이런 식으로 빗질을 해요. 어서 드세요. 그리고 너무 빤히 쳐다보지 마세요. 그들이 바야돌리드에서 제 머리를 이렇게 빡빡 깎아 놓았어요. 그렇지만 지금은 거의 다 자랐어요.」 그녀는 웃으면서 로버트 조던에게 말했다.

그녀는 맞은편에 앉아서 그를 쳐다보았다. 그도 함께 그녀를 쳐다보았다. 그러자 그녀는 미소를 지으며 무릎 위에다 두 손을 얌전히 포개어 놓았다. 그녀가 무릎 위에 두 손을 가지런히 놓고 앉자 바지의 열린 아랫단으로 길고 깔끔한 다리가 비스듬히 드러나 보였다. 그리고 회색 셔츠 밑으로는 자그마하게 위로 치켜 올라간 가슴이 그 윤곽을 드러냈다. 로버트 조던은 그녀를 볼 때마다 목구멍이 꽉 막혀 오는 것을 느꼈다.

「접시가 없습니다. 나이프는 당신 것을 쓰도록 해요.」 안셀모가 말했다. 처녀는 쇠 쟁반의 가장자리에 포크 네 개를 걸쳐 놓고 양철 깡통을 그 아래에 놓았던 것이다.

그들은 쇠 쟁반에서 모두 함께 먹었으나 스페인의 관습대로 식사 중에는 아무 말도 하지 않았다. 음식은 양파와 풋고추를 넣어서 끓인 토끼 고기 요리였고 와인 소스에는 이집트 콩이 들어 있었다. 요리가 잘된 탓인지 토끼 고기는 뼈에서 잘 떨어졌고 소스도 맛이 훌륭했다. 로버트 조던은 식사를 하면서 와인을 한 잔 더 했다. 처녀는 식사하는 그를 줄곧 쳐다보았다. 다른 사람들은 모두 열심히 음식을 먹었다. 로버트 조던은 빵 한 조각으로 자기 앞에 있는 소스를 깨끗이 닦아 내고 토끼 뼈를 한쪽에 쌓아 올린 다음 뼈 밑의 소스가 있던 곳을 닦아 냈다. 그런 다음 그 빵으로 포크도 깨끗이 닦고 칼도 깨끗이 닦아서 치운 후 천천히 빵을 먹었다. 그는 허리를 구부려 자신의 잔에 와인을 가득 담았다. 그녀는 여전히 그를 지켜보고 있었다.

로버트 조던은 와인을 반 잔이나 마셨는데도 그녀에게 말을 걸려니까 목이 꽉 메었다.

「이름이 뭐요?」 그가 물었다. 파블로는 그 목소리를 듣는 순간 그를 쳐다보았다. 그러더니 일어서서 자리를 피했다.

「마리아예요. 당신은요?」

「로베르토요. 산에 오래 있었소?」

「3개월 되었어요.」

「3개월이라고?」 그는 그녀의 머리칼을 쳐다보았다. 이번에는 그녀가 당황하여 손으로 머리칼을 쓸어 넘겼다. 바람 잘 부는 언덕 위의 곡식 들판처럼 머리칼이 짧고 빽빽하게 일렁거렸다. 「삭발당한 거예요. 바야돌리드 감옥에서는 죄수들의 머리를 정기적으로 깎았어요. 이만큼 자라는 데 석 달이 걸렸죠. 저는 기차를 타고 남쪽으로 압송되는 중이었어요. 기차가 폭파되고 난 뒤에 많은 포로들이 다시 붙잡혔어요. 저는 이 사람들과 같이 왔기 때문에 잡히지 않았죠.」 마리아가 말했다.

「내가 바위틈에 숨어 있는 마리아를 발견했지요. 막 떠나려던 참이었죠. 그렇지만 너무 못생겼더군요. 그래도 끝까지 데리고 오긴 했지만 괜히 데려왔다고 몇 번이나 후회했는지 몰라요.」 집시가 말했다.

「그런데 이 사람들과 함께 기차 습격 때 같이 있던 또 다른 외국인은 어떻게 되었어요? 금발의 그 외국인 말이에요.」 마리아가 물었다.

「죽었소. 지난 4월에.」 로버트 조던이 말했다.

「4월에요? 기차 습격 때가 4월이었는데요?」

「그렇소. 기차 습격이 있고 난 열흘 뒤에 죽었소.」

「불쌍한 사람. 아주 용감했는데. 당신도 그 사람과 똑같은 일을 하나요?」

「그렇소.」

「기차 습격도 하나요?」

「그렇소. 세 번이나 했소.」

「이곳에서요?」

「에스트레마두라에서. 여기 오기 전에는 그곳에 있었소. 에스트레마두라에서는 작전을 하는 사람들이 많소.」

「근데 왜 이 산 속으로 왔어요?」

「그 금발 남자 대신 온 거요. 그리고 이 운동이 일어나기 전부터 이 고장을 잘 알고 있었소.」

「잘 안다고요?」

「아주 잘 아는 것은 아니오. 하지만 빨리 배우는 편이지. 지도도 좋은 게 있고 또 안내자도 훌륭하니까.」

「이 노인 말인가요? 이분은 참 좋은 분이에요.」 그녀가 고개를 끄덕이며 말했다.

「고맙소.」 안셀모가 그녀에게 말했다. 로버트 조던은 자신이 그녀와 단둘이 있는 것이 아니라는 사실을 갑자기 깨달았다. 그리고 자신의 목소리가 많이 변한 것을 느끼며 그녀를 바로 쳐다보기 어렵다는 것도 알았다. 그는 스페인어를 말하는 사람들과 사귈 때 지켜야 할 두 가지 규칙 중 한 가지를 깨뜨리고 있었다. 그 규칙은 남자들에게 담배를 주지 말 것, 여자들에게 집적거리지 말 것이었다. 그러나 그까짓 규칙 따위가 대수인가 하고 그는 생각했다. 그러잖아도 신경 쓰지 말아야 할 일이 많은데 그까짓 규칙 따위 알 게 뭐람.

「얼굴이 아주 아름답소. 머리를 깎기 전의 얼굴을 보지 못한 게 유감이오.」 그가 마리아에게 말했다.

「머리칼은 곧 자랄 거예요. 6개월이면 충분해요.」

「기차에서 막 데려왔을 때의 얼굴을 보았어야 하는 건데. 너무 못생겨서 구역질이 날 지경이었어요.」 집시가 말했다.

「당신은 누구의 여자요? 파블로?」 로버트 조던은 여자 문제는 이 정도로 끝낼 생각을 하면서 물었다.

그녀는 웃음을 터뜨리면서 그의 무릎을 탁 쳤다.

「파블로라고? 그 사람을 보셨죠?」

「그럼 라파엘? 난 라파엘도 알고 있소.」

「라파엘도 아니에요.」

「누구의 여자도 아니에요. 아주 이상한 여자지요. 누구의 여자도 아니지만 요리는 아주 잘해요.」 집시가 말했다.

「정말 아무도 없다는 거요?」 로버트 조던이 그녀에게 물었다.

「없어요. 누구도 아니에요. 농담으로나 진담으로나 말이에요. 물론 당신 여자도 아니지요.」

「아니라고?」 로버트 조던은 다시 목구멍이 꽉 메어 오는 것을 느끼며 말했다. 「좋소. 나도 여자에게 신경 쓸 시간은 없으니까. 이건 정말이오.」

「단 15분 정도의 시간도 없다는 말인가요?」 집시가 놀리는 듯소리로 말했다. 로버트 조던은 대답을 하지 않고 마리아를 쳐다보았다. 그는 목이 너무나 심하게 메 말을 할 수가 없었다.

마리아는 그를 보고 웃다가 갑자기 얼굴을 붉혔으나 그에게서 시선을 떼지는 않았다.

「얼굴을 붉히는군. 얼굴을 자주 붉히는 편인가?」 로버트 조던이 그녀에게 물었다.

「아뇨.」

「지금은 붉히고 있는데.」

「이제 동굴로 들어가야겠어요.」

「마리아, 여기 있으시오.」

「싫어요. 이제 동굴로 들어가야겠어요.」 마리아는 그렇게 말하고 나서는 미소도 짓지 않았다. 그녀는 사람들이 음식을 먹은 쇠 쟁반과 네 개의 포크를 집어 들었다. 그녀는 망아지가 움직이듯 다소 서툰 구석도 있었으나 우아한 몸놀림을 보였다.

「컵이 필요하세요?」 마리아가 물었다.

로버트 조던이 계속 쳐다보자 그녀는 다시 얼굴을 붉혔다.

「그렇게 자꾸 쳐다보지 마세요. 얼굴 붉히는 거 정말 싫어요.」 마리아가 말했다.

「그냥 두고 가요. 자, 여기.」 집시는 그렇게 말하고 나서 컵을 술동이 속으로 푹 집어넣어 한 잔 가득 퍼내 로버트 조던에게 건넸다. 그는 무거운 쇠 쟁반을 들고 동굴 속으로 머리를 굽히고 들어가는 마리아를 쳐다보고 있었다.

「고맙소. 이것만 마시고 그만 마셔야겠소. 너무 많이 마셨소.」

마리아가 자리를 뜨자 로버트 조던의 목소리도 다시 괜찮아졌다.

「술동이를 바닥내 버립시다. 가죽 부대에 반이 넘게 있어요. 저 말 등에 실어 온 것이지요.」 집시가 말했다. 「그게 파블로로서는 마지막 습격이었어요. 그때 이후로는 아무것도 안하고 빈들거리고 있어요.」

「여기 모두 몇 명이나 있소?」 로버트 조던이 물었다.

「모두 일곱 명인데 여자가 둘이에요.」

「둘이라고?」

「그렇소. 파블로의 아내가 있어요.」

「그 여자는 어디 있소?」

「동굴 안에요. 저 처녀는 요리를 썩 잘하지 못하죠. 아까 요리를 잘한다고 말한 건 그냥 기분 좋게 해주려는 소리였어요. 저 처녀는 파블로의 아내를 돕고 있어요.」

「파블로의 아내는 어떻소?」

「아주 야만적인 여자요. 지나칠 정도로 말입니다. 파블로도 징그럽지만 그 마누라는 더 징그럽죠. 하지만 그 여자는 용감해요. 파블로보다 백배는 용감하죠. 그러나 야만적인 데가 있어요.」집시가 싱긋 웃으며 말했다.

「파블로도 처음에는 용감했어. 이 일에 아주 열성적이었지」안셀모가 말했다.

「콜레라보다도 사람을 더 많이 죽였을 거야. 이 운동이 시작되었을 땐 장티푸스보다도 사람을 더 많이 죽였을 겁니다._ 집시가 말했다.

「그러나 오래전부터 사람이 축 처졌어요. 죽는 것을 너무나 두려워해요.」안셀모였다.

「초기에 사람을 너무 많이 죽였기 때문에 그렇게 된 건지도 모르죠. 파블로는 페스트보다도 더 많이 사람을 죽였으니까요.」집시가 달관한 듯 말했다.

「그래, 그런 두려움과 돈 때문에 그렇게 되었어. 그리고 술도 너무 많이 마셔. 이제 황소와 싸우는 투우사처럼 은퇴하고 싶은 거지. 그러나 그렇게 할 수는 없는 거야._ 안셀모가 말했다.

「만약 전선 저쪽으로 넘어가면 말을 모두 빼앗기고 군대로 가야 할 거예요. 나 역시 군에 들어가는 것은 좋아하지 않지만 말이에요.」집시가 말했다.

「집시는 모두 그렇지.」안셀모가 말했다.

「군에는 뭐하러 들어가겠어요? 군대 가기 싫어하는 건 누구나 마찬가지니까요. 그래, 고작 군대에 들어가려고 혁명을 한 건가요? 난 기꺼이 싸울 생각은 있지만 군대는 질색입니다.」

「다른 사람들은 어디 있소?」르버트 조던이 물었다. 술을 마신 탓인지 기분이 좋아지면서 졸음이 몰려왔다. 그는 숲

바닥에 등을 대고 누워 나뭇가지들 사이로 하늘을 쳐다보았다. 산간 지방에 오후면 나타나는 작은 구름이 스페인의 높은 하늘 위에서 유유히 흘러가고 있었다.

「동굴에서 두 명이 자고 있어요. 둘은 기관총이 있는 위쪽에서 보초를 서고 있는 중이에요. 또 한 명은 아래쪽에서 보초를 서고 있어요. 모두 자고 있을지도 모릅니다.」 집시가 말했다.

로버트 조던은 옆으로 돌아누웠다.

「어떻게 생긴 총이오?」

「아주 희한한 이름인데. 지금 당장은 생각이 나지 않는군요. 기관총의 일종인데.」

자동 소총인 모양이군. 로버트 조던은 생각했다.

「무게는 얼마나 나가요?」 그가 물었다.

「한 사람이 들 수 있지만 굉장히 무거워요. 접히는 다리가 세 개 달려 있어요. 최근의 대규모 습격 때 빼앗아 온 겁니다. 술을 가져오기 전의 습격 때였죠.」

「실탄은 얼마나 가져왔소?」

「얼마든지 있어요. 굉장히 무거운 상자 하나 가득 실탄이 들어 있어요.」

대략 5백 발은 되겠군. 로버트 조던은 생각했다.

「실탄이 탄창에서 들어가나, 아니면 탄띠에서?」

「총 위에 붙은 둥근 쇠 깡통 같은 데서 들어가더군요.」

제기랄, 그건 루이스식이잖아. 로버트 조던은 생각했다.

「기관총에 대해서 좀 아십니까?」 그가 늙은이에게 물었다.

「전혀. 전혀 모릅니다.」 안셀모가 말했다.

「그럼 당신은?」 이번에는 집시에게 물었다.

「굉장히 빨리 발사되고 총열이 뜨거워 손을 델 정도라는 건 알지요.」집시가 자랑스럽게 말했다.

「그건 누구나 다 아는 거잖아.」안셀모가 경멸스럽다는 듯이 말했다.

「그럴지도 모르죠. 저 사람이 그 기계에 대해 아는 바를 얘기해 보라고 해서 말한 것뿐이에요. 그리고 보통 소총과는 달리 방아쇠를 잡아당기고 있으면 계속 총알이 나가죠.」집시가 말했다.

「그렇지만 탄도가 막히거나 탄약이 떨어지거나 너무 뜨거워지면 총알이 안 나가지.」로버트 조던이 영어로 말했다.

「뭐라고 했습니까?」안셀모가 그에게 물었다.

「아무것도 아닙니다. 영어로 앞날을 점쳐 본 거예요.」로버트 조던이 말했다.

「그것 참 놀라운 일이로군. 영어로 앞날을 점치다니. 손금도 볼 줄 아나요?」집시가 물었다.

「아뇨. 만약 당신이 볼 줄 안다면 앞으로 사흘간 무슨 일이 일어날지 내 손금을 좀 봐주시오.」로버트 조던은 그렇게 말하고 술을 또 한 컵 떠냈다.

「파블로의 마누라가 손금을 보지요. 그러나 성미가 너무나 더럽고 야만스러워서 봐줄는지 모르겠습니다.」집시가 말했다.

로버트 조던은 이제 일어나서 술을 한 모금 삼켰다.

「파블로의 마누라를 지금 만나봅시다. 그렇게 험악한 여자라면 지금 바로 만나는 게 낫지 않겠소?」그가 말했다.

「난 만나고 싶지 않소. 나를 굉장히 미워해요.」라파엘이 말했다.

「왜?」

「나를 시간이나 때우는 게으른 놈으로 생각하니까요.」

「그것 참 불공평한 처사로군.」 안셀모가 조롱하듯 말했다.

「그리고 집시를 싫어해요.」

「저런!」 안셀모가 여전히 조롱조로 말했다.

「그녀도 집시 피가 섞였어요. 쓸데없는 소린 아예 하지 않아요. 그러나 황소 채찍처럼 매서운 혀를 가졌어요. 그 혓바닥으로 사람의 가죽을 조각내 포를 뜨죠. 야만스럽기 짝이 없어요.」 라파엘이 빙그레 웃으면서 말했다.

「그러면 마리아라는 처녀하고는 어떻게 지내오?」 로버트 조던이 물었다.

「아주 잘 지내요. 그 처녀를 좋아하니까. 그리고 어떤 놈이 흑심을 품고 그녀에게 접근이라도 하면……」 집시는 머리를 가로저으며 혀를 끌끌 찼다.

「그 처녀에게는 아주 잘해 줘요. 딸처럼 말입니다.」 안셀모가 말했다.

「기차 습격 당시 우리가 그 처녀를 우연히 발견했을 때 그녀는 아주 이상했어요. 말도 하지 않고 내내 울기만 했죠. 누가 건드리기만 해도 물을 뒤집어쓴 개처럼 부들부들 떨었어요. 좀 나아진 것은 최근에 와서예요. 요즘은 전보다 훨씬 나아졌지요. 오늘은 컨디션이 아주 좋은 것 같습디다. 특히 당신에게 말할 때는 생기가 있어 보이더군요. 우린 기차 사건 직후 그녀를 남겨 두고 올 생각이었습니다.」 집시는 잠시 말을 끊었다가 다시 말을 이어 갔다. 「그렇게 슬퍼 보이고 못생기고 쓸모없어 보이는 여자 때문에 시간을 지체하는 것이 쓸데없는 짓이라고 생각한 것이지요. 그런데 파블로의 마누라가 밧줄로 그 처녀를 묶고는, 더 이상 걷지 못하겠다고 하면 밧줄 끝으로 후려갈기면서 걷게 했어요. 그 처녀가 정말 더 이상 걷지 못하게 되자 파블로의 마누라가 들쳐 업고 걸었어요. 그 늙은 여자가 힘이 빠지면 내가 대신 업기도 했죠. 우린 가시 금작화와 히스 덩굴을 헤치면서 산을 올라왔어요. 내가 힘이 빠지자 파블로가 업었죠. 마누라의 잔소리 때문에 억지로 그 처녀를 업은 거죠.」 집시는 그 기억이 진저리 쳐진다는 듯이 고개를 흔들었다. 「처녀는 다리는 길었지만 그렇게 무겁지는 않았어요. 뼈가 굵지 않아 무게도 얼마 나가지 않았지요. 그러나 막상 불을 피워 쉬고 난 다음 그 처녀를 즈 업고 가려면 여간 성가신 것이 아니었어요. 파블로의 마누라는 밧줄로 파블로를 후려쳤고 또 그의 총을 들어 주었어요. 파블로가 무거운 나머지 여자를 내려놓으면 그에게 총을 들이대면서 여자를 다시 업으라고 말했어요. 파블로에게 욕지거리를 퍼부으면서도 그의 총에다 총알을 재어 주었어요. 그의 총알 주머니에서 총알을 꺼내 탄창에 틀어넣어 주고는 다시 욕설을 퍼부었지요. 그러다가 날이 저물고 어두워지건 그제야 숨을 돌릴 수 있었어요. 적에게 기갑병이 없었던 게 참으로 다행이었죠.」

「기차 습격은 아주 힘든 작전이었어요.」 안셀모가 로버트 조던에게 설명했다. 「파블로의 패, 오늘 밤 우리가 만나게 될 엘 소르도(귀머거리)의 패 그리고 이 산 속의 다른 두 패가 그 습격에 가담했다고 해요. 나는 전선 건너 저쪽 편에 가 있어서 가담하지는 못했죠.」

「거기에 금발 머리가 끼었어요. 그 특이한 이름의 …….」 집시가 말했다.

「까슈낀.」
「그래요. 도무지 외우지 못할 이름이에요. 기관총을 맡은 사람이 둘 있었어요. 군 사령부에서 파견된 사람들이었지요. 그 사람들은 그 기관총을 들고 나올 수가 없어서 결국은 그걸 잃어버리고 말았어요. 그 처녀보다 더 무겁지는 않았는데. 저 늙은 여자가 그걸 챙겼더라면 가지고 나올 수 있었을 겁니다.」 그는 기억을 더듬으며 머리를 설레설레 흔들더니 다시 말을 이었다. 「그런 폭발 사고는 난생 처음이었어요. 기차는 천천히 다가왔어요. 아주 멀리서도 기차가 다가오는 것이 보였어요. 그때 내가 느낀 흥분을 말로 다 설명할 수가 없군요. 기차에서 증기가 나오는 것이 보였고 조금 있다가 기적 소리도 났어요. 그러고는 칙칙폭폭 하는 소리가 점점 크게 들리더니 폭발이 일어난 순간 거대한 폭음과 함께 기관차 앞바퀴가 솟구치고 땅 전체가 거대한 먹구름 속에 솟아올랐어요. 기관차는 흙과 괴목과 구름과 함께 마치 꿈속에서처럼 공중으로 높이 솟아올랐다가 땅바닥으로 나가떨어지는 것 같았어요. 거대한 짐승이 부상당한 것처럼 말입니다. 그리고 또 한 차례 폭발에 의한 흙더미가 우리를 덮치기도 전에 휜 수증기가 폭발했고 그다음에 자동 소총이 따따따따 하고 발사되기 시작했어요.」 집시는 마치 자신이 기관총을 잡고 있기나 한 것처럼 엄지손가락을 세우고 두 주먹을 불끈 쥔 채 이야기를 계속했다. 「따! 따! 따! 그런 건 난생 처음 봤어요. 병사들이 기차에서 튀어나오는 족족 기관총이 불을 뿜었고 그자들은 쓰러졌죠. 바로 그때 너무 흥분한 나머지 기관총에 손을 댔는데, 어휴, 정말 뜨거웠어요. 바로 그 순간 그 늙은 여자가 내 뺨을 철썩 때리면서 〈쏴, 이 등신아! 쏘란 말이야. 그러지 않으면 네놈의 골통을 까버리겠어〉 하는 게 아니겠어요? 그래서 나는 쏘기 시작했지만 총을 고정시키기가 무척 어렵더군요. 병사들은 멀리 언덕 쪽으로 달아나고 있었어요. 나중에 우리가 기차 있는 데로 내려가서 뭐 가져갈 것 없나 하고 살펴보는데 적군의 장교가 권총을 휘두르면서 반격하라고 부하들을 위협하는 것이 보이더군요. 그자는 권총을 계속 휘둘러 대며 소리쳤고 우리는 일제히 그에게 총을 쏘았지만 맞히지는 못했어요. 어쨌든 적군의 병사들은 엎드려서 사격을 시작했고 그 장교는 권총을 들고 이리저리 미친 듯이 뛰어다녔어요. 우리는 그 장교를 쏘아 넘어뜨릴 수 없었어요. 기차의 위치 때문에 기관총으로는 그를 쏠 수가 없었으니까. 그 장교는 엎드려 있는 병사 둘을 쏘았으나 병사들은 여전히 일어나려고 하지 않았어요. 장교가 계속 욕설을 퍼붓자 그들은 마침내 한두 겹씩 일어서더니 우리 쪽으로 달려왔어요. 그래서 우리는 그 전복된 기차를 버리고 그곳을 떠났는데 기관총이 머리 위에서 계속 으르렁거렸지요. 바로 그때 내가 그 처녀를 발견했어요. 기차에서 도망쳐 바위틈에 숨었는데 우리와 함께 뛰었죠. 그 병사들은 그날 밤까지 우리를 뒤쫓아 왔어요.」

「아주 힘들었겠군. 감동적이기도 하고 말이야.」 안셀모가 말했다.

「우리가 한 일 가운데 유일하게 괜찮은 것이었지.」 굵고 낮은 목소리가 말했다. 「지금 뭘 하고 있는 거야? 이 게을러 빠진 주정뱅이에다 오입쟁이에, 코 잘것없는 홀아비에, 집시의 더러운 근성을 가진 빌어먹을 놈아! 뭘 하고 있느냐고?」

그 목소리의 주인공은 파블로만큼이나 몸집이 거대하고

위로도 옆으로도 퍼진 쉰 살가량의 여자였다. 그녀는 검은색의 농사꾼 셔츠와 재킷을 입고 굵은 다리에는 두꺼운 털양말과 검정 로프로 창을 댄 신발을 신고 있었는데 화강암 같은 갈색 얼굴이었다. 손은 크지만 잘생겼고 검은 머리칼은 숱이 많고 곱슬곱슬한데 목덜미에서 틀어 올려 한 묶음으로 동여맸다.

「말해 봐.」 그녀는 다른 사람들은 무시한 채 집시에게 말했다.

「동지들에게 얘기하고 있는 중이에요. 이분은 다이너마이트 폭파 전문가라는군요.」

「알고 있어. 이제 여기서 꺼져. 그리고 꼭대기에서 보초를 서고 있는 안드레스와 교대해 줘.」 파블로의 마누라가 말했다.

「난 가요. 식사 때 만나요.」 집시는 로버트 조던에게 얼굴을 돌리며 말했다.

「농담이라도 그렇게 말하지 마. 넌 오늘 세 번이나 처먹었어. 당장 가서 안드레스를 내려 보내.」 여자가 그에게 말했다.

「안녕하세요. 공화국 일은 잘되어 갑니까?」 그녀가 로버트 조던에게 손을 내밀면서 미소 띤 얼굴로 말했다.

「좋습니다. 나도 공화국도 모두 잘되어 가고 있습니다.」 그는 그녀가 힘 있게 악수하는 데 반응하여 같이 힘을 주며 말했다.

「잘되었군요. 또 다른 기차를 폭파하러 왔나요?」 그녀가 그의 얼굴을 빤히 쳐다보며 말했다. 그녀의 회색 눈이 매력적이었다.

「아뇨. 다리를 폭파하러 왔습니다.」 로버트 조던은 그 순간 그녀가 자기편이라고 생각했다.

「아니, 그건 아무것도 아니야. 다리야 아무것도 아니지. 우린 이제 말도 있는데 언제 또 다른 기차를 폭파할 예정인가요?」

「그건 나중에 하지요. 이 다리는 대단히 중요합니다.」

「아까 처녀가 그러는데 우리와 함께 기차 습격을 했던 당신 동지는 죽었다면서요?」

「네.」

「참 안됐어요. 그런 폭파는 본 적이 없는데. 아주 재주 있는 사람이었어요. 마음에도 들고. 이제 또 다른 기차를 해치울 수는 없나요? 이젠 이 산에도 사람이 많아요. 아니, 너무 많아요. 음식을 얻기도 어려울 지경이에요. 여길 벗어나는 것이 좋겠어요. 이젠 말도 있으니까.」

「먼저 이 다리를 해치워야 합니다.」

「어디 있는데요?」

「아주 가까워요.」

「그거 잘되었군요. 여기 있는 다리를 모두 폭파해 버리고 나갑시다. 이곳은 지겨워요. 사람이 너무 많아요. 사람이 이렇게 끓어서는 좋을 게 없죠. 아무런 일거리도 없이 빈둥거리는 게 구역질이 날 지경이에요.」 파블로의 마누라가 말했다.

그녀는 나무 사이로 파블로를 보았다.

「주정뱅이. 썩어 빠진 술주정뱅이!」 그녀가 그에게 소리쳤다. 그녀는 쾌활하게 로버트 조던 쪽으로 고개를 돌렸다. 「저 사람은 숲 속에서 혼자 마시려고 가죽 술 부대를 가져갔어요. 언제나 술만 마시고 있어. 이런 생활이 저 사람을 망치고 있어요. 젊은이, 당신이 와줘서 매우 만족스러워요.」 그녀는 그의 등을 탁탁 쳤다. 「보기보다는 덩치가 크군요. 좋아요.

당신이 와서 대단히 만족스러워요.」 파블로의 마누라는 그의 어깨를 쓰다듬더니 플란넬 셔츠 아래의 근육을 더듬으며 말했다.

「저도 만족스럽습니다.」

「우린 서로 통하는 사이인 것 같군. 술 한잔 해요.」 그녀가 말했다.

「우린 이미 마셨어요. 당신은요?」 로버트 조던이 말했다.

「저녁 식사 때까지는 안 돼요. 그전에 마시면 가슴앓이가 오거든.」 그때 그녀가 파블로를 쳐다보며 주정뱅이! 하고 소리쳤다. 그녀는 로버트 조던을 돌아다보며 고개를 흔들었다. 「참 좋은 사람이었다우. 그러나 이제 끝장이 났어요. 다른 이야기 하나 하겠어요. 그 아이를 잘 대해 주고 돌봐 줘요. 마리아 말이에요. 어려운 일을 겪어 왔어요. 내 말 알겠어요?」

「아무렴요. 왜 그런 말을 하시죠?」

「그 애가 동굴로 들어왔을 때 난 당신에 대한 그 애의 느낌이 어떤지 알았어요. 그 애가 동굴을 나서기 전에 당신을 유심히 쳐다보는 걸 보았어요.」

「아까 그녀와 농담을 조금 했죠.」

「그 애는 아주 상태가 좋지 않았어요. 이젠 훨씬 나아졌지만, 그 앤 어서 이곳을 빠져나가야 해요.」

「안셀모에게 부탁해서 이 전선 너머로 보낼 수도 있을 텐데요.」

「이 일이 끝나면 당신과 안셀모가 데리고 갈 수 있겠죠.」

로버트 조던은 목구멍이 아파 오고 목소리가 흐려짐을 느꼈다. 「그렇게 할 수 있을 겁니다.」

「아니, 아니. 남자들이란 다 그 모양이에요?」 파블로의 아내가 그를 쳐다보더니 고개를 가로저었다.

「난 아무 말도 안했어요. 미인이라고 말한 것뿐인데, 그건 당신도 아는 사실이잖아요.」

「아뇨. 그 애는 미인은 아니에요. 그렇지만 당신은 그 애가 아름다워지고 있다는 뜻으로 말한 거지요? 남자들. 우리 여자들이 그런 남자들을 낳는다는 것은 수치야. 아니, 이건 진담이에요. 공화국에 그 애 같은 처녀들을 돌보는 집은 없나요?」

「있죠. 좋은 곳들이 있습니다. 발렌시아 근처의 해변에도 있고 또 다른 곳에도 있죠. 거기서 그녀를 잘 돌봐 줄 거예요. 보모 노릇을 할 수도 있을 겁니다. 철수된 마을에서 온 아이들이 있거든요. 사람들이 잘 안내해 줄 겁니다.」

「그게 내가 바라는 거요. 파블로는 여자를 밝혀서 그 애 때문에 병이 났어요. 그것이 그를 파괴하는 또 다른 이유예요. 그 애를 처음 본 순간부터 음탕한 마음 때문에 병이 났죠. 그 애가 여길 벗어나는 게 최곤데.」

「이 일이 끝나면 우리가 데려갈 수 있을 겁니다.」 로버트 조던이 말했다.

「그리고 앞으로 그 애를 잘 돌봐 줄 수 있겠어요? 당신을 오랜 친구라고 생각하고 말하는 거예요.」

「사람들은 서로 마음이 통하면 친구가 되는 법이죠.」

「앉아 봐요. 벌어질 일은 벌어지게 되어 있으니까. 무슨 약속을 드구하는 것은 아니에요. 만약 당신이 그 애를 데리고 나가지 않겠다면 약속을 하나 받아 두어야겠어요.」 파블로의 아내가 말했다.

「데리고 가지 않으면 그걸로 그단이지 무슨 약속을?」

「당신이 가버린 후 그 애가 미치지 않기를 바라기 때문이에요. 난 전에 그 애가 미치는 것을 봤어요. 난 그 일이 아니라도 할 일이 너무 많아요.」

「다리 일이 끝나면 생각해 보겠습니다. 이 일이 끝난 뒤 우리가 살아 있다면 그녀를 데려가겠어요.」

「그런 식으로 말하지 말아요. 그건 재수 없는 말이니까.」

「약속이라고 말하니까 그런 식으로 말한 것뿐입니다. 나도 우울하게 말하는 사람은 아니에요.」 로버트 조던이 말했다.

「손금 좀 봅시다.」 로버트 조던이 손을 내밀자 그녀는 그의 손을 자신의 손아귀로 잡고 폈다. 그리고 엄지손가락으로 손바닥을 문지르고 나서 조심스럽게 살피더니 손을 탁 놓고 일어섰다. 그가 일어서자 그녀는 웃지도 않고 그를 쳐다보았다.

「손에서 무얼 읽었습니까? 난 손금 따위는 믿지 않으니까 겁나지 않아요.」 로버트 조던이 그녀에게 말했다.

「아무것도 없었어요. 아무것도.」

「아니, 당신은 뭔가를 보았어요. 궁금한데요. 그걸 믿지는 않지만.」

「그럼 뭘 믿죠?」

「많이 있죠. 그러나 그건 안 믿어요.」

「믿는 것은 어떤 것이죠?」

「내 일이죠.」

「그래요. 그 일을 믿는 것을 보았어요.」

「그 밖의 것은요?」

「다른 것은 없었어요. 다리 폭파 일은 대단히 어렵다고 했지요?」 그녀가 씁쓸한 목소리로 말했다.

「아뇨. 매우 중요하다고 했습니다.」

「그러니까 어려울 수도 있다는 거겠죠?」

「네. 이제 그 다리를 살펴보러 내려가야겠어요. 여긴 몇 사람이나 있나요?」

「쓸 만한 사람은 다섯이에요. 집시는 마음씨는 좋으나 쓸모가 없어요. 그저 인정만 많을 뿐이에요. 파블로는 이제 더 이상 믿을 수가 없고요.」

「엘 소르도는 쓸 만한 사람을 몇 명이나 데리고 있나요?」

「한 여덟 명쯤 될 거예요. 오늘 저녁에 만날 거예요. 이리로 오게 되어 있으니까. 매우 현실적인 사람이에요. 많지는 않지만 다이너마이트도 꽤 가지고 있어요. 그 사람과 얘기하게 될 거예요.」

「일부러 오라고 했나요?」

「매일 밤 와요. 이웃이니까. 동지이자 친구예요.」

「그 사람은 어떤 사람인가요?」

「아주 좋은 사람이에요. 또 현실적이기도 하고. 기차 폭파 때도 대단했지.」

「다른 패들의 사정은 어떻습니까?」

「제때에 알려 주면 어느 정도 쓸 만한 소총 쉰 자루는 모을 수 있을 거예요.」

「얼마나 쓸 만한데요?」

「상황에 따라 쓸 만한 정도는 달라지는 거니까.」

「소총당 탄약은 얼마나 있습니까?」

「아마 스무 발 정도. 이 일을 위해 얼마나 갖고 오느냐에 달렸겠지만, 만약 그들이 도와줄 생각이라면 말이에요. 생각해 보세요. 이 일에는 돈도 안 생기고 전리품도 없어요. 또 당신이 말을 함부로 하지 않는 것을 보면 위험도 많은 듯해요. 더구나 일이 끝나면 이 산을 떠나야겠지요. 많은 사람들이 이 다리 일을 반대할 것 같아요.」

「그건 그럴 겁니다.」

「그러니 쓸데없이 그 얘기를 더 이상 하는 것은 바람직하지 않아요.」

「동감입니다.」

「우선 다리를 살펴보세요. 그러고 나서 오늘 밤 엘 소르도와 함께 의논해 봅시다.」

「지금 안셀모와 함께 내려가 보겠습니다.」

「그럼 그 노인을 깨워요? 카빈총을 가지고 가겠어요?」 그녀가 물었다.

「고맙습니다. 가지고는 가지만 쓰진 않을 겁니다. 조사하러 가는 거지 말썽을 피우러 가는 것은 아니니까요. 지금까지 솔직하게 말씀해 주셔서 감사합니다.」

「나는 솔직하게 얘기하는 편이에요.」

「그렇다면 내 손금에 대해 얘기해 주시지요.」

「아니, 아무것도 보지 못했어요. 이제 다리로 가보세요. 당신 장비를 돌봐 주겠어요.」

「그걸 덮개로 덮고 아무도 손대지 못하게 했으면 좋겠어요. 동굴 안보다는 지금 그대로가 더 좋아요.」

「그렇게 하겠어요. 이제 다리로 가봐요.」 파블로의 아내가 말했다.

「안셀모.」 로버트 조던은 팔베개를 하고 잠든 늙은이의 어깨에 손을 얹으며 말했다.

「아, 그래요. 갑시다.」 안셀모가 올려다보면서 말했다.

3

 그들은 마지막 2백 야드를 걷어 내려갔다. 나무 사이의 어두운 곳만을 골라 몸을 숨기며 걸어 내려가 가파른 등성이의 마지막 소나무가 있는 곳까지 왔다. 그러자 50야드 전방에서 다리가 모습을 드러냈다. 갈색 산등성이에는 오후의 햇살이 내리쬐고 있었다. 다리는 햇빛이 내리비치는 텅 빈 계곡을 배경으로 검게 모습을 드러냈다. 그것은 이음새가 없는 강철 다리였고 양쪽 끝에 초소가 하나씩 있었다. 폭은 자동차 두 대가 가까스로 교차하여 지나갈 수 있는 정도였다. 깊은 골짜기 위에 걸려 있는 그 다리는 철제 다리답게 매우 튼튼해 보였다. 다리 아래에서는 시냇물이 흰 물보라를 일으키며 바위와 조약돌 사이를 헤치고 언덕길의 큰 물줄기를 향해 흘러가고 있었다.

 로버트 조던은 햇빛에 눈이 부셔 다리의 윤곽밖에는 보지 못했다. 그러나 빛은 점차 약해지더니 갈색 산등성이 너머로 사라졌다. 로버트 조던은 나무 사이로 방금 해가 넘어간 갈색 산등성이를 바라보았다. 이제 햇빛은 더 이상 그의 눈을 쏘지 않았다. 산등성이의 고운 신록 군데군데 지난겨울에 내린 눈이 남아 있었다.

로버트 조던은 석양 직전의 희미한 빛을 이용해 다리 쪽을 다시 쳐다보며 구조를 관찰했다. 다리를 파괴하는 일은 그리 어렵지 않을 것 같았다. 그는 상의 윗주머니에서 수첩을 꺼내 재빨리 스케치를 했다. 그러나 폭약을 어느 정도 써야 할지는 따져 보지 않았다. 그건 나중에 할 일이었다. 지금은 폭약을 설치할 지점을 메모해 놓는 것이 중요했다. 그는 다리의 버팀 쇠를 끊어 다리의 중간 부분이 계곡에 떨어져 내리게 할 생각이었다. 폭약을 여섯 군데 정도 설치해 동시에 폭파함으로써 한 치의 오차도 없이, 그리고 침착하게 처리해야 했다. 그러나 비상시에는 대형 폭약을 두 군데만 설치해도 폭파는 가능할 것 같았다. 다리 양쪽에다 폭약을 설치하고 동시에 폭파시키면 그 정도로도 충분하다고 짐작되었다. 그는 마침내 자신이 해야 할 일을 잘 파악하고 또 그 일의 한가운데로 뛰어들게 되어 기쁜 마음으로 재빨리 스케치를 해나갔다. 스케치를 마치자 그는 연필을 윗주머니에 달려 있는 연필꽂이에 꽂고 수첩을 상의 윗주머니에 도로 넣은 뒤 주머니의 단추를 채웠다.

그가 스케치를 하고 있는 동안 안셀모는 도로와 다리 그리고 초소를 내려다보았다. 너무 다리 가까운 곳에 와 있다고 걱정을 하던 그는 로버트 조던이 스케치를 끝마치자 안도의 한숨을 내쉬었다.

로버트 조던이 상의 윗주머니 단추를 채우고 커다란 소나무 뒤에 배를 깔고 엎드리면서 아래쪽을 내려다보자 안셀모는 팔꿈치로 몸을 들어 올리면서 손가락으로 아래쪽을 가리켰다.

그들이 있는 곳의 맞은편 도로 위쪽 초소에 보초가 착검된 소총을 무릎 사이에 놓고 앉아 있었다. 털실로 짠 모자를 쓰고 담요같이 생긴 망토를 입은 그 보초는 담배를 피우는 중이었다. 거리가 50야드[11] 정도 떨어져 있었기 때문에 얼굴은 자세히 보이지 않았다. 로버트 조던은 망원경을 꺼냈다. 물체를 반사할 햇빛이 없는데도 버릇처럼 손 그늘을 드리우면서 조심스럽게 렌즈를 조절한 후 다리 쪽을 살펴보았다. 다리의 난간이 손을 뻗치면 잡힐 듯이 분명하게 보였고 볼이 움푹 팬 보초의 얼굴도 잘 보였다. 보초가 피우고 있는 담배와 기름을 먹여 번들거리는 소총도 잘 보였다. 보초는 농사꾼인 것 같았다. 광대뼈 밑의 볼은 움푹 들어가고 턱수염은 뻣뻣했으며 숱이 많은 눈썹이 눈에 그늘을 드리우고 있었다. 소총을 잡은 두 손은 큼지막했다. 담요 같은 망토 밑에 드러난 장화는 무거워 보였다. 초소 벽에는 낡은 가죽 술부대와 신문지가 놓여 있었으나 전화는 없는 것 같았다. 물론 보이지 않는 쪽에 전화가 설치되어 있을 수도 있었다. 그러나 초소 쪽에서 나온 전선은 보이지 않았다. 도로 위에 설치된 전화선이 다리를 가로지르고 있는 것은 보였다. 초소 옆에는 임시 난로가 돌 위에 놓여 있었다. 그것은 낡은 석유 드럼통의 윗부분을 잘라 내고 옆구리에 구멍을 여러 개 내어 만든 것으로 불은 들어 있지 않았다. 그 난로 밑에 쌓인 재 속에는 불에 그슬려 까맣게 된 빈 깡통들이 몇 개 뒹굴고 있었다.

로버트 조던은 옆에 나란히 엎드려 있는 안셀모에게 망원경을 건네주었다. 노인은 씩 웃더니 고개를 가로저었다. 그는 손가락으로 자신의 머리를 가리켰다.

11 약 45미터. 1야드는 91센티미터.

「저 친구를 본 적이 있어요.」 노인은 스페인어로 말했다. 그는 전혀 입술을 움직이지 않고 말했다. 그 때문인지 아주 조용하고 낮은 목소리였다. 노인은 보초를 내려다보면서 손가락으로 목을 가로로 긋는 시늉을 해보였다. 로버트 조던은 고개를 끄덕였으나 웃지는 않았다.

다리 반대편 쪽의 초소와 그 옆의 도로는 그들이 있는 곳에서 멀리 떨어져 있었기 때문에 잘 살펴볼 수가 없었다. 그 도로는 아스팔트 포장이 잘된 폭이 넓은 도로로 다리 끝 부분에서 왼쪽으로 굽어 나가다가 다시 오른쪽으로 휘어져 시야에서 사라졌다. 도로는 계곡의 암석 부분을 잘라 내 확장한 것처럼 보였다. 산등성이와 다리 쪽에서 내려다볼 경우 도로의 왼쪽은 가장자리에 표지판들이 세워져 있었고 계곡으로 급하게 떨어지는 절벽 위에는 깎아 세운 돌벽이 통행을 막고 있었다. 계곡은 그곳에서 경사가 아주 가팔라졌고 시냇물은 산등성이의 큰 물줄기와 합류했다. 다리는 바로 그 시냇물 위에 걸려 있었다.

「다른 초소는?」 로버트 조던이 안셀모에게 물었다.

「저쪽 커브를 돌아 나가 5백 미터 되는 지점이 있어요. 암벽 바로 옆에 지어진 도로의 보수 요원 막사에 있지요.」

「인원은?」 로버트 조던이 물었다.

그는 망원경으로 다시 한 번 보초를 내려다보았다. 보초는 초소의 판자벽에 담배를 비벼 끄더니 주머니에서 가죽 연초 주머니를 꺼내 꽁초를 분해해 남은 연초를 그 주머니 속에다 털어 넣었다. 보초는 소총을 벽에 세워 놓고 일어서더니 기지개를 켰다. 그러더니 소총을 어깨에 메고 다리 쪽으로 걸어갔다. 안셀모는 땅바닥에 납작 엎드렸고 로버트 조던은 망원경을 상의 윗주머니에 밀어 넣은 다음 소나무 뒤에 머리를 감추었다.

「분대장 이외에 사병 일곱 명이 있어요. 집시가 그렇게 얘기해 주더군요.」 안셀모가 그의 귀에다 대고 말했다.

「저 보초에게 들키지 않을 때를 기다려 돌아갑시다. 너무 가까이 내려온 것 같습니다.」

「필요한 건 다 살펴보았나요?」

「네, 필요한 건 모두 알아냈습니다.」

해가 지고 나니 금세 추워졌다. 산등성이에 희디하게 남아 있던 햇빛이 사라지고 나니 주위는 곧 어둑어둑해졌다.

「그래, 소감이 어떻습니까?」 안셀모가 나지막한 목소리로 물었다. 보초는 반대편 초소를 향해 다리를 건너가고 있었다. 총검은 마지막 남은 희미한 햇빛을 받아 반짝거렸으나 담요 같은 망토를 걸친 그 모습은 어딘지 초라해 보였다.

「아주 좋아요.」 로버트 조던이 말했다. 「아주, 아주 좋아요.」

「그렇다니 잘됐군요. 자, 이제 그만 가볼까요? 보초에게 들킬 염려는 없는 것 같습니다.」

보초는 다리 저쪽 편으로 걸어가 그들에게 등을 돌린 채 서 있었다. 계곡에서는 돌 위를 흐르는 물소리가 요란하게 들려왔다. 그러나 물소리에 섞여 규칙적이고 요란한 소리가 들려왔다. 비행기의 소음 같았다. 보초가 고개를 들어 하늘을 쳐다보자 털실로 짠 모자가 기우뚱 뒤로 넘어갔다. 그들도 역시 고개를 들어 하늘을 쳐다보았다. 저녁 하늘 높은 곳에서 삼각형의 편대를 이룬 석 대의 단엽기가 아직도 남아 있는 햇빛 속에서 은빛의 작은 반점처럼 반짝이며 날아가고 있었다. 그 비행기들이 웅웅거리는 소리가 계곡의 물소리에 섞여 들려왔던 것이다.

「아군 비행기요?」 안셀모가 물었다.

「그런 것 같아요.」 조버트 조던은 그렇게 말했지만 고도가 너무 높아 확신할 수는 없었다. 적기가 저녁 정찰차 비행하고 있는 것인지도 몰랐다. 그러나 정찰기가 아군기라고 말하면 사람들의 기분이 좋아지기 때문에 그렇게 얘기하는 것이 무난했다. 그러나 폭격기는 사정이 달랐다. 안셀모도 같은 기분인 듯했다.

「아군기임이 틀림없어요. 충분히 알아볼 수 있어요. 모스카예요.」

「그래요. 나도 모스카라고 생각했습니다.」 로버트 조던이 말했다.

「모스카가 틀림없어요.」 안셀모가 다시 말했다.

로버트 조던은 마음만 먹으면 비행기를 망원경으로 관찰해서 바로 알아낼 수 있었지만 그렇게 하지 않기로 했다. 오늘 밤 그 비행기들이 적군기이든 아군기이든 그것은 전혀 문제가 되지 않았고 노인이 굳이 아군기라고 생각한다면 그대로 내버려 두는 것이 좋을 듯했기 때문이다. 비행기들은 세고비아 쪽으로 날아가 이제 보이지 않았다. 그 비행기들은 스페인 사람들이 모스카라고 부르는 그 기종 같지는 않았다. 모스카는 날개 끝이 적록색인 소련제 비행기인데 미국의 보잉 P32를 모델로 해서 만든 것이다. 적록색인지는 알 수 없었지만 형체는 다른 것 같았다. 아니, 확실히 달랐다. 그것은 파시스트 정찰기가 귀대하는 것이었다.

보초는 여전히 다리의 저쪽 끝에 서서 등을 이쪽으로 돌린 채 서 있었다.

「자, 갑시다.」 로버트 조던은 그렇게 말하면서 바닥에서 일어섰다. 그는 나무 그늘을 이용해 조심스럽게 등성이를 올라가 보초의 시야에서 벗어났다. 안셀모도 1백 야드쯤 그의 뒤를 따라왔다. 그들이 다리 부근을 완전히 벗어나자 로버트 조던은 걸음을 멈추었다. 노인이 앞서면서 길을 안내했다. 그들은 어둠 속에서 가파른 등성이를 올라갔다.

「아군도 공군력이 대단하군요.」 노인이 즐거운 듯한 목소리로 말했다.

「그래요.」

「그리고 우리는 이 전쟁에서 이길 겁니다.」

「그래야지요.」

「그렇고말고요. 이 전쟁에서 승리하면 사냥이나 하러 와요.」

「뭘 사냥하는데요?」

「숫돼지, 곰, 늑대, 산양.」

「사냥을 좋아하세요?」 로버트 조던이 물었다.

「그럼요. 그 어떤 것보다도 좋아해요. 우리 동네에서는 모두들 사냥에 열심입니다. 사냥을 싫어합니까?」

「싫어해요. 동물을 죽이는 것이 싫습니다.」

「난 그 반대요. 난 사람을 죽이는 게 싫어요.」 노인이 말했다.

「머리가 이상한 사람을 빼놓고는 다 마찬가지지요. 그러나 필요할 때는 사람을 죽여도 아무런 느낌이 없습니다. 정의를 위해서라면 말입니다.」 로버트 조던이 말했다.

「그렇지만 사냥은 다른 거요. 지금은 집이 없지만 집을 가지고 있던 시절, 우리 집에는 숲 속에서 쏘아 잡은 산돼지의 어금니가 있었어요. 또 내가 잡은 늑대들의 가죽도 있었지요. 늑대는 주로 겨울에 눈 속에서 잡아요. 11월 어느 저녁

집으로 돌아오다가 마을 바깥에서 아주 큰 늑대 한 마리를 쏴서 잡았어요. 우리 집 바닥에는 늑대 가죽만 넉 장이 깔려 있었어요. 너무 밟아서 닳아 버리기는 했지만 어쨌든 늑대 가죽이었어요. 시에라 사막에서 잡은 산양의 뿔도 있었지요. 아빌라의 박제사가 박제해 준 독수리도 있었고. 날개를 쫙 편 놈이었는데 눈알이 노란 것이 꼭 살아 있는 놈 같았어요. 아주 멋졌지요. 그런 것들을 바라보고 있노라면 기분이 아주 좋아져요.」

「그렇겠군요.」 로버트 조던이 맞장구쳤다.

「우리 마을의 교회 문에는 내가 봄철에 잡은 곰의 발톱이 장식되어 있어요. 눈 속에서 발톱으로 통나무를 굴리고 있던 놈을 쏴서 잡은 거지요.」

「그게 언젠데요?」

「6년 전이에요. 사람으로 따지면 손이나 다름없는 그 발톱을 볼 때마다 기분이 좋았어요. 그 발톱은 아직도 교회 문에 박혀 있을 겁니다.」

「기분이 좋은 건 자부심 때문이었나요?」

「그래요. 이른 봄철 산등성이에서 곰을 만났다는 것은 자부심을 느낄 만하지요. 하지만 우리와 똑같은 사람을 쏘는 것에는 별로 자부심을 느끼지 못하겠어요.」

「곰의 발톱으로 교회 문을 장식해도 됩니까?」 로버트 조던이 말했다.

「안 되죠. 좀 야만적이긴 해요. 곰의 발톱은 정말 사람 손과 비슷합니다.」

「그리고 곰의 가슴은 사람의 가슴과 마찬가지라고 할 수 있어요. 곰 가죽은 따지고 보면 인간의 피부와 같은 것입니다.」로버트 조던이 말했다.

「맞아요. 집시들은 곰이 인간의 형제라고까지 생각하니까.」안셀모가 말했다.

「그건 미국의 인디언들도 마찬가지지요. 인디언들은 곰을 죽이면 사죄를 하면서 용서를 빌어요. 곰의 두개골을 나무에다 걸어 놓고 그 자리를 떠나기 전에 용서해 달라고 빌지요.」

「곰은 가죽 밑에 몸뚱이가 있고, 맥주를 마시고, 음악을 좋아하고, 춤을 잘 추기 때문에 집시들은 곰이 인간의 형제라고 믿어요.」

「그건 인디언들도 마찬가지입니다.」

「그럼 인디언들도 집시인가요?」

「그렇지는 않지만 곰에 대해서는 집시와 같은 생각을 갖고 있죠.」

「집시들은 또 곰이 재미로 물건을 훔치는 버릇도 있기 때문에 더욱 인간과 비슷하다고 생각해요.」

「당신은 집시인가요?」

「아니요. 그렇지만 그들을 많이 알고 있어요. 그리고 이 운동이 시작된 뒤에는 더욱 많이 알게 되었어요. 산속에는 집시들이 많이 살아요. 집시는 자기 부족 이외의 사람을 죽이는 게 죄가 된다고 생각하지 않아요. 그들은 부인하겠지만 그건 틀림없는 사실이에요.」

「무어인들처럼 말인가요?」

「그래요. 그리고 집시들은 많은 규칙을 갖고 있어요. 본인들은 그것을 부정하지만 전쟁 통에 많은 집시들이 과거와 마찬가지로 다시 사악해지기 시작했어요.」

「그들은 전쟁의 목적을 이해하지 못해요. 왜 싸우는지 모르는 거죠.」

「그건 그래요. 그들이 알고 있는 거라곤 지금 전쟁이 벌어지고 있다는 것, 그리고 과거와 마찬가지로 사람을 죽여도 처벌을 받지 않는다는 것뿐이에요.」 안셀모가 말했다.

「당신도 사람을 죽인 적이 있습니까?」 로버트 조던이 물었다. 그는 오늘 하루를 안셀모와 같이 보냈고 또 이제 주위가 어두워졌기 때문에 그런 질문을 할 수 있었다.

「여러 번이요. 그러나 즐거운 마음으로 한 건 아닙니다. 사람을 죽이는 건 죄악이니까. 우리가 죽여야 하는 파시스트조차도 원래는 죽여서는 안 됩니다. 곰과 사람과는 큰 차이가 있는 겁니다. 곰이 사람과 형제라는 집시들의 황당한 소리는 믿지 않지만 어쨌든 사람을 죽이는 것은 반대입니다.」

「그렇지만 이미 죽였잖습니까.」

「그래요. 앞으로도 죽이게 되겠죠. 그렇지만 이 전쟁에서 살아남는다면 아무에게도 해를 입히지 않고, 또 속죄받을 수 있는 방식으로 살아갈 거요.」

「속죄? 그건 누가 해주는데요?」

「그건 모르겠습니다. 여긴 이미 신도 없고 신의 아들도 없고 또 성령도 없으니까, 누가 누구를 용서해 주는지는 모르겠어요.」 안셀모가 말했다.

「여기 이미 신이 없다고요?」

「그래요. 없는 게 확실해요. 만약 신이 있다면 내 눈으로 목격한 일이 벌어지지 않았을 거요. 사람들에게는 이제 신이 필요해요.」

「사람들은 모두 이게 신의 뜻이라고 주장하는데요.」

「나도 신자로 자랐기 때문에 신의 간섭을 간절히 바랍니다. 하지만 지금은 인간이 자신의 행위에 대해 책임을 져야 할 때인 것 같아요.」

「그럼 당신 스스로 그 살인 행위를 용서해 주면 되지 않습니까.」

「그래야 할 것 같아요. 말이 나왔으니 말인데, 나도 그렇게 해야 한다고 생각해요. 그러나 신이 있든 없든 살인을 하는 것은 죄악이에요. 남의 목숨을 빼앗는다는 것은 대단히 심각한 문제입니다. 필요할 때는 할 수 없겠지만, 난 파블로 같은 사람이 아닙니다.」 안셀모가 말했다.

「전쟁에 이기기 위해서는 늘 살인을 해야 합니다. 그건 언제나 그랬어요.」

「물론이죠. 전쟁에서 살인은 불가피합니다. 내 생각이 좀 특이한 것뿐이지요.」 안셀모가 답했다.

그들은 어둠 속에서 바싹 붙어 걸어 올라갔다. 안셀모는 아주 부드러운 목소리로 말했다. 어떤 때는 고개를 돌리면서 말하기도 했다. 「난 주교라도 죽이지 않겠습니다. 또 그 어떤 형태의 지주도 죽이지 않겠습니다. 단지 그들도 우리처럼 일을 했으면 좋겠어요. 우리가 들과 산에서 목재를 가지고 일할 때 그들도 똑같이 일을 좀 했으면 좋겠어요. 평생 동안 말입니다. 그래야 인간이 이 세상에서 살아가는 목적이 무엇인지를 알 수 있어요. 그들도 우리들이 먹는 것처럼 먹어야 해요. 그러나 무엇보다도 그들은 일을 해야 합니다. 그래야 배울 수 있어요.」

「그렇지만 그들은 이 전쟁 통에도 살아남아 당신을 노예로 만들 겁니다.」

「그들을 죽인다고 해서 효과가 있는 것은 아닙니다. 그들의 씨앗으로부터 더 큰 증오가 배어 나오기 때문에 그들을 멸종시킬 수도 없어요. 감옥은 아무것도 아닙니다. 감옥은 증오만 가르칠 뿐이에요. 우리의 적들도 이 점은 알고 있어야 합니다.」 안셀모가 말했다.

「그렇지만 당신은 살인을 했지 않습니까.」

「여러 번 죽였지요. 앞으로도 그럴 겁니다. 그러나 즐거운 마음으로 그런 건 아니에요. 그때마다 죄책감을 느낍니다.」

「그리고 아까 보초 생각도 나는군요. 그 보초를 죽여야 한다고 하지 않았습니까.」

「그건 농담 삼아 한 말이지만, 어쨌든 그 보초를 죽여야겠죠. 우리의 임무가 있으니 어쩔 수 없는 일이에요. 그러나 즐거운 마음은 아니지요.」

「살인을 좋아하는 사람한테 미룰 수도 있지 않습니까. 초소 양쪽에는 다섯 명과 여덟 명이 있어요. 살인을 좋아하는 사람이라면 열세 명 정도는 아무것도 아닐 겁니다.」 로버트 조던이 말했다.

「살인을 좋아하는 사람은 많지요. 우리 중에도 그런 자가 많이 있어요. 전쟁에 나가 싸우기보다는 사람을 죽이는 일을 더 재미있어하는 자가.」 안셀모가 어둠 속에서 말했다.

「전투에 참가해 본 적 있습니까?」

「없어요. 우리는 운동 초기에 세고비아에서 싸웠어요. 그러나 그 싸움에서 패배하자 곧 도망쳤어요. 나도 다른 사람들과 마찬가지로 달아났죠. 우리는 지금 무엇을 하고 있는지, 그리고 어떻게 해야 하는지도 몰랐어요. 게다가 나는 노루 사냥용 권총을 갖고 있었지만 적인 민병대원들은 모제르 총을 가지고 있었어요. 1백 야드 정도만 벗어나도 상대를 맞히기가 어려웠는데 적은 우리가 마치 토끼나 되는 양 마음대로 쏘아 댔어요. 그들의 우수한 화력 앞에서 우린 내몰린 양처럼 속수무책이었어요.」 안셀모는 잠시 말을 끊었다가 이렇게 물었다. 「다리에서 전투가 벌어지리라 생각합니까?」

「가능성이 있어요.」

「전투가 벌어지면 사람들은 정신없이 달리게 되지. 그렇게 되면 어떻게 처신해야 할지 모르겠습니다. 노인인 데다 힘이 달려서 말입니다.」

「내가 당신을 엄호하겠습니다.」 로버트 조던이 말했다.

「당신은 전투에 여러 번 참가했나요?」

「네.」

「이 다리에서 벌어질 전투에 대해서는 어떻게 생각합니까?」

「우선 다리만 생각해 보죠. 다리 폭파는 내가 맡아서 하겠습니다. 다리 자체를 파괴하는 일은 그리 어렵지 않아요. 그다음에 어떻게 해야 할지 생각해 두어야겠지요. 우선 준비 사항을 써서 알릴 겁니다.」

「글을 읽을 줄 아는 사람이 별로 없어요.」 안셀모가 말했다.

「물론 모든 사람이 알게끔 분명하게 써서 알리고 또 말로도 설명을 할 겁니다.」

「난 내가 맡은 임무를 열심히 해내겠습니다. 그리고 세고비아 전투 때를 생각해 보니 한 가지 부탁할 것이 있습니다. 다리 위에서 전투가 벌어져 쌍방 간에 사격이 벌어진다면 달리는 건 하지 않았으면 좋겠어요. 세고비아 전투 때 나는 무턱대고 달리는 경향이 있었던 것 같습니다.」

「우린 함께 있을 겁니다. 그리고 당신이 무슨 일을 해야 하는지 그때그때 알려 주겠습니다.」 로버트 조던이 말했다.

「그럼 문제없어요. 지시받은 일은 잘 해내니까.」

「먼저 다리에 집중해야 해요. 그리고 그다음 상황에 따라 전투에 임해야겠지요.」

어둠 속에서 그렇게 말을 하니 로버트 조던은 약간 비장한 기분이 들었다. 또 스페인어로 말하니까 그럴듯하게 들린다고 생각했다.

「상당히 재미있는 일이 되겠군요.」

로버트 조던은 솔직하고 분명하게 말하는 안셀모에게서 영국인 같은 겸양도 아니고 로마인 같은 허세도 아닌, 스페인 사람 특유의 담담함을 느낄 수 있었다. 그리고 이 노인과 함께 일하게 된 것을 대단한 행운이라고 생각했다. 그는 다리를 정찰한 결과 정상적인 상태에서 초소를 습격하고 다리를 폭파해야 할 때의 여러 가지 문제점들을 생각하면서 그것을 단순화시키기 시작했다. 그는 골스의 명령이 부당하다고 느꼈고 또 그런 명령을 내리게 만든 상황이 야속했다. 그 명령을 수행해 나가는 과정에서 자신과 이 노인에게 벌어질 일을 생각하니 벌써부터 짜증이 났다. 골스의 명령은 막상 그것을 실행에 옮겨야 하는 사람들에게는 매우 부담스러운 것이었다.

이렇게 생각하면 안 되는데. 그는 생각했다. 이런 일은 누구에게나 벌어질 수 있는 거야. 네 생각을 내세우면 안 돼. 너나 이 노인이나 결국엔 아무것도 아니야. 임무를 수행하기 위한 도구에 불과한 거지. 그런 명령이 떨어진 것은 네 잘못이 아니야. 그리고 저 다리는 대단히 중요해. 저 다리에 인류의 운명이 걸려 있을 수도 있어. 저건 이 전쟁의 판도를 결정할 정도로 중요한 다리야. 네가 할 수 있는 일은 단 한 가지밖에 없고 너는 그 일을 해야 해. 오직 이 한 가지란 말이야. 오직 한 가지니까 마음은 더 편할지도 몰라. 이 수다스러운 바보야. 쓸데없는 걱정은 집어치워. 차라리 다른 걸 생각해.

그래서 그는 마리아라는 처녀를 생각했다. 머리카락과 피부와 눈동자가 모두 금빛인 그 황갈색의 처녀. 머리카락은 피부나 눈동자에 비해 더 짙은 금빛인 그 처녀. 그러나 피부가 햇빛에 노출되어 선탠을 하게 된다면 오히려 머리카락이 더 밝게 보일는지도 모른다. 그녀의 부드러운 피부는 겉으로 볼 대는 연한 황금빛이었다. 몸은 아주 탄력이 있어 보였다. 그리고 몸가짐은 어딘지 어색한 데가 있었다. 비록 밖에서는 보이지 않지만 혹시 보이면 어떻게 하나 하는, 감추고 싶어 하는 무언가가 그녀의 마음속에 있는 것 같았다. 그녀는 그가 쳐다보자 얼굴을 붉혔다. 앉을 때는 두 손으로 무릎을 감싸고 다소곳이 앉았다. 벌어진 셔츠 사이로 목덜미가 보였고 가슴은 위로 약간 솟아 있었다. 그녀를 생각하자 로버트 조던은 목이 메어 걷기조차 힘들어졌다. 두 사람은 아무 말 없이 숲 속을 걸었다. 그러다가 노인이 말했다. 「이제 이 바위 틈을 지나 캠프로 돌아가는 겁니다.」

그들이 어둠 속에서 바위틈을 지나자 누군가 그들에게 말을 걸었다.

「정지! 누구냐?」

소총의 공이치기가 격발되는 소리가 들렸고 이어 총대를 앞으로 쑥 내밀면서 나무를 두드리는 소리가 났다.

「동지다.」 안셀모가 말했다.

「동지라니, 누구냐?」

「파블로의 동지들이다. 우리를 모르는가?」 안셀모가 말했다.

「안다. 그렇지만 이건 명령이다. 암호를 알고 있나?」

「모른다. 지금 비탈 밑에서 올라오는 길이다.」

「알고 있다. 다리 있는 데서 올라오는 중이지? 그러나 암호를 확인하라는 건 위에서 내려온 명령이다. 암호의 뒷부분을 말해 봐라.」 사내가 어둠 속에서 말했다.

「그럼 암호의 앞부분은 뭔가?」 로버트 조던이 물었다.

「잊어버렸지. 발자국 남기지 말고 어서 캠프로 가 봐. 그 지랄 같은 다이너마이트를 가지고 말이야.」 사내가 어둠 속에서 웃으며 말했다.

「게릴라의 규율이란 이 모양이오. 그럼 총의 안전장치를 잠가.」 안셀모가 말했다.

「잠갔어요. 엄지손가락과 둘째손가락으로 말이죠.」 사내가 어둠 속에서 대꾸했다.

「공이치기에 꼭지가 안 달린 모제르총은 안전장치를 잠그다가 총알이 발사되는 경우가 있어.」

「이건 모제르총인데. 두 손가락으로 꽉 밀어 내렸어요. 난 늘 그렇게 해요.」 사내가 말했다.

「총구는 어딜 향하고 있나?」 안셀모가 어둠 속에서 물었다.

「당신을 향하고 있지. 공이치기를 격발시키고 난 뒤 계속 이 상태로 있었어. 캠프로 가거든 아무 놈이나 교대하러 나오라고 좀 말해 줘. 너무 배가 고파 암호도 까먹을 지경이니까.」

「당신 이름은 뭐요?」 로버트 조던이 물었다.

「아구스틴이오. 이곳이 지겨워서 죽을 지경이오.」

「그렇게 전해 주겠소.」 로버트 조던은 그렇게 말하고 나서, 스페인어로 지겨움을 뜻하는 〈아부르미엔토 *aburmiento*〉라는 말은 다른 나라 같으면 농부들이 사용하는 말이 아닐 거라고 생각했다. 그러나 스페인 사람들은 어떤 계층의 사람들이건 관계없이 이 말을 널리 사용했다.

「내 말 좀 들어 보시오.」 아구스틴은 로버트 조던에게 가까이 다가와 그의 어깨에 손을 얹으며 말했다. 그는 라이터로 불을 켜 코르크 끝에 불을 붙여 그 빛으로 조던을 들여다보았다.

「당신은 지난번 그 친구와 비슷하군. 하지만 어딘지 다른 데가 있어. 얘기 좀 해보시오. 그 다리 일은 사실이오?」 아구스틴은 라이터를 내려놓고 소총을 꽉 잡으면서 물었다.

「무슨 다리 말이오?」

「우리가 그 지랄 같은 다리를 폭파한 뒤 이 지겨운 산을 벗어날 거라는 얘기 말이오.」

「모르겠소.」

「모른다고! 이 무슨 헛소리야. 그럼 저 다이너마이트는 누구 거요?」 아구스틴이 말했다.

「내 거요.」

「그 다이너마이트가 어디에 쓰일 건지 모른다고? 헛소리 좀 하지 마시오.」

「나는 그 폭약의 용도를 알고 있소. 그리고 당신도 곧 알게 될 거요. 그러나 지금은 캠프로 돌아가야 하오.」 로버트 조던이 말했다.

「그 지랄 같은 것들에게 가서 지랄 같은 인간이 되라고. 한 가지 도움이 될 만한 것을 얘기해 드릴까?」 아구스틴이 말했다.

「그러시오. 지랄 같은 것이 아니라면 좋겠소.」

로버트 조던은 아구스틴의 어투를 흉내 내면서 말했다.

아구스틴이라는 사내는 〈지랄 같은〉이라는 말을 형용사로도 동사로도 사용했기 때문에 로버트 조던은 그가 그 〈지랄 같은〉이라는 말을 사용하지 않고 말을 할 수가 있는지 의심이 들 정도였다. 로버트 조던이 〈지랄 같은〉이라는 말을 쓰자 아구스틴은 어둠 속에서 웃음을 터뜨렸다.

「그게 나의 독특한 어투요. 좀 지저분하게 들리기는 할 거요. 하지만 상관없소. 누구나 자신의 어투가 있는 거니까. 내 말을 들어 보시오. 그 다리는 나와 아무런 상관도 없는 물건이오. 그 밖의 다른 어떤 것들도 내게는 마찬가지요. 그리고 이 산중 생활도 지긋지긋하오. 그러니 이곳을 떠난다고 해도 아무렇지도 않소. 그러나 이것 한 가지만은 얘기해 두겠소. 그 폭약을 잘 간수하시오.」

「고맙소. 당신이 훔칠 거요?」 로버트 조던이 말했다.

「아니. 나보다 장비가 지랄같이 모자라는 사람이 훔칠지도 모르오.」

아구스틴이 말했다.

「그래서?」 로버트 조던이 물었다.

「스페인 말을 잘 알아듣는군. 당신의 그 지랄 같은 폭약이나 잘 간수하시오.」 아구스틴이 이제 심각하게 말했다.

「고맙소.」

「고맙다는 말을 할 필요는 없고, 당신 물건이나 잘 간수하시오.」

「물건에 무슨 일이라도 생겼소?」

「아니. 이미 일이 생겼다면 이런 말을 하면서 시간을 낭비할 필요가 어디 있겠소.」

「어쨌든 고맙소. 자, 이제 우리는 캠프로 돌아가겠소.」

「좋소. 암호를 아는 사람을 여기로 좀 보내라고 말해 주시오.」

「캠프로 곧 돌아올 거요?」

「그렇소. 곧 가겠소.」

「자, 갑시다.」 로버트 조던이 안셀모에게 말했다.

그들은 이제 목초지의 가장자리를 걸었다. 주위에는 잿빛 안개가 끼어 있었다. 발아래에는 풀이 촉촉한 감촉으로 감겨 왔다. 솔잎 바닥과 풀잎을 적시는 이슬이 로프 창 신발의 감촉을 더욱 사뿐하게 만들었다. 로버트 조던은 나무 사이로 희미한 불빛이 흘러나오는 곳을 보았다. 아마도 그곳이 동굴의 입구인 듯했다.

「아구스틴은 아주 좋은 사람이에요. 늘 욕지거리를 하고 농담을 하지만 아주 성실한 데가 있는 사람입니다.」 안셀모가 말했다.

「그 사람을 압니까?」

「네. 아주 오랫동안 알고 지냈죠. 그를 믿습니다.」

「그가 말한 것도요?」

「그렇습니다. 보아서 알겠지만, 이 파블로라는 자는 아주 못돼 먹었습니다.」

「그럼 어떻게 해야 좋겠습니까?」

「폭약을 잘 감시하는 수밖에.」

「누가?」

「당신과 내가요. 그리고 파블로의 마누라와 아구스틴이 지킬 수 있겠지요. 아구스틴이 자기 입으로 위험하다고 말했으니까 자진해서 보초를 설 겁니다.」

「정말 이곳의 상황이 그 정도로 심각합니까?」

「처음에는 그렇지 않았는데 갑자기 나빠졌어요. 그러나 이곳에 올 수밖에 없는 사정이 벌어졌어요. 이곳은 파블로와 엘 소르도의 구역입니다. 혼자서 할 수 없다면 도리 없이 그들의 도움을 받아야 해요.」 안셀모가 말했다.

「그럼 엘 소르도는 어떻습니까?」

「파블로가 흉악한 놈이라면 그는 아주 좋은 사람이죠.」

「파블로가 그렇게 나쁜 사람입니까?」

「오후 내내 그 생각만 했어요. 그리고 오늘 말이 나왔습니다만, 그자는 정말 나쁜 놈입니다. 생각해 볼수록 그렇습니다.」

「다른 다리를 폭파한다고 둘러대고 이곳을 떠나는 척한 뒤 다른 부대의 도움을 얻으면 어떻겠습니까?」 로버트 조던이 물었다.

「안 돼요. 여긴 파블로의 구역입니다. 그가 모르게 이곳에서 움직일 수는 없어요. 그러니 아주 조심스럽게 행동해야 합니다.」

4

 그들은 동굴의 입구까지 내려왔다. 동굴 입구에는 담요를 걸어 놓았는데 그 틈새로 불빛이 희미하게 흘러나왔다. 폭약이 든 두 개의 자루는 나무 둥치에 기대어 세워져 있었고, 캔버스 천으로 덮여 있었다. 로버트 조던은 무릎을 꿇고 그 천을 만져 보았다. 축축하고 뻣뻣했다. 그는 어둠 속에서 캔버스 천의 아랫부분을 더듬어 자루의 바깥쪽 주머니를 열고 가죽을 씌운 병 하나를 꺼내 자신의 주머니에 넣었다. 그는 자루의 주둥이를 조여 매는, 긴 가로대가 달린 맹꽁이자물쇠를 열고 자루의 꼭대기에 달린 끈을 푼 다음 자루 속에 손을 넣어 그 안에 든 것을 확인했다. 그는 자루의 깊숙한 곳에 손을 넣어 잘 쌓아 넣은 덩어리들을 만져 보았다. 그 덩어리들은 침낭에 싸여 있었다. 그는 자루의 끈을 조여 매고 자물쇠를 다시 잠근 뒤 다른 자루에도 손을 넣어 보았다. 구식 폭발 장치가 든 나무 상자가 만져졌다. 두 가닥의 줄로 여러 번 감싼 원통형의 뇌관(그는 어렸을 때 주워 온 새알처럼 그것을 소중하게 싸두었다)이 들어 있는 담배 상자, 총열에서 떼어 낸 가죽 재킷에 싸둔 기관 단총의 몸체, 자루의 안주머니에 든 두 개의 약실과 다섯 개의 탄창 그리고 또 한쪽의 주머니에 든 구리 코일과 절연선 코일 등이 만져졌다. 구리선이 들어 있는 주머니에 플라이어 몇 개와 폭약 밑에 구멍을 뚫기 위한 나무 송곳 두 개가 들어 있었다. 마지막으로 속주머니에서 골스 사령부에서 얻은 러시아제 담배가 든 담배 상자를 꺼냈다. 그는 자루의 주둥이를 닫고 자물쇠를 잠갔다. 그리고 덮개를 버클로 죄고 두 자루를 다시 캔버스 천으로 덮었다. 안셀모는 이미 동굴 속에 들어가 있었다.

로버트 조던은 그를 따라 안으로 들어가려다가 마음을 바꿔 캔버스 천을 치우고 자루를 양손에 들었다. 그는 그것을 들고 힘겹게 동굴 입구까지 걸어갔다. 그러고 자루 하나는 동굴 입구에 놓고 한 손으로 동굴 입구에 쳐져 있는 담요를 들췄다. 그리고 여전히 자루 하나는 어깨에 메는 끈을 손에 쥔 채로, 고개를 숙여 동굴 안으로 들어갔다.

동굴 안은 따뜻했지만 연기가 가득했다. 벽 한쪽에 긴 식탁이 놓여 있고 그 식탁 위에는 병에 꽂은 양초가 빛나고 있었다. 식탁에는 파블로, 집시인 라파엘 그리고 그가 모르는 세 사람이 앉아 있었다. 양초가 사람들 뒤쪽의 벽에 그림자를 만들고 있었다. 안셀모는 식탁 오른쪽에 서 있었다. 파블로의 아내는 동굴 한구석에 마련된 화덕의 숯불을 내려다보고 있었다. 마리아는 그 여자 옆에 무릎을 꿇고 앉아 쇠솥 속에 든 것을 휘젓고 있었다. 그녀는 나무젓가락을 쳐들며 동굴 입구에 서 있는 로버트 조던을 올려다보았다. 그녀의 얼굴과 팔은 파블로의 아내가 풀무로 불어 대는 화덕의 불빛을 받아 빛나고 있었다. 그녀가 들고 있는 나무젓가락에서 흘러내린 액체는 쇠솥으로 흘러 들어가는 중이었다.

「뭘 들고 오는 거요?」 파블로가 물었다.

「내 물건이오.」 로버트 조던은 그렇게 말하면서 두 자루를 식탁에서 조금 떨어진 동굴 입구 쪽에다 서로 약간 간격을 둔 채 내려놓았다.

「바깥에 놔두어도 괜찮은 거 아니오?」 파블로가 물었다.

「어두운 곳에서 누군가가 걸려 넘어지지 않겠소?」 로버트 조던은 그렇게 말하면서 식탁으로 걸어가 담배 상자를 내려놓았다.

「동굴 안에 다이너마이트를 놔두는 건 마음에 들지 않는데.」 파블로가 말했다.

「불 있는 데서 떨어져 있으니 문제없을 거요. 자, 담배들 피우시오.」 로버트 조던이 말했다. 그는 큰 군함의 천연색 그림이 찍혀 있는 담배 상자를 엄지손가락으로 비비며 파블로 쪽으로 밀었다.

안셀모는 로버트 조던에게 가죽을 씌운 의자를 가져다주고 자신은 식탁에 앉았다. 파블로는 그에게 무슨 말을 하려다가 그만두고는 담배 상자에 손을 내밀었다.

로버트 조던은 다른 사람들에게도 담배 상자를 내밀었다. 그는 아직 그 사람들을 자세히 쳐다보지는 않았다. 그러나 그중 한 사람이 담배를 꺼내 들었고 나머지 두 사람은 아무런 반응이 없었다. 그는 파블로의 움직임을 예의 주시했다.

「집시, 잘되어 가오?」 그가 라파엘에게 물었다.

「좋아요.」 집시가 대답했다. 로버트 조던은 그들이 자신에 대해 얘기하던 중이라는 것을 알아차렸다. 집시도 상당히 거북하다는 태도였다.

「당신에게 다시 밥을 준다고 하던가?」 로버트 조던이 집시에게 물었다.

「그럼요. 안 줄 이유가 없잖습니까.」 집시가 말했다. 오후에 농담을 할 때와는 태도가 영 딴판이었다.

파블로의 아내는 아무런 말도 하지 않고 화덕에 열심히 부채질을 했다.

「아구스틴이라는 사람이 저 위에서 지겨워 죽겠다고 하던데.」 로버트 조던이 말했다.

「그렇다고 죽지는 않잖소? 그러니 좀 더 있으라고 내버려 둡시다.」 파블로가 말했다.

「와인 있습니까?」 로버트 조던이 허리를 구부리고 손을 식탁에 얹으면서 사람들에게 물었다.

「남은 게 별로 없소.」 파블로가 뚱한 목소리로 말했다. 로버트 조던은 다른 세 사람과 이야기를 나누면서 그들 사이에서 자신의 처지가 어떤지 파악해 보기로 마음먹었다.

「그렇다면 물이나 한 컵 마십시다. 아가씨, 물 한잔 주시오.」 그가 처녀에게 말했다.

처녀는 아무 말도 하지 않고 있는 파블로의 아내를 쳐다보더니 알아들었다는 시늉을 하지 않고 물독으로 가서 한 컵 가득 물을 떠냈다. 로버트 조던은 그녀에게 미소를 지어 보였다. 동시에 그는 배를 안으로 들이면서 의자의 왼쪽으로 몸이 쏠리도록 자리를 조정했다. 그렇게 하니까 권총이 벨트에 훨씬 가까이 달라붙었다. 그는 손을 허리춤 아래로 내리뻗었는데 파블로가 그 광경을 지켜보았다. 다른 사람들도 모두 그를 쳐다보고 있었지만 그는 특히 파블로에게 신경을 썼다. 그는 주머니에서 가죽을 씌운 병을 꺼내 마개를 틀어 열었다. 그리고 물컵을 들어 반쯤 마신 뒤 가죽을 씌운 병에서 천천히 액체를 따라 그 안에 흘려 넣었다.

「이건 당신이 마시기에는 좀 독하기는 하지만 그래도 주겠소.」 그는 처녀에게 그렇게 말하고 미소를 지어 보였다. 「좀 남아 있으니 당신에게도 주겠소.」 그는 파블로에게도 말했다.

「아니스[12]는 싫어.」 파블로가 대답했다.

아니스의 매큼한 향기가 식탁 위로 퍼졌다. 파블로는 그 술의 특징적인 향기를 지적하며 싫다고 한 것이다.

「얼마 남지 않아서 그런지 더 맛이 좋은데.」 로버트 조던이 말했다.

「그건 무슨 술인가요?」 집시가 물었다.

「약이오. 좀 마셔 보겠소?」

「무슨 약?」

「만병통치약이오. 무슨 병이든 다 고치니까.」

「그럼 어디 한번 마셔 봅시다.」 집시가 말했다.

로버트 조던은 컵을 집시에게 내밀었다. 압생트는 물과 섞여 노란빛을 띠었다. 그는 집시가 한 모금 이상은 마시지 않았으면 하고 바랐다. 이제 술이 조금밖에 남아 있지 않은 데다 그걸 한 잔 마시면 옛날의 추억이 되살아나기 때문이었다. 신문을 읽으며 보낸 저녁이나 카페에서 보낸 밤, 이달 들어 꽃이 활짝 피었을 밤나무, 교외의 가로수를 천천히 달리는 멋진 말, 책방을 뒤지던 일, 키오스크 가판점, 미술관, 몽수리 공원, 스탠드 퍼발로 경마장, 뷔트 쇼몽 산, 신용 보증 회사, 쉘 강에 있는 시테 섬, 포요의 허름한 호텔, 그리고 독서를 하면서 피로를 풀던 저녁, 이 모든 것을 그 한 잔의 술

---

12 독한 술인 압생트의 상표명.

이 대신해 주었다. 이 반투명의 씁쓸한 액체는 혀를 마비시키고, 머리를 따스하게 해주고, 생각을 잘 나게 하는 희한한 물질이었다. 과거에 좋아했다가 잊어버린 일들을 하나도 잊지 않고 다시 기억하게 해주는 힘마저 갖고 있었다.

집시는 얼굴을 찡그리며 컵을 되돌려주었다. 「아니스 맛이 나기는 하지만 담즙처럼 쓰군요. 이 약을 마시느니 차라리 아픈 게 낫겠습니다.」

「그건 이 술에 쓴 쑥이 들어 있기 때문이오. 이건 진짜 압생트인데 속에 쓴 쑥이 들어 있지. 사람들은 이 술을 마시면 머리가 둔해진다고 하지만 난 그렇게 생각하지 않아. 오히려 생각을 더 잘 나게 해주지. 이 술에다가는 물을 몇 방울 천천히 떨어뜨려야 해. 하지만 나는 물에다 이 술을 부었지.」로버트 조던이 집시에게 말했다.

「무슨 소리요?」파블로가 그의 목소리에서 야유를 느끼면서 화난 목소리로 물었다.

「이 약을 설명하고 있는 중이오. 난 이걸 마드리드에서 샀소. 이게 마지막 남은 병인데 3주째 마시고 있지.」그는 파블로에게 그렇게 설명하고 나서 싱긋 웃어 보였다. 그런 다음 술을 단숨에 다 마셔 버렸다. 그는 액체가 혀를 얼얼하게 마비시키는 것을 느끼며 혀를 다셨다. 그는 파블로를 쳐다보면서 다시 싱긋 웃었다.

「일은 어떻게 되어 가오?」그가 물었다.

파블로는 아무런 대답도 하지 않았다. 로버트 조던은 식탁에 앉아 있는 다른 세 사람을 유심히 쳐다보았다. 한 사람은 넓적하고 커다란 얼굴을 하고 있었는데 세라노 햄처럼 평평하고 갈색이었다. 게다가 코는 납작하고 코허리가 부러져 있었다. 그는 가늘고 긴 러시아제 담배를 입에 물고 있었는데 그것이 앞으로 튀어나와 있어서인지 납작한 얼굴이 더 납작해 보였다. 머리칼은 짧고 회색이었고 수염도 마찬가지로 회색이었다. 옷은 목에서 잠그는 평범한 검은 외투를 입었다. 로버트 조던이 그를 쳐다보았을 때 그는 식탁 위를 멍하니 내려다보고 있었다. 그러나 눈초리는 초롱초롱하고 깜빡거리지도 않았다. 다른 두 사람은 형제인 것 같았다. 그들은 아주 비슷하게 생겼으며 땅딸막했다. 머리칼은 검었으며 이마에까지 흘러내렸고, 눈동자는 검었으며 얼굴은 갈색이었다. 한 사람은 왼쪽 눈 위에 칼자국이 있었다. 로버트 조던이 그들을 쳐다보자 그들도 마주 보았다. 한 사람은 스물여섯 내지 스물여덟 정도 되어 보였고 다른 한 사람은 그보다 두 살 정도 많은 듯했다.

「뭘 보고 있는 거요?」 이마에 상처가 있는 남자가 물었다.

「당신을 보고 있었소.」 로버트 조던이 말했다.

「그래, 뭐 신기한 것이라도 발견했소?」

「없었소. 담배 피우겠소?」

「그럽시다. 이건 그 친구가 피우던 것하고 똑같은 것이군. 기차 폭파 때의 그 친구 말이오.」 사내가 담배를 집어 들며 말했다. 그는 아까는 담배를 집지 않았었다.

「당신도 기차 습격 때 참가했소?」

「저 노인을 빼고 여기 있는 사람들은 모두 참가했소.」 그가 조용한 목소리로 말했다.

「우리는 그런 공작을 한 번 더 해야 해. 그런 기차 습격 같은 것 말이오.」 파블로가 말했다.

「다리 폭파가 끝나면 그렇게 할 수 있을 거요.」 로버트 조던이 말했다.

파블로의 아내는 이제 화덕에서 고개를 돌려 그들의 대화에 귀를 기울였다. 그가 다리 얘기를 하자 모두들 잠잠해졌다.

「다리 폭파가 끝난 뒤에 말이오.」 로버트 조던은 일부러 천천히 말하면서 압생트를 다시 한 모금 마셨다. 이 이야기를 꺼내길 잘했어, 하고 그는 생각했다. 어차피 나올 얘기인데 뭐.

「다리 폭파에는 참가하지 않겠소. 나는 물론이고 여기 있는 내 동료들도 마찬가지요.」 파블로가 식탁을 내려다보며 말했다.

로버트 조던은 아무 말도 하지 않았다. 대신 안셀모를 쳐다보며 컵을 들었다.

「그럼 영감님하고 나하고 둘이서 합시다.」 그는 미소를 지으며 말했다.

「이런 겁쟁이는 참가시킬 필요도 없어요.」 안셀모가 말했다.

「뭐라고?」 파블로가 노인에게 말했다.

「알 것 없어. 당신한테 얘기한 게 아니니까.」 안셀모가 대꾸했다.

로버트 조던은 식탁을 한 번 쓱 훑어본 뒤 화덕 옆에 서 있는 파블로의 아내를 쳐다보았다. 그녀는 아무런 말도 몸짓도 하지 않았다. 그러나 그녀는 뭔가 알 수 없는 말을 마리아에게 했고 마리아는 화덕에서 일어나 벽을 따라 걸어가더니 동굴 입구를 가린 담요를 쳐들고 밖으로 나갔다. 이제 한번 세게 부딪쳐야 할 것 같군. 로버트 조던은 생각했다. 그래, 바로 이거야. 일이 이렇게 풀려 나가기를 바라지는 않았지만 이제 더 이상 어쩔 수 없어. 이렇게 풀어 나가는 수밖에.

「그럼 당신의 도움 따위는 받지 않고 다리를 폭파하겠소.」 로버트 조던이 파블르에게 말했다.

「안 되오. 이곳에서 다리를 폭파할 수는 없소.」 그렇게 말하는 파블로의 이마에 땀이 맺혔다.

「안 된다고?」

「다리 폭파는 안 되오.」 파블로가 씩씩거리며 말했다.

「그럼 당신은?」 로버트 조던은 화덕 옆에 서 있는 덩치가 큰 파블로의 아내에게 물었다.

그녀는 몸을 돌리면서 천천히 말했다. 「나는 찬성이에요.」 그녀의 얼굴은 불빛을 받아 빛났다. 그래서 그런지 얼굴이 더 따뜻하게 보였고 홍조를 띤 것 같기도 했다. 그리고 아름다워 보였다.

「뭐라고?」 파블로가 그녀에게 말했다. 그의 얼굴에는 배신당했다는 표정이 떠올랐고 이마에는 땀이 배어 나왔다.

「난 찬성이에요. 당신과는 의견이 달라요. 그것뿐이에요.」 파블로의 아내가 말했다.

「나도 찬성이오.」 얼굴이 넓적하고 콧등이 부러진 사내가 담배를 식탁에 비벼 끄며 말했다.

「내긴 다리 폭파가 아무렇지도 않은 일이오. 난 파블로 마누라의 의견에 찬성이오.」 형제들 중 한 사내가 말했다.

「나도 마찬가지요.」 다른 형제가 말했다.

「나도 그렇습니다.」 집시가 말했다.

로버트 조던은 파블로를 쳐다보면서 오른손을 허리 아래로 서서히 내렸다. 필요하다면 총을 뽑을 생각이었다. 그러나 내심 그럴 필요가 없기를 바랐다. 하기야 따지고 보면 그게 가장 간단하고 쉬운 방법일 수도 있었다. 그러나 여태까지 잘되어 나가던 일을 망치고 싶지는 않았다. 그뿐만 아니라 막상 싸움이 벌어지면 파블로의 전 가족, 전 식구, 전 부대가 낯선 사람을 상대로 반격에 나설 수도 있었다. 그러나 일이 이렇게 된 이상 손으로 총을 뽑아 사태를 해결하는 것이 가장 간단하고 가장 좋고 문제를 제거하는 가장 건전한 방법이 아닐까 하는 생각도 들었다. 파블로의 아내는 사람들이 자기의 의견을 지지해 준 것에 의기양양해져 얼굴을 붉히며 자랑스럽게 서 있었다.

「난 공화국 편이에요. 그리고 공화국은 다리 폭파를 원해요. 그 뒤에 다른 폭파를 계획할 수도 있어요.」 파블로의 아내가 낭랑한 목소리로 말했다.

「이봐, 소만도 못한 대가리와 창녀만도 못한 마음을 가진 당신이 그런 소리를 해? 다리 폭파 후에 무슨 미래가 있을 것 같아? 그다음에 무슨 일이 벌어질지 생각이나 해봤어?」 파블로가 화난 목소리로 물었다.

「그 뒤에 일어날 일이야 지금 걱정하지 않아도 어차피 일어날 테니 신경 쓰지 말아요.」 파블로의 마누라가 말했다.

「그래, 아무런 소득도 없는 일에 가담했다가 그 뒤에는 짐승처럼 쫓기고 싶단 말이지?」

「상관없어요. 그리고 나에게 겁을 주려고 하지 말아요, 이 겁쟁이.」

「겁쟁이라고? 전략적으로 옳은 말을 하는 사람을 겁쟁이로 몰아붙인단 말이지? 그런 어리석은 짓을 미리 예측한다고 겁쟁이라고 몰아붙여? 어리석은 일을 어리석다고 말하는 건 비겁한 게 아니야.」 파블로가 씁쓸한 목소리로 말했다.

「마찬가지로 비겁한 것을 비겁하다고 말하는 것도 어리석은 것은 아니야.」 안셀모가 참지 못하고 끼어들었다.

「당신 죽고 싶소?」 파블로는 아주 심각한 목소리로 안셀도에게 말했다. 로버트 조던은 그 질문이 너무나 노골적이라고 생각했다.

「아니.」

「그럼 입 닥쳐요. 잘 알지도 못하면서 떠벌리지 말아요. 이건 정말 심각한 일이라는 걸 모른단 말입니까? 이게 심각한 일이라고 생각하는 게 나뿐이란 말이야?」 파블르가 거의 슬픈 목소리로 말했다.

나도 대단히 위험한 일이라는 건 알아. 로버트 조던은 생각했다. 정말 나도 그렇게 생각한다고, 이 친구야. 파블로 자네도 그걸 알고 나도 알고 또 저 마누라도 내 손을 보아 알고 있지. 아직 눈으로 확인만 못했을 뿐이야.

「내가 공짜로 대장이 된 줄 알아? 내 말은 너무나 분명한 거야. 당신들은 아직도 몰라. 이 영감쟁이는 헛소리를 하는 거야. 이 영감은 외국인 길잡이나 하고 다니는 쓸개 빠진 인간일 뿐이라고. 여기 이 외국인은 자기들 좋은 짓을 하러 나타난 거야. 저 사람 좋으라고 우리가 희생해야 하는 건가? 이건 우리 대원 모두를 위해 하는 말이야.」

「안전이라고? 이 세상에 안전이라는 건 없어. 여기 있는 이들은 너무 안전만을 찾다가 오히려 사태를 위험하게 만들고 있어. 안전만 찾다 보면 모든 것을 다 잃게 돼.」 파블로의 아내가 말했다. 그녀는 이제 주걱을 들고 식탁 옆에 서 있었다.

「아니, 안전은 있어. 아무리 위험에 처해 있다고 하더라도 어떻게 할지 판단은 내릴 수 있는 거야. 내가 말하는 안전은 그런 거야. 투우사들과 마찬가지로 말이야. 그들은 자신들이 하는 일을 잘 알고 있고 모험을 걸지 않기 때문에 안전한 거야.」

「그러나 뿔에 받히면 아무것도 아니지. 투우사들은 뿔에 받히기 전까지는 늘 그렇게 말해. 피니토가 하는 얘기를 신물 나게 들었어. 사전에 정보를 다 갖추고 있으면 뿔에 받히는 일은 절대 없다고 말이야. 투우사가 잘못해서 그런 거지 미리 대비하면 안전하다고 말이야. 자기가 받히기 전까지는 자만에 빠져 늘 그렇게 얘기해. 그러다가 뿔에 받혀 병원에 입원한 투우사를 문병 간 게 한두 번이 아니야.」 파블로의 아내는 그렇게 말하더니 병원을 찾아가는 시늉을 했다. 「〈이 봐요, 어떻게 된 거예요?〉 하고 나는 묻지. 그러면 부상당한 투우사는 아주 허약한 목소리로 〈좋아요, 동지, 별일 없죠, 필라르?〉 하고 물어. 그러면 나는 이렇게 묻지. 〈피니토, 어떻게 된 일이에요? 이런 지랄 같은 일이 어떻게 당신에게 일어날 수 있어요?〉(그녀는 투우사의 힘없는 목소리를 흉내 내며 말했다) 〈필라르, 이건 아무것도 아니오. 이런 일이 벌어지면 안 되는 건데. 당신도 알다시피 내가 그 황소를 죽였 잖소. 나처럼 황소를 잘 죽이는 사람은 아무도 없어요. 그놈을 멋지게 죽였다고 생각하고는 놈이 곧 무릎을 꿇으면서 스스로 나자빠지리라고 생각하며 아주 거만한 발걸음으로 등을 보이며 걸어 나왔던 거요. 아, 그런데 그만 놈이 뒤에서 돌진해 와 뿔로 내 엉덩이뼈를 들이받더니만 그 뿔이 내 옆구리를 꿰뚫고 나오지 않았겠소.〉」 필라르는 웃음을 터뜨리더니 아주 힘이 없는 투우사의 목소리를 흉내 내는 것을 그만두고 자신의 목소리로 말했다. 「당신 그리고 당신이 말하는 그 안전! 내가 별 볼 일 없는 투우사 세 명과 9년이나 같이 살면서 공포와 안전에 대해 조금도 눈뜨지 못했을 거라고 생각해? 내게 안전 같은 소리는 하지도 마. 그리고 당신! 내가 눈이 삔 년이지. 당신 같은 인간이 멋진 남자라고 공상을 했으니! 전쟁이 터지고 1년도 되지 않아 당신은 게으름뱅이에다 술주정뱅이 그리고 겁쟁이가 되어 버렸어.」

「당신, 어떻게 그런 식으로 말할 수 있어? 대원들과 낯선 사람이 있는 앞에서?」 파블로가 말했다.

「할 말은 할 거야. 사람들이 하는 말 안 들어 봤어? 당신이 아직도 이곳의 대장이라고 생각해?」 필라르가 말했다.

「난 여전히 이곳의 대장이야.」 파블로가 말했다.

「능담으로라도 그런 소리는 하지 마. 여기 대장은 나야. 사람들이 하는 얘기 못 들었어? 여기서 지휘하는 사람은 나밖에 없어. 이곳에 남아서 음식이나 처먹고 술이나 마시는 건 당신 자유야. 하지만 너무 많이 먹지는 마. 그리고 원한다면 작전에도 끼워 주지. 어쨌든 이곳의 대장은 나야.」

「저 낯선 사람과 당신을 총으로 쏴 죽여야겠구먼.」 파블로가 말했다.

「어디 그렇게 해봐. 어떻게 되는지 보자고.」 필라르가 대꾸했다.

「물이나 한 컵 주시오.」 로버트 조던이 말했다. 그는 뚱한 표정을 한 바보 같은 파블로와 주걱이 마치 지휘봉이나 되는 것처럼 의기양양하게 서 있는 필라르를 동시에 쳐다보았다.

「마리아.」 필라르가 불렀다. 그녀가 동굴 안으로 들어오자 필라르가 말했다. 「이 동지에게 물을 좀 갖다 드려.」

로버트 조던은 압생트 병을 꺼내면서 권총이 든 가죽 벨트의 윗부분을 풀어 권총이 허벅지 있는 곳으로 오게 했다.

그는 컵에다 압생트를 부어 넣고 그 컵 안에다 마리아가 가져온 물을 한 방울씩 떨어뜨렸다. 마리아는 그의 팔꿈치 곁에 서서 그를 주시했다.

「밖에 나가 있어.」 필라르가 주걱으로 신호를 보내며 마리아에게 말했다.

「밖은 추워요.」 마리아가 대답했다. 그녀는 로버트 조던 바로 옆에 붙어 서서 컵 안에서 부글부글 끓어오르는 압생트를 내려다보았다.

「그렇군. 하지만 동굴 안은 너무 더워. 별로 오래 걸리지 않아.」 필라르가 다정한 목소리로 말했다.

마리아는 알았다는 듯이 고개를 끄덕이더니 밖으로 나갔다.

저자는 이 일을 더 이상 감당할 수 없어, 하고 로버트 조던은 생각했다. 그는 한 손으로 컵을 잡고 다른 한 손으로는 노골적으로 권총을 잡고 있었다. 안전장치를 풀고 닳아서 반들반들해진 개머리판을 부드럽게 잡았다. 방아쇠의 차가우면서도 다정한 감촉이 느껴졌다. 파블로는 이제 더 이상 그를 쳐다보지 않고 필라르를 노려보고 있었다.

「내 말을 잘 들어, 이 술주정뱅이야. 이곳의 대장이 누구인지 잘 알겠지?」 필라르가 말했다.

「대장은 나야.」 파블로가 말했다.

「아냐. 잘 들어. 털투성이 귓속에 들어 있는 귀지를 잘 후벼 내고 내 말을 들어. 대장은 나야.」

파블로는 그녀를 쳐다보았다. 표정만으로는 그가 무슨 생각을 하는지 알 수가 없었다. 그는 필라르를 빤히 바라보다가 고개를 돌려 로버트 조던을 노려보았다. 그는 오랫동안 조던을 응시하더니 다시 필라르를 쳐다보았다.

「좋아. 당신이 대장 해. 그리고 원한다면 저 낯선 사람을 대장으로 삼아도 좋아. 그렇지만 당신 둘은 이제 지옥에나 가버려.」 파블로는 그렇게 말하고 필라르를 빤히 노려보았다. 별로 겁먹은 표정은 아니었다. 필라르 따위는 신경 쓰지 않는다는 태도였다. 그러더니 이렇게 말했다.「내가 게으르고 술을 많이 마시는 것은 사실이야. 그러니 겁쟁이라고 생각할 수도 있었겠지. 그러나 그게 잘못된 거야. 난 바보가 아니란 말이야. 당신이 대장 노릇을 좋아한다는 건 잘 알아. 여자 대장 동지, 이제 먹을 것이나 좀 주구려.」

「마리아.」 필라르가 불렀다.

마리아는 동굴 입구의 담요를 들치고 머리를 빠끔 들이밀었다.

「자, 이제 들어와 식사 대접을 하도록 해.」

마리아는 동굴 안으로 들어와 화덕 옆에 놓인 작은 소반이 있는 곳으로 걸어가 에나멜 칠해진 그릇을 들고 식탁으로 왔다.

「와인은 마실 만큼 있어요. 저 술주정뱅이가 한 말은 신경 쓰지 마세요. 이 일이 끝나면 더 많이 얻을 수 있을 거예요. 자, 우선 압생트를 다 마신 다음 와인을 들도록 하세요.」 필라르가 말했다.

로버트 조던은 압생트를 마지막까지 쭉 들이켰다. 따뜻하고 축축하고 화학적 변화를 일으키는 술기운이 그의 목구멍 가득 퍼져 내려갔다. 그는 와인을 달라고 컵을 내밀었다. 마리아는 컵 가득 와인을 퍼주며 미소를 지었다.

「그래, 다리는 살펴보았나요?」 집시가 물었다.

필라르에게 충성을 맹세한 이후 입을 열지 않던 다른 사람들도 이제 조던의 얘기를 듣기 위해 고개를 기울였다.

「살펴봤소. 다리 폭파는 쉬운 일이오. 폭파에 대해 설명해 드릴까?」

「그래요. 우리는 관심이 많소.」

로버트 조던은 상의 윗주머니에서 수첩을 꺼내 그려 온 스케치를 보여 주었다.

「야, 잘 그렸는데. 다리를 그대로 옮겨 놨군.」 얼굴이 넓적한 사내가 말했다. 그의 이름은 프리미티보였다.

로버트 조던은 연필 끝으로 다리 폭파 요령과 폭약 설치 장소를 설명했다.

「간단하군요. 폭약은 어떻게 하면 폭발합니까?」 얼굴에 상처가 있는 남자가 물었다. 그의 이름은 안드레스였다.

로버트 조던은 그 점에 대해서도 설명해 주었다. 그가 설명하는 동안 마리아는 그의 어깨에 팔을 기대면서 들었다. 필라르도 귀를 기울였다. 오직 파블로만이 아무런 관심도 없다는 태도였다. 그는 외따로 떨어져 앉아 와인을 쭉 들이켜더니 마리아가 가져다 놓은 큰 그릇에서 다시 한 잔을 퍼냈다. 마리아는 조금 전에 동굴 입구 왼쪽에 걸려 있는 술 부대를 가져다 그 그릇에 술을 가득 채워 놓았다.

「이런 일 많이 해보셨어요?」 마리아가 부드러운 목소리로 물었다.

「그렇소.」

「폭파하는 것을 직접 볼 수도 있나요?」

「그럼. 볼 수 있지.」

「아암, 보게 될 거야. 볼 수 있고말고.」 식탁 끝에 앉아 있던 파블로가 말했다.

「닥쳐요.」파블로의 아내가 말했다. 그녀는 갑자기 그날 오후에 보았던 로버트 조던의 손금을 생각해 내고 이유 없는 분노가 치밀어 오름을 느꼈다. 「입 닥쳐요, 겁쟁이. 입 닥치라니까, 이 불길한 인간. 입 닥쳐, 이 살인마.」

「좋아. 더 이상 입 열지 않을게. 여기 대장은 당신이니까 앞으로 좋은 일만 일어나리라고 생각해야겠지. 그러나 난 어리석지 않아. 당신은 그걸 알아야 해.」

파블로의 아내는 자신의 분노가 슬픔으로 바뀌었다가 다시 좌절감으로 바뀌는 것을 느꼈다. 그녀는 어릴 적부터 이런 감정에 대해 잘 알았고 평생을 살아오는 동안 어떤 일이 그런 감정을 촉발하는지도 잘 알고 있었다. 그런 감정은 느닷없이 엄습해 왔다. 그녀는 그것을 애써 억누르려고 노력하면서 그런 감정이 자기 자신이나 공화국에 해가 되지 않게 하려고 애썼다. 「자, 이제 식사를 합시다. 마리아, 그릇을 가지고 와서 접시에 퍼놓도록 해.」 필라르가 말했다.

5

로버트 조던은 동굴 입구의 담요를 들치고 밖으로 나와 차가운 밤공기를 가슴 깊이 들이마셨다. 안개가 걷히고 별이 총총히 빛났으나 바람은 불지 않았다. 그는 소나무 냄새와 냇물 옆 목초지의 이슬 맺힌 풀 냄새가 배어 있는 차가운 밤공기를 마음껏 들이마셨다. 사실 동굴 안은 너무 더웠다. 담배와 숯불 연기, 밥과 고기 냄새, 사프란 향료와 피멘토 고추와 기름 냄새, 타르와 엎질러진 술 냄새가 밴 큰 가죽 주머니(이 주머니는 네 다리를 뻗은 채 문 옆에 매달려 있었는데 와인은 한쪽 다리에 박힌 꼭지로 빼내게 되어 있었고 또 조금씩 바닥으로 흘러 흙먼지를 가라앉혔다) 등등의 냄새로 동굴 안은 지나치게 후덥지근했다. 그뿐인가. 천장에 주렁주렁 매달려 있는 이름 모를 향초들의 냄새, 기다란 밧줄처럼 늘어진 마늘단의 냄새, 동전과 와인과 마늘이 뒤섞인 냄새, 말과 사람의 땀이 뒤범벅된 냄새(사람의 땀 냄새는 매캐했고 솔질된 털에 밴 말의 땀 냄새는 메스꺼웠다) 그리고 식탁에 앉아 있던 사내들의 냄새 따위가 동굴 안을 더욱 답답하게 만들었다.

목초지에는 바람이 멎고 나서 이슬이 많이 내렸다. 그는 동굴 바깥에 서서 아침에는 서리가 많이 내리겠다고 생각했다. 심호흡을 하며 밤의 고요한 음악 소리를 듣고 있으려니 아주 먼 곳에서 사격 소리가 들렸고 말들이 매여 있는 말 울타리 쪽의 숲 속에서 올빼미가 우는 소리도 들려왔다. 동굴 안에서는 집시가 부드러운 기타 소리에 맞춰 노래를 부르고 있었다.

난 아버지에게 커다란 유산을 물려받았지.

집시의 가성이 들려왔다. 아주 딱딱한 음조였다. 노래는 계속 이어졌다.

유산은 엄청나게 많았어.
온 세상을 헤매며 써댔건만
바닥이 나지 않았지.

기타는 노래 부르는 사람의 음조에 맞춰 강한 반주를 울려 주고 있었다. 로버트 조던은 〈좋아어. 이봐, 집시, 카탈루냐 노래를 불러 봐.〉 하고 사람들 중 누군가 말하는 소리를 들었다.
「안 돼.」
「아니야. 카탈루냐 노래가 좋아.」
「좋아.」 집시는 그렇게 말하더니 슬프고 구성지게 노래를 불렀다.

내 코는 납작해.
내 얼굴은 검어.
그러나 나는 여전히 사내야.

「계속해, 집시!」 그들 중 한 사내가 외쳤다.
집시의 목소리는 비극적으로 톤이 높아지기 시작했다. 어딘지 조롱하는 분위기도 있었다.

내가 검둥이인 걸 하느님께 감사드려야지.
카탈루냐 사람으로 태어나지 않은 것이
얼마나 잘되었는지 몰라.

「이거 왜 이렇게 시끄러워. 입 닥쳐, 집시.」 파블로가 말했다.
「그래, 너무 시끄러워. 그런 목소리라면 경찰도 너끈히 불러오겠어. 목소리만 컸지 아무런 감흥이 없잖아.」 필라르가 말했다.
「그럼 다른 노래를 불러 보지.」 집시가 그렇게 말하면서 기타로 다른 곡조를 치기 시작했다.
「그만둬.」 필라르가 말했다.
기타 소리가 갑자기 멈췄다.
「나도 오늘 밤은 목소리 상태가 좋지 않아. 그만둬도 상관없어.」 집시는 그렇게 말하고 동굴 입구의 담요를 젖히며 밖으로 나왔다.
로버트 조던은 그가 나무 있는 데로 갔다가 다시 자기 쪽으로 오는 것을 보았다.
「로베르토.」 집시가 부드러운 목소리로 말했다.

「왜, 라파엘?」집시의 목소리에는 술기운이 배어 있었다. 조던은 압생트를 두 잔이나 마시고 그 뒤에 와인도 마셨지만 정신은 말짱했다. 파블로와의 격돌로 인해 오히려 한기를 느끼는 중이었다.

「왜 파블로를 죽이지 않았어요?」집시가 아주 나지막한 목소리로 물었다.

「왜?」

「그자는 조만간 없애야 할 자예요. 왜 아까 그 순간을 이용해 해치우지 않았습니까?」

「지금 하는 말 진심이오?」

「다른 사람들이 무슨 생각을 하고 있었을 것 같습니까? 필라르가 왜 마리아를 밖으로 내보냈겠어요? 그런 언쟁을 벌이고도 파블로와 잘해 나갈 수 있을 것 같습니까?」

「그렇다면 모두 달려들어 죽이는 게 더 낫지 않았소?」로버트 조던이 말했다.

「무슨 말씀을. 그건 당신이 해치워야 할 일이었어요. 우리는 몇 번이나 당신이 해치우기를 기다렸어요. 파블로는 친구가 없어요.」집시가 아주 나지막한 목소리로 말했다.

「그런 생각을 했소만 그만두었소.」

「실은 모두 그렇게 되리라 예상했습니다. 당신이 그럴 태세를 갖추었다는 것을 알았지. 그런데 왜 실행에 옮기지 않았어요?」

「당신들이나 필라르를 괴롭게 하는 것이 아닐까 하는 생각을 했소.」

「무슨 말씀을. 그 창녀 같은 마누라는 늙어 빠진 영감태기가 어서 꺼져 버리기를 바라고 있어요. 당신, 겉보기보다 순진한데.」

「그럴 수도 있겠지.」

「지금이라도 그자를 죽여 버려요.」 집시가 재촉했다.

「그러면 암살이 되잖소?」

「그렇다면 더욱 좋아요. 훨씬 덜 위험하고. 자, 이제 가서 그자를 없애 버려요.」 집시가 아주 나지막한 목소리로 말했다.

「그렇게 할 수는 없소. 그건 구역질 나는 일일 뿐 아니라 대의를 위해서도 그렇게 할 수는 없소.」

「그럼 그자를 도발해요. 그자는 어차피 죽어야 해요. 다른 방도가 없어요.」

그들이 말하고 있는 동안 올빼미 한 마리가 나무 사이를 아주 조용하게 날아다녔다. 그것은 그들 곁을 스쳐 지나가다가 다시 일어서더니 날개를 재빨리 퍼덕거리며 다른 곳으로 날아갔다. 그러나 깃털을 움직이는 소리는 들리지 않았다.

「저 올빼미가 움직이는 것을 봐요. 사람도 저렇게 행동해야 해.」 집시가 어둠 속에서 말했다.

「그러나 올빼미도 낮이 되면 눈이 멀어 그 주위에는 온통 까마귀가 득시글거리지 않소.」 로버트 조던이 말했다.

「물론 아주 우연찮게 그렇게 되는 수도 있긴 하지요. 그자를 없애 버려요. 나중에 더 시끄러워질 테니까 말이에요.」 집시가 말했다.

「그 시간은 지나갔소.」

「도발을 해요. 아니면 이 조용한 시간을 활용해요.」 집시가 말했다.

동굴 입구의 담요가 들리면서 불빛이 흘러나왔다. 누군가가 그들이 서 있는 곳으로 다가왔다.

「아름다운 밤이오. 내일은 날씨가 좋겠소.」 사내는 아주 둔탁한 목소리로 말했다.

그 사내는 파블로였다.

그는 러시아제 담배를 피우고 있었다. 그가 담배를 빨아들이자 불빛 속에서 둥근 얼굴이 드러났다. 그들은 별빛 아래에서 땅딸막하고 풀이 긴 그의 몸뚱이를 쳐다보았다.

「필라르가 한 얘기는 신경 쓰지 마시오.」 그는 로버트 조던에게 말했다. 어둠 속에서 담뱃불이 빨갛게 달아올랐다. 그리고 그가 담배를 손 아래로 내리자 그것은 손안에서 환히 빛났다. 「때로는 까다롭게 나올 때도 있소. 그러나 좋은 여자요. 공화국에 그렇게 충성할 수가 없소.」 파블로가 말하는 동안 담배 불빛이 깜박거렸다. 입에다 물고 얘기하는 모양이군. 로버트 조던은 생각했다. 「별 어려움은 없을 거요. 우린 의견 일치가 되었으니까. 당신이 이곳에 온 것을 환영하오.」 담배 불빛이 다시 환히 빛났다. 「아까의 언쟁은 신경 쓰지 마시오. 당신이 이곳에 온 것을 환영하니까. 자, 그럼 실례하오. 말을 둘러보러 가야겠소.」 파블로가 말했다.

그는 숲 속을 가로질러 목초지의 가장자리로 내려갔다. 아래쪽에서 말의 울음소리가 들려왔다.

「봤죠? 이런 식으로 결정적인 순간이 지나가 버리고 만 겁니다.」 집시가 말했다.

로버트 조던은 아무런 대꾸도 하지 않았다.

「난 저 아래로 내려가겠어요.」 집시가 성난 목소리로 말했다.

「뭐하러?」

「뭐하러라니, 무슨 소립니까? 그자가 도망가지 못하게 막을 생각입니다.」

「파블로가 말을 가지고 도망갈 수 있다는 말이오?」

「그건 아닙니다.」

「그럼 그를 막을 수 있는 곳으로 가보시오.」

「아구스틴이 거기에 있어요.」

「그럼 가서 아구스틴과 얘기를 나누시오. 그동안 일어난 일을 얘기해 주시오.」

「아구스틴이라면 그자를 아무 거리낌 없이 해치웠을 겁니다.」

「그것도 나쁘지는 않지. 어쨌든 위쪽으로 올라가서 일어난 일을 얘기해 주시오.」 로버트 조던이 말했다.

「그리고?」

「난 아래쪽 목초지에 가보겠소.」

「좋아요, 좋아. 자, 이제 당신의 배짱을 한번 보여 줘요.」 집시는 만족스러운 목소리로 말했다. 그는 라파엘의 얼굴을 볼 수는 없었지만 라파엘이 어둠 속에서 미소 짓고 있다는 것을 느낄 수 있었다.

「아구스틴에게 가보시오.」 로버트 조던이 그에게 말했다.

「그래요, 로베르토, 그러고말고요.」 집시가 대답했다.

로버트 조던은 나무를 더듬으며 숲을 헤쳐 걸어 나가 목초지의 가장자리까지 갔다. 숲 속의 공터는 다른 곳보다 별빛을 더 많이 받아 밝았으며 그 아래쪽으로는 말의 옆모습이 보였다. 그는 개울 옆의 목초지에 흩어져 있는 말들을 세어 보았다. 모두 다섯 마리였다. 로버트 조던은 소나무 밑동에 걸터앉아 목초지 쪽을 쳐다보았다.

피곤해. 그는 생각했다. 내 판단이 틀렸는지도 몰라. 그러나 내 임무는 다리를 폭파하는 것이고, 그 임무를 완수할 때까지는 쓸데없는 모험을 할 필요가 없어. 물론 저절로 나타나는 기회를 이용하지 않고 내버려 두는 것이 더 위험할 수도 있지. 집시 말대로 그들이 파블로를 해치우기를 바랐다면 난 그렇게 했어야 하는 거야. 그러나 낯선 사람으로서 같이 일해야 할 사람들 앞에서 살인을 한다는 것은 현명치 못해. 전투 중이라면 그렇게 할 수 있었을지도 모르지. 그리고 군기가 엄정한 부대 같으면 그럴 수도 있었을 거야.

그러나 이 경우는 상황이 달라. 물론 그자를 해치우는 것이 아주 간단하고 확실한 방법일 수도 있어. 그러나 이 나라에 간단하고 확실한 방법 따위는 없어. 그 필라르라는 여자가 믿음직스러웠지만 그런 과격한 행동이 벌어졌다면 어떻게 나왔을지 알 수가 없어. 이런 곳에서 개죽음을 당하는 것은 바보 같은 일일 뿐만 아니라 구역질 날 정도로 지저분한 일이지. 필라르가 어떻게 반응했을지 알 수가 없어. 그 여자가 없다면 이곳은 군기도 조직력도 개판일 거야. 그러니 그 여자가 있는 편이 나아. 그 필라르나 집시나 아니면 보초를 서고 있는 아구스틴이 해치우면 아주 이상적일 텐데. 안셀모는 살인을 싫어한다지만 내가 요구한다면 들어줄 거야. 안셀모는 파블로를 싫어하니까. 그는 이미 나를 신임하고 나를 공화국의 대표라고 생각하고 있어. 내가 보기에 안셀모와 필라르만이 공화국의 앞날을 믿고 있는 것 같아. 그러나 아직 속단할 때는 아니지.

별빛에 눈이 익숙해지면서 파블로가 말 옆에 서 있는 것이 보였다. 말은 풀을 뜯고 있다가 고개를 들더니 성가시다는 듯 다시 고개를 내렸다. 파블로는 말에 기대어 서서 그 말을 따라 걷고 있었다. 그는 울타리로 쳐놓은 로프를 옆으로 밀치면서 말의 목을 쓰다듬었다. 풀을 뜯고 있는 말은 그처럼 다정하게 서 있는 파블로가 성가신 듯했다. 로버트 조던은 파블로가 말에게 무슨 수작을 하고 있는지, 그리고 무슨 말을 하고 있는지 알 수가 없었다. 그러나 말을 풀어 주려고 하거나 안장을 얹거나 하지는 않는 것 같았다. 로버트 조던은 그대로 앉은 채 자신의 문제를 분명하게 해석해 내려고 궁리했다.

「자, 착하지 우리 망아지.」 파블로가 어둠 속에서 말에게 말하고 있었다. 그가 말을 걸고 있는 것은 커다란 적갈색 종마였다. 「이 얼굴이 하얀 아름다운 것. 멋지게 휜 목덜미가 마치 고향 마을의 다리[橋] 같아. 그러나 그 다리보다 더 멋지게 휘었어.」

말은 머리를 이리저리 흔들면서 풀을 뜯고 있었다. 그러나 자기 옆에 서서 다정하게 말을 거는 그 사람이 귀찮다는 표정이었다. 「넌 여자도 아니고 바보도 아니야. 내 귀여운 조랑말. 넌 불에 달군 돌덩이 같은 여자도 아니지. 넌 머리가 빡빡 깎인 처녀 같지도 않고 갓 태어난 망아지 같지도 않아. 넌 남에게 모욕을 주지도 않고 거짓말을 하지도 않고 또 남의 말 따위는 신경 쓰지도 않지. 이 귀여운 조랑말.」

로버트 조던이 파블로의 말을 들었다면 참 재미있었을 것이다. 그러나 거리상 그의 말을 들을 수는 없었다. 파블로에게 말들의 상태를 확인하는 것 이외에는 다른 의도가 없다는 것을 확인했기 때문에 지금 그를 죽인다는 것은 무의미한 일이라고 그는 판단했다. 그래서 자리에서 일어나 동굴로 되돌아갔다. 파블로는 오랫동안 목초지에 남아 말들에게 이야기를 했다. 말들은 파블로의 말을 전혀 알아듣지 못했지만 그 어조로 보아 자기를 귀엽게 여기는 말임은 느꼈을 것이다. 말은 하루 종일 묶여 있었기 때문에 상당히 배가 고팠고 자신을 묶어 놓은 로프가 허용하는 범위 내에서 허겁지겁 풀을 뜯었다. 그래서 파블로가 귀찮기 짝이 없었다. 파블로는 마침내 말 옆에 서서 잡고 있던 갈고삐를 놓았다. 이제 더 이상 말도 걸지 않았다. 말은 계속해서 풀을 뜯었고 파블로가 더 이상 괴롭히지 않아서 홀가분했다.

6

 동굴 안으로 돌아온 로버트 조던은 화덕 옆 구석에 놓인 가죽 의자에 앉아 필라르가 하는 말을 들었다. 필라르는 설거지를 하는 중이었고 마리아는 그릇을 닦아서 말린 후 허리를 굽혀 벽에 뚫린 빈 공간에 넣었다.

「엘 소르도가 오지 않다니 이상한데. 벌써 한 시간 전에 여기로 왔어야 하는데.」 필라르가 말했다.

「오라고 통지를 보냈나요?」

「그럴 필요는 없어요. 매일 오니까.」

「그럼 무슨 바쁜 일이 있겠지요.」

「그럴 수도 있죠. 오늘 안 오면 내일 찾아가 봐야겠어요.」 필라르가 말했다.

「그럽시다. 여기서 먼가요?」

「아뇨. 걸어가면 좋은 운동이 될 거예요. 요즘 운동을 통 못 해서.」

「저도 따라가도 돼요, 필라르?」 마리아가 물었다.

「그래, 예쁜 아기. 이 애 예쁘지 않아요? 당신 보기에는 어때요? 좀 마르지 않았나요?」 필라르가 물었다.

「내가 보기에는 괜찮은데요.」로버트 조던이 말했다. 마리아"- 그의 잔에 와인을 따라 주며 말했다. 「이걸 마셔요. 술 취한 눈에는 제가 더 예뻐 보일지도 모르니까.」

「그렇다면 마시지 말아야겠군. 당신은 이미 아름다워 보이니까.」

「그럼요. 그렇게 말해야죠. 당신은 여자한테 어떻게 말해야 하는지 알고 있군요. 또 어떻게 보여요?」필라르가 물었다.

「똑똑해 보여요.」로버트 조던은 다소 수줍은 듯 말했다. 마리아는 낄낄거렸고 필라르는 이해하기 어렵다는 듯이 머리를 흔들었다. 「시작은 좋았는데 끝은 좀 그렇군요, 돈[13] 로베르토.」

「돈 로베르토라고 부르지 마세요.」

「그건 농담이에요. 여기서는 농담을 하고 싶으면 돈 파블로라고도 말하지요. 그리고 또 농담으로 세뇨리타 마리아라고도 하죠.」

「난 그런 식으로 농담을 하지 않아요. 전쟁에 농담 따위는 없어요. 농담을 하다 보면 부패가 시작되는 법입니다.」

「당신은 정치를 아주 진지하게 생각하는군요. 그래, 그 때문에 전혀 농담을 하지 않나요?」필라르가 놀리듯이 말했다.

「물론 합니다. 또 좋아하고요. 그러나 사람을 부를 때는 농담을 하지 않아요. 사람의 이름은 깃발 같은 것이니까요.」

「난 깃발에 대해서도 농담을 할 수 있어요. 그 어떤 깃발이라도 말이에요. 노란 바탕에 황금이 그려져 있는 옛날 깃발은 고름과 피라고 불렀고, 그 옛날 깃발에 자주색이 가미된

---

[13] 남자의 이름 앞에 붙이는 경칭. 옛날에는 귀족 자격을 가진 사람에게만 붙였다.

공화국 깃발을 보고 피, 고름 그리고 석류라고 불렀지. 모두 농담이지만 말예요.」 필라르가 웃음을 터뜨리며 말했다.

「저분은 공산주의자인가 봐요. 그들은 아주 심각하잖아요.」 마리아가 말했다.

「당신, 공산주의자요?」

「아닙니다. 난 파시스트를 반대하는 사람일 뿐이오.」

「오랫동안?」

「파시즘이 무엇인지 알고 난 뒤부터.」

「그게 얼마나 됐어요?」

「근 10년 됩니다.」

「그렇게 오랜 시간도 아니구먼. 난 공화당원이 된 지 20년 되었어요.」 필라르가 말했다.

「저희 아버지는 평생 동안 공화당원이었어요. 그 때문에 총살을 당하셨지만.」 마리아가 말했다.

「우리 아버지도 평생 공화당원이었소. 할아버지도 마찬가지였지.」 로버트 조던이 말했다.

「어느 나라요?」

「미국.」

「그래서 두 분이 모두 총살을 당했나요?」 필라르가 물었다.

「미국은 공화당의 나라예요. 공화당원이라고 해서 총살을 하지는 않아요.」

「어쨌든 할아버지가 공화당원이라는 건 좋은 일이야. 혈통 있는 집안이라는 뜻이니까.」 필라르가 말했다.

「할아버지는 공화당 전국 위원회에서 근무하셨소.」 로버트 조던이 말했다. 마리아는 더욱 감명을 받은 것 같았다.

「그럼 당신 아버지는 여전히 공화당에서 활약하고 있나

요?」 필라르가 물었다.

「아뇨. 돌아가셨어요.」

「어떻게 돌아가셨는지 물어도 괜찮겠어요?」

「권총으로 자살했어요.」

「고문을 피하려고?」 필라르가 물었다.

「그래요. 고문을 피하기 위해서였어요.」 로버트 조던이 말했다.

마리아는 눈물을 글썽이며 그를 쳐다보았다. 「우리 아버지는 무기를 구할 수가 없었어요. 당신 아버지는 무기가 있었다니 다행이에요.」 마리아가 말했다.

「그렇소. 정말 운이 좋았지요. 이제 다른 얘기를 합시다.」

「그럼 당신이나 저나 입장이 같군요.」 마리아가 말했다. 그녀는 그의 팔에 손을 얹으면서 그를 바라보았다. 그도 마리아의 갈색 얼굴을 들여다보았다. 그녀의 눈은 얼굴의 다른 부분에 비해 생기가 없어 보였다. 그러나 이제 그 눈빛은 갑자기 허기진 듯했고 뭔가를 원하면서 돌연 생기를 띠고 있었다.

「얼굴만 봐서는 오누이라고 할 수도 있겠어. 그렇지만 사실은 아니니 얼마나 다행인지 몰라.」 필라르가 말했다.

「이제야 제가 왜 묘한 기분을 느꼈는지 그 이유를 확실히 알 것 같아요. 이제 분명해졌어요.」 마리아가 말했다.

「뭔데?」 로버트 조던은 그렇게 말하면서 손을 뻗쳐 그녀의 까까머리를 쓰다듬었다. 그는 하루 종일 그렇게 하고 싶었고 이제 그렇게 해보니 다시 목이 메었다. 그녀는 머리를 부드럽게 움직여 그를 올려다보며 미소를 지었다. 부드러우면서도 뻣뻣한 짧은 머리가 그의 손가락에 느껴졌다. 그는 잠시 그녀의 목을 쓰다듬다가 손을 내렸다.

「다시 한 번 해주세요. 당신이 그렇게 해주기를 온종일 기다렸어요.」 마리아가 말했다.

「나중에.」 로버트 조던은 목이 메는 듯한 목소리로 말했다.

「내가 이런 광경을 다 보고 있어야 하나? 나라고 감정이 없는 사람이겠어? 이런 광경을 보면 누구나 목이 메지. 꿩 대신 닭이라고 이럴 땐 파블로라도 있었으면 좋겠군.」 필라르가 크게 울리는 목소리로 말했다.

마리아는 그녀의 말에 신경 쓰지 않았으며 식탁의 촛불 밑에서 카드를 하는 사람들에 대해서도 신경 쓰지 않았다.

「로베르토, 와인 한 잔 더 하시겠어요?」 마리아가 물었다.

「그럽시다.」

「마리아 너도 나처럼 주정뱅이를 만나게 되는 거 아니니? 그 압생트를 마신 데다 와인을 또 저렇게 마셔 대니. 이봐요, 내 말을 들어 봐요, 영국 양반.」

「영국인이 아닙니다. 미국인입니다.」

「그럼 들어 봐요, 미국 양반. 어디서 잘 거요?」

「바깥에서. 침낭이 있어요.」

「좋아요. 밤공기가 맑아요?」

「그렇지만 추운 것 같군요.」

「그럼 밖에 나가서 자요. 그렇지만 당신이 가져온 물건은 여기다 둬요.」 필라르가 말했다.

「그럽시다.」 로버트 조던이 말했다.

「잠시 자리를 비켜 주겠소?」 로버트 조던이 마리아의 어깨에 손을 얹으며 말했다.

「왜요?」 마리아가 물었다.

「필라르에게 할 말이 있소.」
「나가야 해요?」
「그렇소.」
「뭐요?」 필라르는 마리아가 동굴 입구로 가 커다란 술 부대 옆에 서서 카드놀이를 구경하는 것을 지켜보면서 물었다.
「집시가 그러는데 내가 —」 그가 말문을 열었다.
「아뇨. 그가 잘못 안 거예요.」 필라르가 말을 가로막고 나섰다.
「필요하다면 나도……」 로버트 조던은 나지막한 목소리로 어렵게 말했다.
「당신은 그렇게 하고 싶어 했죠. 그렇지만 그럴 필요는 없었어요. 당신을 쭉 지켜보았는데 당신의 판단이 훌륭했어요.」
「그렇지만 그게 필요하다면‥‥.」
「아뇨. 이미 필요 없다고 말했어요. 집시의 마음은 타락했어요.」 필라르가 말했다.
「그러나 마음이 약한 남자는 커다란 위험이 될 수도 있어요.」
「아뇨. 그건 잘못 안 거예요. 그 사람에게는 위험을 저지를 능력이 모두 사라졌어요.」 필라르가 말했다.
「무슨 소린지 모르겠습니다.」
「당신은 아직 어려요. 하지만 곧 알게 될 거예요. 자, 마리아, 이리 와. 얘기 끝났어.」

마리아는 돌아왔고 로버트 조던은 손을 내밀어 그녀의 머리를 쓰다듬었다. 그녀는 고양이 새끼처럼 몸을 움츠리고 가만히 있었다. 그는 마리아가 혹시 울려고 하는 것은 아닐까 생각했다. 그러나 그녀는 입술을 오므리더니 그를 올려다보며 미소를 지었다.

「자, 이제 그만 자도록 해요. 긴 여행을 했으니 피곤할 거요.」 필라르가 로버트 조던에게 말했다.

「알았소. 침낭을 꺼내야겠소.」 로버트 조던이 말했다.

7

 그는 침낭 속에서 잠이 들었다. 그는 자신이 오랫동안 잠들어 있었다고 생각했다. 침낭은 동굴 입구 건너편에 있는 숲의 땅바닥에 펴져 있었다. 그 부근은 바위가 바람을 막아주는 곳이었다. 그는 잠을 자며 몸을 뒤척이고 또 구르고 하느라고 한쪽 손목에 밧줄로 바짝 묶어 놓았던 권총을 등 아래에 깔고 누워 있었다. 여독이 풀리지 않은 탓인지 어깨와 등이 뻐근하고 다리는 근육이 땅겼다. 땅바닥이 그렇게 포근할 수 없었고 침낭 속의 플란넬 안감에 몸을 대고 쭉 뻗어 보는 것만으로도 쾌적하기 이를 데 없었다. 언뜻 잠이 깼을 때는 자기가 어디에 있는지 어리둥절했다가 곧 정신이 들어 권총을 옆구리 밑에서 빼내 옮긴 후 몸을 기분 좋게 뻗친 다음 다시 잠 속으로 빠져들어 갔다. 한 손은 로프 창 신발을 가운데 넣고 옷으로 단정하게 말아서 만든 베개 위에 놓았고 한 팔은 그 베개를 껴안고 있었다.
 그는 어깨 위에 팔이 와 닿는 것을 느끼고 몸을 홱 돌렸다. 순간, 으른손으로 권총을 집었다.
 「아, 당신이로군.」 그는 권총을 놓으며 두 팔을 뻗쳐 그녀를 아래로 잡아 끌어내렸다. 양팔로 껴안자 그녀가 온몸을 떨고 있는 것이 느껴졌다.

「들어와요. 거기 밖은 춥잖소.」 그가 부드러운 목소리로 말했다.

「아뇨. 그럴 수는 없어요.」

「우선 들어와요. 그럴 수 있는지 없는지는 나중에 얘기해요.」

그녀는 부들부들 떨고 있었다. 그는 이제 한 손으로 팔목을 잡고 다른 팔로는 그녀를 가볍게 끌어안았다. 그녀는 기를 쓰며 고개를 멀찍이 돌렸다.

「들어와요, 작은 토끼.」 그는 그렇게 말하면서 그녀의 목덜미에 키스했다.

「두려워요.」

「뭐가? 두려워하지 말아요. 들어와요.」

「어떻게요?」

「그냥 살짝 들어와요. 충분히 여유가 있어요. 도와줄까?」

「아뇨.」

그녀는 침낭 안으로 들어왔다. 그는 그녀를 꼭 껴안고 입술에 키스하려고 했다. 그녀는 천으로 만든 베개에 얼굴을 파묻었으나 두 팔은 그의 목을 꼭 끌어안았다. 그는 그녀의 팔이 느슨해지는 것을 느끼면서 그녀를 껴안았다. 그녀는 다시 몸을 떨었다.

「괜찮아요. 겁내지 말고, 그건 권총이오.」 그가 웃으면서 말했다.

그는 권총을 들어 올려 뒤쪽으로 슬쩍 밀었다.

「부끄러워요.」 그녀는 얼굴을 돌리면서 말했다.

「자, 부끄러워할 필요 없어요. 자, 이렇게.」

「아뇨. 창피하고 무서워요.」

「떨지 말아요, 나의 토끼. 제발.」

「이러지 말아요. 저를 사랑하지 않는다면.」

「당신을 사랑하오.」

「저도 사랑해요. 아, 당신을 사랑해요. 제 머리를 만져 주세요.」 그녀는 아직도 얼굴을 베개에 파묻은 채 말했다. 그는 다정하게 그녀의 머리를 쓰다듬었다. 그러자 그녀가 갑자기 베개에서 얼굴을 떼고 그의 품으로 달려들었다. 그녀는 몸을 바싹 기대면서 그의 얼굴에 얼굴을 포갠 채 울기 시작했다.

그는 그녀의 늘씬하고 싱싱한 몸매를 느끼면서 조용히 힘을 주어 그녀를 껴안았다. 동시에 그녀의 머리칼을 쓰다듬어 주면서 눈에서 흘러내리는 짭짤한 눈물에 입을 맞추었다. 그녀의 셔츠를 통해 둥글고 단단한 젖가슴이 느껴졌다.

「전 키스를 못해요. 어떻게 하는지 몰라요.」 그녀가 말했다.

「키스할 필요는 없겠지.」

「안 돼요. 키스해야만 해요. 뭐든지 다 해야만 해요.」

「아무것도 할 필요 없어. 우린 이대로도 괜찮아요. 그런데 당신은 옷을 너무 많이 입었군.」

「어떻게 해야 돼요?」

「내가 도와주지.」

「이게 더 나아요?」

「응, 훨씬 나아. 당신이 보기에도 더 나은 것 같지 않아?」

「그래요. 훨씬 나아요. 그리고 필라르가 말한 것처럼 이 일이 끝나면 당신과 같이 갈 수 있는 거죠?」

「그럼.」

「하지만 난민 보호소로는 가지 않겠어요. 당신과 함께 가겠어요.」

「아니야. 보호소로 가야 해요.」

「싫어, 싫어, 싫어요. 당신과 함께 가서 당신의 여자가 되겠어요.」

이제 그들은 실오라기 하나 걸치지 않은 채 함께 누워 있었다. 직물로 된 거친 천이 몸에서 벗겨져 나가자 부드러움과 단단함과 둥근 압박감과 길고 따뜻하면서도 시원한 감촉이 두 사람의 몸을 황홀하게 감쌌다. 밖은 서늘했으나 안은 따뜻했다. 그들은 가볍게 오랫동안 밀착하면서 포옹했다. 그 느낌은 외로우면서도 허전했고 그러면서도 충만했다. 그들은 젊고 서로 사랑했으며 행복했다. 그녀를 껴안은 것은 따뜻하면서도 부드러웠으나 어딘가 모르게 허전하고, 가슴이 아프고, 외로운 일이었다. 로버트 조던은 더 이상 참을 수가 없었다. 「당신, 다른 사람과 자본 적이 있소?」

「한 번도 없어요.」

그녀는 갑자기 그의 양팔 안에서 무감각해졌다. 「하지만 겁탈을 당했어요.」

「누구에게?」

「여러 사람이었어요.」

이제 그녀는 몸뚱이에 힘이라고는 하나도 없는 사람처럼 그에게서 떨어지려는 듯 머리를 돌렸다.

「이제 저를 사랑하지 않으시죠?」

「사랑하오.」 그가 말했다.

그러나 그의 마음속에 미묘한 파문이 일었고, 그녀도 그것을 눈치챘다.

「아니에요.」 그녀의 목소리는 나지막하고 맥이 없었다.

「당신은 저를 사랑하지 않아요. 그렇지만 난민 코호소로 데려가 주시기는 하겠지요. 보호소로 가게 되면 당신의 여자도 뭐도 되지 못하겠지요.」

「마리아, 당신을 사랑하오.」

「거짓말.」 그녀는 그렇게 말하면서 애처롭고 간절한 목소리로 말을 이었다.

「그러나 어떤 남자하고도 키스한 적은 없어요.」

「그럼 내게 키스해 줘.」

「그러고 싶어요. 하지만 어떻게 하는지 몰라요. 겁탈당했을 때 아무것도 보이지 않을 때까지 반항했어요. 있는 힘을 다해 저항했어요. 나중에는 한 놈이 제 머리에 올라탔죠. 저는 그놈을 물어뜯었어요. 그러자 다른 놈들이 제 입을 막고 머리 뒤로 양팔을 붙들어 맸어요. 그러자 다른 놈이 저를 겁탈했어요.」

「당신을 사랑하오, 마리아. 당신이 겁탈당했다고 생각하지 않아요. 그자들이 한 짓은 아무런 의미도 없어요. 그자들은 당신을 건드리지 않았어요. 아무도 당신을 건드리지 않았소, 나의 작은 토끼.」

「그렇게 생각하세요?」

「그렇소.」

「아직도 저를 사랑하세요?」 그녀가 따뜻한 몸을 그에게 밀착시켰다.

「그래서 당신을 더 사랑하오.」

「당신에게 아주 멋지게 키스해 보이겠어요.」

「살짝 키스해 줘.」

「어떻게 하는지 몰라요.」

「그저 키스하면 돼.」 그녀는 뺨에다 키스했다.

「아니야.」

「코는 어떻게 해요? 코를 어디다 두어야 하는지 늘 궁금했어요.」

「고개를 돌리면 돼.」

그들의 입이 서로 단단하게 포개어졌다. 그녀는 몸을 꼭 붙이면서 누워 있었고 차츰 입을 벌리기 시작했다. 그는 그녀를 포옹한 채 어느 때보다도 더 깊은 행복감을 느꼈다. 경쾌하고 사랑스럽고 희열에 차고 깊은 행복에 가득 차서 다른 생각은 모두 그만두고 지칠 줄도 모르며 걱정도 없이 오직 커다란 기쁨만을 느꼈다.

「나의 작은 토끼. 달콤한 사랑. 영원한 나의 사랑.」

「뭐라고 말씀하셨어요?」 그녀가 마치 멀리 떨어진 곳에 있는 것처럼 말했다.

「나의 사랑스러운 사람.」 그가 말했다.

그는 그렇게 누워 있으면서 그녀의 심장이 자신의 심장과 맞붙어서 고동치는 것을 느꼈다. 그는 자신의 발등으로 그녀의 발등을 가볍게 쓰다듬었다.

「당신, 맨발로 왔군.」 그가 말했다.

「네.」

「그럼, 내 곁에 누우려고 왔구먼.」

「네.」

「아무 두려움도 없었어?」

「아뇨. 두려움을 느꼈어요. 많이. 그러나 신발을 벗게 되면 어떻게 될까 하는 두려움이 더 컸어요.」

「지금 몇 시지?」

「골라요. 시계가 없나요?」

「있지. 하지만 당신 등 뒤에 있는걸.」

「그럼 꺼내 가세요.」

「싫어.」

「그럼 제 어깨 너머로 봐요.」

1시였다. 어두운 침낭 속에서 시계의 숫자판이 야광으로 빛나고 있었다.

「당신 턱이 제 어깨에 닿을 때마다 따가워요.」

「미안해. 면도기가 없어서.」

「괜찮아요. 당신 수염도 머리 색과 같나요?」

「응.」

「길게 자랄까요?」

「다리 일이 끝나기 전에는 길게 자라지 않겠지. 마리아, 당신은 내가…….」

「네?」

「내가 사랑해 주길 바라오?」

「네. 무엇이든지요. 제발. 그리고 우리가 사랑을 함께 불태운다면 겁탈당한 일은 까맣게 잊어버리게 될 거예요.」

「당신 스스로 생각한 거요?」

「아뇨. 속으로는 그렇게 생각했지만 실제로는 필라르가 그렇게 말해 주었어요.」

「아주 현명한 여인이로군.」

「그리고 다른 것도 있어요. 제가 병든 여자가 아니라는 사실을 당신에게 말해 주라고 했어요. 그녀는 그런 것에 대해서도 잘 아는데 당신에게 말해 주라고 하더군요.」 마리아가 부드럽게 말했다.

「그녀가 그렇게 말하라고 했소?」

「네. 제가 당신을 사랑한다고 그녀에게 말했어요. 오늘 당신을 처음 보고 첫눈에 반했어요. 그때 이후 죽 당신에게 사랑을 느꼈어요. 그러나 당신을 전에 본 적도 없었고 그래서 필라르에게 말했던 거예요. 그녀는 만약 제가 당신에게 무언가 말하게 되면 제가 병든 여자가 아니라는 것도 말하라고 했어요. 아까 말한 것은 그녀가 오래전에 말해 주었던 거예요. 기차 사건 직후에.」

「그녀가 뭐라고 말했는데?」

「사람이 스스로 거부하는 일은 일어나지 않은 것과 마찬가지이며 만약 내가 누구를 사랑하게 되면 그 모든 것이 저절로 없어져 버릴 거라고 했어요. 전 당시에 정말 죽고 싶은 심정이었거든요.」

「그녀의 말은 사실이오.」

「그래서 죽지 않기를 잘했다고 생각해요. 안 죽은 게 얼마나 다행인지 모르겠어요. 그럼 저를 사랑할 수 있으세요?」

「그래요. 나는 지금 당신을 사랑하오.」

「그럼 전 당신의 여자가 될 수 있는 거예요?」

「나는 신분상 애인을 둘 수 없는 사람이오. 그렇지만 당신을 나의 여자로 받아들이겠소.」

「일단 당신의 여자가 되면 영원히 당신 옆에 있겠어요. 이제 저는 당신의 여자가 되었나요?」

「그래, 마리아. 나의 작은 토끼.」

그녀는 몸을 바싹 붙이면서 입술로 그의 입술을 더듬어 입을 맞췄다. 그녀에게서 신선하고 새로우며 부드럽고 싱싱한 사랑스러움이 전달되어 왔다. 그녀는 또한 따뜻했고 불타는 듯한 서늘함을 지니고 있었다. 그녀가 그의 침낭 속에 들어왔다는 사실은 그의 옷, 구두 그리고 임무만큼이나 친숙하게 느껴지는 그 무엇이었다. 그녀가 놀란 듯한 목소리로 말했다.

「그럼 우리가 해야 할 일을 어서 해치워요. 그래서 다른 나쁜 기억들이 어서 빨리 없어졌으면 좋겠어요.」

「그걸 원해?」

「네.」 그녀는 거의 격정적으로 말했다. 「네. 네. 네.」

8

 밤에는 날씨가 추웠지만 로버트 조던은 푹 잤다. 잠에서 깬 그는 기지개를 켜면서 마리아가 여전히 침낭 안에 있다는 것을 알아차렸다. 그녀는 가볍게 숨을 내쉬며 쌕쌕 자고 있었다. 머리를 밖으로 내놓고 쳐다보니 하늘에는 별이 총총 빛나고 있었다. 콧구멍 가득 차가운 기운이 느껴졌다. 그는 머리를 도로 침낭 속으로 들여놓으면서 마리아의 어깨에 입을 맞췄다. 그녀는 잠에서 깨지 않았다. 그는 몸을 옆으로 돌리면서 그녀에게서 떨어졌다. 그러고는 잠시 머리를 밖으로 내놓고 피곤함이 스멀스멀 온몸에 밀려드는 기분 좋은 나른함을 잠시 느낀 뒤 두 사람의 몸이 함께 부딪치는 부드러운 감촉에 짜릿함을 느꼈다. 그는 침낭 속으로 다리를 쭉 뻗으면서 다시 깊은 잠에 떨어졌다.

 아침 햇살에 눈을 떠보니 마리아는 이미 가고 없었다. 그는 잠에서 깨어나면서 그것을 금방 알아차렸다. 그녀가 누워 있던 곳은 아직도 따뜻했다. 동굴 입구를 쳐다보니 담요에 서리가 끼어 있는 것이 보였다. 그리고 암벽의 금이 간 곳에서는 가느다란 연기가 흘러나왔다. 부엌에서 취사를 위해 불을 피우는 것이었다.

 숲 속에서 한 사나이가 걸어 나왔는데 머리에 판초처럼 담요를 뒤집어쓰고 있었다. 파블로였다. 담배를 피우고 있었는데 아마도 말들을 우리에 넣고 오는 것 같았다.

 파블로는 로버트 조던 쪽은 쳐다보지도 않고 동굴의 담요를 들치고 그 안으로 들어갔다.

 로버트 조던은 침낭 바깥쪽에 낀 가벼운 서리를 만져 보았다. 침낭은 5년이나 된 낡은 오리털 침낭으로 바깥쪽에는 점탁이 무늬가 있는 녹색의 기구용(氣球用) 실크가 대어져 있었다. 그는 다시 침낭 안으로 쏙 들어갔다. 다리를 침낭 아래쪽으로 쫙 펴자 플란넬 안감의 친숙한 감촉이 전해져 왔다. 감촉이 아주 좋군. 하고 그는 생각했다. 이어 다리를 오므리면서 옆으로 돌아누워 햇빛으로부터 몸을 돌렸다. 잠을 좀 더 자게 해줘.

 그는 잠시 졸다가 비행기 소리에 깨어났다.

 등을 대고 누워 하늘을 쳐다보니 파시스트의 피아트 비행기 석 대가 산간 지방의 하늘을 재빨리 가로질러 가는 중이었다. 비행기는 반짝이는 작은 점에 불과했다. 그것들은 어제 그와 안셀모가 떠나온 쪽으로 날아갔다. 석 대가 지나가자 이어서 아홉 대가 날아왔다. 앞의 것들보다 훨씬 높이 날고 있었고 석 대씩 편대를 이루고 있었다.

 파블로와 집시는 동굴 입구의 그늘에 서서 하늘을 바라보았다. 로버트 조던도 침낭 속에 등을 대고 누워 하늘을 쳐다보았다. 하늘에는 이제 웅웅거리는 비행기 소리가 요란했다. 지상 1천 피트 정도 높이에서 비행기 석 대가 날아오고 있었다. 그것은 엔진이 두 개 달린 하인켈 111 폭격기였다.

로버트 조던은 암벽의 그늘에 머리를 가리면서 그 비행기가 자신을 발견하지는 못할 것이라고 생각했다. 또 설사 발견한다고 하더라도 별문제가 아니었다. 이 산간 지방에서 무언가를 찾는 비행기라면 말 울타리를 먼저 발견할 것이기 때문이었다. 설혹 무언가를 찾고 있지 않다고 하더라도 말들은 조종사의 눈에 먼저 띌 수밖에 없을 것이다. 거기다 설혹 말들을 발견한다고 하더라도 아군의 군마쯤으로 생각할 것이다. 하인켈이 석 대 더 이쪽으로 날아왔다. 개활지 가까운 쪽으로 날아오면서 엔진이 웅웅거리는 소리가 요란해졌고 그의 바로 위쪽은 아주 시끄러워졌다. 그러나 그 후로는 점점 소리가 작아졌다.

로버트 조던은 둘둘 말아 베개로 삼았던 옷을 다시 폈고 셔츠를 입었다. 그런데 그가 셔츠를 머리 위로 해서 막 내리려는 순간 다시 폭격기 소리가 들려왔다. 그는 바지를 침낭 속에 밀어 넣으면서 납작 엎드렸다. 하인켈 폭격기가 석 대 더 하늘을 가르며 이쪽으로 다가오고 있었다. 그 비행기가 산등성이 너머로 사라지기 전에 그는 권총을 차고 침낭을 개어 암벽에 기대어 놓았다. 그리고 암벽에 기대어 로프 창 신발의 끈을 맸다. 바로 그때 비행기의 웅웅거리는 소리가 요란한 소음으로 바뀌었다. 아홉 대의 하인켈 폭격기가 질서정연한 편대를 이루어 하늘을 날아가면서 내는 소리였다.

로버트 조던은 암벽에 몸을 가리면서 동굴 입구 쪽으로 걸어갔다. 그곳에는 파블로, 프리미티보, 집시, 안셀모, 아구스틴 그리고 필라르가 옹기종기 서서 하늘을 쳐다보고 있었다.

「전에도 이렇게 비행기가 출현한 적이 있습니까?」 그가 물었다.

「아뇨. 자, 이 안으로 들어서요. 조종사가 볼지도 모르니까.」 파블로가 말했다.

햇살은 동굴 입구에까지 내리비치지는 않았다. 아직은 냇가 옆의 목초지에서만 반짝거리고 있었다. 로버트 조던은 나두 그늘과 암벽의 그림자 때문에 발견될 염려는 없다고 생각했지만 공연히 그들을 불안하게 만들 필요가 없어 동굴 안으로 들어갔다.

「비행기가 많이 날아가는데.」 필라르가 말했다.

「앞으로 더 날아올 겁니다.」 로버트 조던이 말했다.

「어떻게 아시오?」 파블로가 의심스럽다는 듯이 물었다.

「폭격기에 이어 추격기가 곧 날아올 거요.」

바로 그때 상공 약 5천 피트 높이에서 비행기의 웅웅거리는 소리가 들려왔다. 15대의 피아트가 역삼각형의 질서 정연한 편대를 이루어 날아갔다.

동굴 입구에 서 있는 사람들의 표정에는 근심이 역력했다.

「비행기가 이렇게 많이 날아가는 것은 처음이란 말이지요?」 로버트 조던이 말했다.

「그렇소. 전에는 이런 일이 없었소.」 파블로가 말했다.

「세고비아에서는 많이 보았을 텐데?」

「그렇지 않소. 기껏해야 석 대 정도였소. 추격기가 여섯 대쯤 온 적도 있긴 있군. 엔진이 세 개 달린 대형 융커 비행기가 추격기의 호위를 받으며 날아가는 것은 보았지. 그렇지만 이렇게 많이 날아가는 것은 오늘이 처음이오.」

이거 심상치 않은데. 로버트 조던은 생각했다. 이건 정말 심상치 않아. 비행기가 이렇게 많이 집중한다는 건 결코 좋은 징조가 아니야. 병력을 수송 중인 걸까? 그렇지만 아직 공격을 담당할 병력은 이동시키지 않을 거야. 오늘 밤이나 내일 밤 정도가 되어야 할 거야. 이렇게 이른 시간에 이동할 리가 없어.

비행기가 저 멀리 사라져 가는 소리가 아직도 희미하게 들렸다. 로버트 조던은 시계를 들여다보았다. 지금쯤 선발 비행기는 전선을 넘어갔겠지. 그는 시계에 달린 레버를 눌러 초침이 작동하도록 한 뒤 그것을 내려다보았다. 아냐, 아직 못 넘어갔을지도 몰라. 지금쯤 슬슬 접근하고 있을는지도 모르지. 그래, 지금쯤이나 접근하고 있을 거야. 하인켈은 한 시간에 250마일을 날아가니까. 5분만 더 있으면 전선에 도달할 거야. 지금쯤 비행기는 카스티야 대지(臺地)를 넘고 있을 거야. 아침이라 비행기에서 내려다보면 대지는 모두 갈색으로 보이겠지. 그 갈색 대지에 하얀 도로가 가로지르고 작은 마을들이 점점이 퍼져 있는 게 보이겠지. 고요한 바다에 상어가 그림자를 드리우듯 그 비행기의 그림자가 대지에 드리우겠지.

폭탄이 쾅쾅 하고 투하되는 소리는 들리지 않았다. 그의 시계만 쉴 새 없이 재깍거렸다.

비행기들은 콜메나르나 에스코리알 쪽으로 날아갈 거야. 아니면 만사나레스 엘 레알에 있는 비행장으로 날아갈 테지. 엘 레알 비행장에는 연못이 달린 고성(古城)이 있어. 그 연못의 갈대에서는 오리가 유유히 떠놀았지. 그리고 진짜 비행장 바로 뒤에는 위장용 비행장이 있어. 가짜 비행기를 그럴듯하게 진열해 놓아서 산들바람에 프로펠러가 돌아가는 것도 보이지. 아마 저 비행기들은 엘 레알 비행장 쪽을 향해 갈 거야. 공격 명령에 대해서는 아는 게 없을 거야. 그러다가 그의 마음속에서 다른 목소리가 말했다. 알고 있을지도 모르잖다. 다른 공격 명령도 이미 알고 있었던 게 여러 번이었잖아.

「말을 보았을까?」 파블로가 물었다.

「말을 수색하는 것은 아닐 거요.」 로버트 조던이 말했다.

「어쨌든 보았을까?」

「말을 수색하라는 명령을 받지 않은 이상 보지 못했을 거요.」

「아니, 혹시라도 말이오.」 파블로가 걱정스러운 목소리로 재차 말했다.

「필시 보지 못했을 거요. 말이 있는 곳은 아직 햇빛이 비치지 않았으니까.」

「숲 속에는 햇빛이 일찍 비쳐.」 파블로가 풀죽은 목소리로 말했다.

「말보다 더 중요한 문제가 있었을 거요.」 로버트 조던이 말했다.

그가 시계의 레버를 누른 지 8분이나 되었는데도 폭격 소리는 들려오지 않았다.

「왜 시계를 들여다보고 있는 거죠?」 필라르가 물었다.

「비행기가 어디로 날아갔는지 확인하고 있습니다.」

「아, 그렇군요.」 필라르가 말했다.

10분이 지나자 그는 더 이상 시계를 들여다보지 않았다. 비행기의 소리가 여기까지 오는 데 걸리는 1분을 감안하더라도 이제 비행기는 멀리 날아가 더 이상 소리를 들을 수 없었기 때문이다.

「당신에게 할 말이 있습니다.」 로버트 조던이 안셀모에게 말했다.

안셀모는 동굴 입구에서 나왔고 그들은 입구에서 조금 멀리 떨어진 곳까지 걸어가 소나무 옆에서 걸음을 멈추었다.

「별일은 없지요?」 로버트 조던이 물었다.

「그렇습니다.」

「식사는 했습니까?」

「아뇨. 아무도 먹지 않았어요.」

「그럼 식사를 하고 점심에 먹을 것을 좀 준비하십시오. 길쪽으로 내려가 망을 봐야겠습니다. 길 위쪽과 아래쪽으로 지나가는 것들을 모두 기록하도록 하십시오.」

「글씨를 쓸 줄 모르는데.」

「쓸 필요는 없어요.」 로버트 조던은 수첩에서 종이를 두 장 찢어 내고 칼로 연필을 깎았다. 「탱크가 지나가면 이렇게 그림을 그려요. 그런 다음 그 밑에 하나 둘 하고 표시를 하는 겁니다. 네 대가 지나가면 빗금을 긋고 다시 시작해요.」

「그렇게 하면 수를 셀 수 있겠군.」

「그리고 또 다른 그림을 그려요. 바퀴 두 개에 상자 하나를 그리면 트럭이 되는 겁니다. 빈 트럭이면 상자 대신에 원을 그려요. 트럭에 병사들이 가득 타고 있으면 일자를 그어요. 또 대포도 그려요. 작은 것은 이렇게 그려요. 앰뷸런스는 이렇게 그려요. 바퀴 두 개에 상자를, 그리고 그 박스 안에 십자가를 그려요. 중대 규모의 보병은 이렇게 그려요. 작은 네모를 그린 다음 그 옆에 표시하는 겁니다. 기마병은 이렇게 그려요. 잘 알았습니까? 말처럼 말입니다. 다리 네 개에 박스를 그려요. 이건 기마병 스무 명을 가리키는 겁니다. 잘 알았죠? 각 병력마다 이렇게 표시를 하는 겁니다.」

「알았습니다. 참 멋지군요.」

「자, 이걸 보십시오.」 그는 큰 바퀴를 두 개 그리고 그 주위에다 동그라미를 쳤다. 그리고 포신을 나타내는 작은 선을 그었다. 「이건 대전차포입니다. 고무 타이어가 달려 있죠. 이것들도 표시를 하도록 해요. 바퀴 두 개에 포가 하늘 쪽으로 향한 것은 대공포입니다. 이것도 표시해야 해요. 잘 알겠죠? 이런 포를 본 적이 있습니까?」

「네. 잘 알고 있어요.」 안셀모가 대답했다.

「집시를 데리고 가서 당신이 망을 보고 있는 지점을 알려 놓도록 해요. 그래야 나중에 교대를 할 수 있을 테니까. 도로에서 너무 가깝지 않으면서도 망을 잘 볼 수 있는 지점을 고르도록 해요. 교대해 줄 때까지 계속 망을 봐요.」

「알았습니다.」

「좋아요. 당신이 돌아오면 도로 위에서 움직인 차량 상황은 자세히 알게 되겠군요. 종이 한 장은 도로 위쪽으로 간 차량을 기록하고 다른 한 장은 아래쪽으로 간 것을 기록하세요.」

그들은 걸어서 동굴 쪽으로 갔다.

「라파엘을 좀 보내 주십시오.」 로버트 조던은 그렇게 말하고 나서 나무 옆에서 기다렸다. 안셀모가 동굴 안으로 들어가면서 입구의 담요가 펄럭거렸다. 집시는 손등으로 입을 비비면서 동굴 밖으로 나왔다.

「그래 지난밤엔 재미 좀 보았습니까?」 집시가 물었다.

「푹 잤소?」

「나쁘진 않소. 담배 가진 것 있습니까?」 집시는 그렇게 말하면서 싱긋 웃어 보였다.

「내 말 좀 들어 보시오.」 로버트 조던이 주머니에 손을 넣어 담배를 찾으면서 말했다. 「안셀모를 따라서 망보는 데까지 갔다가 오시오. 나중에 나나 다른 사람을 안내해서 교대를 해야 하니까 말이오. 그다음에는 제재소 가까운 곳으로 가서 초소에 무슨 변동 사항이 없나 살펴보시오.」

「무슨 변동 사항?」

「사람이 몇 명 있나 알았으면 좋겠소.」

「여덟 명입니다. 이건 최신 정보예요.」

「그래도 현재 몇 명인지 알아봐 주시오. 그리고 다리 위의 보초는 얼마 간격으로 교대를 하는지도 살펴보시오.」

「교대?」

「보초가 한 번 나와서 얼마나 서 있으면 다른 보초가 나와서 바꿔 주는지 알아보란 말이오.」

「시계가 없는데.」

「내 걸 가지고 가시오.」 그는 시계를 풀어서 집시에게 건네주었다.

「야, 멋진 시곈데. 아주 복잡하군. 이런 시계라면 저절로 쓰기도 하고 읽기도 할 거야. 이 복잡한 숫자판 좀 봐. 정말 끝내주는 시계군.」 라파엘이 감탄하면서 말했다.

「시계 가지고 장난치지 마시오. 시간 볼 줄 아시오?」 로버트 조던이 물었다.

「그걸 모르는 사람이 있겠습니까? 12시면 한낮이니까 배가 고프고, 밤 12시는 피곤하니까 잠을 자죠. 아침 6시에는 배가 고프니까 아침을 먹고 저녁 6시에는 운이 좋다면 술잔이나 얻어먹고 취해 버리는 거죠. 밤 10시에는······.」

「닥치시오. 공연히 바보 같은 짓 하지 마시오. 큰 다리와 도로 아래쪽의 초소도 점검하고 제재소와 작은 다리의 초소도 확인하도록 하시오.」

「이거 일이 많은데. 나 말고는 보낼 사람이 없습니까?」 집시가 웃음을 지으며 말했다.

「없소, 라파엘. 이건 매우 중요한 일이오. 아주 조심스럽게 일을 처리해야 하고 조심해서 몸을 숨겨야 하오.」

「몸을 숨기는 건 얘기할 필요 없어요. 그런 소리는 뭣 때문에 합니까? 내가 총 맞아 죽기를 바라겠습니까?」

「사태를 좀 심각하게 봐주시오. 이건 아주 심각한 일이니까.」

「나보고 사태를 심각하게 보라고? 당신이 지난밤에 한 일을 생각해 보시죠. 여기 사람을 죽이러 와서는 무슨 일을 했습니까? 사람을 죽이러 왔지 만들러 온 것은 아니지 않습니까. 오늘 아침 하늘에는 비행기가 가득 떠서 날아갔어요. 우리를 죽이려고 말입니다. 죽으면 조상님 앞으로 가는 거고 그러면 불쌍한 애들은 어떻게 되는 겁니까? 폭격으로 염소, 고양이, 바퀴벌레 같은 것도 모두 죽어 없어지고 말 겁니다. 비행기가 어두운 하늘을 날아가는 소리는 사자의 울음소리처럼 무섭죠. 젖먹이 엄마도 가슴이 얼어붙을 정도란 말입니다. 이런 상황에서 나보고 심각하라니? 난 너무 심각해서 얼어 버렸습니다.」

「좋소. 그럼 너무 심각하게 생각하지는 마시오. 그럼 아침을 먹고 가보시오.」 로버트 조던은 웃음을 터뜨리고 집시의 어깨에 손을 얹으며 말했다.

「그럼 당신은 무엇을 할 겁니까?」 집시가 물었다.

「엘 소르도를 만나러 갈 생각이오.」

「아마 그 비행기들을 봤으니 산속의 사람들이 모두 숨어버려 찾아내기도 어려울 겁니다. 비행기가 지나가는 것을 보고 겁이 나서 식은땀을 흘리고 있는 사람도 많을 거예요.」 집시가 말했다.

「그 비행기들에게는 게릴라를 잡는 일보다는 다른 중요한 일이 있을 거요.」

「그럴 테죠. 그렇지만 나중에라도 게릴라 잡는 일에 나선다면……」 집시는 그렇게 말하고 머리를 흔들었다.

「그 비행기들은 최우수 독일제 경폭격기였소. 집시를 잡자고 그런 비행기를 보내지는 않소.」 로버트 조던이 말했다.

「그런 비행기를 보면 겁이 나요. 그래요, 나는 정말 비행기가 무서워요.」 라파엘이 말했다.

「공연한 소리. 그들은 비행장을 폭격하러 갔을 거요. 그렇게 믿으시오.」 동굴 안으로 들어서면서 로버트 조던이 말했다.

「뭐라고요?」 필라르가 물었다. 그녀는 그에게 커피를 한 잔 따라 주고 농축 우유 캔을 내밀었다.

「우유가 다 있어요? 정말 호강이네.」

「없는 게 없죠. 오늘 아침 비행기가 지나가고 나서 다들 걱정을 해요. 그 비행기들은 어디로 갔을까요?」 그녀가 물었다.

로버트 조던은 우유 캔의 찢어진 구멍으로 짙은 우유를 커피에 탄 뒤 커피 잔에 그 캔의 밑부분을 닦아 냈다. 그러고는 연한 갈색이 우러날 때까지 커피를 저었다.

「비행장을 폭파하러 간 것 같아요. 에스코리알이나 콜메나르 쪽으로 갔을 수도 있어요. 모르죠, 세 군데 다 갔는지.」

「멀리 날아가서 이곳에는 얼씬도 하지 않았으면 좋겠군.」 파블로가 말했다.

「그런데 왜 이쪽으로 날아왔죠? 그렇게 많은 비행기가 날아가는 것을 보기는 처음이에요. 공격을 하려는 걸까요?」 필라르가 물었다.

「지난밤 도로에는 어떤 이동 사항이 있었습니까?」로버트 즈던이 물었다. 마리아는 그의 곁에 붙어 있었지만 그는 그녀에게 아무런 말도 하지 않았다.

「페르난도, 지난밤에 라 그란하에 갔었지? 그곳의 움직임은 어땠어?」

「이상 없었어요. 트럭과 차량이 몇 대 지나갔을 뿐 병력 이동은 없었어요.」키가 작고 얼굴이 넓적하고 눈이 사팔뜨기인 35세쯤 되어 보이는 사내가 대답했다. 로버트 조던이 지난밤에 보지 못한 사람이었다.

「밤마다 라 그란하에 가시오?」로버트 조던이 페르난도에게 물었다.

「내가 안 가면 다른 사람이 갑니다.」페르난도가 대답했다.

「소식을 얻어 오고 담배나 기타 가벼운 것들을 구입하려고 매일 가요.」필라르가 말했다.

「거기에도 우리 사람이 있습니까?」

「그럼요. 화력 발전소에서 일하는 사람들이에요. 그리고 다른 데서 일하는 사람도 있어요.」

「그래, 무슨 소식이라도?」

「아무것도 없었어요. 북부는 아직도 전황이 좋지 않은가 봅니다. 그건 소식이랄 것도 없지요. 북부는 처음부터 그 모양이었으니까.」

「세고비아에서는 무슨 소식이라도?」

「아뇨. 물어보지 않았습니다.」

「세고비아에도 가시오?」

「가끔. 하지만 위험해요. 검문소에서 신분증 조사를 하니까.」페르난도가 말했다.

「비행장에 대해 압니까?」

「몰라요. 그래도 어디 있는지는 알아요. 비록 가까이 가보지는 못했지만. 비행장 부근은 신분증 조사가 아주 심해요.」

「지난밤에 비행기 얘기를 하는 사람은 없었소?」

「라 그란하에서 말입니까? 아무도 없었어요. 그렇지만 오늘 밤에는 말들이 무성할 겁니다. 사람들은 키에포 데 야노 방송에 대해서 얘기했어요. 그렇지만 그 이상은 아무런 얘기도 없었어요. 아 참, 하나 들은 것이 있어요. 공화국이 공세를 계획하고 있다는 말들을 하더군요.」

「뭐라고?」

「공화국이 공세를 계획하고 있다고요.」

「어디에서?」

「확실치는 않아요. 여기일 수도 있고 아니면 시에라의 다른 지역일 수도 있고. 당신도 그 얘기를 들었습니까?」

「라 그란하 사람들이 그렇게 얘기하던가?」 로버트 조던이 물었다.

「그래요. 자세한 내용은 잊어버렸지만 공세에 대한 얘기는 늘 있어 왔어요.」

「그런 소문의 진원지는 어디오?」

「어디냐고요? 이런저런 사람들이지요. 세고비아나 아빌라의 카페에서 장교들이 그런 얘기를 하고 웨이터들이 그걸 엿듣는 거지요. 그러면 곧 소문이 납니다. 공화국이 이 지역에 대규모 공세를 펼 거라는 얘기는 오래전부터 떠돌았어요.」

「공화국의 공격 아니면 파시스트의 공격?」

「공화국의 공격이요. 파시스트들이 그렇게 말했다면 온 세상이 다 알았을 거예요. 그리고 상당히 대규모 공세인 것처럼 얘기하던데요. 어떤 사람은 공격이 두 번에 걸쳐 이루어진다고 말하더군요. 한 번은 이곳에서 펼쳐지고 다른 한 번은 에스코리알 근처의 알토 델 레옹이라고 하더군요. 당신도 이런 얘기를 들은 적이 있나요?」

「그 밖에 더 들은 것은 없소?」

「뭐, 특별한 것은 없어요. 아 참, 하나 생각나는군요. 공화국이 이곳을 공격할 때 다리를 폭파할 거라고 하더군요. 하지만 다리는 경계가 엄중하죠.」

「혹시 농담을 하는 건 아니오?」 로버트 조던이 커피를 한 모금 마신 뒤 물었다.

「농담이 아닙니다.」 페르난도가 말했다.

「이 친구는 농담을 하지 않아요. 참으로 유감이긴 하지만.」 필라르가 말했다.

「그렇다면 고맙소. 그 외에 더 들은 것은 없소?」 로버트 조던이 물었다.

「없어요. 언제나처럼 이 산에 병력을 보내 게릴라를 소탕한다는 소문도 들었어요. 실제로 소탕 작전을 위해 병력이 이동 중이라는 얘기도 있었어요. 바야돌리드에서 병력을 이동시키고 있다는 얘기도 하더군요. 그러나 늘 하는 얘기라 별로 신경 쓰지 않았어요. 중요하지 않은 얘기니까.」

「이런 판국에 당신은 무슨 말라빠진 안전 얘기만 하는 거야?」 필라르가 파블로를 노려보며 말했다.

파블로는 그녀를 빤히 쳐다보더니 턱을 긁으며 말했다.

「당신 내 말을 어떻게 들었어? 난 다리 작전이 안전하지 않다는 얘기였어.」

「무슨 다리?」 페르난도가 쾌활한 목소리로 물었다.

「바보 같은 소리일 뿐이야. 커피나 한 잔 더 마시고 다른 소식을 생각해 내봐.」 필라르가 말했다.

「화내지 말아요, 필라르. 소문 따위로 겁먹을 건 없잖아요. 생각나는 건 이미 모두 말씀드렸어요.」 페르난도가 쾌활하고 침착한 목소리로 말했다.

「더 생각나는 건 없소?」 로버트 조던이 물었다.

「없어요. 이 정도 기억하는 것만도 대단한 겁니다. 모두 떠도는 소문에 불과하기 때문에 그렇게 신경 쓰지 않았거든요.」 페르난도가 의젓한 목소리로 말했다.

「그럼 얘기가 더 있을 수도 있소?」

「그럴 겁니다. 별 신경을 쓰지 않았으니까요. 1년 동안 들어 온 거라고는 소문밖에 없어요.」

그때 로버트 조던은 옆에 서 있던 마리아가 짧은 웃음을 터뜨리는 소리를 들었다.

「그럼 소문을 하나만 더 얘기해 줘요, 페르난도.」 마리아가 그렇게 말하고 나서 또 어깨를 흔들며 웃음을 터뜨렸다.

「설혹 기억을 한다고 해도 얘기하지 않겠소. 신문이나 염탐하면서 재미있는 일인 양 퍼뜨리고 다니는 일은 신사가 할 짓이 아니지.」 페르난도가 말했다.

「그런 소문을 염탐하는 게 공화국을 돕는 일이에요.」 필라르가 말했다.

「아니, 당신 얘기대로라면 다리를 폭파하는 일이 공화국을 돕는 일이지.」 파블로가 끼어들었다.

「자, 식사 끝냈으면 가보십시오.」 로버트 조던이 안셀모와 라파엘에게 말했다.

「자, 그럼 갑니다.」

노인이 그렇게 말하면서 자리에서 일어섰고, 라파엘이 그 뒤를 따랐다. 로버트 조던은 마리아가 자신의 어깨에 손을 얹고 있는 것을 느꼈다. 「자, 당신도 식사를 하세요. 잘 먹어 두어야 소문을 소화할 수 있을 것 아니에요.」 다리아가 여전히 그의 어깨에 손을 얹은 채 말했다.

「소문 때문에 식욕이 사라졌소.」

「안 돼요. 그러면 곤란해요. 더 많은 소문을 듣기 전에 이걸 먹어 두세요.」 그녀는 그릇을 그의 앞으로 밀었다.

「나를 웃음거리로 만들지 말아요, 마리아. 난 당신의 좋은 친구요.」 페르난도가 마리아에게 말했다.

「페르난도, 당신에게 농담을 하고 있는 게 아니에요. 저는 이분과 농담을 하면서 식사를 하지 않으면 배가 고프게 된다는 것을 말했을 뿐이에요.」

「그럼 다 같이 식사합시다. 필라르, 식사는 이제 시작이지요?」 페르난도가 말했다.

「이제 시작이에요. 자, 어서 들어요. 지금 당장은 먹는 게 중요해요.」

필라르는 그렇게 말하면서 그의 접시에 고기 스튜를 퍼주었다.

「스튜 맛이 아주 좋은데요.」 페르난도가 위엄 어린 목소리로 말했다.

「고마워요. 정말 고마워요.」 필라르가 말했다.

「내게 화났나요?」 페르난도가 물었다.

「아뇨, 어서 들어요, 식기 전에.」

「그러지요. 정말 고맙군요.」 페르난도가 말했다.

로버트 조던은 마리아를 쳐다보았다. 그녀는 다시 어깨를 흔들며 웃더니 다른 곳으로 고개를 돌렸다. 식사를 하는 페르난도의 표정은 여전히 근엄했다. 아주 큰 숟가락을 들고 식사를 하고 입가에서 국물이 조금 흘러나와도 그의 그 근엄한 표정은 여전했다.

「음식 맛이 좋아요?」 필라르가 물었다.

「네, 필라르. 예전과 똑같이 맛이 좋군요.」 그가 입안 가득 음식을 넣은 채 말했다.

로버트 조던은 마리아의 손이 자신의 팔을 어루만지는 것을 느꼈다. 그녀는 손가락에 힘을 주어 팔을 잡았다.

「예전과 똑같기 때문에 그 스튜를 좋아하나요?」 필라르가 물었다.

「네.」

「그래, 알겠어요. 당신은 늘 그 스튜를 좋아했지. 그리고 북부는 늘 상태가 좋지 않았어. 그리고 여기는 늘 공세가 펼쳐질 거라는 얘기였지. 늘 우리를 소탕하러 병력이 출동하리라는 그런 얘기. 당신은 〈늘〉 자를 빼놓고는 얘기를 할 수 없는 것 같군.」

「하지만 필라르, 마지막 두 얘기는 소문에 불과해요.」

「정말 스페인이라는 나라는 알 수가 없어. 다른 나라의 국민들도 이런가요?」 필라르가 로버트 조던 쪽으로 고개를 돌리면서 물었다.

「스페인 같은 나라는 없어요.」 로버트 조던이 예의 바르게 대답했다.

「당신 말이 맞아요. 이 세상에 스페인 같은 나라는 없어.」 페르난도가 말했다.

「다른 나라에 가본 적 있어요?」 필라르가 그에게 물었다.

「없어요. 가보고 싶지도 않아요.」 페르난도가 말했다.

「정말 이렇다니까.」 파블로의 아내가 로버트 조던을 돌아보며 말했다.

「페르난도, 발렌시아에 갔던 얘기를 해줘요.」 마리아가 말했다.

「발렌시아는 마음에 들지 않아.」

「왜요? 왜 마음에 들지 않아요?」 마리아가 로버트 조던의 팔을 꼭 잡으며 물었다.

「사람들이 예의도 없을 뿐만 아니라 무슨 말을 하는지도 모르겠소. 그저 서로에게 〈체〉[4] 하고 소리치는 것 외에는 말이오.」

「당신 말은 알아듣던가요?」 마리아가 물었다.

「못 알아듣는 척하더군.」 페르난도가 말했다.

「그럼 거기서 뭘 했어요?」

「바다는 보지도 않고 돌아왔소. 그곳 사람들이 마음에 들지 않아서.」 페르난도가 말했다.

「무슨 헛소리를 하는 거예요? 피곤하게 하지 말고 어서 나가요. 난 발렌시아에서 내 평생 가장 아름다운 시간을 보냈어. 나한테 발렌시아 얘기는 하지 말아요.」 필라르가 말했다.

「그곳에서 뭘 하셨는데요?」 마리아가 물었다.

필라르는 커피 잔, 빵 조각 그리고 스튜 그릇을 식탁에 놓고 앉았다.

「거기서 뭘 했느냐고? 피니토가 페리아에서 투우장에 세 번 출장하기로 계약을 맺어서 거기에 가게 되었지. 그렇게 많은 사람은 본 적이 없어. 그리고 카페는 연일 만원이었지.

14 주의를 환기시키는 감탄사. 〈이봐〉 정도의 뜻으로 볼 수 있다.

여러 시간을 기다려도 자리를 얻을 수가 없었고 전차는 사람이 너무 많아 탈 수가 없었어. 발렌시아는 밤이나 낮이나 사람들이 활동하고 있었지.」

「그래, 당신은 무엇을 하셨어요?」 마리아가 물었다.

「안 해본 게 없어. 우리는 해변에 가서 물 위에 누워 있었지. 돛이 달린 보트를 황소가 끌어내기도 했어. 황소를 물에다 집어넣고 몰면 헤엄을 치지. 그런 다음 보트를 황소에다 묶는 거야. 황소가 해변으로 나오면 그때는 보트를 끌고 모래사장을 비틀거리며 걸어가는 거지. 열 마리의 황소가 바다에서 돛 달린 보트를 꺼내는 장면을 한번 상상해 봐. 그리고 자그마한 파도는 왜 그리 해변에 와서 철썩철썩 부딪치는지. 그게 바로 발렌시아야.」

「황소를 본 것 이외에는 무얼 하셨어요?」

「모래사장에 쳐놓은 천막에서 식사를 했지. 요리한 생선과 고춧가루와 쌀알만 한 견과류가 든 페이스트리를 먹었어. 그 부드럽고 기름진 맛이란 정말 일품이었지. 그 기름 많은 고기 맛도 형언할 수 없지. 바다에서 금방 잡은 참새우에다 라임 주스를 묻혀서 먹는 거야. 분홍빛이 도는 신선한 놈인데 네 번쯤 씹으면 다야. 우린 그런 새우를 많이 먹었어. 그런 다음 신선한 해물이 듬뿍 든 파에야를 먹었지. 조개, 홍합, 가재, 장어 등이 들어 있었어. 그런 다음엔 장어만 골라서 콩깍지만큼 작게 만들어서 먹었어. 너무 부드럽고 맛있어서 씹지 않아도 한입에 다 넘어가더군. 식사 도중에는 늘 화이트 와인을 먹었어. 한 병에 30센티모 하는 것이었지만 차갑고 가벼운 게 아주 좋았어. 그리고 마지막으로 멜론을 먹어. 그곳은 멜론으로 유명한 고장이지.」

「멜론은 카스티야 것이 더 맛있어요.」페르난도가 말했다.

「무슨 말씀. 카스티야의 멜론은 아무것도 아니야. 감칠맛이라면 당연히 발렌시아 멜론이지. 사람의 팔뚝만큼이나 길고 바다의 물빛처럼 푸르고 칼로 베면 부드럽게 잘라지면서 단물이 많이 나오거든. 그 맛은 여름날의 아침보다도 더 향기롭지. 그것 이외에 조그마한 뱀장어 생각을 하면 벌써 군침이 돌아. 접시에 가득 담아서 내온단 말이야. 그리고 큰 그릇에 철철 넘치도록 부어서 오후 내내 마시는 맥주 맛도 일품이야. 물동이만큼이나 큰 잔에 들었는데 맥주가 너무 차가워 잔의 바깥에 하얀 서리가 끼곤 했지.」

「그런 음식을 먹지 않고 술도 마시지 않을 때는 무엇을 했나요?」

「발코니에 가는 판자로 블라인드를 친 방에서 사랑을 나누었지. 바람이 살랑거리며 불어와 경첩이 달린 문을 부드럽게 흔드는 거야. 우린 그 방에서 사랑을 나누었어. 차양이 처져 있었기 때문에 낮에도 방이 어두웠어. 그리고 거리 쪽의 꽃 상가에서는 꽃향기가 계속 불어왔어. 페리아 동안에는 정오경에 폭죽을 터뜨리는데 트라카 폭죽에서 나는 화약 냄새가 방 안까지 흘러들어왔지. 폭죽은 도시 전체에 그물처럼 쳐져 있었어. 전봇대나 전차의 와이어 같은 곳에 설치되어 있었지. 아주 커다란 소리를 내면서 터지는데 불꽃이 전봇대와 전봇대 사이를 건너뛰며 터지는 모양과 그 웅장한 폭발음은 정말 환상적이었어.

사랑을 나누고 나서는 맥주를 한 잔 더 시켰지. 맥주잔에는 차가운 물방울이 뚝뚝 흘렀어. 소녀가 맥주잔을 가져오자 나는 그것을 받아 들고 누워서 잠이 든 피니토의 등에다 갖다 댔어. 어서 잠에서 깨어나라고 말이야. 그럼 그는 이렇게 말했지. 〈하지 마, 필라르. 좀 자게 내버려 둬.〉 그럼 내가 이렇게 얘기했지. 〈어서 일어나 이 차가운 맥주를 좀 마셔 봐요.〉 그는 눈도 뜨지 않고 한 모금 마신 뒤 다시 잠이 들었지. 나는 침대 끄트머리에서 등에다 베개를 대고 누워 쌕쌕 잠든 그의 모습을 지켜보았지. 갈색 피부에 머리가 검은 그는 조용히 잠자면서 쉬는 거였어. 그 젊은 육체는 아름다웠지. 그러면 나는 맥주 한 잔을 다 마셔 버리고 마침 거리를 지나가는 악대의 행진곡을 들었지. 당신, 이런 얘기 알고 있어요?」 필라르가 파블로에게 물었다.

「그건 우리가 함께 했던 일 아니야?」 파블로가 말했다.

「그래. 그랬었지요. 당신도 한창때는 피니토 못지않은 사나이였지. 그러나 발렌시아에 함께 가지는 않았어요. 발렌시아에서 침대에 누워 지나가는 악대의 음악을 함께 듣지는 않았어요.」

「그건 불가능했어. 우린 발렌시아에 갈 기회가 없었지. 잘 따져 보면 알 거야. 하지만 피니토하고는 기차 폭파 사건을 같이 하지 못했잖아.」

「그렇군요. 기차 폭파야말로 우리가 해치워야 할 일이에요. 기차. 그래요, 언제나 기차가 목표지요. 아무도 그 점에 대해서는 반대하지 못해요. 아무리 게으르고 실패를 많이 했더라도 그 일만은 후세에 남는 거예요. 바로 이 순간 비겁하다고 해도 그것만은 중요한 일로 남는 거예요. 나는 편파적으로 놀지는 않겠어요. 그렇지만 아무도 발렌시아에 대해서 나쁘게 말하지는 못해요. 알아들어요?」

「난 싫어. 난 발렌시아가 마음에 들지 않아.」 파블로가 나지막한 목소리로 말했다.

「당신은 정말 당나귀같이 고집이 센 사람이에요. 마리아, 이제 치워라. 그만 가보자.」 필라르가 말했다.

바로 그 순간 첫 번째 비행기가 돌아오는 소리가 들렸다.

9

 그들은 동굴 입구에 서서 그 폭격기들을 쳐다보았다. 폭격기들은 하늘을 찢어 놓을 것 같은 소음을 내면서 하늘 높이 날아갔다. 기수 부분은 화살촉같이 뾰족한 것이 보기 흉한 모습이었다. 꼭 상어같이 생겼군. 로버트 조던은 생각했다. 지느러미가 넓고 코가 뾰족한 카리브 해의 상어 같아. 그러나 그 비행기들은 햇빛에 프로펠러를 반짝이고 요란한 소음을 내며 쏜살같이 날아갔다. 이 세상에 그처럼 빠른 것은 없을 것 같았다. 마치 어두운 운명이 그런 기계가 되어 나타난 것 같았다.

 난 글을 써야 해. 그는 생각했다. 아니, 나중에 하지. 그는 마리아가 자신의 팔을 잡고 있는 것을 느꼈다. 그녀는 그를 올려다보고 있었다.

 「저 비행기가 당신에겐 어떻게 보여, 예쁜이?」

 「모르겠어요. 죽음의 모습이라고나 할까요.」 마리아가 대답했다.

 「내게는 그냥 비행기로 보이는데. 작은 비행기는 어디 간 걸까?」 필라르가 말했다.

「아마도 소형 비행기는 다른 곳으로 갔을 겁니다. 폭격기는 너무 빨라서 그 비행기들을 기다려 줄 시간이 없는 겁니다. 아군 비행기는 전선을 넘어 이쪽까지 와서 교전하지는 않을 겁니다. 우선 비행기가 충분하지 못하니까요.」로버트 조던이 말했다.

바로 그때 석 대의 하인켈 폭격기가 역삼각형 편대를 이루며 개활지 위, 그들이 있는 쪽으로 날아오고 있었다. 바로 나무 위를 스칠 정도로 저공비행이었다. 짤랑거리고 날개를 반짝거리며 주둥이를 앞으로 내민 못생긴 장난감 같은 비행기가 갑자기 실물 크기로 커지면서 사람들에게 공포감을 안겨주었다. 비행기의 고도가 너무 낮아서 동굴 입구에 서 있는 사람들은 조종사의 헬멧, 안경 그리고 뒤쪽에 앉아 있는 편대장 쪽으로 휘날리는 스카프 등을 분명하게 볼 수 있었다.

「저 정도 높이라면 말들이 보이겠는데.」파블로가 말했다.

「당신 담배꽁초도 볼 수 있겠어요. 자, 입구의 담요를 내립시다.」필라르가 말했다.

비행기는 더 이상 날아오지 않았다. 다른 비행기들은 산등성이 너머로 날아간 것 같았다. 비행기의 소음이 완전히 사라지자 그들은 다시 동굴 밖으로 나왔다.

높고 청명한 하늘에는 아무것도 날아가고 있지 않았다.

「비행기는 꿈처럼 날아가 버렸군요.」마리아가 로버트 조던에게 말했다.

비행기 소리는 마리아가 손가락으로 그의 팔을 살짝 눌렀다가 떼고 다시 살짝 눌렀다가 떼어 버리는 그런 감촉처럼 희미하게 감지되다가 이제는 그 소리마저도 들리지 않게 되었다.

「꿈이 아니야. 자, 어서 동굴 안으로 들어가 청소를 하도록 해.」

필라르가 마리아에게 말했다. 그러고는 로버트 조던에게 말을 걸었다.

「자, 그럼 말을 타고 갈 거요 아니면 걸어갈 거요?」

「당신 좋을 대로 하세요.」 로버트 조던이 말했다.

「그럼 걸어갑시다. 산책은 간(肝)에 좋으니까.」

「말을 타고 가도 간에 좋기는 마찬가집니다.」

「그렇긴 해요. 하지만 엉덩이가 아파요. 그러니까 걸어서 가는 게 나아요. 그리고 당신……」

필라르는 파블로에게 말을 걸었다.

「당신은 저 아래에 내려가 혹시 말이 도망이나 가지 않았는지 확인해 봐요.」

「당신은 말을 타고 갈 생각이오?」 파블로가 로버트 조던에게 물었다.

「고맙지만 사양하겠소. 마리아는 어떻게 할 거요?」

「그녀도 걸어가는 게 좋아요. 말을 타고 갔다 오면 온몸이 뻐근할 거예요. 그러니 좋을 것도 없죠.」 필라르가 말했다.

로버트 조던은 얼굴이 붉어지는 것을 느꼈다.

「그래, 지난밤에는 잘 잤수?」 필라르가 물었다. 「원래 순결한 처녀에게는 병 같은 건 없는 법이에요. 물론 병에 걸릴 뻔하는 경우는 있을 수 있지만. 그렇지만 병이 왜 없는지는 나도 모르겠어요. 신은 죽었다고 하지만 그래도 아직 신이 살아남아 있다는 증거가 아니겠어요.」

필라르는 이어 파블로에게 이렇게 말했다.

「이 얘기는 당신하고 상관없는 얘기예요. 당신보다 젊은 사람들에게나 상관있는 얘기예요. 당신하고는 기질이 다른 사람들하고나 통하는 얘기예지요. 자, 어서 가봐요.」

필라르는 다시 로버트 조던 쪽으로 고개를 돌리며 말했다.

「아구스틴이 당신 물건을 돌봐 줄 거예요. 그가 오면 떠납시다.」

아주 화창한 날씨였고 해가 쨍쨍 빛나고 있었다. 로버트 조던은 덩치가 크고 얼굴이 갈색인 여인을 쳐다보았다. 그녀의 눈은 자상했으나 옆으로 찢어져 있었다. 얼굴은 네모난 것이 둔중해 보였으나 눈빛은 자상했으며 주름살이 많았으나 어딘지 호감을 주는 얼굴이었다. 그리고 입을 열어 말을 하기 전까지는 약간 슬픈 기운이 감도는 표정이었다. 그는 필라르를 쳐다본 다음 숲 사이로 말 울타리를 향해 내려가는 땅딸막한 사내를 내려다보았다. 필라르도 그의 등을 바라보고 있었다.

「어제 마리아와 사랑을 나누었나요?」 필라르가 물었다.

「마리아가 당신에게 뭐라고 하던가요?」

로버트 조던은 대답을 하지 않고 오히려 되물었다.

「얘기를 안 하더군요.」 필라르가 말했다.

「나도 하지 않겠습니다.」

「그럼 관계를 가졌군. 그러나 그 아이는 아주 조심스럽게 대해 주어야 해요.」

「혹시 임신이라도 하면 어쩌죠?」

「그건 아무 문제도 없을 거예요. 전혀요.」 필라르가 말했다.

「그렇지만 여기는 임신 같은 걸 할 곳이 못 되잖아요.」

「그 애는 여기 있을 애가 아니에요. 당신을 따라갈 거니까.」

「내가 어디로 가는지 알기나 해요? 어딜 가든 여자를 데리고 다닐 형편이 못 돼요.」

「어떻게 그렇게 단정적으로 말할 수 있어요? 여자 둘을 데리고 갈 수 있을지도 모르잖아요.」

「농담할 계제가 아니에요.」

「이봐요, 내 말 좀 들어 봐요. 난 결코 비겁한 사람은 아니지만 이런 이른 아침에는 사물을 분명하게 바라볼 줄 알아요. 지금 살아 있는 사람이 다시는 다음 일요일을 맞지 못하는 경우도 많다는 것 또한 잘 알고요.」 필라르가 말했다.

「오늘이 무슨 요일이죠?」

「일요일.」

「세상에. 다음 일요일까지는 아직 많이 남아 있군요. 다음 주 수요일까지 살아 있어도 좋겠어요. 하지만 당신이 그렇게 비관적으로 말하는 것은 듣기가 거북하군요.」 로버트 조던이 말했다.

「사람은 가끔 자신의 심정을 털어놓고 싶을 때가 있는 거요. 그러다가 종교도 갖게 되고 뭔가에 탐닉하기도 하죠. 그러니 사람은 솔직하게 털어놓을 수 있는 친구가 있어야 해요. 그리고 인간은 아무리 용감하다고 해도 가끔 외로워지는 법이에요.」 필라르가 말했다.

「우린 외롭지 않아요. 모두 함께 있으니까.」

「저 비행기들을 보니 뭔가 생각이 나는군요. 우린 저 기계에 비해 볼 때 아무것도 아니에요.」

「그렇지만 기계를 정복할 수는 있어요.」 로버트 조던이 말했다.

「이봐요, 내가 당신에게 슬픈 심정을 내보였다고 해서 내가 결단력이 없다고 생각하지는 말아요. 내 결심에는 흔들림이 없어요.」

「해가 뜨면 그 슬픔은 곧 사라질 겁니다. 그건 안개 같은 거니까.」

「물론이에요. 당신이 그런 식으로 표현하겠다면. 발렌시아 얘기를 하다가 기분이 그단 그렇게 된 것 같아요. 그리고 말을 보러 아래로 내려간 저 실패작. 난 옛날 얘기로 저 인간에게 상처를 줬어요. 그를 죽이고 저주하는 것은 좋아요. 하지간 상처를 주는 것은 싫어요.」 필라르가 말했다.

「저 사람과는 어떻게 만났습니까?」 로버트 조던이 물었다.

「어떻게 만났냐고? 이 운동(내전)이 시작되고 얼마 되지 않았을 때였어요. 아니, 그전이었나, 어쨌든 당시에는 괜찮은 사람이었어요. 아주 쓸 만했어요. 그러나 이제는 끝났어요. 병마개가 뽑히고 병에서 와인이 모두 흘러나온 상태 같아요.」

「난 그가 싫어요.」

「그건 그도 마찬가지예요. 그리고 충분한 이유도 있죠. 지난밤에 나는 그와 동침했어요.」 그녀는 미소를 짓더니 고개를 흔들었다. 「이제 솔직하게 털어놓고 말하죠. 나는 그에게 말했어요. 〈파블로, 왜 그 외국인을 죽이지 않았어요?〉 그는 이렇게 대답했어요. 〈그는 괜찮은 친구야, 필라르. 좋은 친구야.〉 그래서 나는 말했어요. 〈내가 대장이라는 말 잘 알아들었어요?〉 그랬더니 알았다고 하더군요. 지난밤 그는 잠에서 깨어 울더군요. 남자들이 우는 모습에는 지저분한 데가 있어요. 파블로의 내부에 있는 짐승이 그를 흔들어 대는 것 같았어요.

그래서 내가 파블로를 붙들고 이렇게 물었어요. 〈파블로,

어떻게 된 거예요?〉그랬더니 아무것도 아니라고 대답하더군요.〈아니, 뭔가 있는 것 같은데?〉하고 내가 다그쳐 물었어요.〈사람들, 사람들이 나를 배신한 것이 슬퍼〉하고 말하더군요.

그런데 그게 무슨 문제예요? 그들이 나와 함께 있고 또 나는 당신의 여자잖아요, 하고 대답해 주었어요. 그랬더니〈필라르, 기차 폭파 사건 생각나? 당신에게 하느님의 가호가 있기를 바라겠어, 필라르〉라고 말하는 거예요.

신의 가호라니, 그런 얘기는 왜 꺼내요? 도대체 무슨 뚱딴지같은 소리를 하는 거예요, 하고 내가 물었어요. 그러자〈신과 성모의 가호를 빌겠소〉라고 대답하더군요. 그러더니〈필라르, 난 죽는 게 두렵소. 내 말을 알아듣겠소?〉라고 하는 거예요.

그래서 내가 화를 버럭 내며 침대에서 나가라고 말했어요. 이 침대에는 당신 같은 겁쟁이를 받아들일 여유가 없다고 하면서 말예요. 그랬더니 부끄러운지 아무 대답이 없더군요. 그래서 난 다시 잠이 들었어요. 어쨌든 파블로는 끝났어요.」

로버트 조던은 아무 대답도 하지 않았다.

「이제까지 살아오면서 나는 이런 슬픔이 엄습해 오는 때를 가끔 경험했어요. 그러나 파블로가 느끼는 슬픔과는 다른 거예요. 내 결심은 흔들리지 않으니까.」

「정말 그런 것 같군요.」

「그런 슬픔은 여자의 월경과 같은 것인지도 모르죠. 아니면 아주 사소한 일이거나.」그녀는 잠시 말을 멈추더니 이어 말했다.「난 공화국에 대해 커다란 환상을 갖고 있어요. 공화국에 대한 내 신념은 확고해요. 그것은 종교적 신념을 가지고 이적(異蹟)을 믿는 사람들의 광신 같은 거예요.」

「그래요. 정말 그렇군요.」

「당신도 그런 신념이 있나요?」

「공화국에 대해서 말인가요?」

「그래요.」

「있습니다.」 그는 그렇게 말하면서 그 말이 사실이기를 바랐다.

「그 얘기를 들으니 기뻐요. 두려움 같은 건 없나요?」

「죽고 싶지는 않아요.」 그가 진정으로 말했다.

「다른 두려움은 없나요?」

「내 임무를 제대로 해내지 못하면 어쩌나 하는 두려움도 있죠.」

「포로가 되는 데 대한 두려움은 없나요? 다른 사람들과 마찬가지로 말예요.」

「그런 건 없어요. 자신의 일에 몰두하다 보면 그런 두려움을 느낄 시간이 없어요.」

「아주 냉정한 사람이군요.」

「아뇨. 그렇지는 않아요.」 그가 말했다.

「아뇨. 머리는 아주 냉정한 사람 같아요.」

「그건 일에 너무 몰두하다 보니 그렇게 보이는 것뿐입니다.」

「이 세상의 재미난 것들을 좋아하지는 않나요?」

「아주 좋아하지요. 그러나 그것 때문에 일을 못 할 정도는 아닙니다.」

「술을 좋아하더군요. 어젯밤에 봤어요.」

「그렇습니다. 그렇지만 일을 방해할 정도는 아닙니다.」

「그럼 여자는?」

「아주 좋아하지만 중요하다고 생각하지는 않아요.」
「그럼 여자들에 대해서 신경 쓰지 않는다는 뜻인가요?」
「신경 씁니다. 그렇지만 당신을 감동시켰다는 그런 사랑은 아직 해보지 못했어요.」
「거짓말.」
「조금은 그럴지도 모르지요.」
「그렇지만 마리아는 좋아하죠?」
「네. 갑작스럽게 아주 좋아하게 되었습니다.」
「나도 그 애를 아주 좋아해요.」
「나도 마찬가집니다.」

그는 목구멍이 메어 오는 것을 느꼈다. 그렇게 말하는 것은 그에게 아주 큰 기쁨을 주었다. 그는 그 말을 정중한 스페인어로 다시 한 번 말했다.

「나도 그녀를 아주 좋아해요.」
「엘 소르도를 만나고 나서 당신이 그녀와 조용한 시간을 가질 수 있도록 해줄게요.」
「그건 필요 없을 것 같습니다.」 로버트 조던은 아무 대답도 하지 않다가 말했다.
「아니, 필요해요. 이제 시간이 얼마 없으니까.」
「내 손금에 그런 것도 나와 있나요?」 그가 물었다.
「아니, 그 손금같이 황당무계한 얘기는 잊어버려요.」

그녀는 공화국에 해가 될 만한 일은 모두 접어 두는 것처럼 손금 얘기도 접어 버렸다.

로버트 조던은 아무 말도 하지 않았다. 그는 동굴 안에서 설거지를 하고 있는 마리아를 쳐다보았다. 그녀는 손을 닦으며 몸을 돌려 그에게 미소를 지어 보였다. 마리아는 필라르가 하는 말을 들을 수는 없었지만 로버트 조던에게 미소를 지었고 수줍음 때문에 갈색 얼굴이 붉어졌다. 그녀는 다시 그에게 미소를 보냈다.

「낮에도 사랑을 나눌 수 있어요. 밤에 이미 사랑을 나누었으니 오늘은 낮에도 한번 나누어 보구려. 물론 한창때 내가 발렌시아에서 보낸 그런 낭만은 없겠지만. 산딸기나 뭐 그런 것들을 따면서 재미있는 시간을 보낼 수는 있겠죠.」 필라르는 웃음을 터뜨렸다.

로버트 조던은 그녀의 억센 어깨에 손을 얹었다.

「나는 당신도 좋아해요. 아주 많이.」

「당신은 정말 돈 후안 같은 양반이구먼. 그런 식으로 사람을 좋아하게 되는 거지. 아구스틴이 오는군.」 필라르는 로버트 조던의 말에 당황해서 대꾸했다.

로버트 조던은 동굴 안으로 들어가 마리아가 서 있는 곳으로 걸어갔다. 그가 다가오는 것을 보자 그녀는 눈빛을 반짝이며 뺨과 목덜미를 붉혔다.

「안녕, 작은 토끼.」 그는 그렇게 말하면서 마리아의 입술에 키스했다. 그녀는 그에게 꼭 매달리면서 그의 얼굴을 바라보았다.

「그럼요, 그럼요. 당신도, 안녕하세요?」

담배를 피우며 식탁에 앉아 있던 페르난도는 고개를 설레설레 흔들더니 벽에 기대어 세워져 있던 카빈총을 들고 동굴 밖으로 나갔다.

「아주 꼴불견이군. 정말 마음에 안 들어. 저 아가씨를 잘 간수해야겠어요.」 페르난도가 필라르에게 말했다.

「잘 간수하고 있어요. 저 친구는 그녀의 약혼자예요.」

「그래요? 약혼을 했다면 아주 정상적인 행위지요.」페르난도가 말했다.

「난 아주 기뻐요.」필라르가 말했다.

「나도 마찬가지요. 축하해요, 필라르.」페르난도가 엄숙한 목소리로 말했다.

「어디로 가는 거요?」

「위쪽 초소에 프리미티보와 교대해 주러 가는 길이에요.」

「어디 가는 건가?」아구스틴이 비탈을 올라오면서 그 키가 작고 심각한 얼굴의 남자에게 물었다.

「보초 교대하러.」페르난도가 엄숙한 목소리로 말했다.

「교대? 교대 좋아하시네.」아구스틴이 야유조로 말했다. 그러더니 고개를 돌려 필라르에게 물었다.「도대체 내가 지켜야 한다는 그 지랄 같은 물건은 어디 있소?」

「동굴 안에 있어요. 배낭이 두 개요. 그리고 당신, 그 욕 좀 그만할 수 없어요? 정말 지겨워 죽겠어요.」

「난 그 지겹다는 소리가 더 지겹소.」아구스틴이 말했다.

「그럼 가서 마음껏 욕이나 해대시구려.」필라르가 별로 화도 나지 않은 목소리로 말했다.

「니미.」아구스틴이 대꾸했다.

「당신은 에미도 없잖아.」필라르가 말했다. 그들이 스페인어로 해대는 욕설은 아주 형식적인 것이었고 그런 욕설의 행위는 노골적으로 진술되는 것이 아니라 은근히 암시될 뿐이었다.

「아니, 저 연놈들은 저 안에서 뭘 하는 거요?」아구스틴이 아주 비밀스러운 목소리로 물었다.

「아무것도 아니에요. 우리는 지금 봄을 맞이하고 있어요.

알겠어, 이 짐승 같은 인간.」

「나보고 짐승이라고? 그러면 당신은 이 세상에서 가장 유명한 창녀의 딸이라고나 할까. 나는 이런 지랄 같은 봄날에 무슨 지랄 같은 일을 해야 좋을까?」

필라르는 그의 어깨를 찰싹 때렸다.

「당신, 욕을 해도 좀 다양하게 할 수 없어요? 그렇지만 그 욕설은 아주 힘차군요. 비행기 봤어요?」 필라르가 예의 그 너털웃음을 터뜨리며 물었다.

「그 지랄 같은 비행기라면 봤지.」 아구스틴이 고개를 끄덕이고 아랫입술을 깨물면서 말했다.

「아주 멋진 비행기였지. 정말 멋졌어. 그렇지만 해치우기는 어려워.」 필라르가 말했다.

「비행기의 고도가 너무 높아- 그렇겠지. 그러니 농담이나 하면서 웃어 버리는 게 좋소.」

아구스틴이 싱긋 웃으며 말했다.

「그래요. 웃어 버리는 게 차라리 속 편해. 그렇지만 당신은 사람이 좋은 데다 농담도 아주 잘하지.」

「이봐요, 필라르. 뭔가 일이 벌어질 것 같지 않소?」 아구스틴이 심각한 목소리로 물었다.

「당신은 어떻게 생각해요?」

「아주 지랄 같은 일일 것 같소. 굉장히 많은 비행기가 떠서 날아가지 않았소. 한두 개가 아니었단 말이오.」

「그럼 당신도 다른 사람처럼 그 비행기를 보고 겁을 먹었나요?」

「겁이라니, 당치 않은 소리. 도대체 어떻게 된 일인지 짚이는 데도 없소?」

「저 젊은 친구를 보내 다리를 폭파하려는 것을 보니 공화국이 공세를 취할 거라고 짐작하고 있죠. 아침의 비행기를 보니 파시스트도 그 공세에 대비하는 것 같아요. 그런데 왜 노골적으로 비행기를 과시할까?」

「이 전쟁에서 어디 어리석은 일이 한두 가진가? 멍텅구리 같은 일이 끊임없이 벌어지고 있지.」 아구스틴이 말했다.

「그건 그래요. 그렇지 않다면 우리가 여기 있을 리 없지.」

「그렇지. 우린 지난 1년간 바보 같은 일만 해왔어. 그러나 파블로는 아주 지혜가 많은 사람이오. 꾀가 많다는 말이오.」

「왜 그런 말을 하죠?」

「그저 말해 본 것뿐이오.」

「하지만 이 점을 알아야 해요. 그는 시기적으로 보아 너무 타락해서 꾀가 있어도 별 도움이 되지 않아요. 게다가 용기마저 잃었어요.」 필라르가 설명했다.

「그건 알겠소. 우리가 이 작전을 수행해야 한다는 건 알지. 살아남으려면 이겨야 하니까 다리를 폭파하는 것도 필요하겠지. 비록 파블로가 겁쟁이기는 하지만 꾀가 많은 것은 틀림없는 사실이오.」

「나도 꾀가 많아요.」

「그렇지 않소, 필라르. 당신은 용감하고 충성스럽기는 하지만 꾀는 없소. 당신은 결단력과 직관이 있고 결정을 잘 내리고 또 다정한 데가 있지. 그렇지만 꾀가 많지는 않소.」

「정말이에요?」 필라르가 생각에 잠겨 물었다.

「그렇소, 필라르.」

「그렇지만 새로 온 친구는 꾀가 많은 것 같아요. 꾀가 많을 뿐만 아니라 침착해요. 또 계산도 아주 냉정하게 잘할 것 같아요.」

「그렇겠지. 자기 일을 잘 아는 사람인 것 같소. 그렇지 않았으면 이런 일을 하라고 보내지도 않았겠지. 하지만 정말 꾀가 있는지는 아직 모르겠소. 그렇지만 파블로가 꾀 많은 사람이라는 것은 잘 알고 있소.」

「하지만 그런 꾀도 겁이 많고 행동이 부족하면 아무 소용 없잖아요?」

「그래도 꾀가 많은 건 틀림없소.」

「도대체 당신 생각은 뭐예요?」

「아무 생각도 없소. 그렇지간 이 사태를 아주 냉철하게 분석해야 한다고는 생각하지. 그리고 이 순간부터 아주 현명하게 행동해야 하오. 다리를 폭파하는 즉시 이곳을 떠나야 해. 그러니 사전에 준비를 잘해 두어야 하오. 앞으로의 행선지와 그곳에 도달하는 방법을 잘 구상해야 해.」

「물론이죠.」

「그런 일은 파블로가 적임이오. 사전 준비를 잘하니까……」

「그렇지만 믿을 수가 없어요.」

「그래도 이 일을 잘할 거요.」

「아니야. 당신은 그 사람이 얼마나 타락했는지 몰라서 그래요.」

「그는 아주 꾀가 많소. 이 일을 그르치면 우리는 모두 지랄같이 되어 버릴 거요.」

「생각해 보죠. 아직 하루 정도의 시간이 있으니까.」 필라르가 말했다.

「다리 폭파는 저 젊은 친구에게 맡기는 게 좋겠소. 지난번 기차 폭파 때도 보시오, 공화국에서 나온 그 친구 아주 잘하지 않았소.」

「그래, 그때도 기획은 그 친구가 다 했지.」 필라르가 말했다.

「당신은 정력과 결단력이 뛰어나지. 그러나 기동성과 퇴각에는 파블로가 한 수 위라고. 그에게 퇴각하는 방법을 연구하도록 해보쇼.」

「당신이야말로 똑똑하군.」

「똑똑하기는 하지. 그러나 파블로 같은 꾀는 없어.」 아구스틴이 말했다.

「그렇게 겁먹고 떠는데도?」

「그렇게 겁먹고 떤다고 해도.」

「다리 폭파는 어떻게 생각해요?」

「그건 필요해요. 우리는 두 가지 일을 해야 하오. 첫째, 이곳을 떠나야 하고, 둘째, 전쟁에서 이겨야 하지. 승리를 위해서는 꼭 다리를 폭파해야 해.」

「당신 말대로 파블로가 그렇게 똑똑하다면 왜 이러한 상황을 잘 모르지?」

「그는 마음이 약해져서 현상 유지를 바라는 거요. 말하자면 자기가 만들어 놓은 웅덩이에 그대로 엎드려 있기를 바라는 거지. 그러나 그 웅덩이 위로 강물이 불어나고 있어. 변화를 모색해야만 해. 하지만 일단 결심하면 그런 변화에 가장 잘 적응할 사람이 파블로요. 그런 면에서 그는 생기가 넘치니까.」

「그럼 저 젊은 친구가 파블로를 죽여 버리지 않은 게 잘한 일이로군요.」

「무슨 말씀을. 지난밤에 집시 녀석이 나보고 파블로를 해치우라고 하더군. 짐승 같은 자식.」

「짐승이기는 당신도 마찬가지예요. 단지 좀 똑똑하다고나 할까.」 필라르가 말했다.

「우리는 모두 똑똑하지만 파블로 같은 재능은 없어.」

「그러나 정말 참기 어려워요. 파블로가 얼마나 타락했는지 당신은 아직 모를 거예요.」

「아니, 알고 있소. 그렇지만 재능이 있소. 보시오, 필라르. 전쟁을 하자면 머리가 있어야 해. 그리고 전쟁에서 이기려면 머리 이외에 재능과 물자가 필요하지.」

「그 문제는 천천히 생각해 보죠. 자, 이제 출발해야 해요. 시간이 늦었어요.」 필라르는 목청을 돋우면서 말했다. 「영국 양반! 자, 이제 출발해 봅시다」

10

「자, 잠깐 쉽시다. 마리아, 너도 여기 앉아서 좀 쉬렴.」 필라르가 말했다.

「그냥 갑시다. 목적지에 도착해서 쉬어도 되지 않습니다. 나는 엘 소르도를 꼭 만나 봐야겠습니다.」 로버트 조던이 말했다.

「만나게 될 거예요. 너무 서두를 것 없어요. 자, 여기 앉아라, 마리아.」

「자, 꼭대기에 가서 쉽시다.」 로버트 조던이 말했다.

「난 지금 쉬겠어요.」 필라르는 그렇게 말하고 냇가에 앉았다. 마리아도 필라르 옆의 히스 덤불에 앉았다. 마리아의 머리 위에 햇빛이 비치고 있었다. 로버트 조던은 앉지 않고 서서 냇물이 흐르는 산간의 목초지를 바라다보았다. 냇물에는 송어가 살고 있었다. 히스는 그가 서 있는 곳에도 자라고 있었다. 목초지 아래쪽 히스가 나지 않은 곳에는 노란 고사리가 자라고 있었는데 그 위로 잿빛 암벽이 불쑥 솟아올랐다. 목초지 아래쪽은 소나무들이 검은 줄을 이루었다.

「엘 소르도가 있는 곳까지는 얼마나 먼가요?」 그가 물었다.

「그리 멀지 않아요. 여기 확 트인 개활지를 가로질러 다음 계곡으로 내려가면 개울이 나와요. 그 개울 위쪽의 수풀이 바로 그의 캠프예요. 우선 앉아요. 그리고 그렇게 심각한 얼굴 좀 하지 말아요.」 필라르가 말했다.

「그를 만나서 빨리 문제를 매듭짓고 싶습니다.」

「난 우선 발을 씻어야겠어요.」 필라르는 그렇게 말하더니 로프 창 신발을 벗은 다음 두꺼운 양모 스타킹을 벗고 오른 발을 냇물 속에 담갔다. 「야, 물이 너무 찬데. 발이 시려.」

「말을 타고 오는 건데.」 로버트 조던이 말했다.

「아니, 나는 걷는 게 더 좋아요. 그리고 이렇게 운동하는 게 필요해요. 무슨 문제라도 있나요?」 필라르가 말했다.

「없습니다. 바쁘다는 것을 빼고는.」

「그럼 진정해요. 시간은 얼마든지 있어요. 날씨가 좋은 데다 소나무 숲 속에 처박혀 있지 않아 얼마나 다행인지 모르겠어요. 소나무 숲에 오래 있다 보면 소나무가 지겨워져요. 마리아, 넌 소나무가 지겹지 않니?」

「전 소나무가 좋아요.」 마리아가 대답했다.

「뭐가 그렇게 좋아?」

「솔방울 냄새하고 그게 발아래에서 바삭거리는 감촉이 좋아요. 소나무 꼭대기에서 바람이 지나가는 소리랑 소나무와 소나무가 부딪치며 내는 소리도 좋아요.」

「별걸 다 좋아하는군. 요리만 좀 더 잘하면 남자들에게 아주 귀여움을 받을 텐데. 하지만 소나무 숲은 틀렸어. 자작나무, 참나무, 밤나무 숲은 정말 좋아. 숲이라면 그 정도는 되어야지. 그런 숲은 나무마다 특색이 있고 개성이 있고 아름다움이 있어. 소나무 숲은 영 틀렸어. 당신 생각은 어때요, 영국 양반?」

「나도 소나무가 좋습니다.」

「그럼 당신 둘은 의견이 같군. 나도 소나무를 좋아하기는 해. 하지만 이 소나무 숲에 너무 오래 있었어. 그리고 산이라면 이제 지긋지긋해. 산에는 방향이 두 군데밖에 없어. 위로 올라가거나 내려가거나 둘 중 하나야. 그런데 아래로 내려가면 도로가 나오고 도로를 따라가면 파시스트들이 사는 마을이 나오지.」

「세고비아에 가본 적이 있나요?」

「무슨 소리! 이 얼굴을 하고? 이 얼굴은 이미 알려진 얼굴이에요. 예쁜 아가씨, 너도 나처럼 추한 얼굴이 되면 어떻겠니?」 필라르가 마리아에게 말했다.

「당신은 못생기지 않았어요.」

「무슨 소리. 난 못생겼어. 태어나기를 그렇게 태어났어. 평생 동안 이런 얼굴이었지. 이봐요, 영국 양반. 당신은 여자에 대해서 잘 모르지요? 평생 동안 못생긴 얼굴을 하고 다녔으면서도 속으로는 자신이 아름답다고 생각하는 게 어떤 건지 아우? 그건 아주 이상한 거예요.」

그녀는 왼쪽 발을 물에 담갔다가 재빨리 뺐다. 「아이, 차가워. 저 할미새 좀 봐.」 그녀는 물 위로 솟아오른 돌에 앉아 회색 꼬리를 위아래로 추스르고 있는 새를 가리켰다. 「전혀 쓸모가 없는 새야. 노래를 부를 줄도 모르고, 그렇다고 잡아먹을 수도 없어. 그저 꼬리만 위아래로 까닥까닥할 뿐이야. 영국 양반, 담배나 한 대 주구려.」 그녀는 담배를 받아 들고 셔츠 주머니에서 라이터를 꺼내 불을 붙였다. 그리고 담배 연기를 한 모금 내뿜더니 마리아와 로버트 조던을 쳐다보았다.

「인생이란 참 신기한 거야.」 그렇게 말하는 필라르의 콧구멍에서 담배 연기가 흘러나왔다. 「난 남자로 태어났더라면 더 좋았을 텐데. 이렇게 여자로 태어난 데다 못생기기까지 했으니. 그러나 많은 남자들이 나를 사랑했고 나도 많은 남자를 사랑했어. 그건 참 신기한 일이지. 이봐요, 영국 양반. 재미있지 않아요? 비록 못생겼지만 날 좀 쳐다보라고요.」

「당신은 못생기지 않았어요.」

「못생기지 않았다고? 거짓말. 아니면 벌써 사랑에 눈이 멀었나?」 그녀는 웃음을 터뜨리며 말을 이어 갔다. 「아니, 이 말은 농담으로 해본 거요. 어쨌든 나는 못생겼어요. 그러나 남자의 사랑을 받으면 여자의 내부에서는 남자를 눈멀게 하는 힘이 생겨요. 그러다가 어느 날 갑자기 남자는 그 눈먼 상태에서 깨어나 여자가 못생겼다는 것을 깨닫게 되는 거죠. 그러면 여자는 남자를 잃게 되고 그 황홀한 기분도 사라지고 말아요. 내 말 알아듣겠어, 마리아?」 필라르는 마리아의 어깨를 가볍게 두드렸다.

「모르겠어요. 당신은 못생기지 않았으니까요.」 마리아가 말했다.

「마음으로 생각하려 하지 말고 머리를 써봐. 아주 재미있는 얘기를 해주려고 하는 거야. 영국 양반, 당신도 흥미가 있소?」

「흥미는 있지만 어서 일어나 가봐야 해요.」

「그럼 가봐요. 난 여기 이렇게 앉아 있는 게 더 좋으니까.」 그녀는 이제 로버트 조던이 말 안 듣는 학생인 것처럼 대하기 시작했다. 마치 강의를 하는 강사 같았다. 「그러나 시간이 한참 지나면 말이에요, 자신이 못생겼다는 그런 생각이 서서히 사라지고 자신이 다시 아름다워졌다는 바보 같은 생각이

다시 꽃피는 거예요. 마치 양배추의 속이 굵어지듯이 말이에요. 그리고 그런 감정이 풍성해지고 다른 남자가 그런 상태의 여자를 눈여겨보게 되면 다시 사랑이 시작되는 거죠. 이제 내 나이는 그럴 때가 지났지만 그런 일이 다시 올 수도 있어요. 마리아, 넌 네가 아름답다고 생각하고 있을 때 저 사람을 만났으니 얼마나 다행이냐.」

「그렇지만 전 못생겼어요.」 마리아가 말했다.

「저 사람에게 한번 물어보렴. 물이 너무 차가우니까 물에 발을 담그지 마.」 필라르가 말했다.

「로베르토가 이제 그만 가보자고 하니까 가는 게 좋겠어요.」 마리아가 말했다.

「내 말 좀 들어 봐. 나도 이 일에 네 애인 로베르토만큼이나 관련된 사람이야. 시간이 충분하니까 여기 냇가에서 좀 쉬자고. 게다가 나는 말을 하고 싶어. 이곳에서 할 수 있는 유일한 오락이지. 그렇지 않으면 너무 심심하지 않겠어? 내가 말하는 게 재미없어요, 영국 양반?」

「아니, 재미있습니다. 그렇지만 다른 중요한 일이 많으니 당신이 아름다운지 혹은 못생겼는지에 대한 얘기는 다음에 했으면 좋겠습니다.」

「그럼 당신이 흥미 있어 하는 얘기는 뭐예요?」

「이 운동이 시작될 때 당신은 어디에 있었습니까?」 로버트 조던이 물었다.

「고향에.」

「아빌라?」

「그래요, 아빌라였지.」

「파블로도 자신이 아빌라 출신이라고 말하더군요.」

「거짓말이야. 괜히 자기 고향이 대도시라고 뻐기고 싶어서 그런 거죠.」 필라르는 파블로의 고향을 말했다.

「그래, 그다음은 어떻게 되었습니까?」

「많은 일이 벌어졌지. 죄다 추악한 일뿐이었어요. 한때 영광스러웠던 것조차 말이에요.」

「그 얘기 좀 해보세요.」 로버트 조던이 말했다.

「모두 끔찍한 일이에요. 마리아 앞에서는 그 얘기를 하고 싶지 않아요.」

「말해 보세요. 마리아는 자기와 관계없는 얘기라면 안 들으면 됩니다.」

「괜찮아요. 어떤 얘기라도 들을 수 있어요.」 마리아가 로버트 조던의 손을 잡으면서 말했다.

「물론 들을 수 없는 것은 아니지. 괜히 그런 얘기를 듣고서 꿈자리가 뒤숭숭할까 봐 그러는 거지.」

「이야기 때문에 악몽을 꾸지는 않아요. 당신과는 어려운 일을 모두 함께 겪은 처지인데 이야기 같은 거 들었다고 해서 나쁜 꿈을 꾸겠어요?」

「그럼 영국 양반이 악몽을 꿀지도 모르지.」

「어디 한번 들어 봅시다.」

「아니에요, 영국 양반. 난 농담을 하고 있는 게 아니에요. 이 운동이 시작되었을 때 작은 마을들에서 어떤 일이 벌어졌는지 알아요?」

「모릅니다.」 로버트 조던이 대답했다.

「그럼 아직 모르고 있는 거로군요. 지금은 타락했지만 그날의 파블로는 정말 멋졌어요.」

「얘기해 보세요.」 로버트 조던이 말했다.

「싫어요. 어쩐지 얘기하기 싫은걸.」

「얘기해 보세요.」

「좋아요. 그럼 있는 그대로 말해 보겠어요. 하지만 마리아, 얘기가 듣기 거북하면 그렇다고 말해 줘.」

「그런 장면이 나오면 듣지 않겠어요. 다른 많은 것들보다 더 나쁘지는 않겠지요.」 마리아가 말했다.

「아니, 다른 얘기일 거야. 영국 양반, 담배 하나 더 줘요.」 필라르가 말했다.

마리아는 냇가의 둑에 밀생하는 히스에 등을 기댔다. 로버트 조던도 몸을 쭉 뻗고 땅에 드러누웠다. 어깨는 땅에 닿았고 머리 부분은 히스 덤불에 닿았다. 그는 손을 내밀어 마리아의 손을 꼭 잡고 그 손을 히스 덤불에 비벼 댔다. 마리아는 손을 펴서 그의 손등에 올려놓았다.

「경찰들이 막사에서 항복한 것은 이른 아침이었어요.」

「당신이 막사를 공격했단 말입니까?」 로버트 조던이 물었다.

「파블로가 어둠을 틈타 막사를 포위하고 전화선을 끊은 뒤 한쪽 벽에다 다이너마이트를 설치했어요. 그러고는 경찰들에게 항복하라고 소리쳤지요. 그런데 항복을 하지 않았어요. 그러자 동틀 무렵 파블로가 그 벽을 폭파했어요. 그래서 싸움이 벌어졌지요. 경찰 두 놈이 죽고 두 놈은 부상, 그리고 네 명이 항복했어요.

우리는 모두 이웃 건물의 지붕이나 땅바닥 아니면 건물 벽에 숨어 있었어요. 아침이 밝아 오면서 폭파가 시작되자 커다란 먼지기둥이 솟구쳤어요. 그러나 바람이 없어서 먼지가 잘 가라앉지 않더군요. 어쨌든 그 폭파된 벽의 안쪽에다 대고 무차별 사격을 가했어요. 그러자 저쪽에서도 응전을 해오더군요. 그렇게 한참 있으니까 먼지 연기 속에서 총을 쏘지 말라고 외치는 소리가 들리더군요. 그러더니 경찰 네 명이 손을 머리 위로 쳐들면서 나오는 거예요. 그 건물의 지붕이 가라앉은 데다 벽은 날아가 버려 할 수 없이 항복한 거예요.」

〈건물 안에 사람들이 더 있나?〉 하고 파블로가 소리쳤어요.

〈부상당한 사람이 있소.〉

〈이 사람들을 감시해.〉 파블로는 우리가 발사한 곳에서 나온 네 명에게 말했어요. 〈저리로 가. 거기 서. 그 벽에 말이야.〉 파블로가 항복한 경찰들에게 말했어요. 네 명의 경찰은 벽에 등을 기대고 서 있었어요. 얼굴이 더러운 데다 먼지와 검댕으로 말이 아니었지요. 파블로는 우리 사람 네 명에게 그 포로들을 잘 감시하라고 말한 뒤 부하 몇 명을 데리고 부상당한 자들을 해치우려고 건물 안으로 들어갔어요.

그러나 그 안으로 들어간 사람들은 부상당한 사람들의 신음 소리나 비명 소리를 듣지 못했어요. 막사 안에서는 총 쏘는 소리도 들려오지 않았어요. 파블로를 따라 들어간 사람들은 다시 건물 밖으로 나왔어요. 파블로는 소총을 어깨에 둘러메고 손에는 마우저 권총을 들고 있었어요.

〈이것 봐, 필라르. 이 권총이 자살한 경찰 간부의 손에 들려 있더군. 난 권총을 쏴본 적이 없는데. 이봐, 경찰, 이거 어떻게 쏘는지 한번 시범을 보여 봐. 아니, 시범은 필요 없고 말로 해.〉 파블로가 그렇게 말하더군요.

벽에 기대어 선 네 명의 경찰은 막사 안에 총격이 계속되는 동안 아무 말도 하지 않고 땀만 흘리더군요. 모두 다 경찰처럼 생긴 키가 큰 자들이었어요. 그날 아침 면도를 하지 못해 얼굴에는 수염이 텁수룩하더군요. 어쨌든 그렇게 벽에 기대어 서서 아무 말도 하지 않고 있었어요.

〈이봐, 이 권총 어떻게 쏘는지 말해 봐.〉 파블로가 가장 가까이 서 있는 사람에게 말했어요.

〈자그마한 레버를 아래로 당겨요.〉 그 사람이 아주 메마른 목소리로 말했어요. 〈그런 후 공이치기를 뒤로 당겼다가 앞으로 탁 놓으면 돼요.〉

〈공이치기가 어떤 거야?〉 파블로가 네 명의 경찰에게 물었어요. 〈공이치기가 어떤 거냐고?〉

〈권총 윗부분에 있는 쇠 말이오.〉

파블로가 공이치기를 뒤로 밀어 보았으나 어디에선가 걸려서 잘 되지 않았죠.

〈이거 어떻게 된 거야? 잘 안 되잖아. 너, 거짓말한 거 아냐?〉 그가 말했어요.

〈뒤로 세게 당겼다가 앞으로 가볍게 놓으면 돼요.〉 그 경찰의 목소리는 그렇게 우울할 수 없었어요. 해가 뜨지 않은 아침의 우울 같은 거였어요.

파블로가 공이치기를 뒤로 세게 당기니까 앞으로 가볍게 밀려나오면서 총알이 장전되더군요. 굉장히 흉하게 생긴 권총이었어요. 손잡이는 동그랗고 총열은 납작하고 긴 것이 보기가 흉했어요. 그동안 경찰들은 그를 쳐다보면서 아무 말도 하지 않더군요.

〈우리들을 어떻게 할 거요?〉 포로 중 한 사람이 물었어요.

〈총살할 거야.〉 파블로가 말했어요.

〈언제?〉 우울한 목소리의 사나이가 물었어요.

〈지금.〉 파블로가 말했어요.

〈어디서?〉 그 남자가 물었어요.

〈여기서. 더 물을 것이 있나?〉 파블로가 말했어요.

〈없소. 그렇지만 아주 추악하군.〉 경찰이 말했어요.

〈추악한 건 너야. 농민을 마구 학살한 주제에. 넌 네 어머니도 쏴 죽일 놈이야.〉 파블로가 말했어요.

〈난 사람을 죽인 적이 없소. 그리고 내 어머니 얘기는 하지 마시오.〉

〈사람을 많이 죽였으니까 잘 알겠지. 어떻게 죽는 건지 우리에게 좀 가르쳐 줘.〉

〈우리를 더 이상 모욕하지 마시오. 어떻게 죽어야 하는지는 잘 알고 있으니까.〉 다른 경찰이 말했어요.

〈손을 벽에다 대고 무릎을 꿇어.〉 파블로가 그렇게 말하자 경찰들은 서로의 얼굴을 쳐다보았어요.

〈내 말 안 들려? 무릎을 꿇으란 말이야.〉 파블로가 말했어요.

〈파코, 어떻게 했으면 좋겠나?〉

경찰들 가운데 한 사람이 파블로에게 권총 사는 법을 가르쳐 준 키가 제일 큰 사람에게 물었어요. 소매에 하사 수장이 그려진 그 남자는 땀을 많이 흘리고 있었어요. 이른 아침이라 날씨가 선선했는데도 말이에요.

〈무릎을 꿇어도 상관없겠지. 중요한 일이 아니니까.〉

〈하긴 땅이 더 가까워지긴 하지.〉 질문을 했던 사람이 농담조로 말했으나 상황이 상황이니만큼 아무도 웃지 않았어요.

〈그럼 무릎을 꿇지.〉 첫 번째 경찰이 그렇게 말하며 무릎을 꿇자 나머지 사람들도 따라 했어요. 손을 등 뒤로 돌리고 머리를 벽에다 댄 채 무릎을 꿇은 그 사람들의 모습이 대단히 어색하더군요. 파블로는 그들에게 다가가 하나씩 뒤통수에다 대고 총을 쏘았어요. 그가 총을 쏘는 순간 사람들이 앞으로 고꾸라지더군요. 날카로우면서도 숨죽인 권총 소리가 지금도 생생해요. 총열이 뒤로 반동하면서 머리가 앞으로 고꾸라졌죠. 한 사람은 양손으로 머리를 꼭 감싸 쥐더군요. 또 한 사람은 머리를 벽에다 꼭 대고 가만히 있었어요. 세 번째 사람은 너무 몸을 떨어 머리가 흔들리더군요. 그리고 마지막 사람은 손으로 눈을 가렸어요. 그 네 사람은 모두 벽 쪽으로 고꾸라졌고, 파블로가 여전히 손에 권총을 쥔 채 우리 쪽으로 다가왔어요.

〈필라르, 이 권총 좀 잡고 있어. 방아쇠를 어떻게 내려야 하는지 모르겠어.〉 그는 권총을 내게 건네준 뒤 거기 서서 쓰러진 네 사람을 아무 말 없이 내려다보았어요. 우리들도 모두 그 광경을 바라보았는데 입을 여는 사람은 아무도 없었어요.

우리는 그 마을을 점령했어요. 아직 이른 아침이어서 커피는 물론 식사도 하지 못했죠. 서로 얼굴을 쳐다보니 막사를 폭파할 때 온통 먼지를 뒤집어써서 도리깨질을 한 사람들처럼 몰골이 말도 아니었어요. 게다가 나는 권총을 들고 있으려니까 점점 더 무서운 생각이 들더라고요. 또 벽 앞에 고꾸라져 있는 시체들을 바라보니 구역질이 나면서 배에서 힘이 쏙 빠져나가는 거예요. 먼지를 뒤집어썼다는 사실은 죽은 경찰들이나 우리나 마찬가지였어요. 하지만 시체에서 흘러나온 피가 벽 가장자리의 메마른 흙을 질퍽하게 물들이고 있었죠. 그렇게 서 있으려니 저 멀리 낮은 산 위로 해가 솟아오르더군요. 우리가 서 있는 도로며 막사의 흰 벽이 햇빛을 받아 빛나기 시작했어요. 공중에 뽀얗던 먼지는 햇빛을 받아 노랗게 빛났어요. 그러자 바로 옆에 서 있던 농부가 경찰 막사의 격과 그 옆의 시체들을 바라보고는 그다음 우리를 보고 마지막으로 해를 쳐다보더니 이렇게 말했어요. 〈자, 이제 새 출발의 날이다.〉

〈자, 이제 가서 커피나 마셔요.〉 내가 말했어요.

〈좋았어, 필라르. 그러자고.〉 그가 말했어요. 우리는 마을의 광장으로 들어갔어요. 알고 보니 우리가 쏴 죽인 사람들이 마을에서 마지막으로 학살된 사람들이었더군요.」

「그럼 다른 사람들은 어떻게 되었습니까? 마을에는 파시스트들이 없었나요?」 로버트 조던이 물었다.

「설마, 파시스트가 없었냐고? 스무 명도 넘게 있었지만 총으로 죽이지는 않았어요.」

「그럼 어떻게 했단 말입니까?」

「파블로가 도리깨로 쳐서 죽이게 하고서 그다음에는 절벽에서 강물로 밀어 떨어트렸어요.」

「스무 명을 모두?」

「내 찬찬히 얘기하리다. 그건 그렇게 간단한 문제가 아니었으니까. 난 평생 동안 도리깨로 사람을 쳐 죽이고서 강물로 밀어 떨어트리는 일은 하고 싶지 않았어.

그 마을은 강둑 위의 높은 곳에 자리 잡고 있었어요. 마을의 광장에는 분수가 있는데 분수 곁에는 벤치가 있고 그 주위에는 나무가 심겨 있어 시원한 그늘을 드리웠지요. 주택의 발코니는 광장 쪽을 향했고, 광장은 여섯 거리의 통로였고 거기에는 주택 사이로 빠져 광장을 한 바퀴 휘감고 있는 아케이드가 있었어요. 햇빛이 강렬할 땐 이 아케이드를 따라 거닐 수 있게 되어 있었죠. 광장의 삼면은 이 아케이드이고 나머지 한 면은 그 아래로 강물이 흐르는 가파른 절벽으로 나가는 통로였어요.

 막사를 공격하면서 파블로가 그 모든 것을 계획했어요. 먼저 그는 거리로 들어가는 통로를 수레 따위로 봉쇄했어요. 마치 아마추어 투우를 개최하는 것처럼 말이에요. 파시스트들은 광장 한쪽의 가장 큰 건물인 시청에 억류되었어요. 그 시청 벽에는 시계가 걸려 있었지요. 파시스트 클럽은 아케이드 밑에 있는 건물에 있었어요. 그리고 그 클럽 앞의 보도에는 클럽 사람들이 사용하는 의자와 테이블이 있었지요. 이 운동이 시작되기 전에는 이곳에서 파시스트들이 가벼운 음식을 들곤 했어요. 의자와 테이블은 모두 대나무로 된 것이었어요. 카페 같아 보였는데 그보다 훨씬 우아했죠.」

「그들을 사로잡는 데 싸움은 없었습니까?」 로버트 조던이 물었다.

「파블로가 막사를 공격하기 이전에 이미 그들을 사로잡았어요. 막사 공격이 시작되기 전에 그들의 집에서 모두 체포되었지요. 참으로 멋진 작전이었어요. 그러고 보면 파블로는 타고난 전략가인 것 같아요. 만약 그렇게 하지 않았더라면 막사를 공격하는 동안 측면과 후면에서 적의 공격을 받았을 거예요.

 파블로는 아주 영리하면서도 아주 잔인한 데가 있어요. 그가 마을의 공격을 사전에 잘 계획하고 또 잘 명령했던 거예요. 들어 봐요. 기습 공격에 성공하고 난 뒤 우리는 아침 일찍 문을 여는 카페에서 커피를 마셨어요. 그 카페의 옆면은 교외로 나가는 버스가 출발하는 곳이었어요. 커피를 마신 뒤 그는 곧바로 광장을 봉쇄하기 시작했어요. 절벽으로 나가는 통로만 터놓고 수레 등을 동원하여 광장을 봉쇄했어요. 그러고 파블로는 신부에게 파시스트들의 고해를 받아 주고 필요한 의식을 집전하라고 명령했어요.」

「어디에서요?」 로버트 조던이 물었다.

「시청에서. 바깥에는 많은 사람들이 운집했고 시청 내부에서는 신부가 의식을 집전했어요. 바깥에 있는 사람들 중 일부는 욕설을 하거나 시끄럽게 떠들었지만 나머지 사람들은 매우 심각한 표정으로 사태의 흐름을 지켜보고 있었어요. 더러운 농담을 하는 사람들은 막사 폭파에 대한 자축으로 술을 마신 자들이었고 개중에는 그런 일이 없어도 아무 때나 술을 마셔 대는 자들도 있었죠.

신부가 의식을 집전하고 있는 동안 파블로는 광장에 모인 사람들을 두 줄로 늘어서게 했어요. 양쪽에서 밧줄 당기기 경기를 할 때 같은 모습이었지요. 아니면 거리에서 자전거 경주 결승전을 보려고 모인 사람들이 자전거 선수가 지나갈 만한 공간을 남겨 놓고 서 있는 것과 흡사했어요. 그 줄이 시청 입구에서 곧장 광장을 지나 낭떠러지까지 이어졌어요. 그러니까 시청을 나서는 사람은 빽빽이 두 줄로 서서 기다리는 사람들의 대열과 마주치게 되어 있었지요.

사람들은 곡식 낟알을 털어 내는 도리깨를 들고 서 있었어요. 두 줄은 도리깨 하나 정도의 간격을 두고 있었지요. 그렇지만 사람들이 모두 도리깨를 들고 서 있는 것은 아니었어요. 그렇게 많은 도리깨를 동원할 수도 없었을 테니까. 동원된 도리깨는 각종 농기구를 판매하는 파시스트 당원인 돈 기예르모 마르틴의 가게에서 강탈해 온 것이었어요. 어쨌든 도리깨가 없는 사람들은 목장에서 쓰는 무거운 몽둥이나 소몰이 채찍 또는 나무 갈퀴 같은 것을 들었어요. 도리깨로 두들

긴 다음 껍데기를 긁어모아 바람에 날려 보내는 데 쓰는 그런 나무 갈퀴였어요. 낫을 든 사람들은 줄의 맨 끝에 서 있었어요. 파블로가 그렇게 시킨 것이었지요.

그 대열은 아주 조용히 기다렸어요. 날씨는 오늘처럼 아주 청명했죠. 여기도 그렇지만 하늘 높은 곳에는 구름이 떠 있었어요. 밤새 이슬이 많이 내려 광장은 먼지가 별로 없더군요. 나무는 대열을 형성한 사람들에게 그늘을 드리웠지요. 사자 석상에 설치된 놋쇠 파이프에서 물이 졸졸 흘러나오는 소리가 들릴 지경이었어요. 그 물은 분수의 그릇 속으로 떨어지는데 그곳은 여인네들이 물동이에다 물을 담아 가는 곳이었어요.

신부가 의식을 집전하는 시청 바로 곁에서 시끄러운 소리가 들려왔어요. 술 취한 자들의 소행이었는데 유리창의 쇠창살을 통해 욕설과 더러운 농담을 퍼부었지요. 그러나 대열을 이룬 사람들은 아주 조용했고 〈여자도 있을까?〉 하고 서로들 물어보았어요.

〈제발 없었으면 좋겠군.〉 하고 대답하는 소리도 들리더군요.

〈파블로의 아내가 나타났군. 필라르, 거기 여자도 있나요?〉

〈아니, 호아킨, 여자는 없어. 우린 여자는 안 죽여. 왜 우리가 그들의 여자들을 죽여야 해?〉

나는 일요일 외출복을 입고 서 있는 농부를 쳐다보며 말했어요. 그는 땀을 많이 흘리고 있더군요.

〈여자가 없다니 정말 다행이오. 그럼 언제 시작하는 거요?〉

〈신부의 집전이 끝나는 대로.〉

〈언제 끝나는데?〉

〈몰라.〉 나는 그렇게 말하면서 그의 얼굴을 보았어요. 땀을 굉장히 많이 흘리더군요.

〈난 사람을 죽여 본 일이 없는데.〉

〈그럼 오늘 경험해 보는 거지. 하지만 이걸로 친다고 해서 사람이 죽을 것 같지는 않아.〉

그 옆에 있던 농부가 그렇게 말하면서 양손으로 도리깨를 꼭 잡고 의심스럽다는 듯이 그걸 쳐다보았어요.

〈그러니까 멋진 거야. 여러 번 쳐야 죽거든.〉

다른 농부가 말했어요.

〈파시스트가 바야돌리드와 아빌라를 함락시켰대. 마을로 돌아오기 전에 소식을 들었지.〉

한 농부가 그렇게 말했어요. 그래서 내가 이렇게 대답해 주었죠.

〈이 마을까지는 함락시키지 못할 거야. 이 마을은 우리 거니까 우리가 먼저 선수를 쳤어. 파블로는 가만히 앉아서 공격이나 당할 사람이 아니야.〉

〈파블로는 유능해. 그렇지만 경찰들을 혼자서 처치했다니 유감이야. 그렇지 않아요, 필라르?〉

〈그래요. 하지만 지금 파시스트를 처형하는 일에 다 같이 참여하고 있잖아요.〉

〈그래, 참 잘된 일이지. 그런데 운동에 대한 소식을 더 듣지 못하는 건 어떻게 된 거요?〉

〈파블로가 막사를 공격하기 전에 전화선을 끊었어요. 아직 수리 중이에요. 그래서 소식이 없는 거예요.〉

〈아, 그래서 아무런 소식도 못 듣는 거로군. 오늘 아침 도로 보수 요원 초소에서 얘기를 들었소.〉

〈왜 이런 작전을 펴는 거죠, 필라르?〉

〈총알을 아끼기 위해서예요. 그리고 이 일에 대해 모두에게 책임을 지게 하려는 거죠.〉

〈그럼 할 수 없이 해야겠군.〉 그의 얼굴을 보니 울고 있었어요.

〈호아킨, 왜 울어요? 이건 울어서 될 일이 아녜요.〉

〈필라르, 어쩔 수 없어요. 사람을 죽여 본 경험이 없어서.〉 그는 울먹이는 목소리로 말했어요.

이봐요, 영국 양반. 동네 사람들이 누구네 집 부엌에 숟가락이 몇 개 있는지까지 다 아는 작은 마을에서 일어난 혁명의 현장을 목격하지 못했다면, 이 혁명에 대해서 아무 얘기도 하지 마세요. 그날 시청 앞에 두 줄로 늘어선 사람들은 대부분 평소 입던 옷을 입고 있었어요. 밭에서 일을 하다 황급히 시청 앞 광장으로 왔으니까요. 어떤 사람들은 혁명의 첫째 날에 어떤 옷을 입을까 망설이다가 일요일 외출복을 입고 나왔지요. 그러나 그런 사람들은 평소의 작업복을 입고 나온 사람들을 보고 엉뚱한 옷을 입고 나왔다며 부끄러워했어요. 그렇지만 제일 좋은 겉옷을 잃어버릴지도 모른다는 걱정 때문에 차마 윗도리를 벗지는 못했어요. 벗어 놓았다 하면 술 주정뱅이들이 훔쳐 가기 십상이니까. 그래서 그들은 햇빛 속에서 땀을 흘리며 일이 어서 시작되기를 기다렸어요.

그런데 갑자기 바람이 불어왔어요. 자연히 광장에 있는 사람들이 이리저리 몸을 움직이며 발을 구르자 뽀얀 먼지가 일기 시작했지요. 그때 진청색 외출복을 입은 남자가 〈물! 물!〉 하고 소리쳤어요. 그러자 매일 아침 호스로 광장에다 물을 뿌리는 광장 관리인이 나와 광장의 끝에서 한복판을 향해 호스로 물을 뿌려 대기 시작했어요. 조금 뒤엔 사람들고 모두 뒤로 물러서서 광장 한복판에 물 뿌리는 일을 도와주었죠. 꿈틀꿈틀 뱀처럼 땅 위를 기어가는 호스는 요란하게 물을 뿜어 댔고 호스에서 뿜어져 나온 물은 햇빛을 받아 오색으로 빛났어요. 사람들은 모두 도리깨, 몽둥이, 나무 갈퀴에 기댄 채 호스에서 솟아나오는 물줄기를 멍하니 지켜보았죠. 얼마 후 먼지가 가라앉자 사람들이 다시 광장에 줄을 섰어요. 그때 한 농부가 이렇게 외쳤어요.

〈파시스트는 언제 나오는 거야? 저 시청에서 언제 나오느냐고?〉

〈곧 나갈 거야. 첫째 놈이 곧 나갈 거라고.〉 파블로가 소리쳤어요. 그의 목소리는 쉬어 있었어요. 공격 때 그함을 치고 병영 폭파 때 먼지를 들이마셔 그런 것이었죠.

〈왜 지연되는 거야?〉

〈아직 고해 성사를 다 하지 못했소.〉 파블로가 소리쳤어요.

〈하긴 스무 명이나 되니.〉 한 남자가 말했어요.

〈더 돼.〉 그 옆에 있던 사내가 말했어요.

〈스무 명이나 되니 지은 죄도 많을 거야.〉

〈그렇긴 하겠지만 시간을 벌려는 수작이 아닐까? 이런 위급한 상황에 처하면 뚜렷한 죄 이외에는 잘 생각이 나지 않을 거야.〉

〈나는 인내심이 있는 편이지만 어서 빨리 끝났으면 좋겠군. 그들이나 우리나 모두 편안하게 말이야. 지금은 7월이라 할 일이 많아. 추수는 했지만 아직 도리깨질을 못했단 말이야. 아직 축제를 열 시기는 아니야.〉

〈그렇지만 오늘이 축제가 아니고 뭔가? 자유의 축제라고나 할까. 파시스트들이 모조리 사라지면 오늘부터 이 마을

과 땅은 우리 것이 된다고.〉

〈그러니까 파시스트들을 도리깨질하면 그 껍데기는 없어지고 자유의 낟알이 나온단 말이지.〉

〈자유를 지키려면 마을을 잘 다스려야 해. 필라르, 마을을 조직하기 위한 회의는 언제 열 거요?〉

〈이 일이 끝나면요. 저 시청 건물에서 할 거요.〉

나는 장난삼아 경찰의 삼각형 가죽 모자를 쓰고 있었어요. 권총의 안전장치를 잠그고 제법 태연하게 방아쇠에다 손을 대면서 안전장치를 눌렀지요. 권총은 허리에 두른 노끈에 매고 기다란 총대는 노끈 밑에다 꽂았어요. 그리고 장난삼아 그 가죽 모자를 썼을 때 제법 멋쟁이가 된 것 같은 기분이 들더군요. 그러나 대열에 있던 사람이 내게 이렇게 말했어요.

〈필라르, 당신이 그런 모자를 쓰니 꼴불견이군. 이제 경찰 같은 건 없어졌는데.〉

〈그럼 벗겠어요.〉 나는 그렇게 말하면서 모자를 벗었어요.

〈그걸 내게 주시오. 없애 버리게.〉 그가 말했어요.

우리는 마침 대열의 맨 끝, 절벽으로 나가는 통로 부근에 있었어요. 그는 절벽 쪽으로 쏜살같이 달려가더니 황소를 모는 목동이 황소의 발목을 향해 돌을 던지듯이 자신의 무릎 아래쪽에서 모자를 강 쪽으로 날렸어요. 모자는 휙 날아오르더니 허공에서 반짝거렸어요. 그러고는 점점 더 작아지면서 강 아래쪽으로 떨어졌어요. 나는 다시 광장 쪽을 돌아보았어요. 창가와 발코니로 몰려나와 구경하는 사람들이 보였죠. 광장 한가운데에는 시청 앞까지 사람들이 두 줄로 늘어서 있었어요. 시청 유리창 옆에는 사람들이 들러붙어 떠들썩한 소리로 떠들었고요. 그러자 누군가가 소리쳤어요.

〈저기 첫 번째 놈이 나온다!〉

시장인 돈 베니토 가르시아였죠. 그가 맨머리로 천천히 건물 밖으로 걸어 나와 현관 바로 앞까지 내려섰지만 아무 일도 일어나지 않았어요. 가르시아는 살진 잿빛 얼굴을 빳빳이 들고 정면을 응시한 채 좌우로 몸을 조금씩 흔들거리면서 대열 사이를 걸어 나갔죠. 그런데 아무도 그를 내려치는 사람이 없었어요.

그러자 발코니에서 누군가 소리쳤어요. 〈뭐 하는 거야? 비겁자들!〉 돈 베니토는 사람들 사이를 천천히 걸어갔고 여전히 아무 일도 일어나지 않았죠. 그때 내가 서 있는 곳에서 세 사람 더 아래쪽으로 한 사나이가 얼굴을 씰룩거리며 손마디가 으깨어지도록 도리깨를 꼭 붙잡고 있었어요. 입술을 앙다문 모습이 여간 증오심에 쿨타오르는 게 아니었어요. 돈 베니토를 쳐다보는 눈초리가 살벌했죠. 그때까지는 아무도 도리깨를 높이 쳐들지 않았는데 그에게 돈 베니토가 가까이 다가오자 그 사나이는 도리깨를 높이 쳐들었어요. 어찌나 높이 쳐들었던지 옆에 있던 사람이 얻어맞을 정도였어요. 도리깨는 돈 베니토의 옆머리를 내리쳤어요. 돈 베니토가 쳐다보자 그 사나이는 악을 쓰며 도리깨를 다시 내리쳤어요. 〈맛 좀 보라, 개자식!〉 이번에는 돈 베니토의 얼굴을 정통으로 내리쳤어요. 그 순간 돈 베니토는 양손으로 얼굴을 가리더군요. 그러자 사람들도 가세했고 그는 쓰러졌어요. 맨 먼저 돈 베니토를 내리친 사나이가 다른 사람들의 도움을 요청하면서 돈 베니토의 목덜미를 잡아끌었어요. 다른 사람들은 팔다리를 잡았죠. 그리고는 절벽으로 향하는 통로 쪽으로 돈 베니토를 질질 끌고 갔어요. 그런 뒤 절벽 아래 강물로 그를 던져 넣어 버렸죠. 돈 베니토를 처음 내리쳤던 사내는 절벽 가장자리에 무릎을 꿇고 아래쪽을 내려다보며 이렇게 소리쳤어요. 〈개자식! 개자식! 개자식!〉 그는 돈 베니토의 소작인이었는데 전부터 사이가 안 좋았다고 해요. 강 옆에 있는 소작지의 영농을 두고 다투었는데 돈 베니토가 그 땅을 빼앗아 다른 사람에게 소작을 주었다는 거예요. 그 후로 돈 베니토에게 원한을 품어 왔대요. 그 사내는 절벽 위에 앉아서 돈 베니토가 떠내려 간 강물을 하염없이 내려다보고 있었어요.

돈 베니토가 그렇게 죽고 난 다음에는 아무도 나오려 하지 않았어요. 다음에 나올 사람은 누구일까 하고 사람들이 기다리는 동안 광장에서는 소음이 들리지 않았어요. 그때 한 술주정뱅이가 찢어지는 목소리로 외쳤어요. 〈황소를 내보내.〉

〈안 나와. 모두들 기도하고 있어.〉 시청의 유리창에 달라붙어 그 안을 들여다보고 있던 자가 말했어요.

〈그럼 끌어내. 자, 어서 끌어내. 기도는 그만하라고 해.〉 또 다른 술주정뱅이가 외쳤어요.

그러나 한동안 아무도 나오지 않았어요. 그러다가 한 사람이 문 밖으로 나서는 것이 보였어요.

제분소와 사료 가게를 운영하는 돈 페데리코 곤살레스였어요. 파시스트 중의 파시스트였지요. 키가 크고 여윈 사람이었어요. 대머리를 감추기 위해 한쪽 머리를 반대쪽으로 빗어 넘긴 사람이었죠. 잠옷 윗도리는 바지 속에 꾸겨 넣었어요. 집에 있다가 체포되었는지 맨발 그대로였죠. 그는 손을 머리 위에 얹고 파블로 앞에 서서 걸었어요. 파블로는 그의 목덜미에 총을 겨누면서 어서 앞으로 걸어 나가라고 재촉했어요. 돈 페데리코는 이제 대열 안으로 들어섰어요. 그러나 파블로가 뒤돌아서서 시청 문 쪽으로 걸어가자 돈 페데리코는 그 자리에 멈추어 섰어요. 그는 두 손을 머리 위로 쳐들고 멍하니 하늘을 응시했어요. 마치 하늘이라도 잡아 볼 듯이 말이에요.

〈다리가 없는 모양이지?〉 한 사람이 비아냥거렸어요.

〈돈 페데리코, 어떻게 된 거야? 걷지도 못해?〉 누군가가 소리쳤어요. 그러나 돈 페데리코는 양손을 들어 올리고 그대로 선 채 입술만 달싹거릴 뿐이었어요.

〈거서 가. 걸어가란 말이야.〉

파블로가 계단에서 돈 페데리코의 등에다 대고 소리쳤어요.

돈 페데리코는 그대로 선 채 여전히 움직이지 않았죠. 한 술주정뱅이가 도리깨 자루로 그의 옆구리를 쿡쿡 찔렀어요. 돈 페데리코는 놀란 말처럼 펄쩍 뛰었어요. 그러나 여전히 두 손을 머리 위로 들고 하늘을 쳐다보며 서 있었어요.

그러자 내 옆에 서 있던 농부가 이렇게 말했어요. 〈이건 부끄러운 일이야. 난 저 사람에게 아무런 적대감도 없어. 이런 우스꽝스러운 광경은 끝내야 해.〉 그러더니 두 줄로 늘어선 대열 사이를 걸어 내려가 돈 페데리코가 서 있는 곳으로 가더니 〈용서하시오〉라고 말하면서 손에 들고 있던 곤봉으로 그의 머리를 세게 내리쳤어요.

돈 페데리코는 두 팔을 내리고 양손으로 대머리를 감쌌어요. 몇 올 되지 않는 머리카락이 양손 사이로 비어져 나왔죠. 그는 등과 어깨에 난장을 당하면서 대열 사이를 달려갔어요. 그러더니 대열의 끝쯤에 와서 푹 쓰러졌고, 대열 끝에 있는 사람들이 그를 들어서 절벽 너머로 던져 버렸죠. 파블르의 소총에 떼밀려 바깥에 나온 순간부터 그는 아무 말도 하지 않았어요. 그저 앞으로 걸어가기가 어려웠던 거죠. 다리가 후들거려서 말이에요.

돈 페데리코가 죽고 난 뒤 대열의 끝에 험악한 사람들이 모여드는 것을 보고 나는 그곳을 떠나 시청의 유리창이 있는 곳으로 갔어요. 술주정뱅이 두 명을 밀어내고 유리창 안을 들여다보았죠. 그 사람들은 시청의 커다란 홀에서 반원을 이루며 꿇어앉아 기도하고 있었어요. 신부도 마찬가지로 꿇어앉아 함께 기도를 했어요. 파블로와 콰트로 데도스[15]라는 별명을 가진 사람(구두 수선공인데 그 당시 파블로와 많이 붙어 다녔어요) 그리고 나머지 두 사람이 소총으로 그들을 위협했어요. 파블로가 신부에게 물었지요. 〈이젠 누가 갈 차례요?〉 하지만 신부는 기도만 할 뿐 아무런 대답도 하지 않았어요.

〈이봐요, 이제 누가 나갈 차례요? 누가 준비되었소?〉 파블로는 쉰 목소리로 신부에게 물었어요.

신부는 파블로의 질문에 대답하지 않았고 마치 파블로가 거기 없는 것처럼 행동했어요. 파블로는 점점 화를 냈어요.

〈그럼 모두 함께 나가게 해주시오.〉 지주인 돈 리카르도 몬탈보가 기도를 멈추고 파블로에게 말했어요.

〈무슨 소리. 준비가 되는 대로 한 사람씩 나가.〉 파블로가 말했어요.

〈그럼 내가 나가겠소. 어차피 준비랄 게 없으니까.〉 돈 리카르도가 말했어요. 신부는 기도를 멈추지 않은 채 그에게 축복을 내렸고 그가 일어서자 또 축복을 내렸어요. 신부는

15 〈네 손가락〉이라는 뜻.

십자가를 들어 돈 리카르도가 키스를 하게 해주었고 돈 리카르도는 키스를 한 뒤 고개를 돌려 파블로를 노려보았어요. 〈자, 이제 준비가 끝났어. 이 썩어 빠진 우유같이 나쁜 자식. 자, 나갈 테다.〉

돈 리카르도는 머리가 희끗희끗하고 땅딸막한 사람이었어요. 목이 아주 두꺼운 사람이었는데 칼라가 없는 셔츠를 입었었죠. 말을 너무 많이 타서 안짱다리더군요. 〈슬퍼하지 말아요. 죽는 건 아무것도 아니오. 억울한 건 이런 악당의 손에 죽어야 한다는 거요. 내 몸에 손대지 마. 그 소총 저리 치워.〉 그는 파블로에게 버럭 소리를 질렀어요.

그는 시청 문을 나섰어요. 잿빛 머리와 잿빛 눈동자가 더욱 잿빛으로 보였어요. 두꺼운 목은 더욱 짧아 보였고 어딘지 화가 난 표정이었어요. 그는 늘어선 농부들을 쳐다보더니 땅에다 침을 탁 뱉었어요. 정말 침을 뱉더라고요. 그런 순간엔 입속에 침이 잘 고이지 않는 법인데 말예요. 그렇지 않아요, 영국 양반? 어쨌든 그는 이렇게 소리쳤어요. 〈스페인 만세! 돼먹지 않은 공화국을 타도하자. 이 빌어먹을 공화주의자들!〉

모욕감을 느낀 그들은 그가 줄의 앞부분에 오자마자 내리치기 시작해 금방 죽여 버렸어요. 그는 얻어맞으면서도 고개를 빳빳이 들고 걸어가려고 했어요. 그러나 충격을 못 이기고 쓰러지자 사람들은 갈고리와 낫으로 등을 마구 내리쬤죠. 많은 사람들이 달려들어 그를 끌어내 벼랑 위로 내던졌어요. 그들의 옷과 손에는 피가 묻었어요. 그리고 시청 문 밖으로 나오는 자들은 진정한 공화국의 적이니까 죽여야 한다고 생각하기 시작했어요.

돈 리카르도가 나와서 맹렬한 기세로 욕설을 퍼붓기 전까지는 대열 속에 있던 많은 사람들이 괜히 여기 나왔다고 생각했어요. 그리고 대열 가운데 누군가가 〈나머지 사람들은 용서해 줍시다. 잘 알아들었을 테니까 말이오〉 하고 말했더라면 대부분 동의했을 거예요.

그러나 돈 리카르도가 너무 강하게 나와 나머지 희생자들에게 큰 손해가 된 거예요. 그가 대열 속의 사람들을 자극했기 때문이죠. 아까까지는 의무감 때문에 마지못해 서 있었던 것이라면 지금은 화가 났기 때문에 사정이 달라졌어요.

〈신부부터 먼저 나오라고 해. 그러면 일이 더 빨리 진행될 테니까.〉 누군가가 소리쳤어요.

〈신부를 끌어내.〉

〈도둑놈 셋을 처치했으니 신부를 해치우자.〉

〈우리의 주님과 함께 있던 도둑놈은 둘이요.〉 키가 작은 농부가 그 말에 대꾸했어요.

〈우리의 주님이라니?〉 화가 나서 얼굴이 빨개진 그 농부가 물었어요.

〈도둑놈 둘 이야기를 하다 보니 자연스럽게 우리의 주님이란 말이 나온 것뿐이오.〉

〈저자는 나의 주님이 아니야. 농담으로라도 그런 소리는 하지 마. 그리고 당신도 대열 사이로 걸어 나가고 싶지 않으면 입 조심해.〉

〈나도 당신처럼 자유를 사랑하는 공화주의자요. 돈 리카르도의 입에다 한 방 먹였고 돈 페데리코의 등을 갈기기도 했소. 돈 베니토는 때리지 못했지만. 그저 신부를 얘기할 때 우리 주님이라고 하는 건 통상 입버릇 때문에 그렇게 한 거

죠. 그러니 도둑 둘이 맞는 얘기요.〉

〈당신이 정말 공화주의자야? 당신은 돈 아무개, 돈 아무개 하고 파시스트처럼 말하지 않았느냐는 말이야.〉

〈여기서는 다 그렇게 부르지 않소.〉

〈난 안 그래. 개자식이라고 부르지. 그리고 당신의 주님……. 이, 여기 또 한 놈 나오는군.〉

우리는 그때 아주 치욕스러운 광경을 보았어요. 시청 문에서 걸어 나온 사람은 돈 파우스티노 리베로였어요. 지주인 돈 셀레스티노 리베로의 장남이었지요. 그는 키가 큰 데다 금발의 머리를 이마 뒤로 잘 빗어 넘기고 있었어요. 주머니에 늘 빗을 가지고 다니기 때문에 시청 밖으로 걸어 나오기 직전에 머리를 빗은 것 같았어요. 여자들 꽁무니만 쫓아다니는 비겁자인 주제에 늘 아마추어 투우사가 되려고 안달이었죠. 집시, 투우사, 황소 사육사 같은 사람들과 어울려 다녔어요. 그리고 안달루시아 의상을 입고 다니는 것을 좋아했죠. 그러나 용기가 없어서 늘 비웃음을 당했어요. 어느 날 그는 아빌라에 있는 양로원에 돈을 걷어 주기 위한 자선 투우 시합에 나서겠다고 선언했어요. 안달루시아식으로 말을 타고 황소를 죽이겠다는 것이었지요. 자기 말로는 그런 방식의 투우를 많이 연습했다나요. 그러나 막상 싸워야 할 황소가 당초 계획된 대로 죽어 가는 황소가 아니라 아주 기운찬 황소임을 알고는 더럭 겁을 집어먹고 뒤로 내뺐어요. 갑자기 아프다고 하면서 손가락 세 개를 목구멍에 집어넣고는 토하는 시늉을 했던 사람이지요.

대열에 서 있던 사람들이 그를 쳐다보고는 소리치기 시작했어요. 〈어이, 돈 파우스티노, 토하지 않도록 조심하라고.〉

〈내 말 좀 들어 봐, 돈 파우스티노. 벼랑 너머에 아름다운 아가씨들이 있다고.〉

〈돈 파우스티노, 조금만 기다려. 예전 것보다 훨씬 큰 황소를 대령할 테니까.〉

〈돈 파우스티노, 자네는 지금껏 죽음이 뭔지 들어 보았나?〉

돈 파우스티노는 여전히 자신이 용감한 사람인 양 허세를 부리며 거기에 서 있었어요. 그는 공연히 광장으로 나가겠다고 자청한 그 충동에서 벗어나지 못하고 있었어요. 그건 투우에 나서겠다고 말한 것과 똑같은 충동이었죠. 아마도 자신이 아마추어 투우사가 될 수 있다는 희망을 갖게 된 것도 그런 충동 때문일 거예요. 그는 돈 리카르도처럼 씩씩하게 보이려고 애를 썼어요. 잘생긴 얼굴에 힘을 주면서 씩씩하게 보이려고 용을 쓰고 있었죠. 게다가 얼굴에는 약간 경멸을 드러내는 표정도 있었어요. 그러나 말은 하지 못했어요.

〈자, 어서 나서라, 돈 파우스티노. 여기 가장 큰 황소가 있어.〉 대열 중 한 사람이 소리를 질렀어요.

돈 파우스티노는 거기에 서서 대열을 한 번 노려보았어요. 그러나 그에게 동정심을 느끼는 사람은 아무도 없었어요. 잘생기고 늠름한 모습은 여전하더군요. 그러나 시간이 점점 촉박해져 오고 갈 방향은 딱 한 군데밖에 없었어요.

〈돈 파우스티노, 무엇을 기다리는 건가?〉

〈토할 준비를 하는 거겠지.〉 대열 중의 누군가가 소리쳤고 사람들이 와 웃음을 터뜨렸어요.

〈돈 파우스티노, 그렇게 하는 것이 좋다면 토해도 좋아. 난 아무래도 좋으니까.〉 한 농부가 말했어요.

돈 파우스티노는 대열을 한 번 둘러본 뒤 벼랑으로 가는 통로를 쳐다보고, 이어 그 벼랑 너머의 허공을 바라보았어요. 그러더니 재빨리 몸을 돌려 시청 입구 쪽으로 되돌아갔어요.

대열에 있던 사람들이 모두 고함을 질렀는데 어떤 사람이 커다란 목소리로 이렇게 말했어요.

〈돈 파우스티노, 어디로 가는 건가?〉

〈토하러 간다네.〉 대열 중의 누군가가 그렇게 말하자 다들 웃음을 터뜨렸어요.

곧 돈 파우스티노가 다시 나왔어요. 파블로가 그의 뒤통수에 소총을 겨누고 있었죠. 이제 그 멋 부리던 자세는 사라졌어요. 대열의 사람들을 보는 순간 얼이 빠져 버렸지요. 그는 파블로의 위협을 못 이겨 다시 나온 것이었어요. 가령 파블로가 청소부라면 돈 파우스티노는 쓰레기였다고나 할까요. 돈 파우스티노는 이제 다시 광장으로 나와 몸에 성호를 긋고 기도를 한 뒤 양손으로 얼굴을 가렸어요. 그리고 대열 속으로 걸어 내려왔어요.

〈그를 가만히 내버려 둬. 손대지 마.〉 누군가가 소리쳤어요.

대열에 있던 사람들은 그 말의 속뜻을 이해하고 돈 파우스티노를 내려치지 않았어요. 그는 부들부들 떨리는 두 손으로 얼굴을 가린 채 입술을 달싹거리며 대열을 걸어 내려갔어요.

아무도 그에게 말을 걸지 않았고 내려치지도 않았어요. 대열을 반쯤 걸어 내려가다가 그는 더 이상 걷지 못하고 풀썩 주저앉았어요.

아무도 그를 때리지 않았어요. 나는 어떻게 되었는가 알아보기 위해 대열의 아래쪽으로 내려가 보았죠. 한 농부가 허리를 숙여 그를 일으켜 세우더니 이렇게 말했어요.

〈어서 일어나, 돈 파우스티노. 그리고 걸어. 황소가 아직 안 나왔대.〉

돈 파우스티노는 혼자 걸을 수 없어서 검은 작업복을 입은 농부들이 양쪽에서 부축했어요. 그는 여전히 양손으로 얼굴을 가리고 있었어요. 입술은 달싹거렸고 금발은 이마에까지 내려온 채 햇빛을 받아 반짝거렸어요. 그가 지나가자 농부들은 이렇게 말했어요.

〈돈 파우스티노, 많이 드십시오. 식욕이 좋기를 바라.〉

〈돈 파우스티노, 당신이 하자는 대로 하겠어.〉

〈돈 파우스티노, 넌 언제든지 투우를 할 수 있지.〉

〈돈 파우스티노, 천국에는 예쁜 여자가 얼마든지 있대.〉

그는 양쪽에서 농부들의 부축을 받아 가며 여전히 양손으로 얼굴을 가린 채 대열을 걸어가고 있었어요. 그러나 손가락 사이로 주위를 살피고 있는 것 같았어요. 벼랑 끝에 왔을 때 다시 무릎을 꿇고 땅 위에 난 풀을 두 손으로 움켜쥐면서 이렇게 말했으니까요. 〈안 돼, 안 돼, 안 돼. 제발, 제발, 제발. 안 돼, 안 돼, 안 돼.〉

그러자 그를 부축해 온 농부와 대열의 끝에 서 있던 거친 사람들이 무릎을 꿇고 엎드린 그를 덥석 들어 벼랑으로 집어 던졌어요. 그는 단 한 차례도 맞지 않고 벼랑 아래로 떨어졌죠. 그가 강물 위로 떨어지면서 내지르는 비명 소리는 차마 못 듣겠더군요.

대열의 사람들은 그때부터 잔인해지기 시작했어요. 돈 리카르도의 거만과 돈 파우스티노의 비겁이 그들을 그렇게 만든 것 같아요.

〈이런 재미있는 것 또 없나?〉

한 농부가 그렇게 소리 지르자 또 한 농부가 그의 어깨를 가볍게 두드리면서 이렇게 말했어요.

〈돈 파우스티노! 정말 재미난 물건이야! 돈 파우스티노!〉

〈이제야 제대로 된 황소를 만났지. 토하는 척해 봐야 전혀 도움이 안 될 거야.〉

〈내 평생 돈 파우스티노 같은 물건은 처음이오.〉 다른 농부가 말했어요.

〈또 그런 놈이 있을지 몰라요. 기다려 봅시다. 앞으로도 많이 남았잖아요.〉

〈물론 거인도 있고 난쟁이도 있겠지요. 흑인도 있고 아프리카에서 온 짐승도 있을 거여요. 그렇지만 돈 파우스티노 같은 물건은 정말 처음이오. 이런 재미난 물건을 또 한 번 만났으면 좋겠소. 자, 어서 내보내!〉

술주정뱅이들은 파시스트의 술집에서 약탈한 아니스와 코냑 병을 사람들에게 돌리면서 물처럼 퍼마셨어요. 그리고 대열에 있던 사람들도 돈 베니토, 돈 페데리코, 돈 리카르도 그리고 돈 파우스티노를 죽이고 난 뒤에는 더욱 제정신이 아닌 것 같았어요. 독주를 마시지 않는 사람들은 와인 부대에서 와인을 따라 마셨어요. 그리고 어떤 사람이 내게 와인 부대를 디밀기에 나도 한 모금 쭉 들이켰죠. 와인이 독을 따라 시원하게 흘러내렸어요. 굉장히 독이 말랐었나 봐요.

〈사람을 죽이면 목이 마른 법이오.〉 와인 부대를 가지고 있던 남자가 말했어요.

〈그런가요. 당신도 사람을 죽인 적이 있나요?〉 내가 물었어요.

〈경찰을 빼고도 이미 네 명이나 죽이지 않았소. 필라르, 당신이 경찰 한 명을 죽였다는 게 사실이오?〉

〈아뇨. 경찰 막사의 벽이 폭파되어 허물어질 때 다른 사람들과 마찬가지로 그 안에다 대고 총을 쏜 것뿐이에요.〉

〈필라르, 그 권총은 어디서 났소?〉

〈파블로가 줬어요. 경찰을 사살하고 난 뒤에 건네주었죠.〉

〈이 권총으로 그자들을 죽였소?〉

〈바로 이 권총이지요. 그런 다음 내게 줘서 무장을 시킨 거지요.〉

〈좀 볼 수 있겠소, 필라르? 잡아 봐도 되겠소?〉

〈그러세요.〉

나는 로프 아래에서 권총을 꺼내 건네주었어요. 나는 왜 사람이 더 나오지 않나 궁금했어요. 그때 돈 기예르모 마르틴이 문밖으로 나섰어요. 도리깨와 목동의 곤봉과 나무 갈퀴를 약탈해 온 농기구점의 주인 말이에요. 돈 기예르모는 파시스트라는 점만 빼고는 사람들에게 반감을 주는 인물이 아니었어요.

그가 도리깨를 만들어 오는 사람에게 돈을 조금밖에 주지 않은 것은 사실이지만 그렇다고 도리깨를 팔면서 비싸게 받은 것도 아니었어요. 돈 기예르모의 가게에서 도리깨를 살 마음이 없다면, 나무와 가죽을 살 돈만 있으면 농부 혼자 힘으로도 충분히 도리깨를 만들 수 있었어요. 그가 무례하게 말하는 버릇이 있고 파시스트였던 것은 틀림없어요. 게다가 파시스트 클럽의 회원이었죠. 그는 정오나 저녁 때 클럽의 등의자에 앉아 『엘 데바트』지를 읽었어요. 구두를 닦으면서 말이에요. 베르무트 술이나 셀처 소다수를 마시고 볶은 아몬드나 마른 새우, 멸치 등을 먹기도 했어요. 그러나 그런 것을 이유로 사람을 죽일 수야 없는 일이었지요. 돈 리카르도 믄탈보의 거만함과 돈 파우스티노의 우스꽝스러운 광경 그리고 피를 보고 난 뒤에 찾아오는 광란적인 기분 등, 이런 것들만 없었다면 누군가 이렇게 외쳤을 거예요.

〈돈 기예르모는 놓아주자. 우리는 그가 만든 도리깨를 갖고 있다. 그러니 그를 놓아주자.〉

마을 사람들은 잔인한 만큼 친절한 데도 있었어요. 그들은 정의감에 불탔고 올바른 일을 하려는 소망이 있었어요. 그러나 대열의 사람들이 잔인해져 있었고 맨 처음 돈 베니토가 나왔을 때 같은 상황은 아니었어요. 다른 나라 사정은 어떤지 모르겠어요. 그리고 나는 술을 아주 좋아하니까 잘 판단하지 못하겠어요. 그러나 스페인 사람들은 술이 아닌 다른 이유로 취해 버리면 아주 추악해지고 평소에는 하지 않던 일을 해요. 영국 양반, 당신네 나라는 어때요?」

「우리 나라도 마찬가지요. 일곱 살 때던가 어머니를 따라 오하이오 주에서 열린 한 결혼식에 간 일이 있어요. 화동(花童)으로 참석하는 것이었는데……」 토버트 조던이 말했다.

「어머나! 그런 일도 하셨어요? 너무 멋져요.」 마리아가 말했다.

「그 마을에 한 흑인이 가로등에 대달려 교수형을 당한 사건이 벌어졌어요. 그 뒤에는 불에 태워 버렸죠. 아크 가로등이었는데 기둥에서 보도로 둥글게 늘어진 것이었지요. 그 흑인은 아크등을 가로등에다 올리는 기계에 매달려서 올려졌어요. 그런데 그 기계가 고장이 나서……」

「흑인이라고요? 굉장히 야만스럽군요.」 마리아가 말했다.

「그때 사람들이 취해 있었나요? 흑인의 시체를 불태울 정도로?」 필라르가 물었다.

「모르겠어요. 아크등이 설치된 거리 옆에 있는 한 집의 창문을 통해서 본 것뿐이니까요. 거리에는 사람들이 많이 있었어요. 그 흑인을 두 번째로 매달아 올릴 때에는……」

「일곱 살인 데다 방 안에 있었다면 사람들이 취했는지 어땠는지는 알 수 없었겠구먼.」 필라르가 대신 말해 주었다.

「이미 말한 대로 그 흑인을 두 번째로 들어 올릴 때 어머니가 나를 제지해서 더 이상 보지는 못했어요. 하지만 우리 나라에서도 사람이 취하면 그런 짓을 할 수 있다는 것을 보여 주는 장면이었어요. 그건 추악하고 잔인한 일이었어요.」 로버트 조던이 말했다.

「일곱 살이니 어려서 뭘 알았겠어요? 술 취했는지 어땠는지를 살피기에는 너무 어린 나이로군요. 저는 서커스에서 한 번 보았을 뿐 흑인을 본 적이 없어요. 무어인을 흑인으로 친다면 다른 문제지만.」 마리아가 말했다.

「무어인도 사람 나름이야. 어떤 사람은 흑인이고 어떤 사람은 아니지. 무어인에 대해서는 내가 좀 알지.」 필라르가 말했다.

「나처럼 잘 알지는 못할걸요.」 마리아가 말했다.

「이런 얘기는 그만하자고. 불쾌한 얘기니까. 그래, 어디까지 얘기했지?」 필라르가 물었다.

「대열에 서 있던 사람들이 취했다고 얘기하던 중이었소. 어서 계속해 보시오.」 로버트 조던이 말했다.

「그걸 취한 상태라고 말하면 정확한 표현은 아닐 것 같아요. 아직 완전히 취하려면 멀었으니까요. 그러나 변화가 일어난 것만큼은 틀림없었어요. 돈 기예르모는 자세를 흩뜨리지 않고 걸어 나왔어요. 근시에다 중키이고 머리는 반백이었지요. 단추는 달렸으나 칼라는 없는 셔츠를 입고 있었어요. 그는 거기에 서서 성호를 긋더니 대열을 한 번 둘러보았어요. 안경이 없으면 잘 보지 못하는 사람이었지만 걸음걸이는 또박또박 침착했어요. 앞을 향해 걸어 나가는 그의 모습은 동정심을 불러일으키기에 충분했지요. 그러나 대열 중에서 누군가 이렇게 소리를 질렀어요. 〈여기야, 돈 기예르모. 여기 위쪽이라니까. 여기 말이야. 우리는 모두 당신 가게에서 가져온 도리깨니 나무 갈퀴 같은 걸 쥐고 있어.〉

그들은 돈 파우스티노를 너무 재미있게 놀려 먹어서 또 놀려 먹자는 생각에 골몰했어요. 뭐랄까, 돈 기예르모는 전혀 다른 사람이라는 것을 깨닫지 못하는 것 같았어요. 정말 돈 기예르모를 죽일 생각이라면 그의 체면을 살려 주면서 순식간에 죽였어야 했어요.

〈돈 기예르모, 사람을 당신 집에 보내 안경을 가져오라고 할까?〉 다른 사람이 그렇게 외쳤어요.

돈 기예르모의 집은 그렇게 호화로운 집이 아니었어요. 그렇게 돈이 많은 사람이 아니었으니까요. 파시스트가 된 것도 괜히 잘난 척하기 위한 것이었고 농기구점을 운영해 봐야 별로 이득이 생기지도 않는 자신을 위로하기 위해서였을 거예요. 그의 아내가 또 열성적인 신앙심으로 그를 부추겨서 파시스트가 되었지요. 아내를 사랑했기 때문에 아내가 원하는 것이라면 뭐든지 받아들이는 사람이었어요. 그는 광장에서 세 채 떨어진 아파트에 살고 있었어요. 그가 잘 보이지도 않는 눈으로 대열을 둘러보고 있을 때 그의 아파트 발코니에서 한 여인이 소리를 지르기 시작했어요. 그의 아내였죠. 그녀는 발코니에서 그를 내려다보았어요.

〈기예르모, 기다려요. 저도 당신과 함께 가겠어요.〉 그녀가 소리쳤어요.

돈 기예르모는 고개를 돌려 비명 소리가 나는 곳을 쳐다보았어요. 그러자 그 여자의 얼굴은 보이지 않았어요. 뭔가 말을 하려다가 그만두더군요. 그리고 그 여인이 소리를 지른 쪽으로 손을 흔들어 보이더니 대열 아래쪽으로 걸어 나가기 시작했어요.

〈기예르모, 기예르모, 오, 기예르모.〉 그녀는 계속해서 고함을 질렀어요. 양손으로 발코니의 난간을 잡고 온몸을 좌우로 흔들었어요.

돈 기예르모는 고함 소리가 나는 쪽으로 다시 한 번 손을 들어 보이고는 머리를 꼿꼿이 든 채 대열 속으로 걸어 들어갔어요. 그의 얼굴 색깔만 아니었더라면 그가 어떤 느낌이었는지 알아보지 못할 정도였어요.

그러자 한 주정뱅이가 기예르모 아내의 목소리를 흉내 내며 〈기예르모!〉 하고 외쳤어요. 그러자 기예르모가 다짜고짜 그 술주정뱅이에게 달려들었죠. 두 뺨에는 눈물이 흘러내리고 있었어요. 그자는 들고 있던 도리깨로 기예르모의 얼굴을 힘껏 내리쳤어요. 돈 기예르모는 그 충격에 맥없이 주저앉았어요. 그러더니 울음을 터뜨리더군요. 그러나 공포 때문은 아니었어요. 주정뱅이들은 그를 마구 때렸고 한 주정뱅이는 고꾸라진 그의 등 위에 올라타 병으로 마구 내리쳤어요. 이때부터는 대열 속의 사람들이 그 자리를 떠나고 시청의 유리창을 들여다보며 욕설과 더러운 농담을 해대던 주정뱅이

들이 그 자리를 차지했어요.

　나 역시 파블로가 경찰을 쏴 죽일 때부터 감정이 격앙되어 있었어요. 그건 정말 추악한 일이었어요. 그러나 사태가 이렇게 될 수밖에 없는 것이라면 불가피하다고 생각했어요. 하기야 잔인한 짓은 하지 않고 그저 목숨만 빼앗을 수 있다면 얼마나 좋을까 하는 생각은 들더군요. 그리고 그 뒤 몇 년 동안 사람을 죽이는 일은 추악한 일이지만 전쟁에서 이기기 위해서는 필요하다는 생각을 여러 번 했어요. 어쨌든 공화국을 보존해야 하니까요.

　광장을 봉쇄하고 대열을 만들었을 때만 해도 나는 파블로의 계획이 정말 멋지다고 감탄했어요. 그리고 심지어는 어떻게 이런 생각을 해낼 수 있을까 하는 존경심까지 들더군요. 어쨌든 해치워야 할 일이라면 추하지 않게 하는 것이 좋지 않겠어요? 인민에 의해 파시스트들을 처단해야 하는 것이라면 많은 사람들이 참가하는 것이 좋겠다는 생각이 들었어요. 그리고 그 마을이 우리 것이 될 거라면 혜택도 같이 누리고 책임도 같이 지는 것이 좋겠다고 생각했어요. 그러나 돈 기예르모의 경우를 보고 나서는 부끄러움과 혐오감만 느꼈어요. 그리고 그 일에 항의하면서 사람들이 빠져나간 대열 속으로 술주정뱅이와 쓰레기 같은 인간들이 들어오는 것을 보고 나도 그 대열에서 벗어나고 싶었어요. 그래서 광장을 가로질러 큰 나무가 그늘을 드리우고 있는 벤치에 앉았죠.

　대열에서 벗어나 벤치에 앉아 있으려니 농부 두 명이 내 쪽으로 걸어오더니 그중 한 사람이 이렇게 말을 걸었어요.

　〈필라르, 무슨 문제 있소?〉

　〈아무것도 아니에요.〉 내가 그에게 말했어요.

〈문제가 있는 것 같은데. 말해 봐요.〉

〈속이 좋지 않아요.〉

〈그건 우리도 마찬가지요.〉

그들은 그렇게 말하면서 벤치에 앉았어요. 그중 한 사람이 와인 부대를 가지고 있었는데 그걸 내게 내밀었어요.

〈자, 입을 헹구시오.〉 한 사람은 그렇게 말하고 다른 한 사람은 그들이 하고 있던 얘기를 계속했어요. 〈무엇보다도 심상치 않은 것은 그게 불길한 징조라는 거야. 돈 기예르모를 그런 식으로 죽이다니, 분명 흉조가 일어날 거야.〉

〈그들을 죽여 버려야 할 필요가 있다면(난 그럴 필요가 없는 것 같지만) 조롱하지 말고 점잖게 죽여야 하는 거 아니야?〉

〈돈 파우스티노의 경우에는 조롱을 할 수도 있었겠지. 늘 휜소리나 하면서 진지한 적이 없었으니까. 그러나 돈 기예르모 같이 진중한 사람을 놀린다는 것은 예사스러운 일이 아니야.〉

〈속이 더부룩해요.〉 내가 말했어요. 정말 속이 거북해서 죽을 지경이었죠. 썩은 생선을 먹었을 때처럼 오한과 구토가 났어요.

〈그래, 그만 잊어버리세. 난 이런 일에 다시는 참여하지 않을 거야. 다른 마을의 사정은 어떤지 모르겠군.〉 한 농부가 말했어요.

〈아직 전화선을 보수하지 못해서 정보가 없대요. 어서 고쳐야 할 텐데 말이에요.〉 내가 끼어들었어요.

〈분명 그래야겠지요. 이렇게 질질 끌며 학살 행위를 하는 것보다는 이 마을을 잘 방어하는 게 훨씬 나아요.〉

〈내가 파블로에게 말해 보겠어요.〉 나는 벤치에서 일어나 시청의 앞문으로 통하는 아케이드로 걸어갔어요. 그곳에서

부터 대열이 광장으로 퍼져 나가고 있었죠. 대열은 이제 오합지졸이 되어 질서도 없었어요. 다들 취해서 제정신이 아니었어요. 술주정뱅이 두 명이 광장에 벌렁 드러누워 술병을 주고받으며 술을 마시고 있었어요. 한 주정뱅이가 술을 한 도금 마시고는 〈무정부주의 만세!〉 하고 소리를 질렀어요. 마치 미친 사람 같았지요. 그는 목에 붉은색과 검은색이 섞인 손수건을 두르고 있었어요. 또 한 사람은 허공에다 발길질을 하며 〈자유 만세!〉 하고 소리를 질렀어요. 그 사람도 붉은색과 검은색이 섞인 손수건을 한 손에 들고서 허공을 향해 흔들었고 다른 한 손에는 술병을 들고 있었어요.

대열을 이탈한 한 농부가 아케이드의 그늘에 서서 혐오스럽다는 듯이 그들을 쳐다보았어요. 〈차라리 술주정뱅이여 영원하라, 하고 외치는 게 더 낫겠군. 아는 것이라고는 술 마시는 것밖에 없으니까.〉

바로 그때 술주정뱅이 하나가 일어서서 주먹을 꼭 쥔 양손을 머리 위로 높이 쳐들고 소리 질렀어요. 〈무정부주의와 자유여 영원하라. 공화국은 지옥에나 가라.〉

다른 주정뱅이는 아직도 드러누운 채 소리를 지르는 주정뱅이의 발목을 잡아 그를 쓰러뜨렸어요. 그 바람에 소리 지르던 주정뱅이는 누워 있는 주정뱅이 쪽으로 넘어졌죠. 그들은 같이 구르다가 일어나 앉았어요. 다른 주정뱅이의 발목을 잡아 쓰러뜨린 그 주정뱅이는 그 친구의 목을 껴안더니 술병을 나 주면서 그가 목에 두른 붉은색과 검은색이 섞인 수건에 입을 맞추었어요. 그러더니 둘은 계속 술을 마셔 대더군요.

바로 그때 대열 속에서 날카로운 외침이 들렸어요. 나는 아케이드 위쪽을 올려다보았죠. 그런데 나오는 사람이 누구인지는 보이지 않더군요. 시청 문에 몰려 있는 떼거리들 때문에 그 사람의 머리가 보이지 않았던 거예요. 파블로와 콰트로 데도스가 누군가의 목에다 소총을 대고 밖으로 나오고 있는 건 보였어요. 나는 누가 나오는지 보려고 시청 문 앞까지 걸어 내려갔죠.

이제 대열은 마구 밀치고 떼밀고 대혼란이었어요. 파시스트들이 애용하던 카페의 의자와 테이블은 모두 뒤집혀 있었어요. 한 주정뱅이가 고개를 늘어뜨리고 입을 헤벌리고 드러누워 있는 테이블은 뒤집히지 않았더군요. 나는 의자를 들어다 기둥 있는 곳에 기대어 놓고 그 위에 올라섰어요. 나오는 사람이 누구인지 보려고요.

그 사람은 철저한 파시스트이면서 마을에서 가장 뚱뚱한 돈 아나스타시오 리바스였어요. 곡물 도매상이면서 몇몇 보험 회사의 대리인을 하던 사람이었죠. 고리대금업자이기도 했어요. 그가 계단을 내려와 대열 앞으로 걸어오는 것이 보였어요. 셔츠 칼라 위로 풀어 오른 살찐 목이 보이더군요. 게다가 대머리가 햇빛을 받아 반짝거리고 있었어요. 그러나 대열에 있는 사람들이 모두 소리를 지르고 있었기 때문에 나는 대열 안으로 들어가지 않았어요. 그건 정말 듣기 싫은 소음이었어요. 대열 속의 술 취한 사람들이 소리를 지르자 대열이 흐트러졌고 사람들이 그에게 달려들었어요. 돈 아나스타시오는 양손으로 머리를 감싸며 주저앉았어요. 사람들이 그의 등 위에 올라타 사정없이 밟고 내리치고 해서 그의 모습은 보이지 않았어요. 사람들이 그에게서 떨어지자 돈 아나스타시오는 이미 죽어 있었어요. 아케이드 판석에 머리를 부딪쳐 그 충격으로 죽은 거예요. 이제는 대열이라곤 찾아볼 수 없었고 성난 군중만이 있을 뿐이었어요.

〈아예 우리가 안으로 들어가 해치워 버립시다.〉 군중은 소리치고 있었어요.

〈이자는 들기에 너무 무거워. 그러니 여기다 그대로 두자고.〉 한 남자가 얼굴을 보도에 처박은 채 죽어 있는 돈 아나스타시오의 시체를 발로 툭툭 차면서 말했어요.

〈그래, 맞아. 무엇 때문에 저 쓰레기 더미를 벼랑까지 끌고 가야 해? 여기 그대로 두는 게 나아〉

〈자, 이제 안으로 들어가서 저 안에 있는 놈들을 다 해치워 버리자. 자, 들어가자고.〉

〈이런 땡볕에 하루 종일 기다릴 거 뭐 있어? 자, 어서 들어갑시다.〉

군중은 이제 저마다 떠들고 있었어요. 그러면서 아케이드 쪽으로 밀고 들어갔어요. 밀치고 소리 지르는 모습이 마치 짐승의 비명 소리를 연상케 했어요. 이제 그들은 모두 소리치고 있었어요.

〈문 열어! 문 열어! 문 열어!〉

대열이 흐트러지자 시청 경비원들이 시청의 출입문을 모두 잠가 버렸기 때문이죠. 나는 의자 위에 올라서 있었기 때문에 쇠창살 문을 통해 시청의 홀을 들여다볼 수 있었어요. 그 안은 전과 마찬가지였어요. 신부는 서 있었고 나머지 사람들은 반원을 그리며 무릎을 꿇고 앉아 기도를 했어요. 파블로는 소총을 어깨에 둘러멘 채 시장의 책상 앞에 놓인 큰 테이블에 앉아 있었어요. 그의 다리는 테이블 아래쪽으로 내려왔고 느긋하게 담배를 말고 있었어요. 콰트로 데도스는 발을 테이블에 올려놓은 채 시장의 책상에 앉아서 담배를 피우고 있었어요. 보초를 선 병사들은 소총을 멘 채 행정실의 의자를 차지했더군요. 대문의 열쇠는 파블로가 앉아 있는 테이블 옆에 놓여 있었어요.

〈문 열어! 문 열어! 문 열어!〉 군중은 마치 노래 부르듯 외치고 있었어요. 파블로는 그 소리가 전혀 들리지 않는다는 듯이 거기 앉아 있었어요. 그는 신부에게 뭐라고 말했는데 사람들의 외침 소리 때문에 들리지 않았어요.

신부는 전과 마찬가지로 아무 대답도 하지 않고 기도만 계속했어요. 사람들이 내가 서 있는 의자를 마구 밀기 시작했어요. 그래서 나는 의자를 좀 더 벽 가까운 곳으로 옮겨 놓았죠. 뒤에서 미는 대로 밀리면서 의자를 앞으로 가져갔어요. 나는 쇠창살 문에 얼굴을 바싹 대고 그 문을 붙들며 균형을 잡았어요. 그런데 한 사내가 더 넓은 쇠창살을 잡으면서 내가 올라선 의자에 올라왔어요.

〈의자가 부서지겠어요.〉 내가 그에게 말했어요.

〈무슨 상관이오. 저자들이 기도하는 모습 좀 보시오.〉 그가 말했어요.

내 목에 와 닿는 그의 입김에는 시금털털한 군중의 냄새가 났어요. 보도에 토해 놓은 오물과 같은 시큼한 냄새나 술에 전 냄새 같았어요. 그 사나이는 머리를 내 어깨 위쪽으로 올리면서 입을 창살 틈에다 갖다 대고 마구 소리쳤어요. 〈문 열어! 문 열어!〉 꿈속에서 여자를 덮친다는 악마처럼 군중이 내 목덜미에 딱 달라붙는 느낌이었어요.

이제 군중은 완전히 문에 짝 달라붙었어요. 앞쪽에 서 있는 사람들은 뒤에서 미는 사람들 때문에 죽을 지경이었죠. 바로 그 순간 광장 쪽에서 검은 작업복 차림에다 검은색과 붉은색이 섞인 수건을 두른 술주정뱅이가 달려왔어요. 덩치가 아주 큰 사람이었죠. 그는 앞으로 밀고 있는 사람들에게 몸을 던지면서 그 위로 엎어졌어요. 그러더니 다시 일어서서 조금 뒤로 물러난 다음 또다시 사람들 위로 몸을 내던지는 거였어요. 그러더니 이렇게 외쳤어요. 〈나는 오래 살고 싶다. 므정부주의 만세!〉

그 남자는 군중에게서 떨어져 나오더니 한구석으로 가 주저앉아 다시 술을 마시더군요. 그는 그렇게 쭈그려 앉아 있으면서 돈 아나스타시오의 시체를 바라보았어요. 그는 무슨 생각이 들었는지 얼굴을 석판에 묻고 죽은 돈 아나스타시오 쪽으로 가더니 돈 아나스타시오의 머리와 옷에다 술을 붓기 시작했어요. 그러더니 주머니에서 성냥을 꺼내 여러 번 불을 켰어요. 돈 아나스타시오의 시체에 불을 붙이려는 것 같았어요. 그러나 바람이 세서 성냥이 잘 켜지지 않았죠. 결국 그 주정뱅이는 성냥 켜는 것을 포기하고 돈 아나스타시오 옆에 주저앉았어요. 그러더니 자신의 머리를 흔들며 술병으로 병나팔을 불었어요. 그러다가는 가끔 고개를 숙여 죽은 돈 아나스타시오의 어깨를 가볍게 두드리는 것이었어요.

그동안 군중은 문을 열라고 아우성이었고 의자 위에 나와 함께 올라서 있던 사나이는 쇠창살을 꼭 잡으면서 문을 열라고 소리를 질렀어요. 그 고함 소리 때문에 귀가 먹을 지경이었죠. 그리고 그 사내의 역한 입 냄새는 어찌나 고약한지 머리가 띵할 지경이었어요. 나는 돈 아나스타시오의 시체에 불을 붙이려는 술주정뱅이에게서 시선을 돌려 시청 홀 안을 다시 들여다보았어요. 그들은 여전히 무릎을 꿇은 상태로 기도를 했어요. 어떤 자들은 셔츠 앞섶을 풀어 놓았고, 어떤 자들은 고개를 숙였고, 또 어떤 자들은 고개를 빳빳이 쳐들고 신부와 그가 든 십자가를 쳐다보았어요. 신부는 그들의 머리를 내려다보며 빠른 어조로 기도했어요. 그들 뒤쪽에는 불붙인 담배를 손가락으로 쥔 파블로가 앉아 있었죠. 다리는 여전히 테이블에 걸쳐 있고 소총은 등에 멘 채였어요. 그리고 열쇠를 만지작거리더군요.

파블로가 테이블에서 허리를 숙여 신부에게 무언가 말을 했어요. 군중이 외치는 소리 때문에 무슨 말을 했는지는 알 수가 없었어요. 그러나 신부는 대답하지 않고 기도만 계속했어요. 그러자 반원을 이루며 꿇어 앉아 있던 사람들 중에서 한 사람이 일어섰어요. 그 사람이 밖으로 나가겠다고 한 것 같아요. 돈 호세 카스트로라는 사람이었는데 모두들 돈 페페라고 불렀지요. 철저한 파시스트로 말[馬]을 거래하는 사람이었어요. 덩치는 작았지만 아주 단정했어요. 파자마 윗도리를 회색 줄이 간 바지 속에 꾸겨 넣고 있더군요. 그는 십자가에 키스를 했고 신부는 그에게 축복을 내렸어요. 그는 일어서더니 파블로를 보면서 고갯짓으로 문 쪽을 가리켰어요.

파블로는 머리를 가로젓더니 담배만 피워 댔어요. 돈 페페가 파블로에게 뭔가를 말하는 것 같았는데 알아들을 수가 없었어요. 그는 그저 머리를 흔들더니 문 쪽을 향해 고개를 끄덕였어요.

그러자 돈 페페는 문 쪽을 바라보고 그 문이 잠겨 있다는 것을 알았어요. 파블로는 그에게 열쇠 있는 곳을 가르쳐 주었어요. 돈 페페는 그것을 잠시 바라보더니 몸을 돌려 다시 주저앉았어요. 그러니까 신부가 파블로를 돌아보더군요. 파블로는 싱긋 웃으면서 열쇠를 가리켰어요. 신부는 그제야 문이 잠겼다는 것을 알아차린 것 같았어요. 머리를 설레설레 흔들더니 잠깐 머리를 기울였을 뿐 다시 기도하기 시작했어요.

너무 기도에 열중하고 자기 생각에 빠져 문이 잠긴 것을 눈치채지 못한 것 같아요. 그들은 이제 그걸 알아차렸고 또 고함 소리가 무엇을 의미하는 것인지도 알아차렸어요. 상황이 일변했다는 것도 알아차렸겠죠. 그러나 그들은 전과 조금도 다름없이 행동했어요.

이제 고함 소리는 너무나 커져서 다른 소리는 전혀 들리지 않았어요. 그리고 나와 함께 의자에 올라선 그 술주정뱅이는 쇠창살을 뒤흔들면서 소리를 질러 댔어요. 〈문 열어! 문 열어!〉 그는 거의 목이 쉬어 있었어요.

파블로가 다시 신부에게 말했으나 그는 아무 대답도 하지 않았어요. 그러자 파블로가 소총을 어깨에서 내리더니 그 소총으로 신부의 어깨를 툭툭 쳤어요. 신부는 전혀 신경을 쓰지 않았고 파블로는 머리를 절레절레 흔들었어요. 그러자 파블로가 콰트로 데도스에게 뭐라고 말했어요. 이어 콰트로 데도스가 경비병에게 무언가 말을 했고 그들은 모두 자리에서 일어서더니 방의 맨 뒤쪽으로 가서 거총을 한 상태로 도열했어요.

파블르는 다시 콰트로 데도스에게 뭔가를 말했어요. 그러자 그는 테이블과 벤치가 놓여 있는 뒤쪽으로 돌아가 보초들과 함께 거총했어요. 방 안에서 일종의 바리케이드를 만든 것이었죠. 파블로는 허리를 숙이더니 다시 소총으로 신부의 어깨를 툭툭 내리쳤어요. 신부는 전혀 개의치 않았으나 돈 페페는 그를 쳐다보았어요. 다른 사람들은 전혀 신경 쓰지 않고 계속 기도만 하더군요. 파블로는 머리를 흔들더니 돈 페페가 자기를 쳐다보는 것을 보고는 손에 쥔 열쇠를 보여 주었어요. 돈 페페는 무슨 소리인지 알아들었지만 그저 고개를 떨구고는 매우 빠른 어조로 기도하기 시작했죠.

파블로는 테이블에서 훌쩍 내려오더니 회의용 긴 테이블 뒤의 단상에 놓인 커다란 시장 의자로 걸어갔어요. 그 의자에 앉더니 담배를 말면서 시종 신부와 함께 기도하고 있는 파시스트들을 내려다보았어요. 파블로의 얼굴은 무표정했어요. 열쇠는 그가 앉아 있는 테이블 위에 놓여 있었어요. 쇠로 된 것이었는데 1피트 정도의 길이였죠. 그러자 파블로가 경비병에게 무엇인가를 말했고 그 경비병은 문 쪽으로 걸어갔어요. 사람들은 더 빠른 어조로 기도했어요. 이제 그들도 자신의 운명을 감지한 것 같았어요.

파블로가 신부에게 뭔가를 말했으나 신부는 대답하지 않았어요. 그러자 파블로가 몸을 기울여 열쇠를 집어 들고 문 앞에 서 있는 경비병에게 던졌어요. 경비병이 그것을 받아들자 파블로가 미소를 지어 보였죠. 그러자 경비병이 문에 열쇠를 꽂아 비틀면서 안쪽으로 잡아당겼어요. 이어 군중이 물밀듯이 안으로 몰려 들어가더군요.

그들이 몰려 들어가자 내 옆에 서 있던 술주정뱅이가 소리치기 시작했어요.

「잘한다, 잘해. 죽여! 죽여! 모두 죽여 버리란 말이야!」 그는 머리를 앞으로 쑥 내밀어서 내 시야를 가렸어요. 게다가 그가 두 팔로 나를 밀어내고 있어 전혀 보이지 않았어요.

나는 팔꿈치로 그의 배를 쿡쿡 찌르며 말했어요. 〈이 술주정뱅이야, 이 의자가 누구 거야? 나도 좀 보자고.〉

그러나 그는 아랑곳하지 않고 쇠창살을 향해 손과 팔을

흔들면서 소리를 질렀어요.

〈죽여! 내리쳐! 내리치라고! 개자식들! 개자식들! 개자식들!〉 나는 팔꿈치로 그를 세게 내리치면서 말했어요.

〈개자식! 술주정뱅이! 나드 좀 보자고.〉

그러자 그는 두 손으로 내 머리를 잡고 아래쪽으로 내렸어요. 자기가 더 잘 보겠다는 수작이었죠. 체중을 모두 내 머리에 싣고 계속해서 소리쳤어요. 〈곤봉으로 내리쳐! 그래, 그렇게 해. 죽여 버리라고!〉

〈너나 내리쳐라, 이 자식아.〉 나는 그렇게 말하면서 그의 사타구니를 세게 쳤어요. 그는 아픈지 내 머리에서 손을 떼더니 사타구니를 부여잡으며 이렇게 말했어요.

〈어이구, 이 여편네, 당신은 이런 짓을 할 권리가 없어.〉 바로 그 순간, 창살 틈으로 방 안 풍경이 보였어요. 홀로 밀고 들어간 군중이 몽둥이, 도리깨 그리고 살이 부러진 피투성이 나무 갈퀴로 후려치고, 때리고, 쿡쿡 찌르고, 마구 밟아 대고 있었어요. 방 안이 그토록 난장판인데도 파블로는 큰 테이블에 앉아 소총을 무릎에 얹어 놓고는 무표정하게 그 아수라장을 지켜보고 있었어요. 군중은 소리를 지르며 치고 찌르느라 제정신이 아니었고 방 안은 불이라도 난 것처럼 비명 소리로 가득했어요. 바로 그때 신부가 옷자락을 거머쥐고 의자로 기어 올라갔어요. 그를 쫓아가던 자들은 두 명이었는데 낫과 갈고리로 그의 등을 내리찍기 시작했어요. 세 번째 사내는 신부의 옷자락을 잡고 늘어졌어요. 신부는 팔을 뻗어 의자 등에 필사적으로 매달렸어요.

그때 술주정뱅이와 내가 올라서 있던 의자가 부서졌어요. 그와 나는 술 냄새와 토사물 냄새가 나는 보도로 굴러떨어졌어요. 술주정뱅이는 나에게 삿대질을 하면서 소리를 질렀어요.

〈어이구, 이 여편네, 당신은 이런 짓을 할 권리가 없다니까. 당신 때문에 다칠 뻔했잖아.〉 그때 사람들이 우리 위로 지나쳐 시청 문 안으로 뛰어 들어갔어요. 내 눈엔 사람들의 다리밖에 보이지 않더군요. 그 술주정뱅이는 사타구니를 싸잡아 쥐고 거기에 주저앉았어요.

그게 우리 마을에서 일어난 파시스트 학살의 끝이에요. 사실 더 이상 보지 못한 게 잘되었다는 생각도 들어요. 그 술주정뱅이만 아니었다면 끝까지 다 보았을 거예요. 그자의 덕도 보았어요. 시청 안에서 벌어진 일을 다 보았다면 참으로 비참한 기분이 들었을 테니까요.

그런데 또 다른 주정뱅이는 정말 이상한 짓을 하고 있었어요. 의자가 부서져서 넘어진 뒤 다시 일어나 보니 사람들은 여전히 시청 안으로 몰려 들어가고 있었죠. 바로 그때 붉은색과 검은색이 섞인 수건을 목에 두른 그 술주정뱅이가 또다시 돈 아나스타시오의 시체에다 뭔가를 붓고 있었어요. 머리를 설레설레 흔드는 모습이 일어나 앉기도 힘든 것 같았어요. 그런데 뭔가를 붓더니 계속 성냥을 켜대는 것이었어요. 나는 그에게 다가가서 물었어요. 〈이 멍청아, 뭐하는 거야?〉

〈아무것도 안 하고 있어, 이 여자야. 내버려 둬.〉

내가 거기에 서 있어서 바람막이가 되어 주었는지 성냥에 불이 붙었고 돈 아나스타시오의 외투 부분에서 파란 불꽃이 일어났어요. 그 불꽃은 시체의 등 부분으로 타고 내려갔어요. 술주정뱅이는 고개를 쳐들고 커다란 목소리로 외쳤어요. 〈죽은 사람을 태우고 있다! 죽은 사람을 태우고 있다!〉

〈누가?〉 누군가가 물었어요.

〈어디?〉 또 다른 누군가 소리쳤죠.

〈여기, 바로 여기에서 말이야.〉 그 술주정뱅이가 외쳤어요.

그러자 누군가가 도리깨를 들어 술주정뱅이의 머리를 세게 내리쳤어요. 그는 뒤로 벌렁 나자빠졌죠. 그는 자신을 내리친 사람을 올려다보더니 가슴에 성호를 긋고 돈 아나스타시오의 옆에 누웠어요. 마치 잠이 든 사람처럼. 그 사내는 더 이상 내리치지 않았어요. 술주정뱅이는 사람들이 돈 아나스타시오의 시체를 수레에 실어 갈 때에도 거기에 그대로 누워 있었죠. 시청 안에서 사람들을 몰살한 후에 시체들을 수레에 실어 내갈 때 돈 아나스타시오의 시체도 함께 실려서 벼랑 위로 던져졌어요. 마을에 스무 명 혹은 서른 명이나 되는 술주정뱅이도 함께 청소했더라면 더 좋았겠죠. 특히 검은색과 붉은색이 섞인 스카프를 목에 두른 자들을 말예요. 만약 혁명을 다시 한 번 더 한다면 그런 자들부터 청소해야 돼요. 그때는 그런 것까지는 생각하지 못했죠. 하지만 며칠 뒤 우리는 알게 되었어요.

그러나 그날 저녁은 앞으로 무슨 일이 벌어질지 몰랐죠. 시청 안에서의 학살 때문에 그날 밤에는 회의를 열 수가 없었어요. 술 취한 사람들이 너무 많았기 때문이죠. 치안을 유지한다는 것이 불가능했어요. 그래서 회의는 그다음 날로 연기되었어요.

그날 밤 나는 파블로와 함께 잤어요. 마리아, 네 앞에서 이런 말을 하면 안 되는데, 그래도 네가 모든 것을 알아 두는 것이 더 좋을지 모르겠어. 적어도 내가 말하는 것은 사실이니까. 내 말을 들어 봐요, 영국 양반. 이건 정말 이상한 얘기니까.

그날 밤 우리는 식사를 했어요. 그리고 그건 아주 이상한 일이었어요. 폭풍이나 홍수나 전투가 지나가고 난 뒤에는 모두들 피곤해서 아무 말도 하지 않는 법이죠. 나도 속이 텅 빈 것처럼 상태가 좋지 않았어요. 뭔가 부끄럽고 잘못한 것 같은 기분이었어요. 그리고 뭔가 불길한 일이 일어날 것 같은 나쁜 예감으로 가득했어요. 오늘 아침 비행기가 나는 것을 보았을 때처럼 말이에요. 그리고 정말로 사흘 뒤에 불길한 일이 일어났어요.

식사 도중에 파블로는 말이 없었어요.

〈당신, 오늘 일 재미있었소?〉 파블로가 튀긴 염소 고기를 입안 가득 넣고 물었어요. 우리는 시외버스가 출발하는 장소인 여관에서 식사를 하고 있었어요. 방 안은 혼잡한 데다가 사람들이 노래를 부르고 있어서 시끄러웠고 서비스도 제대로 되지 않았어요.

〈아뇨. 돈 파우스티노의 경우만 빼놓고는 재미가 없었어요. 마음에 들지 않았어요.〉

〈난 아주 흡족했소.〉

〈전부 다 말이에요?〉

〈모든 게 흡족했소. 신부를 빼면 말이오.〉

파블로는 그렇게 말하면서 칼로 커다랗게 빵 조각을 베어 내 거기다가 고기 수프를 묻히기 시작했어요.

〈신부가 마음에 들지 않았다고요?〉 나는 파블로가 파시스트보다 신부를 더 싫어한다는 것을 알고 있었어요.

〈너무나 실망스러운 존재였소.〉 그가 슬픈 목소리로 말했어요.

식당 안의 사람들이 매우 큰 목소리로 노래를 부르고 있어

서 우리는 거의 고함을 질러야만 대화를 할 수 있었어요.〉

〈왜요?〉

〈별로 품위가 없이 죽었소. 위엄이라는 게 아예 없었소.〉

〈군중에 쫓기는데 무슨 위엄이 있을 수 있겠어요? 쫓기기 전에는 그래도 위엄을 유지했다고 생각해요.〉

〈그렇소. 그러나 마지막 순간에 겁을 집어먹었소.〉

〈누군들 그렇지 않겠어요? 마지막 순간에 그들이 무엇을 들고 신부를 쫓아갔는지 보았어요?〉

〈내가 보지 못한 게 어디 있나? 그러나 마지막 순간에 아주 추하게 죽었소.〉

〈그런 상황에 처하면 누구라도 추하게 죽을 수밖에 없어요. 그럼 어떻게 처신해야 한다는 거예요? 시청 안에서 벌어진 일은 개판이었어요.〉

〈그건 그래. 별로 조직적이지 않았지. 그러나 신부는 모범을 보였어야 해.〉

〈당신이 신부를 싫어한다는 것은 알고 있어요.〉

〈맞아. 그러나 스페인 신부라면 좀 더 멋있게 죽어야지.〉 파블로가 빵을 자르면서 말했어요.

〈난 그만하면 멋지게 죽었다는 생각이 들어요. 모든 격식과 절차를 다 빼앗겼잖아요.〉

〈아니야. 난 크게 실망스러웠어. 하루 종일 신부의 죽음을 기다렸어. 그가 제일 마지막으로 대열 속으로 들어가리라 생각했어. 정말 커다란 기대감을 가지고 기다렸지. 일종의 클라이맥스라고 생각하면서. 여태까지 신부가 죽는 것은 보지 못했거든.〉

〈앞으로도 얼마든지 시간이 있거요. 오늘 겨우 혁명이 시작되었으니까요.〉 내가 비아냥거리는 목소리로 말했어요.

〈아니야. 그래도 나는 실망스러워.〉

〈그럼 이제 신앙을 버리겠군요?〉

〈필라르, 당신은 몰라. 그는 스페인 신부잖아.〉

〈정말 스페인 사람이란 알 수 없는 존재로군요.〉 나는 파블로에게 말했어요.

이봐요, 영국 양반, 스페인 사람의 자부심은 알아주어야 하지 않겠어요?」

「이제 그만 가봐야 해요. 벌써 정오가 다 되었어요.」 로버트 조던이 시계를 들여다보며 말했다.

「그럽시다. 이제 그만 가봅시다. 그러나 파블로 얘기를 한 가지 더 해야겠어요. 그날 저녁 파블로는 내게 이렇게 말했어요. 〈필라르, 오늘 밤에는 아무것도 하지 맙시다.〉 그래서 내가 이렇게 말했어요. 〈좋을 대로 하세요.〉 사람을 그렇게 많이 죽이고 나서 그 짓을 한다는 것이 좀 악취미라는 생각이 들었거든요.

나는 파블로에게 이렇게 말했어요. 〈오, 이런. 당신은 참으로 어른답게 말하는군요. 내가 괜히 투우사와 여러 해를 살았다고 생각하세요? 나도 그쯤은 알아요. 투우사들도 투우를 한 날 밤은 통 힘이 없어요.〉

〈필라르, 그게 사실이오?〉 하고 파블로가 물었어요.

〈내가 거짓말하는 거 봤어요?〉

〈필라르, 정말 사실이오. 나는 오늘 밤에는 끝난 남자요. 나를 비난하지 않겠지?〉

〈괜찮아요. 그렇지만 매일 사람을 죽이지는 말아요.〉

파블로는 그날 밤 아이처럼 잤어요. 동틀 무렵 그를 깨웠죠. 정작 나는 그날 밤 잠을 잘 수가 없었어요. 그래서 자리에서 일어나 창문 밖을 내다보았어요. 광장엔 달빛이 가득했거요. 광장 건너편에는 나무들이 달빛 속에서 빛나고 있었어요. 나무의 그림자는 어둡게 보였지만 벤치는 달빛 속에서 환하게 보였어요. 여기저기 버려져 있는 병들이 반짝거리는 것도 보였지요. 시체들을 던져 버린 벼랑 너머도 공허한 모습을 드러냈어요. 분수에서 나는 찰랑거리는 소리 외에는 아무 소리도 들려오지 않았어요. 나는 의자에 앉아 시작이 잘못되었다는 생각을 했어요.

창문은 열려 있었고 광장의 분수 위쪽에서 여자의 울음소리가 들려왔어요. 나는 맨발로 발코니에 나가 봤어요. 달빛이 광장의 건물을 밝게 비추고 있었죠. 그 울음소리는 돈 기예크모의 집에서 흘러나오는 것이었어요. 그의 아내가 발코니에 나와 무릎을 꿇고 울고 있었어요.

나는 다시 방 안으로 들어가 조용히 앉았어요. 그날은 정말 최악의 날이었기 때문에 더 이상 생각하고 싶지 않았어요. 하지만 그보다 더 나쁜 날도 있었어요.」

「어떤 날인데요?」 마리아가 물었다.

「사흘 뒤 파시스트들이 마을을 재탈환했을 때지.」

「그 얘긴 하지 마세요. 듣고 싶지 않으니까요. 이젠 충분해요. 아니, 너무 많이 들었어요.」 마리아가 말했다.

「너는 듣지 않는 것이 좋겠다고 말했지. 나도 네게는 그 얘기를 하고 싶지 않아. 악몽을 꾸게 될 테니까 말이야.」 필라르가 말했다.

「됐어요. 이제 그 얘기는 더 이상 듣고 싶지 않아요.」

「그럼 나중에 내게 말해 주시오.」 로버트 조던이 말했다.

「그러지요. 어쨌든 마리아에게는 안 좋은 얘기예요.」

「전 그 얘기를 듣고 싶지 않아요. 필라르, 제가 옆에 있을 때는 그 얘기 꺼내지도 마세요. 저도 모르게 들을지도 모르니까.」 마리아가 가련한 목소리로 말했다.

로버트 조던은 그녀의 목소리가 떨리는 것을 듣고 혹시 울음을 터뜨리는 것 아닌가 하는 생각을 했다.

「필라르, 제발 그 얘기는 하지 마세요.」

「걱정하지 마, 이 까까머리 아가씨야. 나중에 영국 양반에게만 얘기할 테니까.」 필라르가 말했다.

「그렇지만 그가 있는 곳은 어디라도 따라갈 거예요. 오, 필라르, 그러니 아예 얘기하지 마세요.」

「네가 일할 때 얘기하면 되잖아.」

「아니에요. 제발. 그 얘기는 아예 하지 않는 것이 좋아요.」 마리아가 말했다.

「우리가 저지른 일을 얘기했으니 파시스트 얘기도 해야 공평하지 않겠어? 그래도 네가 안 듣는 데서 할게.」

「좀 더 산뜻한 얘기는 없을까요? 늘 그런 끔찍한 일만 얘기해야 하나요?」 마리아가 말했다.

「오늘 오후에 너하고 영국 양반은 하고 싶은 얘기를 서로 나누면 되지 않니.」 필라르가 말했다.

「어서 빨리 오후가 왔으면 좋겠어요. 날아오듯 말예요.」 마리아가 말했다.

「오고말고. 날아서 왔다가 날아서 갈 거야. 그리고 내일도 마찬가지야.」

「오늘 오후, 오늘 오후. 어서 오늘 오후가 왔으면.」 마리아가 말했다.

11

그들은 지대가 높은 목초지에서 내려와 나무가 울창한 계곡으로 들어선 뒤 시냇물과 나란히 나 있는 길을 따라 계곡을 타고 올라갔다. 이어 그 길을 버리고 험준한 악반의 꼭대기를 향해 기어 올라갔다. 그들이 깊은 소나무 숲에서 빠져나오는 순간 카빈총을 든 사내가 나무 뒤에서 불쑥 앞으로 나섰다.

「정지. 아, 필라르로군. 같이 있는 사람은 누군가요?」 그가 물었다.

「영국 양반이야. 하지만 로베르토라는 기독교식 이름을 갖고 있지. 여기까지 오는데 길이 너무 험해서 영 애를 먹었어.」 필라르가 말했다.

「안녕하시오, 동지. 그래, 별일은 없었습니까?」 보초가 로버트 즈던에게 물었다.

「그렇소. 당신은 어떻소?」

「여기도 괜찮습니다.」 보초가 대답했다. 보초는 몸이 호리호리한 어린 사람이었다. 매부리코에다 광대뼈가 툭 튀어나오고 눈빛은 잿빛이었다. 모자는 쓰고 있지 않았고 검은 머리칼은 잘 빗지 않아 단정치 않았다. 악수할 때 손에 힘을 주는 품으로 보아 다정한 사람인 듯했다. 눈빛도 아주 상냥했다.

「이봐요, 마리아, 여기까지 걸어오느라고 힘들지 않았소?」 그가 마리아에게 물었다.

「힘들지 않았어요, 호아킨. 걸어온 것보다는 앉아서 얘기한 시간이 더 많았거든요.」

「당신이 그 폭약 전문가인가요? 당신 얘기는 많이 들었습니다.」 호아킨이 물었다.

「그렇소. 지난밤은 파블로의 소굴에서 보냈소.」

「만나서 반갑습니다. 열차를 폭파할 건가요?」 호아킨이 물었다.

「지난번 열차 습격 때 가담했었나요?」 로버트 조던은 그렇게 말하면서 미소를 지었다.

「하고말고요. 그 습격 때문에 여기 이 사람을 얻은 것 아닙니까. 당신, 아주 예뻐졌어. 사람들이 예쁘다고 하지 않던가?」 호아킨은 마리아에게 고개를 돌리면서 물었다.

「그만둬요, 호아킨. 그렇게 말해 줘서 고맙긴 하지만. 당신도 머리를 다듬으면 예쁠 거예요.」 마리아가 말했다.

「내가 당신을 업고 왔지. 이 어깨에다 말이야.」 호아킨이 마리아에게 말했다.

「다른 사람들도 다 거들었어. 그렇게 하지 않은 사람이 어디 있어? 노인은 어디 있어?」

필라르가 우렁찬 목소리로 말했다.

「캠프에.」

「노인은 지난밤에 어디 갔었나?」

「세고비아.」

「무슨 소식이라도 가지고 왔어?」

「그래요. 소식이 있는가 봐요.」 호아킨이 답했다.

「좋은 거야, 나쁜 거야?」

「나쁜 건가 봐요.」

「오늘 아침에 비행기 봤나?」

「그래요. 그 얘긴 하지 마세요. 폭파 전문가 동지, 그 비행기는 뭐 하는 비행기입니까?」 호아킨이 머리를 흔들면서 물었다.

「하인켈 111 폭격기였소. 하인켈과 피아트 추격기였소.」 로버트 조던이 말했다.

「날개가 낮고 몸체가 큰 그 비행기는 뭐죠?」

「하인켈 111이오.」

「무슨 이름이든지 간에 재수 없는 물건이야. 자, 당신들 시간을 너무 빼앗는 것 같군요. 대장에게 안내하겠습니다.」

「대장이라니?」 필라르가 물었다.

「두목이라는 말보다는 낫지 않습니까. 어쩐지 더 군대 같은 기분도 느껴지고.」

호아킨이 심각하게 머리를 끄덕이며 말했다.

「마치 정식 군인이라도 된 것처럼 뻐기는군.」

필라르는 그렇게 말하면서 그에게 웃음을 터뜨렸다.

「군사 용어를 쓰면 왠지 명령이 더 분명해지고 군기가 바싹 든 것 같은 기분이 들어서 좋아요.」 호아킨이 말했다.

「영국 양반, 여기 당신 마음에 들 만한 사람이 나타났구려. 아주 진지한 청년이에요.」 필라르가 말했다.

「내가 업고 갈까?」 호아킨은 마리아의 어깨에 팔을 얹으면서 그녀의 얼굴에 웃음을 터뜨렸다.

「한 번으로 충분해요. 어쨌든 고마웠어요.」

「그때가 기억나나?」 호아킨이 그녀에게 물었다.

「업혀 가던 기억은 나요. 그렇지만 그게 당신이었는지는 모르겠어요. 집시는 나를 하도 여러 번 떨어뜨려서 확실히 기억이 나지만요. 어쨌든 그때는 고마웠어요. 언젠가 내가 당신을 업어 줄게요.」

「난 아주 뚜렷하게 기억이 나. 당신의 두 다리를 내 손으로 잡았고 배는 어깨에 걸쳐 있었지. 당신 머리는 내 등의 가운데쯤에 매달려 있었고 팔은 등 아래로 축 처져 있었어.」

「참, 기억력도 좋군요. 난 당신 팔이나 어깨나 등이 하나도 기억이 나지 않아요.」 마리아가 그에게 미소 지으며 말했다.

「뭐 하나 얘기해 줄까?」 호아킨이 그녀에게 말했다.

「뭔데요?」

「등 뒤에서 총알이 날아오고 있었는데 당신을 둘러업으니 안심이 되더군.」

「어머나, 짐승 같은 소리. 그럼 집시도 그것 때문에 저를 업었단 말이에요?」

「그거하고 당신 다리를 꼭 잡는 맛 때문이었지.」

「어머나, 어머나.」 마리아가 말했다.

「들어봐, 예쁜이. 저 청년이 너를 둘러업고 많이 걸은 것은 사실이지만 그 당시 네 다리 따위에 신경 쓰는 사람은 없었어. 그저 총소리만 크게 들렸으니까 말이야. 그리고 너를 메지 않았더라면 저 청년은 곧 사정거리 밖으로 벗어날 수도 있었지.」

「이미 고맙다는 말은 했어요. 저도 언젠가 업어 주면 되죠, 뭐. 그러니까 저를 메고 갔다는 그 사실 때문에 이제 와서 울음을 터뜨려야 할 필요는 없겠죠?」

「당신을 떨어뜨리고 싶었어. 그러나 필라르가 내게 총을 쏠까 봐 두려워서 어쩔 수 없이 메고 갔던 거야.」

「난 아무에게도 총을 쏘지 않아.」 필라르가 말했다.

「그럴 필요는 없었겠지요. 그냥 입만 가지고도 충분히 겁을 줄 수 있었으니까.」

「참 말은 청산유수로구먼. 전에는 이를 데 없이 착했는데 말이야. 이봐, 애송이, 이 운동이 시작되기 전에는 뭘 했나?」

「아주 어린 애였지요. 열여섯이었으니까요.」

「그래, 그래서 뭘 했는데?」

「가끔 구두를 만들었어요.」

「구두를 만들었다고?」

「아니, 정확하게는 닦았어요.」

「그렇군. 그보다 더 심각한 사연이 있을 것 같은데. 그런데 그 직업은 왜 그만둔 거야?」

필라르는 그렇게 말하면서 그의 갈색 얼굴, 날렵한 몸매, 더부룩한 머리칼, 재빠른 몸놀림을 보았다.

「그만두다니요?」

「뭐라고? 자네가 더 잘 알지 않나. 지금 넌 돼지 꼬리 같은 머리를 하고 있잖아?」

「공포 때문이었어요.」 호아킨이 말했다.

「몸매는 멋진데 얼굴은 영 틀려먹었어. 그래, 공포 때문이란 말이지? 기차 습격 때는 아무런 일도 없었잖아?」 필라르가 말했다.

「지금은 아무것도 두려워하지 않아요. 투우장의 황소보다 더 무섭고 위험한 일을 많이 당했어요. 황소가 기관 단총만큼은 무섭지 않다는 건 잘 알아요. 그렇지만 막상 투우장에 들어가 황소와 일대일이 된다면 내 다리가 버텨 줄는지 의문이지만.」

「투우사가 되려 했는데 공포 때문에 실패했다는군요.」 필라르가 로버트 조던에게 설명했다.

「폭파 전문가 동지, 투우 좋아합니까?」 호아킨이 흰 이빨을 드러내며 웃었다.

「아주 좋아하오.」 로버트 조던이 말했다.

「바야돌리드에서 투우를 본 적이 있나요?」 호아킨이 물었다.

「보았소. 9월의 페리아 축제 때.」

「거기가 내 고향이지요. 아주 좋은 곳입니다. 그러나 전쟁통에 선량한 사람들이 많이 고통받았어요. 아버지는 총살을 당했지요. 어머니도, 매형도, 누나도 모두 총살당했죠.」 그가 심각한 얼굴로 말했다.

「참 야만인 같은 짓이로군.」 로버트 조던이 말했다.

이런 얘기를 얼마나 많이 들었던가? 사람들이 얼마나 힘들게 그런 얘기를 했었던가? 아버지, 어머니, 형, 누나 얘기를 하면서 그들은 눈물을 흘리고 목이 메었다. 로버트 조던은 사람들이 자신의 가족이 죽은 얘기를 하는 것을 여러 번 들었다. 지금 호아킨이 말한 것과 비슷한 얘기를 그들은 되풀이해서 말했던 것이다. 그리고 그런 얘기를 듣고 나면 언제나 〈참 야만인 같은 짓이로군〉이라고 말하게 되었다.

그는 늘 사람이 죽었다는 얘기를 들었다. 필라르도 냇가에서 파시스트의 죽음에 대해 얘기했다. 그러나 필라르처럼 생생하게 사람이 죽는 광경을 묘사해 준 경우는 드물었다. 그저 그들의 아버지가 어느 뜰, 어느 담벼락, 어느 들판, 어느 과수원, 어느 밤길에 죽었다는 사실을 알 뿐이었다. 언덕 위에 서서 차의 불빛을 보고 총소리를 들은 후 잠시 뒤 도로에 내려와 시체를 발견하는 경우도 있었다. 그러나 어머니나 누이나 형이 총에 맞고 쓰러지는 것을 직접 본 일은 없는 것이다. 늘 거기에 대해 들을 뿐이었다. 총소리를 듣고 나서 시체를 확인할 뿐이었다.

필라르는 아까 냇가에서 한 마을의 살육 광경을 구체적으로 들려주었다.

저 여자가 글을 쓸 줄 알았더라면 좋았을 텐데. 로버트 조던은 그 얘기를 써보고 싶었다. 운이 좋다면 필라르가 얘기한 것을 잘 기억해 두었다가 나중에 글로 쓸 수도 있을 것이다. 정말 저 여자는 얘기를 잘 하더구먼. 케베도보다 나으면 나았지 못하지는 않을 거야. 케베도라고 할지라도 저 여자가 돈 파우스티노의 죽음에 대해 말해 준 것 같은 그런 얘기를 글로 쓸 수는 없을 거야. 내가 글을 잘 써서 그런 얘기를 기록해 둘 수 있으면 좋으련만. 우리가 한 일을 죄다 기록해 둘 수 있다면 좋을 거야. 다른 사람들이 우리에게 끼친 피해 같은 건 별도로 하더라도 말이야. 그는 그런 일에 대해서는 알 만큼 알고 있었다. 전선 후방에서 벌어진 일들은 너무 들어 신물이 날 정도였다. 하지만 그런 일을 저지르기 전에 사람들은 어떤 모습이었는지 알고 싶었다. 그들이 마을에서 어떤 사람이었는지 궁금했던 것이다.

우리는 늘 이곳저곳으로 움직이므로, 그리고 나중까지 남아서 그 죗값을 치르지 않기 때문에 일이 결국 어떻게 끝나는지 모르지. 그는 생각했다. 말하자면 이런 거야. 어느 날 저녁 농부의 집으로 가서 그 가족과 함께 하룻밤을 보내는 거지. 밤에 농가에 도착해서 그들과 같이 저녁 식사를 하는 거야. 그런 다음 낮에는 숨어 지내고 그다음 날 밤에는 그곳을 떠나 사라져 버리는 거야. 주어진 임무가 끝났으니 그곳을 뜨는 것이지. 훨씬 뒤에 그 농가를 다시 방문했을 때 가족이 총살당했다는 얘기를 듣고 그걸로 끝인 거야.

그러니 그런 일이 벌어질 때는 언제나 현장에 없는 거야. 파르티잔이라는 건 일을 끝내면 잽싸게 현장에서 사라지는 법이지. 결국 애꿎은 농부들만 죗값을 치르는 거야. 난 사람들에 대해 잘 알고 있어. 우리가 그들에게 애초에 어떤 짓을 했는지도 잘 알아. 난 그걸 늘 증오해 왔지. 그러나 사람들은 그런 사건에 대해 뻔뻔스럽게, 또는 부끄럽게, 과장해서 말하면서 때로는 자랑하고 옹호하고 설명하고 부인했지. 그러나 저 필라르라는 여자는 내가 직접 본 것 같은 느낌이 들 정도로 그 광경을 잘 묘사해 주었어.

그래, 이런 것이 다 교육의 일부야. 그는 생각했다. 모두 마치고 나면 상당한 교육이 될 거야. 귀를 기울여 잘 듣기만 한다면 이 전쟁에서 상당히 많은 것을 배울 수 있어. 정말 그렇게 될 거야. 그는 전쟁 전 10여 년 가까이 스페인에 거주한 것이 큰 도움이 된다는 생각을 했다. 아무래도 자기네 나라 말을 잘하는 사람은 신임하게 되거든. 스페인 말을 잘 알아듣고 구어를 잘 구사하면서 스페인 지명을 많이 알고 있으면 아무래도 신임을 하지. 스페인 사람들은 결국 자기가 태어난 고향만 믿는 사람들이다. 물론 스페인어가 중요하고 그다음에는 자기 부락과 고장 그리고 마을, 가족, 직업의 순으로 따져 나간다. 일단 스페인 말을 할 줄 알면 호감을 얻게 된다. 한 걸음 더 나아가 그 고장에 대해서 잘 알면 더욱 좋다. 스데인 사람의 마을과 직업에 대해 잘 알면 외국인으로서는 더이상 바랄 것이 없다. 그는 스페인 말을 할 때 자신이 외국인이라는 생각이 들지 않았으며 스페인 사람들도 대부분 외국인 취급을 하지 않았다. 물론 적개심을 갖고 있을 때는 예외지만.

당연히 그들도 적대감을 내비칠 때가 있다. 그것은 특정한 사람에게만 그런 것이 아니라 누구에게나 다 적대감을 갖고 있기 때문이다. 아니, 스스로에게조차 적대감을 갖는다. 스페인 사람 셋이 있다고 하면 들은 합쳐서 나머지 한 사람을 적대시하고 그다음에는 뭉친 두 사람이 서로 배신하기 시작한다. 늘 이런 것은 아니지만 그런 경우가 흔하니까 그런 결론을 내릴 수밖에 없다.

이거, 이렇게 생각하면 안 되는데……. 그러나 누가 그의 생각을 검열하는가? 결국 그런 것을 검열할 수 있는 사람은 자기 자신밖에 없다. 그러나 그는 일부러 패배주의적인 생각에 빠져들지는 않겠다고 결심했다. 가장 중요한 것은 우선 전쟁에 이기는 것이다. 전쟁에 이기지 못하면 그 밖의 것을 모두 잃게 된다. 그는 예민하게 관찰하고 귀를 기울이면서 모든 것을 기억해 두었다. 그는 지금 참전 중이며 절대적인 충성을 바쳐 현역으로 복무하는 한, 완벽하게 임무를 수행할 것을 각오했다. 그러나 그의 머리와 시각과 청각은 그 자신의 소유이므로 모든 것을 잘 관찰한 다음에 최종 판단을 내릴 생각이었다. 그러자면 판단을 도와주는 기초 자료가 많아야 한다. 그런 자료는 지금도 충분하지만 때로는 너무 많아서 탈이다.

필라르를 좀 봐. 그는 생각했다. 무슨 일이 있더라도 틈을 내서 나머지 얘기를 전부 들어야겠어. 저 두 젊은 사람들과 걸어가는 그녀의 모습을 좀 봐. 아마도 저 세 사람은 가장 전형적인 스페인 사람일 거야. 그녀는 커다란 산 같고 청년과 처녀는 어린 나무 같아. 썩은 나무는 모두 잘려 나가고 이제 싱싱한 나무만 깨끗하게 자라고 있는 것 같군. 저 두 젊은이는 자신들에게 닥친 불행에도 불구하고 언제 그런 일이 있었느냐는 듯이 신선하고 깨끗하고 순진해. 그리고 필라르는 마리아가 이제 제 모습으로 돌아오는 중이라고 하지 않았나. 그러니 전에는 정말 형편없는 모습이었겠어.

그는 같은 고향 출신의 다섯 아이와 함께 제11여단에 입대한 벨기에 소년이 생각났다. 그의 고향은 인구가 2백 명 정도밖에 되지 않는 작은 마을이었고 전쟁에 참전하기 전까지 마을을 벗어난 적이 없었다. 한스 여단의 참모실에서 그 소년을 처음 보았을 때 고향 친구 다섯은 이미 죽었고 그 아이도 크게 부상을 당한 채 참모실의 식탁에서 심부름을 하고 있었다. 그 아이는 얼굴이 넓적한 것이 플랑드르 지방 사람 같았고 머리는 금발이었다. 손은 커다랗고 못생긴 농부의 손이었다. 그는 접시를 들고 짐말처럼 억세고 둔탁하게 움직였다. 그러나 그 소년은 언제나 울고 다녔다. 식사가 계속되는 동안 소리 없이 울었다.

언뜻 고개를 쳐드니 소년이 울고 있는 것이 보였다. 와인을 달라고 해도 울고 스튜를 더 달라고 해도 고개를 돌리면서 울었다. 그러다가는 눈물을 멈추었다. 그러나 다시 쳐다보면 또 눈물이 굴러떨어졌다. 식사 중간 중간에 부엌에 가서 울기도 했다. 모두들 그에게 잘 대해 주었지만 아무 소용이 없었다. 그는 그 소년 생각이 나면서 그 후 어떻게 되었는지 궁금해졌다. 이제는 눈물을 그치고 다시 씩씩한 군인 노릇을 하게 되었는지.

마리아는 이제 정신적 건강을 회복한 것 같았다. 그러나 그는 정신과 전문의가 아니었다. 오히려 필라르가 그런 쪽에서는 한 수 위였다. 지난밤을 마리아와 함께 보낸 것은 잘된 일인 것 같았다. 그 일이 계속되기만 한다면……. 그는 지난밤이 만족스러웠다. 오늘도 아주 컨디션이 좋았다. 기분이 상쾌하고 걱정이 없고 모든 일이 잘되어 나갈 것 같았다. 아침에는 분위기가 심상치 않았지만 그다음에는 아무 일이 없었으니 아주 재수가 좋은 것이다. 어쨌든 앞서서 걸어가는 마리아를 쳐다보는 것은 즐거웠다.

그녀를 바라봐. 그는 혼잣말을 했다.

그는 햇빛을 받으며 명랑하게 걸어가는 그녀를 쳐다보았다. 그녀는 카키색 셔츠를 입고 있었는데 목 부분이 벌어져 있었다. 꼭 망아지가 뛰어가는 것처럼 걷는군. 그는 생각했다. 이런 아름다운 여자를 만나다니 이건 생시가 아닐 거야. 아마도 꿈을 꾸거나 머릿속에서 상상을 하고 있거나 아니면 이런 일은 아예 일어나지도 않은 거야. 전에 본 적이 있는 영화의 주인공이 꿈속에 나타나 아주 친절하고 상냥하게 구는 그런 경우라고나 할까. 그는 침대에서 잠이 들 때마다 그레타 가르보[16]나 진 할로[17] 같은 여배우 꿈을 꾸었었다. 그래, 특히 할로는 꿈에 여러 번 나타났지. 그래, 지금 마리아와의 사랑은 마치 그 꿈과 같은 거야.

하지만 그는 지금도 그레타 가르보가 꿈속에 나타난 일을

---

16 Greta Garbo(1905~1990). 스웨덴 출신의 여자 영화배우.
17 Jean Harlow(1911~1937). 미국의 여배우.

잘 기억했다. 그 꿈을 꾼 것은 포소블랑코를 공격하기 전날 밤이었다. 꿈속에서 가르보는 부드럽고 매끄러운 털 스웨터를 입고 있었다. 그가 그녀의 등에 팔을 두르자 그녀는 고개를 떨구며 몸을 앞으로 숙였다. 그녀는 머리카락이 덮인 얼굴로 그에게 말했다. 그토록 그를 사랑하는데 왜 한 번도 그녀에게 사랑한다는 말을 하지 않느냐고 말이다. 꿈속에서 그녀는 수줍어하지도 않았고 냉정하지도 않았다. 거만하지도 점잔을 빼지도 않았다. 그저 그의 손을 잡는 것만으로도 황홀하고 행복한 듯했다. 그리고 상냥하고 아름다웠다. 그 꿈은 실제로 일어난 일처럼 생생했다. 할로 꿈은 여러 번 꾼 데 비해 가르보 꿈은 한 번밖에 꾸지 않았지만 그는 가르보를 더 사랑했다. 지금 마리아와 벌이는 사랑이 그 꿈인 것만 같았다.

아니, 꿈이 아닐지도 몰라. 그는 혼잣말을 했다. 지금 당장이라도 손을 뻗어 마리아를 잡아 볼 수 있어. 아니, 넌 지금 두려워하는 거야. 혹시 만져 보았다가 그게 현실이 아니면 어쩌나 하는 두려움, 영화배우에 대한 허황된 꿈처럼 비현실적일지도 모른다는 두려움, 그런 걸 느끼고 있는 거야. 혹시 마리아가 저 꿈속의 값싼 여자들, 예를 들면 깔개도 없는 바닥, 건초 창고의 짚 더미, 마구간, 가축우리, 농장, 숲 속, 차고, 스페인의 들판에 펴놓고 자던 침낭 속으로 훌렁훌렁 옷을 벗고 들어오던 그런 싸구려 여자가 아닐까 하는 두려움도 있어. 그 여자들은 모두 그가 자고 있는 동안 그의 꿈속으로 들어왔고 현실의 여자보다 훨씬 더 상냥했다. 어쩌면 이것도 그런 게 아닐까? 어쩌면 나는 그녀를 만져 보아 그녀가 가짜임을 확인하는 게 두려운 것인지도 몰라. 정말 그럴지도 몰다. 이건 정말 내가 꿈속에서 만들어 낸 것이 아닐까?

그는 산속에 난 길로 한 발짝을 떼면서 마리아의 팔을 잡았다. 그의 손가락에 낡은 카키색 옷을 입고 있는 그녀의 부드러운 감촉이 전달되어 왔다. 그녀는 그를 쳐다보면서 미소를 지었다.

「이봐, 마리아.」 그가 말했다.

「네, 영국 양반.」 마리아가 대답했다. 그녀의 갈색 얼굴과 잿빛 눈동자 그리고 미소 짓는 도톰한 입술과 햇빛에 바랜 까까머리가 보였다. 그녀는 얼굴을 들어 그를 쳐다보면서 미소 지었다. 마리아라는 존재는 실재하는 것이었다!

이제 그들은 엘 소르도의 캠프가 보이는 곳까지 왔다. 캠프는 소나무 숲이 끝나는 데 있었다. 둥근 협곡 꼭대기가 마치 대야를 뒤집어 놓은 듯했다. 저 석회석 암벽 꼭대기에는 동굴들이 많을 거야. 그는 생각했다. 그들의 바로 앞으로 동굴 두 개가 보였다. 암벽 사이에서 자라고 있는 소나무가 그들을 잘 가려 주었다. 그곳은 파블로의 동굴만큼 훌륭한 은신처였다. 아니, 그보다 더 나은 곳일지도 몰랐다.

「네 가족들은 어떻게 총살된 거야?」 필라르가 호아킨에게 물었다.

「별거 아니었어요. 우리 가족은 바야돌리드에 사는 많은 사람들이 그런 것처럼 좌익이었어요. 파시스트들이 마을을 소탕한다고 하면서 아버지를 제일 먼저 쏴 죽였어요. 아버지는 사회당에 투표했거든요. 이어서 어머니를 죽였어요. 어머니도 사회당에 투표했거든요. 투표라고는 그때가 처음이었지요. 그런 다음 그들은 매형을 쏴 죽였어요. 매형은 시내 전차 운전사 노동조합의 회원이었어요. 그 조합에 들지 않고서는 운전사가 될 수 없었기 때문이죠. 그렇지만 뚜렷한 정치관이 있었던 것은 아니었어요. 그를 잘 알거든요. 게다가 약간 뻔뻔한 데도 있었어요. 그가 조합원 노릇을 잘했으리라고는 생각지도 않아요. 그리고 다른 매형은 나처럼 산으로 들어와 파르티잔이 되었어요. 그자들은 누이가 매형의 은신처를 안다고 생각했어요. 사실은 모르고 있었는데 그래서 매형이 있는 곳을 대지 않는다고 하면서 누이를 쏘아 죽였어요.」

「참 야만이야, 야만. 엘 소르도는 어디 있어? 안 보이는데.」 필라르가 말했다.

「여기 있어요. 아마 안쪽에 있을 거예요.」

호아킨이 대답했다. 그는 걸음을 멈추고 총의 개머리판을 땅에 내려놓으면서 말했다.

「필라르, 내 말을 들어 봐요. 그리고 마리아, 가족 얘기를 해서 당신을 괴롭혔다면 미안해. 나뿐만이 아니고 많은 사람들이 그런 고통을 당했죠. 그렇지만 이런 얘긴 하지 말았어야 하는데.」

「아니야, 말 잘했어. 서로 도와주지 않는다면 인생이 무슨 의미가 있겠어? 남의 고통스러운 얘기를 듣고서도 아무런 위로도 해주지 않는다는 건 정말 냉정한 짓이지.」 필라르가 말했다.

「하지만 마리아는 괴로웠을 거예요. 그러지 않아도 과거의 상처가 고통스러울 텐데.」

「괜찮아요, 호아킨. 제 고통은 이미 충분히 커서 그런 얘기를 들어도 더 커지진 않아요. 당신 누이가 잘 있었으면 좋겠군요.」

「아직까지는 아무렇지도 않아. 지금 감옥에 들어가 있는

데 그들이 그렇게 못살게 굴지는 않나 봐.」 호아킨이 말했다.

「다른 가족은 어떤가?」 로버트 조던이 물었다.

「산으로 가서 파르티잔이 된 매형을 빼고는 없어요. 매형은 아마 죽었을 거예요.」

「아니, 그 사람도 잘 있을 거예요. 다른 산에서 다른 그룹에 소속되어 있겠죠, 뭐.」 마리아가 말했다.

「내가 볼 땐 죽었을 것 같아요. 요령도 없는 데다 그전까지 전차 운전사만 했으니 그런 경력으로 파르티잔 노릇을 잘할 수는 없지요. 1년도 못 버텼을 거예요. 게다가 담이 크지는 않았어요.」 호아킨이 말했다.

「그래도 무사할 거예요.」 마리아가 그의 어깨를 감싸며 말했다.

「그럴지도 모르지.」 호아킨이 말했다.

마리아는 그곳에 물끄러미 서 있는 호아킨의 목에 팔을 두르면서 키스를 했다. 호아킨은 눈물을 보이지 않으려고 고개를 들렸다.

「당신을 형제처럼 생각하기 때문에 키스한 거예요.」 마리아가 그에게 말했다.

그 청년은 소리 없이 눈물을 흘리면서 고개를 흔들었다.

「내가 당신 누이가 될게요. 난 당신을 사랑하고 이제 당신은 가족이 생긴 거예요. 우린 모두 가족이에요.」 마리아가 말했다.

「저 영국 양반을 포함하여 다 가족이라고 할 수 있지. 그렇지 않아요, 영국 양반?」 필라르가 말했다.

「그래요. 호아킨, 우리는 모두 가족이오.」 로버트 조던이 말했다.

「저 사람은 네 형이야. 그렇지 않아요, 영국 양반?」 필라르가 말했다.

로버트 조던은 호아킨의 어깨에 팔을 둘렀다.

「우린 모두 형제야.」 그가 말했다.

「괜히 말했다 싶은 생각이 들어요. 부끄럽기도 하고요. 이런 얘기는 해봐야 피차 곤란할 뿐 아무런 도움이 되지 않아요. 괜히 귀찮게 해드린 것 같아요.」 호아킨이 머리를 흔들면서 말했다.

「부끄럽기는 뭘. 마리아가 다시 네게 키스를 했으니 나도 너에게 키스해 주고 싶어. 비록 실패한 투우사이긴 하지만 너 같은 투우사에게 키스해 보기는 몇 년 만에 처음인 것 같아. 투우사가 아니라 공산주의자가 된 청년에게 키스를 해보고 싶구나. 영국 양반, 저 아이를 좀 꽉 잡고 있어요. 내 힘차게 키스해 주려고 하니까.」

「됐어요. 나를 좀 내버려 둬요. 난 아무 일도 없어요. 그렇지만 부끄럽네요.」

청년은 그렇게 말하면서 고개를 홱 돌렸다.

그는 이제 침착한 얼굴이 되어 서 있었다. 마리아는 로버트 조던의 손을 잡았다. 필라르는 양 옆구리에 손을 얹고 놀리듯이 청년을 쳐다보았다.

「네게 키스해 줄 때 누나 어쩌고 하는 소리는 하지 않을게. 난 그런 시시한 소리는 안 해.」 필라르가 말했다.

「농담하실 필요 없어요. 괜찮다고 말씀드렸잖아요. 가족 얘긴 괜히 했어요.」

「자, 그럼 가서 영감을 만나 보자고. 감상적인 얘기 때문에 너무 피곤해졌군.」 필라르가 말했다.

청년은 기분이 상한 표정으로 그녀를 쳐다보았다. 그의 표정에는 기분이 나쁜 기색이 역력했다.

「네가 감상적이라는 얘기가 아니야. 내가 감상적이 되었다는 얘기지. 넌 투우사치고는 감정이 너무 여리구나.」

「난 투우사로서는 실패작이었어요. 그러니 그 얘기는 그만하세요.」 호아킨이 말했다.

「그렇지만 언젠가는 투우사가 될 수도 있겠지.」

「네. 정말 그럴 거예요. 황소하고 싸우는 것이 경제적으로도 가장 좋아요. 또 투우를 하면 사람들에게 일자리를 제공할 수도 있고 국가는 수입을 올릴 수도 있죠. 그리고 나도 언젠가는 두려움 따위는 느끼지 않을지도 모르죠.」

「그럴 수도 있고 아닐 수도 있지.」 필라르가 말했다.

「필라르, 왜 그렇게 무례하게 말하는 거예요? 전 당신을 아주 사랑하지만 때로는 굉장히 야만스러운 행동을 하는 것 같아요.」 마리아가 말했다.

「난 야만인인지도 몰라. 이봐요, 영국 양반, 엘 소르도에게 뭘 말해야 할지 명확하게 알고 있는 거죠?」 필라르가 말했다.

「네.」

「나나 당신처럼 감상적인 족속은 말이 많지만 엘 소르도는 별로 말이 없는 사람이에요.」

「왜 그런 식으로 말하는 거예요?」 마리아가 성난 목소리로 물었다.

「모르겠어. 왜 그런다고 생각해?」 필라르가 걸어가면서 말했다.

「몰라요.」

「어떤 때는 많은 것들이 한꺼번에 나를 피곤하게 하지. 무슨 말인지 알겠어? 그리고 나를 화나게 하는 것들 중 하나는 내가 마흔여덟 살이라는 거야. 게다가 얼굴도 못생기고. 그리고 또 다른 이유는 이런 거야. 내가 농담으로 키스해 주겠다고 말하니까 공산주의자 성향을 가진 실패한 투우사의 얼굴에 혐오감이 나타나잖아.」 필라르가 말했다.

「아니에요, 필라르. 그런 표정 지은 적 없어요.」 호아킨이 말했다.

「뭐라고, 아니라고? 너 같은 족속은 모두 지겨워. 이봐요, 산티아고! 별일 없어요?」

필라르가 소리쳐 부른 사람은 키가 작고 몸집이 육중하며 갈색 얼굴에 넓적한 광대뼈가 드러난 잿빛 머리칼의 사나이였다. 눈썹과 눈썹 사이가 넓은 눈과 인디언처럼 콧대가 가는 매부리코에 긴 윗입술과 크고 얇은 입의 소유자였다. 그는 동굴 입구에서 그들을 향해 걸어왔는데 얼굴은 깨끗이 면도되어 있었다. 그는 입고 있는 소몰이꾼 바지와 장화에 어울리게 다리를 굽히며 걸었다. 날씨가 따뜻한데도 그는 털이 든 양가죽 재킷의 단추를 목까지 잠그고 있었다. 그는 갈색의 큼지막한 손을 필라르에게 내밀었다.

「안녕하시오, 필라르.」

그는 로버트 조던을 쳐다보면서도 인사를 했다. 또 로버트 조던과 악수를 하면서 그의 얼굴을 찬찬히 뜯어보았다. 로버트 조던은 그의 눈이 고양이처럼 노랗고 파충류처럼 납작하다고 생각했다.

「예쁜이로군.」 그는 마리아의 어깨를 두드리며 말을 건넸다.

「식사는 했소?」 그가 필라르에게 묻자 그녀가 머리를 흔들었다.

「그럼 식사를 해요.」 그는 필라르에게 그렇게 말하고 나서 손으로 술을 따르는 시늉을 하며 로버트 조던에게 말했다.

「술 한잔 하시겠소?」

「네, 고맙습니다.」

「좋소. 위스키?」 엘 소르도가 말했다.

『위스키가 있습니까?』 엘 스르도가 그렇다고 머리를 끄덕였다.

「영국 양반이오? 소련 사람 아니고?」

「미국 사람입니다.」

「여기엔 미국 사람이 별로 없소.」 엘 소르도가 말했다.

「이젠 많아지고 있어요.」

「나쁘지 않군. 남부요, 북부요?」

「북부입니다.」

「영국 양반이나 마찬가지군. 다리는 언제 폭파하오?」

「다리 폭파 건을 알고 있나요?」

일 소르도는 고개를 끄덕였다.

「코레 아침에 할 겁니다.」

「좋소. 파블로는?」 그가 필라르에게 물었다.

그녀가 머리를 가로젓자 엘 소르도는 빙긋이 웃어 보였다.

「자, 잠시 자리를 비켜 다오. 어디 좀 갔다가 오너라.」

그는 마리아에게 그렇게 말하고 빙긋이 웃었다. 그러더니 코트 안주머니에서 가죽끈에 매달린 시계를 꺼냈다.

「한 30분 정도만.」

그는 그들에게 벤치로 이용하는 납작한 통나무에 앉으라고 권한 뒤 호아킨에게는 그들이 지금 막 걸어온 오솔길을 손가락으로 가리켰다.

「호아킨과 함께 자리를 비켰다가 다시 올게요.」마리아가 말했다.

엘 소르도는 동굴 안으로 다시 들어가 스카치위스키 병과 술잔을 세 개 들고 나왔다. 한 팔로 병을 끼고 손가락으로는 술잔을 잡았다. 다른 손에는 커다란 오지 물병 주둥이가 들려 있었다. 그는 잔과 병을 통나무 위에 놓고 물병을 땅에 내려놓았다.

「얼음은 없소.」그는 로버트 조던에게 말하면서 술병을 내밀었다.

「난 됐어요.」필라르는 손으로 자신의 술잔을 덮으면서 말했다.

「지난밤에는 땅 위에도 얼음이 있었지. 그런데 지금은 다 녹아 버렸소. 이젠 저기나 가야 얼음이 있을 거요.」엘 소르도는 빙긋이 웃으면서 말하더니 먼 산의 정상 부분에 덮여 있는 눈을 가리켰다. 「하지만 너무 멀군.」

로버트 조던은 엘 소르도의 술잔에 술을 따라 주려고 했으나 그 귀가 먹은 사람은 머리를 흔들면서 각자 따라 마시는 시늉을 했다.

로버트 조던은 자신의 술잔에다 스카치를 듬뿍 따랐다. 엘 소르도는 흥미롭다는 듯이 그것을 지켜보더니 그에게 물병을 건네주었다. 로버트 조던은 술잔에 차가운 물을 채워 넣었다. 물은 물병의 오지 꼭지에서 아주 힘차게 쏟아져 나왔다.

엘 소르도는 술잔에 반쯤 위스키를 따르고 다시 물을 채웠다.

「와인 들겠소?」그가 필라르에게 물었다.

「아니, 물이면 됩니다.」

「자, 드시오. 별로 좋은 건 아니지만. 영국 사람들을 많이 알고 있소. 다들 위스키를 좋아하더군.」 그가 미소를 지으며 로버트 조던에게 말했다.

「어디에서요?」

『목장에서. 주인 친구들이었소.』엘 소르도가 말했다.

「위스키는 어디서 났습니까?」

『뭐라고?』 그는 말을 잘 알아듣지 못했다.

「다른 쪽 귀에다 대고 소리를 쳐야 해요.」 필라르가 말했다. 엘 소르도는 잘 들리는 귀를 가리키면서 미소를 지었다.

「위스키는 어디서 났습니까?」 로버트 조던이 소리를 질렀다.

「만들었소.」

엘 소르도가 그렇게 말하자 술잔을 입에 가져가려던 로버트 조던은 동작을 멈추었다.

「아니오.」 그는 그의 어깨를 두드리며 말했다. 「농담이오. 라 그란하에서 가져온 거요. 지난밤 영국인 폭파 전문가가 온다는 얘기를 들었소. 좋아요. 아주 흡족하오. 그래서 당신을 위해 위스키를 준비한 거요. 마음에 드오?」

「정말 마음에 듭니다. 아주 좋은 위스키로군요.」 로버트 조던이 말했다.

「나도 기분이 좋소. 지난밤에 가져온 거요. 정보와 함께.」

「무슨 정보인데요?」

「부대가 많이 이동한다는 정보였소.」

「서고비아로. 당신도 비행기를 보았죠?」

「그렇소.」

「불길한 거죠?」

「그렇소.」

「부대의 이동인가요?」

「비야카스틴과 세고비아 사이에서 이동이 많소. 바야돌리드 도로 상에서도 부대가 많이 이동했지. 비야카스틴과 산라파엘 사이에서도 병력 이동이 많았고.」

「그래, 당신 의견은?」

「아군이 뭔가를 준비하고 있는 것이 아닌가 이 말씀인가?」

「그럴 수도 있겠군요.」

「적군도 알고 준비하는 걸 거요.」

「가능한 얘기입니다.」

「왜 오늘 밤 다리를 폭파하지 않는 거요?」

「명령을 받았습니다.」

「누구의?」

「참모 본부의.」

「그렇구먼.」

「폭파 시기가 중요합니까?」 필라르가 물었다.

「아주 중요합니다.」

「그러나 적군이 병력을 다 이동시켜 버리면?」

「안셀모를 보내 병력 이동 사항을 보고할 생각입니다. 안셀모는 지금 도로 쪽을 체크하고 있어요.」

「도로에서 망을 보는 사람이 있다는 말이오?」 엘 소르도가 물었다.

로버트 조던은 엘 소르도가 얼마나 알아들었는지 확실히 알 수 없었다. 귀먹은 사람의 반응은 예측할 수가 없었다.

「네.」 그가 말했다.

「나도 보초를 내려보냈소. 왜 지금 다리를 폭파하지 않는 거요?」

「명령을 받아 놓은 것이 있다니까요.」

「그거 영 마음에 들지 않는데. 뭔가 심상치 않아.」 엘 소르도가 말했다.

「동감입니다.」 로버트 조던이 말했다.

엘 소르도는 머리를 흔들더니 위스키를 한 모금 마셨다.

「내 도움이 필요하오?」

「수하가 얼마나 됩니까?」

「여덟이오.」

「전화선을 자르고 도로 보수 요원 숙소에 있는 초소를 공격하고 철수해 다리 쪽으로 돌아와야 해요.」

「그건 쉬운 일이로군.」

「모두 서면(書面) 지시를 내릴 겁니다.」

「그렇게 하면 문제없소. 파블르는?」

「그보다 더 아래쪽의 전화선을 끊고 제재소에 있는 초소를 공격한 후 철수하여 다리 쪽으로 돌아올 겁니다.」

「그럼 퇴각은 어떻게 하죠? 우린 남자 일곱, 여자 둘에 말이 다섯 필 있어요. 당신은요?」 필라르는 소르도의 귀에다 대고 소리쳤다.

「남자 여덟에 말이 네 필 있소. 갈이 부족해.」 소르도가 말했다.

「사람은 열아홉인데 말은 아홉 필밖에 없군요. 싣고 갈 짐을 따지지 않더라도 말이에요.」 필라르가 말했다.

엘 소르도는 아무 대답도 하지 않았다.

「말을 더 구할 방법은 없을까요?」 로버트 조던이 엘 소르도의 잘 들리는 귀에다 대고 말했다

「이 전쟁에 뛰어든 지 1년이 되어 겨우 네 필을 구했소. 그런데 내일까지 여덟 필을 마련한다고?」 엘 소르도는 손가락을 네 개 펴 보이면서 말했다.

「그래요. 그러나 곧 이곳을 뜬다는 사실을 감안해야지요. 지난 1년 동안처럼 신중하게 할 필요가 없어요. 이젠 더 이상 조심할 필요가 없어요. 과감하게 작전을 펼쳐 말 여덟 필을 훔쳐 올 수 없을까요?」

「글쎄. 못 얻을 수도 있고 그보다 더 얻을 수도 있지.」 엘 소르도가 말했다.

「기관 단총이 있습니까?」 로버트 조던이 물었다.

소르도는 고개를 끄덕였다.

「어디에요?」

「산 위쪽에.」

「어떤 종류?」

「이름은 몰라. 클립이 붙은 거야.」

「탄창을 몇 번 갈아 끼울 수 있는 거죠?」

「다섯 번.」

「사용할 줄 아는 사람이 있습니까?」

「내가 좀 다룰 줄 알지. 하지만 많이 쏴보지는 못했소. 여기서는 소음을 내면 안 되니까. 카트리지는 사용할 필요가 없었소.」

「나중에 한번 살펴봐야겠군요. 수류탄은 있습니까?」 로버트 조던이 물었다.

「많소.」

「소총당 얼마나 있습니까?」

「많소.」

「얼마나 많은데요?」

「150개 정도. 아니, 그보다 더 많을 수도 있지.」

「다른 사람들은 어떻습니까?」

「뭐가?」

「초소를 습격하고 다리를 폭파하는 동안 절 엄호해 줄 병력 말입니다. 지금보다 두 배는 더 있어야 할 것 같은데.」

「초소를 공격하는 것은 걱정할 것 없어. 시간은 언제요?」

「대낮입니다.」

「걱정 마시오.」

「적어도 스무 명 정도는 있어야 합니다.」 로버트 조던이 말했다.

「좋은 사람들은 얼마 없소. 믿을 수 없는 사람들도 쓸 생각인가?」

「아뇨. 좋은 사람은 몇 명 있습니까?」

「네 명 정도.」

「왜 그렇게 적죠?」

「다른 사람들은 믿을 수가 없기 때문이지.」

「말을 간수할 사람 때문에 그런가요?」

「말을 지키는 사람이 되려면 믿을 만해야겠지.」

「쓸 만한 사람이 열 명 정도만 있었으면 좋겠습니다.」

「네 명뿐이오.」

「안셀모는 이 산에 사람이 1백여 명 있다고 했는데.」

「좋은 사람은 별로 없소.」

「당신은 서른 명 정도 된다고 하지 않았어요? 어느 정도 믿을 수 있는 사람으로 말이오.」 로버트 조던이 필라르에게 말했다.

「엘리아스의 부하들은 어때요?」 필라르가 소르도에게 소리치자 그는 고개를 흔들었다.

「믿을 수 없소.」

「그럼 열 명도 구하지 못한단 말입니까?」 로버트 조던이 물었다. 소르도는 납작하고 노란 눈으로 그를 쳐다보면서 고개를 흔들었다.

「네 명뿐이오.」 그는 손가락을 네 개 펴 보였다.

「당신 부하들은 믿을 만합니까?」 로버트 조던은 그렇게 물으면서 곧 그 질문을 후회했다.

소르도는 고개를 끄덕였다.

「그 정도 위험한 일이라면……」 그가 스페인어로 말하면서 싱긋 웃었다. 「믿음직하지 않을 수도 있소.」

「그럴 수도 있겠죠.」

「내게도 마찬가지요. 쓸모없는 사람을 많이 동원하는 것보다 좋은 사람 네 명이 더 낫소. 이 전쟁 통에는 나쁜 사람만 많고 좋은 사람은 별로 없어. 좋은 사람은 점점 없어져 가지. 그런데 파블로는?」 그가 필라르를 쳐다보며 물었다.

「당신도 알다시피 나날이 쓸모없는 사람이 되어 가고 있어요.」

소르도는 어깨를 움찔해 보였다.

「술을 드시오. 내 부하 전원하고 네 명을 더 데리고 오겠소. 그러면 열둘이 돼. 오늘 밤에 모든 것을 다 의논합시다. 내게 다이너마이트가 60개 있소. 그게 필요하오?」

「퍼센트[18]가 어떻게 되는데요?」

「모르오. 보통 다이너마이트요. 내 가져오리다.」

[18] 화약의 폭발도를 말하는 것.

「그걸 가지고 저 위쪽에 있는 작은 다리를 폭파합시다. 오늘 밤에 내려오겠습니까? 그 다이너마이트를 가져오겠습니까? 그걸 폭파하라는 명령을 받지는 않았지만 해야 할 것 같습니다.」

「오늘 저녁에 가겠소. 그런 다음 말을 알아봅시다.」

「말을 구할 수 있는 확률은 얼마나 됩니까?」

「글쎄. 우선 식사나 합시다.」

이 사람은 누구에게나 이런 식으로 얘기하는 걸까. 로버트 조던은 생각했다. 아니면 외국인들에게는 저런 식으로 얘기해야 잘 알아듣는다고 생각하는 것일까?

「이 일이 끝나면 우리는 어디로 가는 건가요?」 필라르가 소르도의 귀에다 대고 소리쳤다.

그는 어깨를 움찔해 보였다.

「사전에 준비해 두어야만 해요.」 필라르가 말했다.

「물론이오. 그렇게 못 할 것도 없지 않소.」 소르도가 말했다.

「사정이 좋지 않으니까 계획을 잘 세워 둬야 해요.」

「그럽시다. 그런데 뭘 그렇게 걱정하는 거요?」 소르도가 물었다.

「모든 게 다 걱정이 돼요.」 필라르가 소리쳤다.

소르도는 그녀에게 웃어 보였다.

「당신은 파블로와 함께 움직일 텐데.」

이 소르도라는 자는 외국인하고 얘기할 때만 엉터리 스페인어를 사용하는군. 로버트 조던은 생각했다. 좋았어. 저렇게 제대로 된 스페인어를 쓰는 걸 들으니 기분이 좋군.

「어디로 가야 되는 거예요?」 필라르가 물었다.

「어디라니?」

「작전이 끝난 뒤 말예요.」
「갈 데야 많지. 그레도스라고 아시오?」 소르도가 말했다.
「거긴 사람이 많아요. 그자들은 시간이 나면 그곳을 모두 청소할 거예요.」
「그래. 그렇긴 하지만 넓은 지역인 데다 매우 황량하지.」
「그리로 가기는 아주 어려울 거예요.」 필라르가 말했다.
「어렵기는 다 마찬가지야. 그레도스로 갈 수도 있고 또 다른 데로 갈 수도 있지. 밤에만 이동하는 거야. 여긴 아주 위험한 지역이 되었어. 우리가 지금까지 이곳에 있었다는 게 기적이야. 그레도스는 그래도 여기보다는 안전할 거야.」
「내가 가고 싶어 하는 곳을 아세요?」 필라르가 그에게 물었다.
「어디? 파라메라? 거긴 좋지 않아.」
「아니에요. 시에라 데 파라메라는 아니에요. 공화국 지역으로 가고 싶어요.」 필라르가 말했다.
「그건 가능하지.」
「당신 부하들은 따라갈까요?」
「응. 내가 간다고 하면.」
「내 부하들은 모르겠어요. 파블로는 비록 안전하다고 하더라도 가려고 하지 않을 거예요. 이제 너무 늙어서 군인질을 하기에는 틀렸어요. 혹시 예비역들을 소집한다면 모를까. 집시는 가려고 하지 않을 거예요. 다른 사람들은 모르겠어요.」
「머지않아 그들도 여기가 위험하다는 것을 알게 될 거요.」 엘 소르도가 말했다.
「오늘 아침 비행기가 날아가는 것을 보고 그런 생각을 더욱 굳혔을지도 모르죠. 그레도스로 가면 움직이기는 좋을 것 같군요.」 로버트 조던이 말했다.

「뭐라고?」 엘 소르도는 가늘게 찢어진 눈으로 그를 쳐다보았다. 그 질문에 다정함이라고는 전혀 없었다.

「여기보다는 거기서 공격을 하기가 더 좋을 거라는 말입니다.」 로버트 조던이 대답했다.

「그래, 그럼 그레도스를 잘 안단 말이오?」 엘 소르도가 말했다.

「그래요. 거기에서는 철도의 본선을 공격할 수도 있어요. 우리가 남부의 에스트레마두라에서 한 것처럼 철도를 폭파할 수 있을 겁니다. 공화국으로 돌아가는 것보다는 거기서 작전을 펴는 것이 더 좋을 것 같군요. 당신들은 거기서 더 쓸모가 많을 겁니다.」 로버트 조던이 말했다.

그가 그렇게 말하자 그들은 둘 다 시무룩해졌다.

소르도는 필라르를 쳐다보았고 그녀는 로버트 조던을 쳐다보았다.

「당신, 그레도스에 대해 잘 알고 있소? 정말로?」 소르도가 물었다.

「그렇습니다.」

「그레도스의 어디 말이오?」

「엘 바르코 데 아빌라 위쪽으로 말입니다. 여기보다는 나을 거요. 베하르와 플라센시아 사이의 도로와 철도를 공격할 수 있어요.」

「그건 매우 어렵소.」 소르도가 말했다.

「우리는 그보다 훨씬 위험한 에스트레마두라에서도 철도 공격을 했어요.」 로버트 조던이 말했다.

「우리란 누구를 말하는 거요?」

「에스트레마두라의 게릴라 그룹입니다.」
「사람이 많았소?」
「약 마흔 명 정도였습니다.」
「그 긴장을 잘하고 이상한 이름을 가진 사람도 거기 있었나요?」 필라르가 물었다.
「그렇습니다.」
「그는 지금 어디 있습니까?」
「이미 말씀드린 대로 죽었습니다.」
「그럼 당신도 그곳 출신인가요?」
「네.」
「내가 무슨 뜻으로 이렇게 말하는 줄 알죠?」 필라르가 너왜 그렇게 잘난 척하느냐는 어조로 말했다.

이거 실수했는걸. 로버트 조던은 생각했다. 스페인 사람들 앞에서는 자기 자랑을 해서는 안 되는데. 내가 스페인 사람보다 더 잘할 수 있다고 말했으니. 그들에게 아부를 해도 모자랄 판에 이렇게 저렇게 하라고 말했으니 화를 낼 게 너무나 뻔하지. 그래, 이 사람들은 이 일을 영원히 잊어버리지 않을 거야. 그렇지만 이 사람들은 그레도스에 가면 더 유익한 일을 할 수 있을 거야. 까슈긴이 여기 와서 열차 폭파를 조직한 이래 이 사람들은 한 일이 없어. 게다가 그 습격은 뭐 그리 큰 공적이라고 할 수도 없어. 기관차 하나 폭파하고 사람 몇 명 죽인 것뿐인데 그게 전쟁의 하이라이트라도 되는 양 얘기하고 있어. 이 사람들은 그레도스로 가는 게 두려운지 몰라. 이러다간 나도 여기에서 쫓겨나겠는걸. 아무튼 상황을 자세히 들여다보니 앞으로의 전망이 그다지 밝지만은 않군.

「이봐요, 영국 양반. 당신도 긴장을 잘하나요?」 필라르가 물었다.

「아니요. 아무런 문제도 없어요.」 로버트 조던이 말했다.

「지난번에 온 폭파 전문가는 기술은 좋았지만 굉장히 과민했어요.」

「가끔 가다가 그렇게 예민한 사람이 있지요.」 로버트 조던이 말했다.

「비겁한 사람이었다는 얘기가 아니에요. 처신은 아주 잘했으니까. 그렇지만 말하는 게 아주 황당했어요. 산티아고, 지난번 그 폭파 전문가는 어쩐지 좀 특이한 사람 같지 않았어요?」 필라르가 소르도에게 고함쳤다.

「그래, 좀 특이했지.」 엘 소르도는 고개를 끄덕이면서 로버트 조던의 얼굴을 살펴보았다. 그 모습은 진공 소제기의 막대기 끝 부분에 달려 있는 둥근 구멍 같았다. 「그래, 좀 특이했지. 좋은 사람이긴 했지만. 그래, 그 사람은 어떻게 되었소?」

「죽었어요.」 로버트 조던은 귀머거리 영감의 귀에다 대고 소리쳤다.

「어떻게?」 소르도는 이제 로버트 조던의 눈을 떠나 입을 쳐다보았다.

「내가 쏴 죽였어요. 너무 부상이 심해 같이 떠날 수가 없어서.」

「그는 늘 그렇게 해달라고 말했지. 거의 집착 같은 거였어요.」 필라르가 말했다.

「어떻게 벌어진 일이었지? 기차 폭파였나?」 소르도가 물었다.

「기차를 폭파한 후에 돌아오는 길이었습니다. 기차는 계획대로 폭파했지요. 어둠 속에 돌아오는 길에 파시스트 순찰

대를 만났어요. 도망을 치는 중이었는데 등에 총을 맞았어요. 어깨뼈를 다친 것 이외에 뼈에는 상처를 입지 않았죠. 그런 상태로 상당히 오랫동안 퇴각을 계속했어요. 하지만 그런 상처를 입고 오래 버틴다는 것은 불가능했어요. 그는 낙오되는 것을 싫어했고 그래서 내가 쏴 죽였어요.」

「나쁘지는 않군.」 엘 소르도가 말했다.

「아까 말한 대로 당신은 느긋한 사람이지요?」 필라르가 로버트 조던에게 물었다.

「그렇습니다. 문제없으니 염려하지 말아요. 다리를 폭파하고 나서는 그레도스로 가는 것이 좋겠습니다. 그게 내 생각입니다.」

그가 그렇게 말하자 필라르는 하얀 온천수가 지하에서 분출하여 온 사방을 적시듯이 그를 향해 욕설을 퍼부었다.

귀머거리 노인은 로버트 조던 쪽을 향해 머리를 흔들더니 즐겁다는 듯 빙긋 웃어 보였다. 필라르는 계속 욕을 해대고 그는 계속 웃기만 했다. 그리고 로버트 조던은 이제 모든 것이 괜찮아졌다는 것을 알았다. 이윽고 그녀는 욕설을 멈추더니 물병을 집어 들어 한 모금 마시고 나서는 침착한 목소리로 말했다.

「그럼 영국 양반, 이 일이 끝나고 난 뒤에 어떻게 할 것인가에 대해서는 잠자코 입을 다물고 있어요. 당신은 짐을 챙겨 공화국으로 돌아가면 되고, 우리가 어디서 죽어야 할지는 우리가 결정할 문제니까.」

「죽긴 왜 죽어, 필라르? 살 생각을 해야지. 진정하시오.」 엘 소르도가 말했다.

「죽든 살든 끝이 환히 보여요. 영국 양반, 나는 당신을 좋아 하지만 이 일이 끝난 뒤 우리가 어떻게 해야 되는가 하는 문제에 대해서는 잠자코 입을 다물어요.」 필라르가 말했다.

「그건 당신들의 문제요. 나는 상관하지 않겠습니다.」 로버트 조던이 말했다.

「그러나 지금 관여하지 않았소? 그 까까머리 창녀를 데리고 공화국으로 돌아가요. 그러나 외국인이 아닌 사람들에게 그렇게 쌀쌀맞게 굴지 말아요. 이래 봬도 당신이 턱에서 어머니 젖을 닦아 낼 때부터 우리는 공화국을 사랑하고 그것을 지키기 위해 싸워 온 사람이라 이겁니다.」 필라르가 말했다.

마리아는 오솔길을 걸어 돌아오다가 필라르가 소리치는 말 중에서 끝 부분을 들었다. 마리아는 로버트 조던에게 격렬하게 머리를 흔들었고 경고하듯 손가락을 흔들었다. 필라르는 로버트 조던이 마리아를 쳐다보며 미소 짓는 것을 보았다. 「그래, 창녀라고 말했어. 그래, 너는 저자와 함께 발렌시아로 가버리고, 우리는 그레도스에 남아 염소젖이나 빨고 있겠지.」

「필라르, 당신이 그렇게 말했다면 전 창녀임이 틀림없겠지요. 당신이 그렇게 말했다면 틀림없이 맞는 말일 거예요. 그런데 좀 진정하세요. 도대체 무슨 일이 있었어요?」

「아무것도 아니야.」 필라르는 그렇게 말하면서 벤치에 앉았다. 그녀의 목소리는 이제 침착했고 금속성의 분노는 모두 소진되었다. 「널 창녀라고 부르지는 않았어. 하지만 정말 공화국으로 돌아가고 싶구나.」

「우리 모두 함께 가요.」 마리아가 말했다.

「그럼 같이 갑시다. 당신은 그레도스를 그다지 좋아하지 않는 것 같으니.」

소르도가 그에게 빙긋 웃어 보였다.

「더 두고 봅시다. 그 위스키 한 잔 줘요. 화를 냈더니 목이 쉰 것 같아. 더 두고 봅시다. 앞으로 어떻게 될지 모르니까.」

「이봐요 젊은 양반, 언제든지 아침이 제일 어려운 거요.」 소르도는 이제 완벽한 스페인어로 말하고 있었다. 그는 로버트 조던의 눈동자를 찬찬히 들여다보았다. 더 이상 뜯어보는 눈초리가 아니었고 의심하는 표정도, 한 수 가르쳐 주겠다는 거만함도 없었다. 「당신이 뭘 필요로 하는지 잘 알겠소. 당신이 폭파 준비를 하는 동안 초소를 박살 내고 다리를 엄호해야 한다는 것도 알겠소. 그 점 잘 알겠소. 그러나 그 일은 해 뜨기 전이나 해 뜰 때가 좋을 거요.」

「그래요. 마리아, 잠깐만 자리를 비켜 주겠소?」 로버트 조던은 마리아를 쳐다보지 않고 말했다.

마리아는 그 자리를 피해 그들의 말이 들리지 않는 곳에 가서 양손으로 무릎을 껴안고 앉았다.

「그런데 말이오, 다리 폭파까지는 아무런 문제도 없어요. 그러나 그 뒤 훤한 대낮에 이곳을 떠야 한다는 게 대단히 어려운 문제요.」 소르도가 말했다.

「그렇습니다. 나도 그 문제를 생각해 보았습니다. 나 또한 폭파 후 대낮에 움직여야 합니다.」

「하지만 당신은 혼자고 우리는 여러 명이오.」 엘 소르도가 말했다.

「일단 캠프로 돌아갔다가 어두워지면 출발할 수도 있겠지요.」 필라르가 잔을 들어 한 모금 털어 넣으면서 말했다.

「그건 아주 위험해요. 대낮에 떠나는 것보다 더 위험할 수 있어요.」 엘 소르도가 설명했다.

「그렇다는 건 잘 알고 있습니다.」로버트 조던이 말했다.

「차라리 밤에 다리를 폭파하는 게 더 쉬울 거요. 그러나 당신이 대낮에 폭파해야 한다고 말해서 이런 중대한 문제가 야기된 거요.」

「알고 있습니다.」

「밤에 폭파할 수는 없겠소?」

「그렇게 하면 나는 총살될 겁니다.」

「그러나 낮에 폭파하면 우리 모두가 총살을 당할지도 몰라.」

「나에게는 일단 다리가 폭파되면 그건 그리 중요한 문제가 아닙니다. 그렇지만 당신의 주장을 잘 알겠습니다. 혹시 낮에 퇴각하는 방안을 고려해 볼 수 없을까요?」로버트 조던이 물었다.

「물론 그런 퇴각 방안을 생각해 봐야겠지. 왜 우리가 주저하고 화를 내는지 당신에게 설명해 주겠소. 당신은 그레도스에 가는 것을 아무것도 아닌 군사 작전 정도로 얘기했소. 그러나 살아서 그레도스까지 가는 것도 기적이라 할 수 있소.」

로버트 조던은 아무런 대답도 하지 않았다.

「내 말을 좀 들어 보시오. 내가 너무 많이 지껄인 것 같소. 그러나 그렇게 한 것은 우리가 서로를 잘 이해하기 위해서요. 우리가 여기 살아 있는 것도 기적이오. 이건 순전히 파시스트들이 게으르고 우둔하기 때문인데 그들도 언제까지나 그렇게 굼뜨지는 않을 거요. 물론 우리가 이 산중에서 조심하며 아무런 말썽도 부리지 않은 것도 이유지만.」

「알겠습니다.」

「하지만 이 일이 끝나고 나면 우리는 여길 떠야 하오. 그러니 어떻게 퇴각할 것인가를 잘 생각해 봐야지.」

「맞습니다.」

「자, 그럼 식사를 합시다. 너무 많이 지껄인 것 같소.」 엘 소르도가 말했다.

「당신이 그렇게 말을 많이 하는 것은 처음 보았어요. 이것 때문인가요?」 필라르가 술잔을 쳐들며 말했다.

「아니, 위스키 때문이 아니야. 그동안은 말할 것이 별로 없었기 때문이지.」

「당신의 조언과 충성심에 감사드립니다. 다리 폭파 시간 때문에 벌어질 수 있는 문제도 이해해 주셔서 얼마나 감사한지 모르겠습니다.」 로버트 조던이 말했다.

「그런 말은 할 필요가 없소. 우린 여기서 할 수 있는 것을 할 뿐이니까. 그렇지만 복잡한 문제임에는 틀림없소.」 엘 소르도가 말했다.

「하지만 서류상으로는 아주 간단하지요. 아군의 공격에 맞춰 다리를 폭파해 도로에 아무런 장애물도 없게 한다는 것이지요. 아주 간단해요.」 로버트 조던은 빙그레 웃었다.

「그러니 우리도 서류상으로 모든 걸 할 수만 있다면 얼마나 좋겠소. 서류만 가지고 생각하고 집행한다면 말이오.」

「서류는 피를 흘리지 않지요.」 로버트 조던이 속담을 인용하여 말했다.

「그러나 서류는 아주 유용해요. 당신의 명령도 피를 흘리지 않는 목적에 활용되었으면 좋겠군요.」 필라르가 말했다.

「동감입니다. 하지만 그런 식으로 해서는 전쟁에 이길 수가 없어요.」

「못 이겨요. 그건 그래요. 내가 진정으로 하고 싶은 게 뭔지 알아요?」 필라르가 말했다.

「공화국 지역으로 가는 거겠지.」엘 소르도가 말했다.「필라르, 당신도 곧 가게 될 거야. 이 전투에서 이겨 온 세상이 공화국이 되게 만들자고.」그는 필라르가 말할 때는 성한 귀를 그녀의 입 가까이 갖다 댔다.

「그래요. 정말 그렇게 되었으면 좋겠어요. 이제 식사를 해요.」필라르가 말했다.

12

 그들은 식사를 마치고 엘 소르도의 캠프에서 나와 오솔길로 들어섰다. 엘 소르도는 맨 아래에 있는 초소까지 그들을 배웅해 주었다.
「잘 가시오. 이따 밤에 또 봅시다.」 그가 말했다.
「잘 있어요, 동지.」 로버트 조던은 그렇게 말하고 오솔길 아래로 내려갔다. 귀머거리 영감은 그들 세 사람이 내려가는 모습을 내려다보았다. 마리아는 고개를 돌려 그에게 손을 흔들어 보였다. 엘 소르도는 마치 무엇을 내던지는 듯한 태도로 팔을 뻣뻣하게 한 번 들었다가 내렸다. 그것은 실은 인사를 하면서도 인사를 하지 않는 체하는, 돌연하고 거친 스페인식 동작이었다. 식사 도중 그는 양가죽 상의의 단추를 풀지 않았고 시종일관 주의 깊으면서도 정중한 태도를 지켰다. 그는 상대방의 말을 알아듣기 위해 고개를 돌렸고 다시 엉터리 스페인어를 사용하면서 로버트 조던에게 공화국의 내부 사정을 물었다. 하지만 어서 그들과 헤어졌으면 하는 표정이 역력했다.
 그들이 산 아래로 내려가기 직전 필라르가 그에게 물었다.

「괜찮아요, 산티아고?」

「뭐, 별것 아니오. 괜찮아요. 지금 생각을 좀 하고 있는 중이오.」 엘 소르도가 말했다.

「나도 마찬가지예요.」 필라르가 말했다. 아까 셋이서 힘들게 올라왔던 소나무 숲 속의 가파른 길을 힘들이지 않고 걸어 내려가면서 필라르는 입을 다물었다. 로버트 조던도 마리아도 말이 없었다. 그들 세 사람이 한참 걸어가니 길은 나무가 울창한 골짜기를 벗어나 수목들 사이로 빠져서 고원의 목초지로 이어졌다.

5월의 오후이니만큼 무더웠다. 필라르는 가파른 비탈길을 반쯤 올라가다가 발걸음을 멈췄다. 로버트 조던은 걸음을 멈추고 뒤를 돌아보았다. 필라르의 이마에는 땀이 맺혀 있었다. 그녀의 갈색 얼굴은 창백했고 피부는 핼쑥했으며 눈 밑에는 검은 그늘이 드리워져 있었다.

「여기서 잠시 쉽시다. 너무 빨리 걸은 것 같아요.」 로버트 조던이 말했다.

「아니에요. 계속 걸어갑시다.」 그녀가 말했다.

「좀 쉬세요, 필라르. 안색이 안 좋아요.」 마리아가 말했다.

「입 닥쳐. 네년의 말을 들을 사람은 아무도 없어.」

그녀는 오솔길을 걸어 올라갔고 길 꼭대기로 올라서자 숨을 몰아쉬었다. 온 얼굴이 땀으로 범벅이 되었고 안색은 몹시 창백했다.

「여기 좀 앉아요, 필라르. 제발, 네?」

「그러지.」 필라르가 그렇게 말하자 그들 세 사람은 소나무 밑에 앉아 산간의 목초지 건너편을 바라보았다. 산봉우리들이 우뚝 솟아 있는 것이 보였다. 봉우리의 정상을 덮고 있는 잔설이 오후의 햇살을 받아 하얗게 빛났다.

「눈이란 빌어먹을 거지만 보기에는 퍽 좋군. 눈이란 하나의 환영이지. 얘야, 거칠게 말해서 미안하구나. 오늘 내가 예쁜이한테 왜 이러는지 모르겠어. 난 성질이 못됐어.」 필라르가 마리아에게 고개를 돌리며 말했다.

「당신이 화날 때 한 말에 대해서는 신경 안 써요. 그리고 가끔 화를 내잖아요.」 마리아가 말했다.

「아니, 이건 분노보다 더 심한 거야.」 필라르가 산봉우리를 쳐다보며 말했다.

「피곤하신 것 같아요.」 마리아가 말했다.

「그런 것도 아니야. 예쁜아, 이리 와 내 무릎에 머리를 기대렴.」 필라르가 말했다.

마리아는 그녀에게 다가가서 베개 없이 잠자는 아이처럼 두 팔을 접어 팔을 베고 누웠다. 그녀는 필라르를 올려다보며 미소 지었다. 그러나 덩치 큰 여자는 계속 산봉우리만 쳐다보았다. 필라르는 마리아를 내려다보지 않은 채 그녀의 머리를 쓰다듬었다. 그러더니 무딘 손으로 이마를 만져 보고 이어 귓바퀴를 만져 본 뒤 목 뒤에 난 머리칼을 쓰다듬었다.

「조금 있다가 이 아이와 사랑을 나누도록 해요, 영국 양반.」 그녀가 말했다.

로버트 조던은 그녀의 등 뒤에 앉아 있었다.

「그런 말씀 하지 마세요.」 마리아가 말했다.

「아니야. 넌 저 사람과 사랑을 해야 돼. 난 너를 어떻게 해 보겠다는 생각은 없었어. 그렇지만 질투가 나는구나.」

「필라르, 그렇게 말하지 말아요.」 마리아가 말했다.

「아니야, 사랑을 나누어야 해. 그렇지만 질투가 나는구

ㄴ.」 필라르는 마리아의 귓바퀴를 쓰다듬었다.

「그렇지만 필라르, 당신과 저 사이에 질투 같은 것은 없다고 하셨잖아요.」

「그러나 언젠가는 그런 게 생기게 마련이지. 생기면 안 되는 그런 일이 벌어지는 것이지. 그러나 내게는 정말 그런 마음이 없어. 정말이야. 내가 원하는 건 네 행복이지 그 이상은 아무것도 없어.」

마리아는 아무런 대답도 하지 않고 누운 채 가능한 한 자신의 머리를 가볍게 하고자 했다.

「예쁜아, 내 말을 들어 봐.」 필라르는 마리아의 뺨을 가볍게 쓰다듬으면서 말했다. 「예쁜아, 내 말을 들어 봐. 난 널 사랑해. 그리고 넌 저 사람과 사랑을 나누어야 해. 난 밥이나 짓는 여자가 아니야. 난 남자를 사랑하기 위해 태어난 여자야. 그건 사실이야. 그러나 이런 대낮에 내가 너를 사랑한다고 말해 보니 여간 기분이 상쾌하지 않구나.」

「저도 당신을 사랑해요.」

「쓸데없는 소리. 너는 아직 내가 한 말을 제대로 이해하지도 못하고 있어.」

「이해해요.」

「뭐라고, 이해한다고? 너는 이제 영국 양반의 여자가 되어야 해. 그건 이미 예정된 거고 반드시 그렇게 되어야 해. 나도 그렇게 되는 게 좋다고 생각해. 그 밖의 다른 경우는 생각할 수도 없어. 네게 나쁜 일을 알려 주는 게 아니야. 진실만 말해 주는 거야. 네게 진실을 얘기해 주는 사람은 거의 없을 거고 여자는 절대로 진실을 말해 주지 않을 거야. 질투가 나는구나. 그래, 난 그렇게 말하고 싶은 거야.」

「그렇게 말하지 말아요, 필라르.」 마리아가 말했다.

「아니야. 난 그렇게 말하는 게 시들해질 때까지 계속 말할 거야. 자, 이제 시간이 되었어. 더 이상 얘기하지 않겠다. 자, 알겠지?」

「필라르, 그렇게 말하지 말아요.」 마리아가 말했다.

「넌 아주 귀여운 작은 토끼야. 자, 이제 이런 쓸데없는 얘기는 그만할 테니 고개를 들렴.」 필라르가 말했다.

「쓸데없는 얘기가 아니었어요. 그리고 여기 이렇게 머리를 괴고 있으니 기분이 좋아요.」

「아니야, 머리를 들어.」 필라르는 큰 손을 마리아의 머리 밑으로 넣어 들어 올렸다.

「이봐요, 영국 양반. 갑자기 꿀 먹은 벙어리가 되었수?」 필라르는 마리아의 머리를 든 채 먼 산을 쳐다보며 말했다.

「아니, 그렇지 않아요.」 로버트 조던이 말했다.

「그럼 왜 말이 없죠?」 필라르는 마리아의 머리를 땅에다 내려놓으며 말했다.

「말이 없긴요.」 로버트 조던이 대답했다.

「그럼 당신 스스로 침묵을 지키기로 작정이라도 했다는 말인가요?」

「그런 것 같습니다.」

「침묵을 지키니까 기분이 좋던가요?」 필라르가 그에게 고개를 돌리면서 빙긋 웃었다.

「별로던데요.」

「그럴 거요. 자, 이제 당신에게 이 토끼를 돌려 드리죠. 그리고 이제 다시 토끼를 내놓으라고 하지 않겠어요. 이 애에겐 토끼라는 이름이 썩 잘 어울려요. 오늘 아침 당신이 그렇게 부르는 것을 들었어요.」

 로버트 조던이 얼굴을 붉혔다.

 「당신은 정말 상대하기 어려운 여자로군요.」 그가 말했다.

 「아뇨. 너무 단순해서 오히려 복잡한 거지. 영국 양반, 당신은 복잡한 사람인가요?」

 「아뇨. 그렇지만 그렇게 단순하지도 않아요.」

 「영국 양반, 당신이 마음에 들어요.」 필라르가 말했다. 이어 그녀는 미소를 짓더니 몸을 앞으로 숙였다가 다시 미소를 지은 뒤 머리를 흔들었다. 「당신에게서 토끼를 떼어 내고 또 당신을 토끼에게서 떼어 낼 수 있다면 좋겠어요.」

 「그렇게 할 수는 없어요.」

 「그건 나도 알고 있어. 또 그럴 생각도 없어. 그러나 나이가 어리다면 그렇게 할 수도 있었겠지.」 필라르가 미소를 지으며 말했다.

 「그렇겠지요.」

 「그렇다고 생각해요?」

 「그럼요. 그러나 이런 얘기는 아무런 도움이 되질 않아요.」 로버트 조던이 말했다.

 「필라르, 당신답지 않아요.」 마리아가 말했다.

 「난 오늘 전혀 나답지 않아. 전혀. 당신의 그 다리 폭파가 이런 고민을 안겨 주었어요, 영국 양반.」

 「그렇다면 그 다리를 〈고민거리 다리〉라고 부르면 되겠군요. 어쨌든 나는 그 다리를 못 쓰게 된 새장처럼 꺾어서 계곡에 처박아 버릴 생각입니다.」 로버트 조던이 말했다.

 「좋아요. 좀 더 멋지게 말해 봐요.」 필라르가 말했다.

 「껍질을 벗겨 낸 바나나처럼 가운데를 뚝 분질러 버리겠어요.」

「그럼 이제 바나나를 먹게 되겠네. 자, 영국 양반, 좀 더 허풍을 떨어 봐요.」 필라르가 말했다.

「이제 됐어요. 어서 캠프로 돌아갑시다.」 로버트 조던이 말했다.

「당신의 임무를 수행해야 할 시기가 곧 올 거예요. 이제 당신 두 사람을 위해 자리를 비켜 주겠어요.」

「아뇨. 난 할 일이 많아요.」

「이 일도 다른 일만큼이나 중요해요. 그리고 그리 시간이 걸리지도 않잖아요.」

「말씀을 삼가세요, 필라르. 너무 심하게 말씀하시는군요.」 마리아가 말했다.

「그래, 난 막돼먹었지. 하지만 아주 섬세해. 자, 둘을 위해 자리를 비켜 줄게. 질투 얘기를 꺼낸 건 괜히 해본 소리야. 난 호아킨 때문에 화가 난 거야. 그의 표정에서 나의 추함을 읽어 낼 수 있었으니까. 단지 네가 열아홉 살이기 때문에 질투가 난 것뿐이야. 하지만 지속되는 질투는 아니야. 네가 늘 열아홉인 것은 아니니까. 자, 이제 비켜 줄게.」

그녀는 일어서서 옆구리에 한 손을 짚은 채로 따라 일어선 로버트 조던을 바라다보았다. 마리아는 나무 그늘에 앉아 고개를 숙이고 있었다.

「아니, 함께 캠프로 돌아갑시다. 할 일이 많이 남아 있어요.」 로버트 조던이 말했다.

필라르는 그들에게서 고개를 돌린 채 아무 말 없이 앉아 있는 마리아 쪽으로 고개를 끄덕거렸다.

필라르는 미소를 짓고 아주 가볍게 어깨를 움찔하더니 말했다.「돌아오는 길 잘 알지?」

「알아요.」마리아가 고개를 들지 않고 말했다.

「자, 그럼 나는 간다. 돌아가서 맛있는 식사를 준비해 놓겠소. 영국 양반.」

그녀는 목초지의 히스밭을 지나 캠프로 이어지는 시내 쪽으로 걷기 시작했다.

「기다려요. 우리 모두 같이 가는 게 좋겠어요.」로버트 조던이 그녀에게 소리쳤다.

마리아는 그대로 앉아서 아무 말도 하지 않았다.

필라르는 고개를 돌리지 않았다.

「무슨 말씀을. 자, 난 먼저 갑니다. 나중에 캠프에서 봅시다.」

로버트 조던은 그 자리에 우뚝 섰다.

「필라르를 혼자 가게 내버려 둬도 괜찮을까? 아깐 피곤해 보였는데.」

「그냥 내버려 두세요.」마리아가 머리를 숙인 채 말했다.

「필라르를 따라가야 하지 않을까.」

「그냥 가게 두세요. 가게 두라고요!」마리아가 말했다.

13

 그들은 고원 목초지의 히스 숲을 지나서 걷고 있었다. 로버트 조던은 히스가 양다리에 스치는 것을 느꼈다. 총집에 든 권총이 허벅지에 와 닿았다. 머리에 쏟아지는 햇볕을 느꼈고 눈 덮인 산봉우리에서 불어오는 미풍이 등허리에 서늘하게 와 닿는 것도 느낄 수 있었다. 그는 그녀의 튼튼한 손을 깍지 끼듯 잡고서 걸어갔다. 그녀의 손, 손바닥에 맞닿는 그녀의 손바닥, 깍지 낀 손가락, 그에게 팔짱 낀 그녀의 팔목으로부터 야릇한 느낌이 전해져 왔다. 그 느낌은 바람 없는 유리알 같은 해면에 잔물결도 일으키지 않는 이른 아침의 공기같이 싱그러웠으며 입술을 간질이는 깃털, 혹은 미풍도 없을 때 떨어지는 나뭇잎처럼 가벼운 느낌이었다. 그것은 너무나 가벼워 손가락만의 접촉으로도 느낄 수 있었다. 그러나 손가락이 단단히 눌리고 꽉 밀착된 손바닥과 손목에 힘이 가해지면서 그 느낌은 너무나 강력해지고 격렬해지고 절실해졌다. 전류와 같은 느낌이 그의 팔을 타고 올라와 온몸에 퍼지면서 갈구하는 욕망을 가득 불러일으켰다. 그녀의 밀밭처럼 노란 머리칼, 금빛 머금은 갈색의 부드럽고 사랑스러운 얼굴

그리고 부드러운 곡선을 자랑하는 목덜미 위로 햇빛이 내리비쳤다. 그는 그녀를 껴안고 머리를 뒤로 젖힌 다음 키스했다. 그녀는 온몸을 떨고 있었다. 늘씬한 그녀의 몸을 꼭 껴안자 카키색 셔츠를 통해 그녀의 유방이 느껴졌다. 작고 단단한 느낌이었다. 그는 손을 뻗어 그녀가 입은 셔츠의 단추를 끄른 뒤 고개를 숙이고 가슴에다 입을 맞췄다. 그녀는 머리를 뒤로 젖히고 그의 팔에 몸을 의지한 채 떨며 서 있었다. 그러거니 턱을 그의 머리에 떨어뜨렸다. 그녀는 그의 머리를 안고 자기 몸에 대어 요람처럼 가볍게 흔들었다. 그는 몸을 쭉 펴서 두 팔로 그녀의 몸을 감싸 안으며 힘차게 포옹했다. 그가 와락 세게 끌어안았기 때문에 그녀의 두 발이 땅에서 들려 위로 올라왔다. 그녀는 그의 상체에 단단히 달라붙었다. 그녀가 몸을 떨고 있는 것이 그에게 전해져 왔고 그녀의 입술이 그의 목덜미를 가볍게 비벼 댔다. 「마리아, 오, 나의 마리아.」

그는 그녀를 내려놓으며 말했다. 「자, 이제 어디로 갈까?」

그녀는 아무런 대답도 하지 않은 채 그의 셔츠 안으로 손을 쑥 밀어 넣었다. 그녀는 그의 셔츠 단추를 끌렀다. 「저도 당신에게 키스하고 싶어요.」

「안 돼, 작은 토끼.」

「사랑하고 싶어요. 당신이 한 것처럼 똑같이 하고 싶어요.」

「안 돼. 그건 불가능한 일이야.」

「좋아요. 그렇다면 어서요. 아, 어서요. 아, 어서.」

그는 뭉개진 히스의 냄새와 마리아의 머리 아래에서 꺾어진 거친 풀 줄기를 느낄 수 있었다. 햇빛이 그녀의 감은 눈 위로 쏟아졌다. 그는 한평생 이 순간을 기억할 것이다. 히스의 뿌리 사이로 그녀의 뒤로 젖혀진 머리가 파묻혔을 때, 부드러운 그녀의 목덜미가 위로 드러나고 자그마한 입술이 저절로 움직이고 그녀의 두 눈은 햇빛도 그 무엇도 보지 않으려는 듯 감겨져 있는 그 순간을. 눈 감은 그녀에게는 모든 것이 붉은색, 오렌지색, 황금색이었다. 사랑의 행위도 모두 그 색깔이었다. 가득 채워지는 충만, 사랑의 동작, 사랑에 의한 상대방의 소유 등이 모두 그 색깔이었으며 혹은 그 색깔의 맹목적인 현란함이었다. 그에게 있어서 사랑의 행위는 아무리 그 어떤 곳에 이르고자 하여도 도저히 도달할 수 없는, 그리하여 그 어느 곳에도 영원히 이르지 못할 것 같은 어두운 통로였다. 그가 어둠 속에서 아무리 자맥질해도 그가 도달하는 곳은 언제나 아무 곳도 아닌 그 비어 있는 곳이었다. 그 어둠의 통로는 한없이 이어진 것 같았다. 땅 위에서 팔꿈치로 힘겹게 몸을 부지한 그는 아무리 애를 써도 자신이 가고자 하는 곳에는 이르지 못할 것 같았다. 끝 간 데도 없고 정처도 없으며 영원히 뭔지 알 수도 없는 미지의 그곳, 이번뿐만이 아니라 언제 다시 사랑을 한다고 하더라도 영원히 도달하지 못할 것만 같은 그곳, 그런 곳을 향해 계속 위로 올라가는 느낌에 휩싸이다가 문득 또다시 아무 데도 이르지 못할 것 같은 느낌이 그를 엄습해 왔다. 그러다가 두 사람은 갑작스럽게 용광로처럼 뜨겁게 폭발했고 그 이르지 못할 어떤 곳이라는 느낌은 아예 사라져 버렸다. 그들은 함께 동시에 그런 상태에 도달했고 시간은 완전히 정지해 버렸다. 그는 두 사람 밑에서 땅이 움직이더니 쑥 꺼져 버리는 느낌을 받았다.

 이어 그는 그녀에게서 떨어져 옆으로 누웠다. 머리를 히스에 깊이 묻고 나무 냄새와 뿌리 냄새를 맡았다. 햇빛이 히스 뿌리 사이를 뚫고 들어와 그의 노출된 어깨와 옆구리를 간질였다. 그녀는 아직도 눈을 감은 채 맞은편에 누워 있다가 잠시 후에 눈을 뜨고 그에게 미소 지었다. 그는 매우 지치고 텅 빈 듯한 목소리로 말했다. 「여보, 토끼.」 그러자 그녀가 바로 화답했다. 「여보, 나의 영국 양반.」

「난 영국 사람이 아니야.」 그가 졸린 듯이 말했다.

「아니에요, 맞아요. 당신은 나의 영국 양반이에요.」 그녀는 양손을 뻗어 그의 양쪽 귀를 잡고는 이마에 키스했다.

「자, 어때요? 이제는 키스를 잘하죠?」 그녀가 물었다.

그런 다음 그들은 시내를 따라 함께 걸었다.

「마리아, 당신을 사랑해. 당신은 정말 사랑스럽고 멋지고 아름다워. 그래서 당신과 사랑하는 동안에 그냥 이대로 죽어 버리고 싶다는 생각이 들어.」

「전 매번 죽음을 경험해요. 당신은 그렇지 않은가요?」

「나도 거의 그런 편이지. 땅이 움직이는 것 같은 느낌도 들었어?」

「네. 까무러칠 것 같은 기분이 들면서요. 제 허리에 팔을 둘러 주세요.」

「아냐. 손을 잡고 있을게. 손만으로도 충분해.」

그는 그녀를 쳐다보았다. 그리고 매 한 마리가 사냥감을 찾아 빙빙 돌고 있는 목초지를 바라다보았다. 오후의 커다란 뭉게구름이 산을 넘어오고 있었다.

「다른 여자들하고도 이런 기분을 느꼈나요?」 손을 잡고 걷고 있던 마리아가 그에게 물었다.

「이렇지는 않았지. 정말이야.」

「다른 여자들도 많이 사랑해 주었죠?」

「몇 명 있기는 했지. 하지만 당신처럼 사랑한 여자는 없어.」
「정말 이런 기분은 들지 않았단 말이에요?」
「쾌락은 느꼈지만 이런 기분은 없었어.」
「아까 땅이 움직이는 것 같다고 했죠? 전에는 어땠어요?」
「이런 일은 없었어. 정말이야.」
「그런데 우린 그런 경험을 한 것이 오늘 하루뿐이에요.」
그는 아무런 대답도 하지 않았다.
「그렇지만 그런 경험을 했다는 것이 어디에요. 당신도 저를 좋아하세요? 제가 당신을 즐겁게 해드렸나요? 전 조금만 더 시간이 지나면 보기가 좋아질 거예요.」
「지금도 무척 아름다워.」
「그렇지 않아요. 제 머리를 쓰다듬어 주세요.」
그는 그녀의 머리를 쓰다듬었다. 그녀의 짧게 깎은 머리가 납작하게 누웠다가 손가락 사이로 삐죽삐죽 일어서는 것이 부드럽게 느껴졌다. 그는 양손으로 그녀의 머리를 잡고 입술에다 키스했다.
「전 키스하는 게 좋아요. 비록 잘하지는 못하지만.」
「키스를 아주 잘할 필요는 없어. 그냥 가만히 있으면 돼.」
「아니에요. 키스를 잘하고 싶어요. 당신의 여자가 되려면 모든 면에서 당신을 즐겁게 해드려야 하니까.」
「충분히 즐겁게 해주었소. 더 이상 바랄 게 없을 정도로. 더 이상 어떻게 즐거움을 추구할 수 있겠소.」
「하지만 두고 보세요. 지금은 제 머리가 이상해서 우습다고 생각하시겠지요. 하지만 매일 자라고 있어요. 앞으로 길게 자랄 거고 그러면 더욱 예뻐 보일 거예요. 그럼 당신은 저를 더욱더 사랑하게 될 거예요.」 그녀는 매우 행복한 목소리로 말했다.

「당신은 아름다운 몸매를 가졌어. 이 세상에서 가장 아름다운.」

「아뇨, 비쩍 말랐을 뿐이에요.」

「아니야. 멋진 몸매에는 마법 같은 것이 있어. 왜 어떤 사람에게는 그런 마법이 있고 어떤 사람에게는 없는지 모르겠어. 어쨌든 당신에게는 그것이 있어.」

「당신에게만 그런 거겠죠.」 그녀가 말했다.

「그렇지 않아.」

「그렇다니까요. 저 자신을 오로지 당신에게만 바치겠어요. 그러나 당신에게 바치기에는 너무나 볼품이 없어요. 앞으로는 당신을 잘 돌보는 것도 배울 거예요. 하지만 솔직하게 얘기해 주세요. 전에는 한 번도 땅이 움직이지 않았나요?」

「결코 없었어.」 그가 진심으로 말했다.

「c 제 전 정말 행복해요. 정말로요. 지금 뭔가 다른 것을 생각하고 계시죠?」 그녀가 그에게 물었다.

「응. 임무에 대해.」

「탈 수 있는 말이 있으면 좋겠어요. 이런 행복감 속에서 당신과 함께 좋은 말을 타고 빠르게 달리고 싶어요. 껑충껑충 뛰면서 점점 더 빨리 달아나 결코 행복이 사라지지 않도록 하고 싶어요.」

「당신의 행복을 비행기에 태워 가지고 갈 수도 있을 거야.」 그가 무심히 말했다.

「그리고 햇빛에 반짝이는 요격기처럼 하늘 위를 날고 또 나는 거죠. 공중제비와 다이빙도 하면서 말예요. 얼마나 좋아요! 저의 행복은 그렇게 공중제비를 넘어도 끄떡없이 단단할 거예요.」

「당신의 행복은 멀미 같은 것은 하지 않는가 보군.」 그는 그녀의 말을 건성으로 들으며 말했다.

그는 지금 딴생각을 하고 있었다. 그녀 옆에서 걷고 있었지만 다리 문제를 곰곰이 생각했던 것이다. 그 문제는 카메라 렌즈의 초점이 맞추어졌을 때처럼 명확하고 예리하게 모습을 드러냈다. 그는 마음속으로 두 개의 초소와 도로 위를 감시하고 있는 안셀모와 집시를 생각했다. 그 위의 도로와 차량의 움직임도 보았다. 그는 어디에다 두 대의 기관총을 설치하면 최대의 수평 화력 영역을 확보할 수 있을지 생각했다. 그리고 마지막에는 자신이 총을 맡겠지만 처음에는 누가 그 총을 맡아야 하는지 등을 구상했다. 그는 장약을 놓고 쐐기를 박은 후 밧줄로 묶어서 뇌관을 싣고 주름을 잡은 다음 와이어를 설치해 갈고리에 건 후 원래의 폭약 통이 있는 곳으로 되돌아가는 과정을 생각했다. 이어서 일어날 수 있는 모든 일과 잘못될지도 모를 일들을 생각했다. 그만둬. 그는 혼잣말을 했다. 너는 지금 이 여자와 사랑을 했고 이제 머리는 깨끗하게 맑아졌어. 그런데 걱정을 시작하다니. 해야 할 일을 생각하는 것과 미리 걱정하는 것은 별개야. 걱정 마. 걱정하면 될 일도 안 돼. 너는 해야 할 일을 알고 있고 무슨 일이 벌어질 것인지도 알고 있어. 분명히 그 일은 일어날 거야.

넌 네가 무엇을 위해 싸우는지 알고 이 전투에 가담했어. 넌 네가 그토록 싫어하는 짓을 하고 있어. 그렇게 하는 건 조금이라도 전투에 이길 가능성이 있을지도 모른다는 생각 때문이지. 그래서 그는 지금 자신이 좋아하는 이 사람들을 이용해서 작전을 수행할 수밖에 없었다. 그것은 마치 전투에서 이기기 위해 아무런 이해관계도 없는 병력을 동원하는 것과 똑같은 행위였다. 파블로는 분명 그들 가운데서는 가장 똑똑했다. 그는 이 일이 얼마나 위험한지를 직감적으로 알아차렸다. 필라르는 전적으로 이 일에 협조하겠다고 나왔다. 협조적이기는 지금도 마찬가지이다. 그러나 그 여자도 이 일이 얼마나 어려운지 서서히 깨닫고 있다. 그리고 그런 깨달음은 그녀에게 큰 부담을 주었다. 소르도는 단번에 이 일의 성질을 파악했으면서도 거부하지는 않았다. 그러나 로버트 조던과 마찬가지로 이 일을 싫어했다.

그래, 넌 지금 네 걱정을 하는 것이 아니라 필라르와 마리아와 다른 사람들에게 일어날 일을 걱정한단 말이지. 좋아, 그럼 네가 여기 오지 않았더라면 저 사람들에게 어떤 일이 벌어졌을까? 네가 여기 오기 전에 그들에게 어떤 일이 벌어졌으며 그들은 어떤 일을 겪었지? 그런 식으로 생각해서는 안 돼. 넌 전투 행위 이외에는 그들에 대해서 아무런 책임이 없어. 명령은 네가 작성한 게 아니야. 골스가 했지. 그런데 골스는 누군가? 유능한 장군이야. 네가 부하로 일해 본 가운데 가장 유능한 지휘관이지. 하지만 그 작전이 어떤 결과를 초래할지 뻔히 알면서도 불가능한 명령을 수행해야 하는 걸까? 설혹 그런 명령이 당과 군을 대표하는 골스에게서 나온 것이라 할지라도? 아니다. 그것은 이론적 추론에 불과할 뿐이다. 무엇보다도 그 명령을 수행해야만 한다. 그것을 수행해 보아야만 불가능하다는 것을 입증해 보일 수 있는 것이 아닌가. 해보기도 전에 어떻게 불가능하다는 것을 알겠는가? 만약 누구나 다 상사의 명령을 받는 즉시 이런 저런 이유를 들이대면서 불가능하다고만 말하면 어떤 사태가 벌어질 것인가? 그저 불가능하다는 대답만 한다면 우리들 모두는 어떻게 될 것인가?

그는 명령을 받을 때마다 그것이 불가능하다고 하면서 발뺌하는 지휘관들을 많이 보아 왔다. 에스트레마두라의 그 돼지 같은 고메스가 그런 지휘관이었다. 그는 또 측면에 있는 군대가 불가능하다고 항명하면서 진격을 거부하는 상황에서도 과감한 공격이 수행된 것을 여러 번 보았다. 아니야, 이런 이론적 변명은 안 돼. 그는 명령을 수행해야만 했다. 그와 같이 임무를 수행하게 된 사람들을 인간적으로 좋아하게 된 것은 그저 악운이라고 할 수밖에 없었다.

파르티잔은 착수하는 일마다 자신들을 숨겨 주고 도와주는 사람들에게 추가의 위험과 불운을 안겨 주게 되어 있었다. 그런데도 왜 그렇게 하는가? 그건 결국 더 이상 위험이 없는 나라, 그리고 살기 좋은 나라를 건설하기 위해서였다. 비록 이 말이 진부하게 들릴지 몰라도 그건 사실이다.

만약 공화국이 패배한다면 공화국을 믿고 지지했던 사람들은 스페인에서 살 수 없게 될지도 모른다. 정말 그렇게 될지도 몰랐다. 그는 이미 파시스트들이 점거한 곳에서 일어난 일들을 보았기 때문에 정말 그러리라는 것을 알고 있었다.

파블로는 쓰레기 같은 인물이지만 다른 사람들은 훌륭했다. 그렇다면 그런 좋은 사람들을 이 임무에 끌어들이는 것은 그들을 배반하는 것일까? 그건 배반일 수도 있었다. 그러나 그들이 이 일을 협조하지 않고 그대로 있다 해도 결과는 마찬가지일 것이다. 언젠가는 기병 2개 중대가 이곳으로 와서 일주일 안에 그들을 소탕해 버리고 말 터였다.

그렇다. 그들을 이 일에 끌어들이지 않는다고 해서 무슨 좋은 결과가 생기지는 않는다. 물론 모든 사람은 자신의 일을 자신이 알아서 처리해야 하고 남의 일에는 간섭하지 않는 것이 좋다. 그렇다, 그는 그런 원칙을 믿었다. 그렇다면 공산권에서 말하는 소위 국가 계획 사회는 어떻게 된 것인가? 그런 사회를 믿는 사람이 있다면 그건 그 사람이 알아서 할 일이었다. 그는 이 전쟁이 끝난 뒤에 달리 할 일이 있었다. 이 전쟁에 참가한 것은 스페인이라는 나라를 사랑했고 또 공화국을 믿었기 때문이다. 그리고 그 공화국이 붕괴될 경우 그것을 믿었던 모든 사람들의 삶은 지극히 고통스럽게 될 것이었기 때문이다. 그는 전쟁이 계속되는 동안은 공산당의 규율에 따라 살았다. 여기 스페인에서 공산당원들은 전쟁 수행에 효율적인 규율을 잘 지켰다. 전쟁 중 계획과 규율이 가장 훌륭한 집단은 공산당밖에 없었기 때문에 그는 그들의 규율을 받아들였다.

그럼 네 정치적 신념은 무엇인가? 현재로서는 그런 신념이 없지. 그는 혼잣말을 했다. 그러나 이건 누구에게도 말해서는 안 된다고 생각했다. 그런 건 인정조차 하지 말아야 해. 그럼 나중엔 뭘 할 작정인가? 전처럼 스페인어 강사로 생계를 꾸려 나가게 되겠지. 그리고 진실이 가득 들어찬 책을 쓰겠지. 지금 생각으로는 책을 쓰는 일이 그렇게 어려울 것 같지 않다.

파블로와 정치에 대해 얘기해 보리라. 파블로의 정치적 신념이 어떻게 변화해 왔는지 들어 보는 것은 아주 재미있는 일이 될 것이다. 아마도 좌익에서 우익으로 변할 수밖에 없었던 그 고리타분한 얘기를 늘어놓겠지. 스페인의 정치가 레루처럼 말이야. 파블로는 레루와 상당히 닮았어. 프리에토라는 정치가도 그보다 나을 것이 없지. 무슨 일이 있어도 승리해야 한다는 신념은 파블로도 프리에토도 똑같을 거야. 이들의 정치적 신조라는 것은 결국 까놓고 보면 기회주의적으로 기다리다가 승자 편에 붙는 말 도둑이나 다름없어. 그는 정부 형태로는 공화국이 가장 이상적이라고 보았다. 하지만 공화국은 이런 내전을 일으킨 그 말 도둑들을 제거하지 않으면 안 돼. 스페인에서처럼 국민의 지도자라는 자들이 동시에 인민의 적으로 돌변한 나라가 또 있을까?

인민의 적이라? 그런 말은 안 쓰는 것이 좋을 것 같다. 그런 표어는 내걸 생각이 없었다. 마리아와 동침하고 난 이래 그런 표어 따위에는 관심도 없어졌다. 그는 골수파 침례교 신자처럼 정치적 신념에 대해서는 완고하면서 한편으로는 무관심했다. 그러니까 인민의 적이라는 말이 생각나도 그 말을 비평할 생각은 그다지 들지 않았다. 혁명적 혹은 애국적 따위의 상투어도 마찬가지였다. 그는 아무런 비판도 하지 않고 그 말을 사용했다. 물론 그런 말의 뜻은 옳은 얘기이지만 그런 말들이 너무 쉽게 사용되는 것이 아닌가 하고 느꼈다. 어젯밤과 오늘 오후 이후 그의 마음은 그 문제에 대해서는 퍽 맑은 상태에 있었다. 사실상 점점 맑아졌다. 독선이란 참으로 이상한 것이다. 독선적인 사람이 되기 위해서는 먼저 자기 자신이 절대로 옳다는 확신이 있어야 한다. 그런 확신과 독선을 뒷받침해 주는 가장 큰 힘은 그 사람의 절제와 금욕이었다. 절제나 금욕은 지키기가 어렵고 그 때문에 늘 정해진 교리를 벗어나는 이단자들이 그것을 적으로 여겨 왔다.

그런 이론을 꼼꼼히 검토해 본다면 방어가 가능할까? 어쩌면 그 이론 때문에 골수 공산주의자들은 보히미어니즘[19]을 공격하는지도 몰랐다. 만약 네가 술을 많이 마시거나 간음이나 간통을 하게 되면, 너는 너 자신의 개인적 결함을 깨닫게 될 것이다. 다시 말해 사도 신경의 맞잡이라는 저 변덕스러운 공산당 당규가 얼마나 지키기 어려운지 알게 되는 것이다. 빌어먹을 보히미어니즘, 그것은 마야꼬프스끼[20]가 저지른 죄였다.

그러나 마야꼬프스끼는 사후에 다시 성인으로 추앙되었다. 아마도 그가 안전하게 죽어 버렸기 때문일 것이다. 너도 안전하게 죽을 거야. 조던은 혼잣말을 했다. 이제 그런 생각은 그만하는 거야. 차라리 마리아 생각을 해.

다리아와의 섹스는 그의 독선에 심한 압력을 가해 왔다. 그렇지만 아직까지 그의 결심을 흔들 정도는 아니었다. 그는 이제 죽고 싶지 않았다. 죽어서 영웅이나 순교자가 되겠다는 생각은 기꺼이 포기할 것이었다. 그는 이 다리 폭파 임무로 테르모필레[21]나 호라티우스[22]가 되고 싶지도 않았고 손가락으로 제방이 무너지는 것을 막아 국민적 영웅이 되었다는 네덜란드 소년처럼 되고 싶지도 않았다. 그는 영웅도 순교자도 다 싫고 그저 오랫동안 마리아와 함께 살고 싶었다. 그것은

19 음주 가무와 성적 방종의 자유분방한 생활 태도.
20 Vladimir Vladimirovich Maïakovskii(1893~1930). 러시아 볼셰비끼 혁명 시대의 주요 소련 시인이었고 사후에 스딸린은 그를 소련 최고의 시인으로 평가했다. 1928년 파리에 머물 당시 소련 피난민 타니아나와 사랑에 빠졌으나 그녀의 거절로 실패했고 또한 독선적인 러시아 프롤레타리아 작가 동맹과도 불화를 일으켰다. 그는 사랑과 공산당에 실망하여 자살했다. 뒤에 나오는 안전하게 죽었다는 말은 자살을 뜻한다.
21 스파르타의 용사들이 페르시아의 침공에 맞서 국가를 지키려다가 전멸한 산등성이.
22 Horatius(B.C. 65~B.C. 8). 포르세나 왕과의 싸움에서 단신으로 티베르 강의 다리를 막아 낸 고대 로마의 영웅. 이때의 부상으로 애꾸눈이 되었다.

그의 심정을 가장 간결하게 표현하는 말이었다. 그는 마리아와 긴긴 시간을 보내고 싶었다.

이제 긴 시간이 다시 있을 것 같지는 않았지만 그래도 혹시 남아 있다면 마리아와 함께 지내고 싶었다. 기회가 있다면 호텔로 가서 리빙스턴 박사 부처로 숙박계를 내고 투숙하는 거지.

그럴 바에야 차라리 그녀와 결혼하는 것이 어때? 그것도 좋겠지. 그는 생각했다. 그녀와 결혼할 생각이 있어. 그럼 우린 아이오와 주 선밸리에 사는 로버트 조던 부부가 되겠지. 아니면 텍사스 주의 코퍼스 크리스티 혹은 몬태나 주 버트 시의 로버트 조던 부부쯤 되겠지.

스페인 여자들은 아내 노릇을 잘한다고 하더군. 한 번도 아내를 두어 본 적은 없지만 그래도 나는 잘 알지. 대학에 복직이 된다면 그녀는 대학 강사의 아내가 되겠지. 그리고 고급 스페인어 강좌를 선택한 학부 학생들이 저녁이면 파이프 담배를 피우러 우리 집에 들르겠지. 그러면 케베도, 로페 데 베가,[23] 갈도스[24] 같은 스페인 작가들에 대해 격의 없는 값진 토론이 펼쳐지겠지. 그러면 마리아는 소위 진실한 믿음을 위해 싸운다는 푸른 셔츠의 십자군 같은 파시스트 병사들이 어떻게 자신의 머리를 깎고 앉았으며, 어떻게 팔을 비틀었으며, 또 어떻게 치마를 끌어 내리고 그걸로 입을 틀어막았는지 얘기해 줄 수도 있을 거야.

몬태나 주의 미술라 사람들이 마리아를 어떻게 생각할지는 나도 잘 모르겠다. 물론 그건 내가 미술라에서 일자리를

---

[23] Lope de Vega(1562~1635). 스페인의 소설가이자 시인이자 극작가.
[24] Benito Pérez Galdós(1843~1920). 스페인의 소설가이자 극작가.

얻었을 경우의 얘기지만. 거기에서 영원히 적색분자로 딱지가 붙어 일자리나 제대로 얻을 수 있을지 모르겠다. 그렇지만 그건 알 수 없는 일이다. 정말 그런 건 직접 부딪쳐 보지 않는 한 알 수가 없다. 그들은 내가 무슨 일을 했는지 알 수 있는 확실한 증거가 없다. 또 내가 무슨 일을 했노라고 얘기해 줘도 믿지 않을 것이다. 스페인 입국을 위한 내 여권은 아직도 유효하다. 그들이 여러 가지 제약을 가하기 전에 발급했기 때문이다.

미국으로 돌아가는 시기는 1937년 가을 이후가 될 것이다. 나는 1936년 여름에 떠났지. 휴가 기간이 1년이기는 하지만 그다음 해 가을 학기가 시작될 때까지만 돌아가면 돼. 지금부터 가을 학기까지는 아직 시간이 충분해. 그렇게 생각해 나가자면 오늘과 모레 사이에도 시간은 충분한 거야. 아니, 대학 일에 대해서는 걱정할 필요가 없어. 가을에 돌아가서 학교에 불쑥 나타나면 돼.

그러나 오랫동안 이상한 생활을 영위해 왔지. 정말 그건 이상한 생활이라고 할 수밖에 없어. 스페인이 나의 주된 관심사이기 때문에 스페인에 와 있다는 것은 하나도 이상할 게 없어. 여름이면 토목 공사나 산림 관리청의 도로 건설 또는 공원 공사 등에서 일했어. 그러면서 화약을 처리하는 방법을 배웠지. 그러니 다리 폭파 임무를 내가 맡는다는 것은 지극히 타당하고 정상적인 거야. 서둘러 해야 한다는 단점이 있지만 그래도 타당해.

폭파 작업을 수행 과제라고 생각한다면 그저 하나의 과제일 뿐이야. 그러나 그 작업에는 재미없는 일이 많이 따랐어. 비록 수월하게 해치웠지만 말이야. 또 그 폭파 작업의 살상

(殺傷)을 합리화하려고 끊임없이 노력했지. 거창한 말들이 그것을 정당화시켜 줄 수 있을까? 그러한 말들이 살인 행위를 그럴듯한 것으로 만들어 줄 수 있을까? 넌 너무 열성적으로 그 일에 뛰어들었잖아. 그는 혼잣말을 했다. 그리고 공화국을 위한 복무를 모두 마치고 나면 내 모습은 어떻게 변할까? 또 어떤 일을 할 수 있을까? 미래란 참으로 불확실한 것이라고 그는 생각했다. 그러나 그 일에 대해 글을 쓴다면 그 모든 불안을 해소할 수 있을 거야. 일단 쓰기만 하면 모든 것은 다 소멸되는 거야. 쓸 수만 있다면 좋은 책이 될 거야. 그 어떤 것보다도 나은 책이 될 거야.

그렇지만 다른 한편으로 볼 때 내가 소유한, 또는 소유하게 될 인생이란 오늘, 오늘 밤, 내일, 오늘, 오늘 밤, 내일의 반복일 뿐이야. 그러니까 남아 있는 시간을 꽉 움켜쥐고 그 정도의 시간이나마 확보해 놓은 것을 감사해야 돼. 그런데 다리 일이 잘못되면 어쩌지? 지금으로서는 잘될 것 같지 않아.

그러나 마리아는 아주 좋았어. 아니, 앞날에 좋지 않은 건가? 아니, 좋지 않다니 그게 무슨 말이야? 어쩌면 그것이 내가 인생에서 얻게 될 것들 중 최고로 좋은 것인지도 모르지. 어쩌면 그것이 내 인생의 전부인지도 모르겠어. 70년 인생 대신에 48시간 또는 70시간 아니면 72시간이 될지도 모르는데. 하루가 24시간이니까 만 사흘이면 72시간이 되겠지.

그 70시간을 70년처럼 충실하게 살 수 있을지도 모르지. 그래, 그 70시간이 시작되기 전에 자신의 삶이 충실했고 또 일정 연령에 도달했다면 가능할 수도 있는 얘기지.

참 쓸데없는 생각을 하고 있군. 무슨 잠꼬대 같은 생각을 하고 있는 거야. 참 엉터리로군. 어쩌면 엉터리가 아닐지도 모르지. 글쎄, 앞으로 알게 되겠지. 마지막으로 여자를 품어 본 것은 마드리드에서였지. 아냐, 그렇지 않았어. 에스코리알에서였어. 밤중에 깨어 멋진 여자인 줄로 착각하고 흥분했던 기억도 나는군. 그러다가 그 여자의 실체를 알게 되었는데 마치 시체를 끌어당기는 듯한 느낌이었어. 그런데도 섹스는 즐거운 거였지. 그보다 전은 마드리드에서였지. 그 짓을 하기 전에 내 신분을 감추려고 거짓말을 한 것 이외에 그 행위는 전보다 비슷하거나 오히려 못한 것이었어. 그러니 나는 스페인 여성을 낭만적으로 찬미하는 자도 아니야. 그런 가벼운 짓거리가 다른 나라에 비해 특별한 의미가 있다고 생각하지도 않아. 그러나 마리아와 함께 있을 때에는 그녀가 너무나 사랑스러워 미칠 지경이야. 이런 일이 일어나리라고는 생각조차 하지 않았고 또 그 존재 자체를 부정해 왔는데 말이야.

그래서 설혹 내 인생이 70년에서 70시간으로 단축된다고 하더라도 나는 충분히 본전을 뽑은 기분이야. 이런 기분을 느낄 수 있다니 참으로 행운이지. 그리고 긴 세월이라든가, 여생이라든가, 지금부터라든가 하는 것이 없고 오로지 지금 이 순간만 있는 것이라면 당연히 지금을 예찬해야 되지 않겠어? 나는 지금 이대로가 매우 만족스러워. 지금. 스페인어로는 〈아오라*ahora*〉, 프랑스어로는 〈맹트낭*maintenant*〉, 독일어로는 〈호이테*heute*〉라고 하지. 하지만 지금이라는 그 말이 온 세상을 지칭하고 내 인생 전부를 가리키는 것이라면 그 거창함에 비해서는 발음이 좀 우습군. 에스타 노체*esta noche*, 투나잇*tonight*, 스 수아르*ce soir*, 호이테 아벤트*heute Abend*. 라이프*life*(인생)과 와이프*wife*(아내), 비*vie*(인생)과 마리

mari(남편). 어쩐지 발음이 안 어울리는데. 나우-*now*(지금)와 프라우-*Frau*(부인)는 잘 어울리는군. 그러나 서로 무관해. 죽음을 생각해 볼까. 모르*mort*, 무에르토*muerto*, 토트*tot* 등이 있군. 토트가 발음상 가장 죽음을 잘 연상시켜. 전쟁은 어떨까? 게르*guerre*, 게라*guerra*, 크리크*Krieg*가 있군. 크리크가 발음도 거친 것이 가장 전쟁 같아. 아니면 생소한 독일어이기 때문에 더욱 그럴듯하게 들리는 걸까? 애인이란 말은 어떤가. 셰리*chérie*, 프렌다*prenda*, 샤츠*Schatz* 이렇게 세 가지가 생각나. 그러나 그 어떤 이름도 마리아만 못해. 오, 오, 마리아.

그들과 다 같이 힘을 합쳐 일을 해야 할 텐데 이제 시간이 별로 없다. 시간이 갈수록 상황은 나빠질 것이다. 다리 폭파는 딱 아침에 맞춰 해내기가 쉽지 않은 일이었다. 아주 어려운 상황이 되면 폭파 후 밤이 되기를 기다렸다가 이곳을 빠져나가야 할지도 몰랐다. 또 사정이 여의치 못해 동굴로 되돌아오려 한다면 역시 밤이 되도록 기다려야만 한다. 그렇다면 밤까지 기다렸다가 다리를 폭파하고 그 후 어둠을 타 돌아온다면 무사할 수도 있지 않을까. 새벽에 폭파하고 대낮부터 밤이 되기를 기다리는 지구전을 벌여야 하는 것은 정말 황당하지 않아? 그렇게 되면 일이 정말 어떻게 되는 거냐고. 그 불쌍한 소르도 영감은 그런 불길한 상황을 내게 자세히 설명해 주려고 엉터리 스페인어까지 포기했지. 나도 골스가 다리 폭파 작전을 처음 설명한 이후 그런 예기치 않은 상황이 돌출하면 어떻게 하나 곰곰 생각했지. 소르도는 그 생각이 엊그저께 밤 이래로 내 배 속에서 부글부글 끓는 생밀가루 반죽 같은 불유쾌한 것인 줄 모르는 듯했어.

참 지랄 같은 일이로군. 지금껏 살아오면서 이런저런 것들을 의미 있는 것으로 믿으려고 했으나 번번이 무의미한 것으로 판명되고 말았지. 이번 일같이 지저분한 일은 없었어. 나는 이런 일은 전혀 하지 않게 되리라고 생각했지. 지금 나로서는 형편없는 게릴라 그룹 두 팀의 힘을 빌려 이미 시작되었을지도 모르는 적의 역습을 방해하려고 아주 어려운 상황을 뚫고 다리를 폭파하는 일을 해야만 해. 그런데 이런 상황에서 마리아 같은 여자를 만나다니. 하지만 마리아를 만나지 말라는 법도 없지. 단지 너무 늦게 만난 것뿐이야.

필라르처럼 현실적인 여자가 마리아를 나의 침낭에 밀어 넣었어. 그래서 무슨 일이 일어난 건가? 그래, 무슨 일이 일어난 거야? 말해 봐. 어쨌든 일이 이렇게 벌어지고 만 거야. 바로 이렇게 말이야. 한마디로 일이 지랄같이 꼬이고 말았지.

필라르가 그녀를 내 침낭 속으로 밀어 넣었으니까 그건 아무것도 아닌 그저 그렇고 그런 일이라고 말하는 것은 나를 속이는 짓이야. 난 그녀를 처음 보았을 때 완전히 반해 버렸지. 그녀가 처음으로 입을 열어 말을 걸었을 때 이미 그렇게 될 것을 빤히 내다보았고 그걸 잘 알았어. 이미 그것을 가졌으니까, 그걸 가질 생각이 없었다고 하면서 과소평가해 봐야 아무런 소용이 없어. 그것이 무엇인지는 다 알고 있었잖아. 요리가 담긴 쇠 쟁반을 들고 나온 그 처녀를 처음 보았을 때 이미 그게 무엇인지 알았잖아.

그리고 그때 이미 그것에 빠져 버린 거야. 그걸 다 알고 있잖아. 그런데 왜 거짓말을 하려는 거야? 그녀를 쳐다볼 때마다 너의 마음속에서는 야릇한 기분이 피어올랐지. 그런데 왜 인정하지 않는 거야? 알았어. 인정하겠어. 그리고 필라르가 그녀를 네게 붙여 준 것에 대해 말해 보자면, 필라르는 아주 지혜롭게 처신했을 뿐이야. 필라르는 그녀를 잘 돌보았어. 그녀는 마리아가 쇠 쟁반을 들고 동굴 안으로 들어온 순간 마리아의 내면에서 어떤 일이 벌어졌는지 알아차린 거지.

그래서 필라르는 일을 쉽게 만들어 준 거야. 어젯밤과 오늘 오후의 섹스를 마련해 준 것이지. 그 여자는 너보다 몇 배나 똑똑하고 또 시간의 의미를 잘 아는 것 같아. 그 여자가 시간의 가치를 잘 안다는 것은 인정해야 돼. 자기가 잃어버린 것(사랑)을 다른 사람도 잃어버리게 할 수는 없었겠지. 그래서 자기가 대신 매를 맞아 준 거야. 그녀는 자신이 잃어버린 어떤 게(용기) 있었다는 사실을 인정하는 게 자존심 상했겠지. 그래서 그녀는 아까 산꼭대기에서 소르도를 만났을 때 자신이 대신 매를 맞아 준 거야. 그런데 우린 그 여자에게 큰 도움이 되어 주지 못하니…….

그래서 마리아와의 일이 벌어지고 만 거야. 바로 그렇게 되고 만 것이지. 그런데 이제 마리아와 이틀 밤이라도 온전히 보낼 수 있을까. 다른 사람들처럼 오순도순 잘 살면서 평생을 함께 보내는 일은 있을 것 같지 않아. 하룻밤과 하루 오후가 지나갔어. 그리고 앞으로 하룻밤이 더 남아 있을 뿐이군. 운이 좋다면 말이야.

시간이나 행복, 즐거움, 아이들, 집, 욕실, 깨끗한 잠옷, 조간신문, 함께 일어나는 것, 눈을 떴을 때 그녀가 옆에 누워 있는 것, 그래서 내가 혼자가 아님을 깨닫는 것 따위는 모두 부질없는 거야. 하지만 이런 것이 이 세상에서 원하는 것의 전부라면 왜 그것을 찾은 이 마당에 단 하룻밤이라도 시트가 깔린 침대에서 잘 수 없단 말인가?

불가능한 것을 바라고 있군. 정말 불가능한 걸 말이야. 정말로 그녀를 사랑한다면, 지금 말한 것처럼 사랑하고 있다면 지금 당장 해야 할 일은 그녀를 열렬하게 사랑하는 것뿐이야. 비록 서로 알게 된 지는 얼마 안 되었지만 그 일천한 관계를 강력한 사랑의 힘으로 더 단단하게 만들어야 해, 알겠어? 옛날 사람들은 그것을 위해 평생을 바쳤어. 바야흐로 넌 그걸 찾았고 이틀 밤을 얻은 거야. 그런데도 그 행운이 어디서 나왔는지 출처단을 따지려 들다니. 이틀 밤. 사랑하고 존경하고 그리워했던 이틀 밤. 행복할 때나 불행할 때나 아플 때나 죽으려 하는 때나. 아니, 죽는 것은 아닌데. 아플 때나 건강할 때나. 로군. 죽음이 우리를 갈라놓을 때까지. 이틀 밤이 다 가기 전에. 아마도, 아마도. 하지만 이제 이런 생각은 그만둬야지. 이로울 것도 없으니까. 이롭지 않은 일은 안 하는 게 장땡이야. 그럼, 바로 그렇게 해야 해.

이것이 바로 골스가 얘기하던 것이로군. 골스는 곁에 오래 있으면 있을수록 지혜가 많은 사람이라는 게 느껴져. 그래, 이것이 그가 물어보던 그것이었어. 맡은 임무가 불안정할수록 브상이 필요하다는 그 말. 골스도 이런 걸 겪었을까? 그리고 이런 일은 시간이 없고 사정이 급박해야만 생겨나는 것일까? 그렇다면 비슷한 상황이 오면 누구나 이런 일을 겪는다는 얘기인가? 자신에게 그런 일이 일어났기 때문에 특별한 것이라고 생각한 것일까? 골스처럼 붉은 군대에서 비정규 기병대를 지휘하면서 급히 여자를 품고, 그리고 작전 상황이 너무 긴박하기 때문에 어떤 여자라도 품기만 하면 마리아의 경우처럼 예뻐 보인다는 말인가?

골스는 이 모든 사실을 알았을지도 모르지. 그리고 주어진 이틀 밤 동안을 70년 인생이 모두 압축된 것 같은 강도로 살아야 한다는 걸 일깨워 주려 했던 것인지도 몰라. 이런 게릴라 활동을 하는 사람은 주어진 며칠의 시간 속에다 자신이 가진 것을 모두 털어 넣어 불태워야 한다는 뜻이었을 거야.

그건 훌륭한 신념의 체계였다. 그러나 그는 마리아라는 존재가 상황의 힘에 의해서만 만들어진 것이라고는 믿지 않았다. 물론 그녀가 겪은 커다란 충격은 그녀의 존재에 어떤 영향을 미쳤다. 기차 습격 때의 그 사건은 엄청난 충격이었을 것이다.

그것이 바꿀 수 없는 현실이라면 있는 그대로 받아들일 수밖에 없다. 그러나 그는 그 현실을 좋아한다고는 말할 수 없었다. 지금처럼 느끼리라고는 전혀 예상하지 않았으니까. 그는 생각했다. 또 이런 일이 내게 벌어지리라고 예상조차 하지 못했어. 난 평생 동안 이걸 간직하고 싶어. 그렇게 될 거야, 하고 또 다른 조던이 내부에서 말했다. 그렇게 될 거야. 이미 그걸 가지고 있고 지금으로서는 그게 네 인생의 전부야. 지금 이외에는 아무것도 없는 거야. 어제라는 것도 내일이라는 것도 존재하지 않아. 얼마나 더 나이가 들어야 이 엄연한 진실을 깨달을 수 있겠어? 오직 지금이 있을 뿐이며 그 지금이 고작 이틀에 불과하다면 네 인생이 이틀뿐이라고 생각하면 그만이야. 그리고 그 이틀의 시간을 적절히 분배해서 쓰면 되는 거야. 이것이 앞으로 인생을 살아 나가야 할 방법이야. 공연히 불평하는 것을 그만두고, 얻을 수도 없는 것을 요구하는 짓 따위도 그만둬. 그게 좋은 인생의 시작이야. 좋은 인생은 성경에 나오는 인생의 길이로 결정되는 것이 아니야.[25]

25 구약 성서 「시편」 90장 10절에는 〈인생은 기껏해야 70년, 근력이 좋아야 80년〉이라는 말이 나온다.

자, 그러니 걱정 따위는 집어치우고 즐길 수 있는 것을 마음껏 즐기도록 해. 그리고 주어진 일을 열심히 하다 보면 오래 살게 되고 인생이 즐겁게 돼. 요사이는 재미있지 않았나? 도대체 뭘 불평하는 건가? 이런 일이란 다 그런 거야. 그는 중얼거렸다. 그는 그렇게 생각을 전환하면서 기분이 유쾌해졌다. 늘 사람을 괴롭게 하는 것은 인생에 대한 어떤 지식이라기보다는 어쩔 수 없이 만나야 하는 사람들인 것이다. 그는 그런 생각을 하다 보니 기분이 좋아졌다. 그는 또다시 마리아에게 말을 걸었다.

「사랑해, 토끼. 무슨 말을 하고 있었지?」

「제가 하고 있었던 말은요, 당신 일에 대해 너무 걱정하지 말라는 거예요. 왜냐하면 제가 당신을 귀찮게 하거나 방해하지는 않을 거니까요. 제가 도와 드릴 일이 있으면 말해 주세요.」

「아무것도 없어. 내 일이라는 건 알고 보면 아주 간단한 거야.」

「저는 남자를 잘 돌보려면 어떻게 해야 하는지 필라르에게 배워서 그대로 하겠어요. 그렇게 배워 나가면 스스로도 일을 찾아낼 수 있을 것이고 또 당신이 제게 일러 줄 것도 있겠지요.」

「당신이 할 일이라곤 아무것도 없어.」

「아무것도 없다니요! 당신 침낭도 오늘 아침에 털어서 널어 놔야 했잖아요. 그래야 햇볕에 마르니까 말이에요. 그런 다음에는 이슬이 내리기 전에 은신처로 들여놓아야 하고요.」

「더 말해 봐, 토끼.」

「당신 양말도 빨아서 말려야 해요. 두 켤레를 마련해 두겠어요.」

「또 다른 건 뭐지?」

「만약 가르쳐만 주신다면 당신 권총도 닦고 기름칠을 하겠어요.」

「키스해 줘.」 로버트 조던이 말했다.

「안 돼요. 이건 심각한 얘기라니까요. 권총에 대해 알려 주시겠어요? 필라르에게 총 닦는 천과 기름이 있어요. 동굴에는 권총에 맞는 꽂을대도 있어요.」

「좋아, 가르쳐 줄게.」

「그리고 또 있어요. 총 쏘는 법을 가르쳐 주세요. 그러면 만약 한 사람이 다쳐서 붙들릴 위험이 있을 때 우리 둘 중 하나가 상대를 쏘아 주고 자기도 쏠 수 있어요.」

「그럴듯한데. 그런 기발한 생각을 자주 해?」 로버트 조던이 말했다.

「자주 하지는 못해요. 하지만 이건 좋은 생각이죠. 필라르가 이걸 제게 주고 쓰는 법도 가르쳐 주었어요.」

그녀는 셔츠에 달린 호주머니를 열어 휴대용 빗을 넣고 다니는 자그마한 가죽 주머니를 꺼냈다. 그러더니 양쪽 끝을 막고 있는 넓은 고무 밴드를 떼어 낸 후 젬[26] 타입의 한쪽만 날이 있는 면도칼을 꺼냈다. 「전 항상 이걸 가지고 다녀요. 필라르가 그러는데 이걸로 바로 여기 귀밑을 자른 후 이쪽까지 잡아당겨야 한대요.」 마리아는 손가락으로 그에게 시늉을 해보였다. 「필라르 말이 거기에 큰 동맥이 있어서 그걸 잡아당기면 틀림없다고 하더라고요. 또 고통도 없다는군요. 그저 귀밑을 힘껏 누른 다음 그것을 아래쪽으로 잡아당기면 된대요. 그건 아무것도 아니고 일단 그렇게 되면 아무도 중

26 면도날의 상표명.

단시킬 수 없다고 했어요.」

「맞는 말이야. 그건 경동맥이지.」

그래서 이 여자는 항상 저걸 갖고 다니는군. 마치 확실히 받아들여야 하고 또 당연히 그러려니 하는 현실로서 말이지.

「하지만 저는 당신이 저를 쏘아 주었으면 좋겠어요. 약속해 주세요. 만일 쏘아야 할 필요가 있으면 그렇게 해주겠다고.」 마리아가 말했다.

「물론이지. 약속해.」

「고마워요. 그런 일이 쉽지 않다는 것은 알고 있어요.」

「괜찮아.」

넌 이걸 다 잊어버렸잖아. 그는 생각했다. 일에 너무 몰두하게 되면 내전(內戰)을 왜 치러야 하는지도 다 잊어버리지. 하긴 잊게끔 되어 있기도 하지만. 까슈낀은 그걸 잊을 수 없었고 그러다 보니 일을 그르친 거야. 아니면 그 친구는 어떤 예감이라도 있었던 걸까? 그가 까슈낀을 쏘아 도움을 끊어 준 데 대해 아무런 느낌도 없었다는 것은 참으로 이상했다. 언젠가는 끔찍한 느낌이 들 거라고 생각했는데 이상하게도 지금까지 아무런 느낌이 없었다

「하지만 전 당신을 위해 다른 일도 할 수 있어요.」

마리아가 그의 옆에 바싹 붙어서 걸으며 아주 진지하고 여성스럽게 말했다.

「나를 위해 목숨을 끊어 주는 일 말고도?」

「네. 그 빨대가 있는 담배가 다 떨어지면 당신에게 담배를 말아 드릴 수도 있어요. 필라르에게 담배를 잘 마는 법을 배웠어요. 단단하면서도 깨끗하게 연초를 마는 법 말이에요.」

「멋지군. 혀로 핥아서 마나?」 로버트 조던이 물었다.

「네. 그리고 당신이 부상을 당하면 간호해 주고 상처에 붕대를 감아 주고 씻어 주고 음식을 먹여 주고……」

「아마 난 부상 같은 건 입지 않을 거야.」

「그럼 당신이 병들었을 때 돌보아 주고 수프도 끓여 주고 씻겨 주고 그 밖에 여러 가지 일을 해드리겠어요. 그리고 책도 읽어 드리겠어요.」

「난 병이 들지도 않을 거야.」

「그럼 당신이 아침에 잠을 깨면 커피를 갖다 드리죠……」

「어쩌면 커피를 좋아하지 않을지도 몰라.」

「아니에요. 좋아해요. 오늘 아침에도 두 잔이나 마셨잖아요.」 마리아가 명랑한 목소리로 말했다.

「만약 내가 커피도 싫고, 나를 쏘아야 할 필요도 없고, 부상당하지도 않고, 아프지도 않고, 담배도 끊고, 양말도 한 켤레만 갖고, 침낭도 내 스스로 내다 걸고 하면 어떻게 할 거야, 토끼? 그럼 어떻게 할 거야?」 조던이 마리아의 등을 두드리며 말했다.

「그럼 필라르의 가위를 빌려다가 당신의 머리를 깎아 드리겠어요.」

「난 이발도 싫어.」

「싫어하기는 저도 마찬가지예요. 그뿐만 아니라 당신 머리 모양은 지금 이대로가 좋아요. 만약 당신한테 해줄 일이 아무것도 없다면 당신 옆에 앉아 당신 얼굴을 쳐다볼 거예요. 그리고 밤이 되면 사랑을 할 거예요.」

「좋아. 밤이 되면 사랑을 한다는 계획은 멋진 것 같군.」 로버트 조던이 말했다.

「제겐 어떤 계획도 다 마찬가지예요. 아, 영국 양반.」

「내 이름은 로베르토야.」

「하지만 필라르처럼 저도 당신을 영국 양반이라고 부르겠어요.」

「로베르토라니까.」

「아니에요. 이제는 하루 종일 영국 양반이라고 부르겠어요. 한데 영국 양반, 당신 일을 도와 드릴까요?」 마리아가 말했다.

「아니. 내가 해야 할 일은 머릿속에서 냉정히 생각한 뒤에 나 혼자서 해야 해.」

「좋아요. 그럼 언제 끝나죠?」

「오늘 밤. 운이 좋다견.」

「좋아요.」 마리아가 말했다.

그들은 이제 캠프로 이어지는 마지막 숲 앞까지 다다랐다.

「저게 누구야?」 로버트 조던이 손가락으로 가리키며 물었다.

「필라르. 그래요, 필라르가 틀림없어요.」 마리아가 그의 손가락이 가리키는 곳을 바라보며 말했다.

필라르는 첫 번째 나무들이 자라고 있는 목초지의 아래쪽 가장자리에서 머리를 팔에 괴고 앉아 있었다. 그들이 서 있는 곳에서는 갈색 나무둥치에 기대어져 놓여 있는 검은 보따리처럼 보였다.

「자, 가보지.」

로버트 조던은 그렇게 말하고 나서 필라르가 있는 쪽을 향해 구릎까지 올라오는 히스 숲을 달렸다. 덤불숲을 한참 달린 뒤 그는 힘이 들어 속력을 늦추고 걷기 시작했다. 필라르가 깍지 낀 두 팔 위에 머리를 괴고 있는 모습이 보였다. 나무 둥치를 배경으로 앉아 있는 그녀는 검은 물체 같았다.

「필라르.」 로버트 조던이 그녀에게 다가가면서 날카로운 목소리로 말했다.

「아, 벌써 다 마쳤어요?」 그녀가 물었다.

「어디 아프세요?」 그는 그렇게 물으면서 허리를 굽혀 그녀의 얼굴을 들여다보았다.

「아뇨. 졸고 있었어요.」

「필라르, 어디 아파요?」 마리아가 그녀 옆에 무릎을 꿇고 앉으면서 말했다.

「난 괜찮아. 아주 기분이 좋아. 그래, 영국 양반, 또다시 남자구실을 해보였소?」

필라르는 그들 두 사람을 쳐다보며 그렇게 말했다. 그러나 일어나지는 않았다.

「정말 괜찮아요?」 로버트 조던은 그 말을 무시하면서 물었다.

「그럼. 그저 졸고 있었던 것뿐이에요. 당신도 눈을 좀 붙였소?」

「아뇨.」

「그래, 그 일이 네 구미에 맞던?」 필라르가 마리아에게 말했다.

마리아는 얼굴을 붉힌 채 아무 말도 하지 않았다.

「그녀는 그냥 내버려 둬요.」 로버트 조던이 말했다.

「당신한테 말하지 않았어요. 마리아?」

필라르의 목소리는 어딘지 딱딱했다. 하지만 마리아는 고개를 들지 않았다.

「마리아, 그 일이 네 구미에 맞느냐고 물었다.」

「아, 그냥 내버려 두라니까요.」 로버트 조던이 또다시 끼어들었다.

「당신은 입 닥쳐요. 이봐, 마리아, 그거 하나만 말해 보라니까.」 필라르가 조던을 무시하면서 말했다.

「싫어요.」 마리아가 머리를 가로저으며 말했다.

「마리아, 네 스스르의 의지로 한마디만 해봐.」 필라르의 목소리는 그 얼굴만큼이나 딱딱했고 다정한 기미라고는 전혀 없었다.

마리아는 계속 머리를 저었다.

로버트 조던은 혼자서 생각에 잠겼다. 만약 이 여자와 주정뱅이 남편과 그 겁쟁이 패거리를 동원할 필요가 없다면 이 여자의 낯짝을 힘껏 갈겨 주련만.

「어서 말해 봐.」 필라르가 재촉했다.

「싫어요. 싫어요.」 마리아가 말했다.

「그냥 내버려 둬요.」

로버트 조던은 그렇게 말하는 목소리가 자신의 것 같지 않다고 생각했다. 어쨌든 이 여자를 한 대 갈겨 줘야겠어. 그 다음은 될 대로 되라지, 하고 그는 생각했다.

필라르는 아예 그를 상대하려 하지 않았다. 그것은 새를 유혹하는 뱀이나 새를 어르는 고양이 같은 태도가 아니었다. 상대방을 괴롭히려는 것도 아니었다. 그렇다고 변태적인 것도 아니었다. 그러나 코브라가 대가리를 빳빳이 들고 공격할 때처럼 위압적인 데가 있었다. 그러나 그 위압적인 태도는 사악함의 지배력이 아니라 무엇인가를 찾고자 하는 태도에서 나오는 것이었다. 이런 꼴을 당하지 않았으면 좋았을 걸. 로버트 조던은 생각했다. 그러나 이것은 그 여자의 얼굴을 후려갈긴다고 될 일이 아닌 것 같았다.

「마리아, 난 너를 때리지 않겠어. 이제 스스로 말해 봐.」 필라르가 다시 말했다.

마리아는 고개를 저었다.

「마리아, 이제 네 스스로의 뜻으로 말해 봐. 알아들어? 뭐든지 생각나는 대로 말해 봐.」

필라르가 독촉했다.

「싫어요. 정말 싫어요.」 마리아가 나직한 목소리로 말했다.

「자, 이제 말해 봐. 뭐든지 좋아. 자, 내 말을 잘 듣고 이제 생각나는 대로 아무거나 말해 봐.」

「땅이 움직였어요. 정말이에요. 말로는 설명할 수 없는 미묘한 느낌이었어요.」 마리아는 필라르를 쳐다보지 않고 말했다.

「그래, 그랬군. 바로 그거야.」 그렇게 말하는 필라르의 목소리는 따뜻하고 다정했다. 그 목소리에는 괴기한 충동이 전혀 느껴지지 않았다. 그러나 로버트 조던은 필라르의 앞이마와 입술에 작은 땀방울이 맺혀 있음을 알았다.

「정말이에요.」 마리아가 입술을 깨물면서 말했다.

「물론 정말이겠지. 하지만 사람들한테는 말하지 마. 아무도 믿지 않을 테니까. 당신에게 집시 피는 없겠지, 영국 양반?」 필라르가 다정하게 말했다.

그녀가 일어나려 하자 로버트 조던이 부축했다.

「그럼요. 그런 피는 전혀 섞여 있지 않아요.」

「마리아도 집시 피는 섞여 있지 않아. 그런데 참 이상한 일이군.」

「필라르, 그렇지만 정말 그런 일이 벌어졌다니까요.」 마리아가 말했다.

「그럼, 충분히 그럴 수 있지, 내 딸아. 나도 젊었을 때는 땅이 움직였지. 그래서 공중에 둥둥 떠 있는 기분이었어. 땅이 갑자기 사라져 버리는 것이 아닐까 하는 두려움이 들 정도였지. 매일 밤 그랬어.」

「거짓말.」 마리아가 말했다.

「그래, 거짓말이야. 일생에 세 번밖에 안 움직이는 거야. 그래, 정말 움직이던?」 필라르가 물었다.

「네, 사실이에요.」 다리아가 대답했다.

「당신도 그랬나요, 영국 양반? 솔직히 말해요.」

필라르는 그렇게 말하면서 로버트 조던을 쳐다보았다.

「정말 움직였습니다.」 조던이 말했다.

「좋아요. 그럼 그건 사실이군.」

「세 번이란 무슨 뜻이죠? 왜 그런 말씀을 하시는 거죠?」 마리아가 물었다.

「세 번뿐이야. 넌 이제 그 기회를 한 번 가진 거야.」

「단지 세 번뿐인가요?」

「대부분의 사람들에게는 한 번도 오지 않아. 확실히 움직인 거지?」 필라르가 다짐하듯 마리아에게 물었다.

「밑으로 떨어질 뻔했어요.」 마리아가 말했다.

「그렇다면 움직였군. 자, 그럼 캠프로 돌아가자.」

「세 번이라니 그게 무슨 황당한 얘기죠?」 로버트 조던이 소나무 숲을 함께 걸어가면서 그 덩치 큰 여자에게 물었다.

「황당한 얘기라고? 그런 말 하지 말아요, 어린 영국 양반.」 필라르가 얼굴을 찌푸리며 말했다.

「그것도 손금 같은 건가요?」

「아니지. 그건 집시들에겐 흔한 일이고 또 증명도 된 거예요.」

「하지만 우린 집시가 아닌데요.」

「물론 아니지. 당신은 운이 좀 좋은 사람 같아요. 집시가 아닌 사람들도 때때로 그런 일을 겪으니까.」

「세 번이란 말은 진정인가요?」

「이제 그만둬요, 좀. 사람 좀 괴롭히지 말아요. 당신은 내 말을 이해하기에는 아직 너무 어려요.」 필라르는 기묘한 표정을 지으며 그에게 말했다.

「하지만 필라르.」 마리아가 말했다.

「입 닥쳐. 넌 이제 그런 일을 한 번 경험했고 이 세상에 있는 동안 두 번 더 남아 있어.」

「그럼 당신은?」 조던이 필라르에게 물었다.

「두 번 있었지. 그리고 더 이상은 없을 거야.」 필라르는 두 손가락을 펴보이며 말했다.

「왜요?」 마리아가 물었다.

「아, 입 닥쳐. 네 나이 또래의 일들은 통 감당할 수가 없어.」

「왜 세 번째는 없나요?」 로버트 조던이 물었다.

「자, 이제 그만 물어요. 입 닥치라니까.」

좋아. 로버트 조던은 생각했다. 난 세 번의 기회 따위는 믿지 않겠어. 나도 그들을 꽤 알고 있지만, 집시란 참 이상한 사람들이야. 이상하기는 우리도 마찬가지지. 굳이 차이를 둔다면 정직한 생활을 해야 한다는 거겠지. 우리의 선조가 어느 부족이었는지, 그 부족의 유산은 무엇이었는지, 그리고 그 부족이 떠돌아다니던 숲 속에 어떤 신비가 감돌고 있었는지 아무도 몰라. 우리가 아는 건 모른다는 것뿐이야. 우리는 밤마다 무슨 일이 일어나는지 전혀 몰라. 그러나 낮에 일어나는 일은 대단히 중요한 의미를 갖지. 무엇이든 일어난 일은 어찌할 수 없는 거야. 그런데 저 필라르는 말하기 싫어하는 마리아에게 억지로 말하게 해서 그것을 자기의 것으로 만들고 있어. 괜히 마리아의 일을 집시의 일과 연관시키고 있는 거야. 필라르가 아까 소르도를 만난 산꼭대기에서는 대신 맞아 주는 줄 알았더니 방금 전에는 다시 제 모습이 되어 상황을 제멋대로 주무르고 있군. 악의적으로 그렇게 했다면 총에 맞아 죽었을 테지만 악의적인 것은 아니었어. 뭔가 자신의 인생을 확실하게 장악하겠다는 의지 같은 것이었어. 마리아를 통해서 말이야.

야, 그렇게 말하는 너는 전쟁이 끝나면 여성학이나 전공하지그래. 그는 중얼거렸다. 필라르부터 시작할 수도 있겠지. 정말이지, 저 여자는 오늘 하루를 아주 신비한 날로 만들어 주었어. 전에는 집시 얘기 따위는 꺼내지 않고 그저 손금 얘기만 지나가듯이 했는데. 그래, 손금은 뭔가 있는 것 같았어. 손금에 대해서는 이야기를 지어내는 것 같지 않았어. 그렇지만 손금에 쓰인 것을 내게 얘기해 주지는 않았지. 뭘 보았는지 알 수 없지만 그것을 믿고 있는 것 같았어. 그렇지만 그게 무슨 예언이 되는 것은 아니야.

「이봐요, 필라르.」 조던이 그녀에게 말했다.

「뭐요?」 필라르가 미소를 지으며 돌아다보았다.

「너무 신비한 척하지 말아요. 난 신비함 따위에는 흥미 없으니까.」

「그래요?」 필라르가 되물었다.

「난 도깨비, 점쟁이, 사주쟁이, 겁쟁이 집시 마술사 따위는 하나도 믿지 않아요.」

「그렇군.」 필라르가 말했다.

「그런 건 하나도 믿지 않으니 제발 마리아를 조용히 내버려 둬요.」

「그렇게 하죠.」

「그 신비한 얘기도 그만둬요. 그런 쓸데없는 걸로 일을 복잡하게 만들지 말아요. 그러지 않아도 해야 할 일이 많으니까. 신비는 그만두고 일을 많이 합시다.」

「알았어. 한데, 이봐요, 영국 양반. 정말 땅이 움직였어요?」 필라르가 조던의 말에 동의하는 듯 고개를 끄덕이다가 미소를 지으며 다시 물었다.

「젠장, 움직였다니까요.」

필라르는 아주 재미있다는 듯이 계속 웃음을 터뜨리다가 로버트 조던을 바라보았다.

「영국 양반, 당신은 정말 웃기는군요. 앞으로 일을 더 많이 해야만 위신을 되찾을 수 있겠어요.」

젠장, 무슨 소리를 하는 거야. 로버트 조던은 생각했다. 그러나 그런 생각을 입 밖에 내어 말하지는 않았다. 그들이 얘기를 하는 동안 구름이 해를 가렸다. 그가 몸을 돌려 산 쪽을 쳐다보니 하늘은 이제 음산한 잿빛이었다.

「눈이 오겠는걸. 틀림없어.」 필라르가 하늘을 쳐다보며 말했다.

「지금 말입니까? 6월이 다 되었는데.」

「그게 무슨 상관이야. 여기 산간 지방은 달력과는 상관없어. 달력으로는 5월이지만.」

「눈이 올 리 없어요. 이런 시기에 눈이 오다니요.」 로버트 조던이 말했다.

「아니, 확실해, 영국 양반. 눈이 올 게 틀림없어.」

로버트 조던은 해가 희미해져 버린 짙은 잿빛 하늘을 올려다보았다. 그러는 동안 해는 완전히 사라졌고 온 사방은 잿빛으로 물들어 침침하고도 음산해졌다. 이제 그 잿빛에 가려 산꼭대기가 보이지 않았다.

「그렇군요. 당신 말이 맞는 것 같습니다.」그가 말했다.

14

 그들이 캠프에 도착했을 때는 이미 눈이 내리고 있었다. 눈발이 소나무 가지 사이로 흩날렸다. 처음에는 나뭇가지 사이로 너울대며 천천히 내리더니 곧 산에서 찬 바람이 몰아치자 빙빙 돌면서 앞이 보이지 않을 정도로 세차게 쏟아졌다. 로버트 조던은 잔뜩 화가 난 채 동굴 앞에 서서 쏟아지는 눈발을 쳐다보았다.
 「눈이 많이 오겠는걸.」 파블로가 말했다. 그의 목소리는 쉬어 있었고 눈은 뻘겋게 충혈되어 있었다.
 「집시는 돌아왔소?」 로버트 조던이 물었다.
 「아니, 아직 안 왔어.」
 「저 위 초소까지 같이 가지 않겠소?」
 「싫어, 난 이 일에 끼고 싶지 않아.」 파블로가 말했다.
 「그럼 나 혼자 찾아 나서야겠군.」
 「이런 눈 속에선 찾기 힘들걸……. 난 지금은 가고 싶지 않아.」
 「산에서 도로까지 내려갔다가 그 길을 따라 올라오면 되지.」
 「가보면 알아. 하지만 당신이 망을 보라고 내려보낸 그 두 사람은 눈보라 때문에 올라오는 중일 거야. 그러면 길이 어늦날지도 모르잖아.」

「영감은 날 기다리고 있을 거요.」

「천만에. 이 정도 눈이면 벌써 돌아오고 있을걸.」

파블로는 동굴 입구로 휘몰아치는 눈보라를 바라보았다. 「당신은 이 눈이 원수 같지, 영국 양반?」

로버트 조던이 눈을 불평하자 파블로는 충혈된 눈으로 그를 쳐다보며 웃었다.

「눈 때문에 당신 공격도 헛일이 됐구려, 영국 양반. 자, 어서 동굴 안으로 들어와. 사람들은 곧 돌아올 테니까.」

동굴 안에 들어가 보니 마리아는 화덕 옆에서, 필라르는 브엌 조리대에서 분주히 일하고 있었다. 화덕에서는 연기가 끊이 났으나 마리아가 부지깽이로 쑤시고 종이를 접어 부채질하자 불이 확 붙었고, 바람이 지붕 구멍에서 공기를 빨아들이자 장작이 활활 타올랐다.

「눈이 더 많이 올 것 같소?」 로버트 조던이 물었다.

「그럴 테지.」 파블로는 만족스러운 듯 말하고 필라르에게 소리쳤다.

「이봐, 당신도 눈이 싫은가? 당신도 대장이 되니 눈이 좋지는 않겠지.」

「나 말이야? 눈이 오면 오는 거지.」 필라르는 돌아선 채 말했다.

「와인이나 한잔 하시려오, 영국 양반?」 파블로가 말했다. 「나는 눈 내리기를 고대하며 하루 종일 마셨어.」

「한잔 주시오.」 로버트 조던이 말했다.

「눈을 위하여.」 파블로는 잔을 들어 건배했다.

로버트 조던은 파블로의 눈을 바라보며 잔을 부딪쳤다.

눈이 벌건 살인자 같으니. 이 잔을 네놈 이빨에 던져 버리고 싶다. 하지만 성급히 굴진 말아야지. 그는 스스로에게 타일렀다. 초조해할 건 없어.

「눈이란 참 아름다워.」 파블로가 말했다. 「이런 눈이 내릴 때 밖에서 자고 싶은 생각은 없겠지.」

그러고 보니 너도 그 일이 마음에 걸리나 보지, 파블로. 네 녀석도 마음에 걸리는 것이 한두 가지가 아닐 거야.

「눈 올 때 밖에서 자는 것이 싫다고?」 조던이 부드럽게 물었다.

「물론이지. 지독히 춥고 또 몹시 축축할 테니까.」 파블로가 말했다.

그건 네놈이 저 낡은 오리털 침낭의 가격이 왜 65달러나 되는지 모르기 때문이야. 로버트 조던은 마음속으로 중얼거렸다. 난 그 속에서 잘 때마다 1달러씩 돌려받는 기분인데 벌써 본전을 뽑고도 남았지.

「그럼 안에서 자도 괜찮겠소?」 그는 은근하게 물었다.

「괜찮고말고.」

「고맙소. 하지만 난 밖에서 자겠소.」

「눈 속에서 말이지?」

「그렇소.」

네놈의 붉게 충혈된 돼지 같은 눈깔과 털이 북실북실한 돼지 궁둥이 같은 상판대기가 보기 싫어서라도 밖에서 자야겠어.

「눈 속에서 자겠소.」

빌어먹을 눈, 망할 놈의 눈, 남을 골탕 먹여도 유분수지. 울화가 치민다.

그는 이제 막 불을 지핀 마리아 옆으로 다가갔다.

「눈이 무척 아름답군.」

「그렇지만 일에 방해가 되잖아요. 일이 걱정돼지요?」 마리아가 물었다.

「할 수 없지. 걱정한다고 무슨 수가 생기는 것도 아니고, 저녁은 언제나 먹지?」

「영국 양반, 꽤 시장한가 보군. 치즈라도 좀 들겠어요?」 필라르가 말했다.

「고맙소.」 그가 말했다.

그녀는 손을 뻗쳐 그물에 넣어 천장에 걸어 둔 커다란 치즈를 꺼내 한쪽 끝을 잘라 두툼한 조각을 건네주었다. 그는 그것을 먹으며 서 있었다. 산양 냄새가 나는 것이 그다지 좋은 맛은 아니었다.

「마리아!」 파블로가 소리쳤다.

「왜요?」 마리아가 되물었다.

「식탁을 깨끗이 치워야지.」 파블로는 로버트 조던을 쳐다보며 히죽 웃었다.

「그보다 당신이 흘린 것이나 깨끗이 치워요.」 필라르가 소리쳤다. 「우선 턱과 셔츠를 닦고 그다음에 식탁이라도 훔치시구려.」

「마리아!」 파블로가 또 불렀다.

「저 사람은 내버려 둬, 술에 취했으니까.」 필라르가 말했다.

「마리아! 지금도 눈이 내리고 있어. 눈이란 참 아름다운 거야.」 파블로가 말했다.

이 녀석은 침낭에 대해 모르는군. 로버트 조던은 생각했다. 이 돼지 눈깔을 한 녀석은 내가 무엇 때문에 그 오리털 침낭을 65달러나 되는 엄청난 값을 주고 사냥꾼에게 샀는지 모를 거야. 그건 그렇고, 이젠 집시가 돌아올 때도 됐는데. 집시가 오는 대로 노인을 찾으러 가야지. 지금 가는 게 좋겠지만 길이 어긋날 것 같기도 하고. 노인이 망보는 장소를 알 수 없으니까 답답한데.

「눈덩이를 뭉치지 않겠소?」 그가 파블로에게 빈정대듯 말했다. 「눈싸움 안 하겠소?」

「뭐라고? 뭘 하자고?」

「아니오, 아무 말도 안 했소. 말안장은 잘 덮어 뒀소?」

「그럼.」

그러자 조던은 영어로 말했다. 「네놈의 말을 못 쓰게 될 정도로 타고 다니든가 죽도록 못살게 굴어 거꾸러지게 한 다음 눈 속에 묻어 줄까?」

「뭐라고 중얼거리는 거야?」

「아무것도 아니오. 당신과는 상관없는 일이야. 난 여기서 걸어 나가겠소.」

「왜 영어로 지껄이는 거지?」 파블로가 물었다.

「아주 피곤할 땐 영어로 말하는 버릇이 있어. 아주 기분이 나쁠 때나 난처할 때도 그렇고. 그저 기분 전환으로 말해 보는 것뿐이야. 영어로 말하면 안심되는 구석이 있어. 언젠가 당신도 한번 해보시구려.」

「뭐라고, 영국 양반? 아주 재미있는 소리 같은데 알 수가 없군그래.」 필라르가 말했다.

「아무것도 아니오. 〈아무것도 아니오〉라고 영어로 했소.」

「그렇다면 스페인어로 하면 더 좋을 텐데. 스페인어라면 훨씬 짧고 간단하잖소.」

「그건 그렇소.」 조던이 말했다.

그러나 오오, 너, 파블로, 필라르, 마리아 그리고 그 이름을 잊어버렸으나 잊을 수 없는 두 형제, 난 스페인 말이나 당신네들 일, 내 일 그리고 전쟁마저도 구역질 나도록 싫을 때가 있단 말이야. 그건 그렇다 치고, 이 망할 놈의 눈은 왜 지금 내려 남의 속을 썩이는 거지? 정말로 분통이 터지는데. 아니, 그럴 필요 없지. 분통이 터질 이유는 하나도 없어. 난 이것을 현실로 받아들여 싸워 이겨야 해. 더 이상 내가 모든 것을 주무르는 주연 배우일 수는 없어. 바로 전까지 그랬듯이 눈이 내린다는 엄연한 현실을 외면해서는 안 돼. 이제 해야 할 일은 집시를 만나서 영감을 찾아내는 일이야. 도대체 지금이 몇 월인데 눈이 내린단 말인가? 하지만 그런 생각은 집어치워. 그런 생각은 버리고 있는 그대로 받아들여. 이게 네가 받아들여야 할 잔이야. 가만있어, 받아들여야 할 잔이라는 명구는 어떻게 시작하지? 기억력을 길러야겠군. 그러지 않으면 인용구 따위는 아예 잊어버려. 무슨 인용구를 생각하려다가 잘 생각이 안 나면 말이야, 그건 잊어버렸으면서도 자꾸 기억해 내려는 이름같이 마음에 걸려. 받아들여야 할 잔이라는 명구는 어떻게 시작하지?[27]

「와인 한 잔 주겠소?」 그는 스페인어로 말하고 파블로에게 물었다. 「큰 눈이 올 것 같소, 그렇지 않소?」

주정뱅이는 그를 쳐다보고 히죽 웃었다. 그러고 고개를 끄덕이더니 또다시 히죽 웃었다.

「공격도 비행기도 다리도 모두 틀렸어. 눈만 내리잖아.」 파블로가 말했다.

[27] 조던이 기억해 내지 못하는 명구는 신약 성서 「마태오의 복음서」 26장 39절 〈이 잔을 저에게서 거두어 주소서〉이다.

「이 눈이 오래 올 것 같소?」 로버트 조던은 그의 곁에 앉았다. 「여름내 눈 속에 갇혀 있게 될 것 같소, 파블로?」

「여름내라니, 천만에. 오늘이나 내일까지라면 모를까.」

「어째서 그렇게 생각하지?」

「눈보라에는 두 종류가 있지.」 파블로는 의젓하니 믿음직스럽게 말했다. 「하나는 피레네 산맥에서 불어오는데, 이건 매서운 추위를 동반하거든. 하지만 철이 너무 늦어 그놈이 불어닥칠 리는 없어.」

「그래, 그렇군.」

「오늘 눈은 칸탄브리코에서 온 거야. 바다에서 오는 거지. 바람이 부는 방향으로 보아 폭풍이 불고 큰 눈이 올 거야.」

「어디서 그런 것을 다 배웠습니까, 영감님?」 로버트 조던이 물었다.

이제 노여움은 가라앉았다. 그는 언제나 폭풍에 부딪히면 흥분했는데 오늘도 마찬가지였다. 눈보라, 강풍, 적도 지방의 돌풍, 열대의 폭풍우, 산속에서 벼락과 함께 쏟아지는 소나기, 그는 그런 것들에서 형언할 수 없는 흥분을 느꼈다. 깨끗하다는 것을 빼고는 전투할 때와 비슷했다. 전투 중의 바람은 열풍이다. 사람의 입김처럼 열이 있고 타는 듯 메마른 것이다. 그 바람은 불었다 하면 그날의 운명처럼 사라져 버린다. 그는 그 바람을 잘 알고 있었다. 그러나 눈보라는 그것과는 딴판이었다. 눈보라 속에서 짐승들은 아무것도 겁내지 않는다. 그들은 자신들이 어디에 있는지도 모른 채 들판을 쏘다니고, 노루 같은 것은 이따금 오두막 추녀 밑에 와서 서 있기도 한다. 눈보라 속에서 말을 타고 큰 사슴에게 다가가면 사슴은 이쪽 말을 동족으로 알고 앞으로 나와 맞아 준다.

눈보라 속에서는 잠시 동안이긴 하지만 적의가 사라지는 수가 있다. 눈보라가 불 때도 바람이 질풍으로 변할 수 있다. 그러나 제아무리 심하게 몰아쳐도 순백의 깨끗함이 있고, 대기는 오직 흰색 하나로 충만하고, 그러다 바람이 멈추면 죽은 듯 고요 속에 잠긴다. 오늘은 바람이 거셌다. 그러나 그는 그것을 즐겼다. 눈보라는 모든 것을 망쳐 버리고 말았다. 하지만 그는 그것을 즐길 수 있었다.

「나는 오랫동안 화물을 수송하는 일을 했어. 우린 화물 자동차를 쓰기 전에 커다란 짐마차를 가지고 산 너머로 화물을 운반했지. 그런 일을 하다 보면 날씨를 볼 줄 알게 돼.」 파블로가 말했다.

「그럼, 어떻게 해서 이 일에 발을 들여놓았소?」

「난 언제나 좌익이었어. 오스트리아 사람들과 친분이 두터웠는데, 그 나라 사람들은 정치적으로 매우 발달되어 있었지. 난 언제나 공화국 편이었어.」

「이 운동에 참가하기 전에는 무슨 일을 했소?」

「사라고사에 있는 어느 말 상인 밑에서 일했지. 투우장에서 쓰는 말과 군마를 대주는 상인이었어. 투우사 피니토 데 팔란치아와 함께 살던 필라르를 처음 만난 것도 그때 일이지.」 그는 자랑스럽게 말했다.

「대단찮은 투우사였지.」 식탁에 앉아 있던 형제 하나가 난로 앞에 서 있는 필라르의 등을 바라보며 한마디 했다.

「뭐라고? 대단찮은 투우사였다고?」 필라르가 몸을 돌려 그를 노려보며 말했다.

동굴 속의 부엌 난로 곁에 서 있는 그녀의 마음속에는, 몸집이 작고 햇볕에 탄 우울한 모습에 서글픈 눈빛과 뺨이 움푹 꺼진 피니토의 모습이 선명하게 떠올랐다. 다른 사람은 모르지만, 꽉 끼는 투우사 모자 때문에 이마에는 붉은 줄이 한 줄 나 있었다. 구불거리는 검은 머리는 이마에 착 달라붙어 있었다. 다섯 살짜리 황소와 맞서는 그의 모습이 눈에 선하게 떠올랐다. 그는 말의 키만큼 치켜 올라간 소의 뿔을 노려보았다. 소의 굳센 목이 말을 위로 받아 올리자 말에 타고 있던 그는 못이 박힌 막대기로 황소의 목을 찔러 위로 젖혀 올렸다. 말은 쿵 하고 땅에 쓰러지고 그도 나무 울타리에 부딪히며 떨어졌다. 소는 말을 쓰러뜨린 뿔을 흔들며 기수의 목숨을 노리고 앞으로 달려왔다.

그녀는 대단찮은 투우사인 피니토가 달려드는 황소 바로 앞에 서 있다가 순간적으로 휙 비켜서며 황소에 맞서는 것을 보았다. 그녀는 이제 똑똑히, 그가 무거운 플란넬 천을 막대기에 둘둘 마는 것을 보았다. 칼끝이 소의 머리며, 땀이 흘러 번들거리는 어깨의 살덩이를 스쳤다. 소가 날뛰고 칼 소리가 울리고 그때마다 상하좌우로 흔들리는 천은 피가 잔뜩 배어 무겁게 늘어졌다. 피니토는 꼼짝 않고 육중하게 서 있는 소의 머리로부터 다섯 발짝 떨어진 곳에서 옆얼굴을 내보이며 옆으로 서서 칼을 차츰 자기 어깨 높이까지 올렸다. 소의 얼굴은 그의 눈높이보다 높았기 때문에 아직 보이지 않는 소의 얼굴 한 곳을 노리면서 핏물이 떨어지는 칼끝을 노려보았다. 얼마 후 그는 왼손으로 피가 배어 묵직한 천을 갑자기 펄럭이면서 소의 머리를 강하게 찌르려는 자세를 취했다. 하지만 그는 발뒤꿈치로 서서 약간 뒤로 몸을 젖혔다. 그러고는 갈라진 뿔을 노려보았다. 황소의 가슴은 부풀어 오르고 눈은 천을 노려보고 있었다.

그녀의 눈앞에 그의 모습이 뚜렷하게 떠올랐다. 머리를 들어 빨간 울타리 맨 앞줄 관람석에 앉아 있는 관중들을 쳐다보며 〈이 소를 멋지게 쓰러뜨릴 테니 잘 보아 주십시오〉라고 외치는 그의 가늘고 맑은 음성이 들렸다.

그 소리가 들리는 듯하더니 이내 그가 첫발을 내딛느라 무릎을 굽힌 모습이 그녀의 눈에 들어왔다. 낮게 휘두르는 천을 따라 마술같이 땅 위를 기는 뿔을 향해 걸어가는 그의 모습과, 먼지투성이가 된 황소의 어깨에 칼을 꽂는 순간 뿔을 용케 피하는 검게 여읜 그의 팔목의 교묘한 움직임.

들진하는 소가 마치 그의 칼을 빼앗아 자기 몸을 찌르듯 번쩍이는 칼끝이 천천히 그리고 정확히 꽂히는 것을 보고, 그의 갈색 손가락 마디가 육중한 쇠가죽에 닿을 때까지 거친 숨을 몰아쉬며 칼이 꽂힌 자리에서 눈길을 떼지 않는다. 뿔을 피하고 소를 피하며 칼을 휘두른다. 왼손에는 막대기에 달린 천을 들고 오른손을 든 채 소가 죽어 가는 것을 응시한다.

그녀의 눈에는 피니토의 모습이 들어왔다. 소가 땅 위를 쥐어뜯듯이 버둥거리는 것을 지켜보고, 소가 넘어가기 직전의 커다란 나무같이 흔들리는 모습을 바라보고, 소가 땅을 딛고 일어서기 위해 마지막 숨을 내쉬고 있는 광경을 지켜보는 그의 모습. 얼마 후엔 승리를 알리는 몸짓으로 작은 몸집의 사나이가 한 팔을 올리는 것을 보았다. 그는 소가 죽어 가고 있다는 데서 오는 안도감, 멋지게 끝낸 지금 서슴스럽게 뿔에 받힐 염려가 없다는 데서 오는 안도감, 소는 이제 죽어 사지를 하늘로 내뻗은 채 뒹굴고 있다는 데서 오는 안도감에서 비지땀을 흘리며 이것으로 모든 것이 끝났다는, 속이 텅 빈 듯한 안도감 속에 서 있었다. 이 키가 작고 피부가 검은 사내는 미소조차 보이지 않고 울타리 쪽으로 걸어갔다.

그는 설령 목숨이 달려 있다고 하더라도 투우장을 뛰어서 벗어난다는 건 생각조차 하지 못한다는 것을 그녀는 알고 있다. 그래서 그가 천천히 울타리까지 걸어가 수건으로 입을 닦고 그녀를 쳐다보며 고개를 끄덕인 후 수건으로 얼굴을 닦고 자랑스럽게 장내를 한 바퀴 도는 것을 지켜보았다.

그녀는 그가 아주 천천히 미소 지으며 느린 걸음으로 걷다가 고개를 숙이고 또다시 미소 지으며 장내를 도는 것을 보았다. 그 뒤를 조수가 따르며 담배를 줍기도 하고 모자를 다시 던져 주기도 했다. 그는 서글픈 눈빛으로 장내를 일주하고 그녀 앞에서 발을 멈추었다. 그 일이 끝나고 그가 울타리 계단에 앉아 입에 수건을 대는 광경을 그녀는 보았다.

난로 옆에 서 있는 필라르의 마음속에는 이런 모습이 생생하게 떠올랐다. 그녀가 말했다.

「그래, 그 사람이 대단찮은 투우사라고? 내가 이런 사람들과 이제껏 살아왔다니!」

「아니야, 훌륭한 투우사였어.」 파블로가 말했다. 「키가 좀 작은 것이 흠이었지만.」

「게다가 폐병쟁이임이 틀림없었지.」 프리미티모가 거들었다.

「폐병쟁이라고? 그 사람과 같은 벌을 받고서 폐병에 걸리지 않을 사람이 세상 천지에 어디 있어? 후안 마르치 같은 악당이 되거나 오페라 가수가 되지 않는 한, 이 나라에서 가난뱅이가 무슨 수로 돈을 벌 수 있어? 부자들은 너무 많이 처먹어 위를 망쳐서 위장약 없이는 살아갈 수 없는 형편이고, 가난뱅이는 태어나서 죽을 때까지 뱃가죽이 등에 붙어 떨어질 수 없는 이 나라에서 그 사람이 어떻게 폐병에 안 걸리고 살 수 있겠어? 어린 마음에 투우를 배우겠다고 시합마다 따라다닐 때, 막 뱉은 침이나 말라붙은 가래침이 먼지 속에서 뒹굴고, 공짜로 타려고 삼등차 좌석 밑에 숨어서 여행을 하고, 가슴을 쇠뿔에 받히고도 폐병에 걸리지 않을 장사가 어디 있냐고?」

「맞는 말이야. 난 그저 그 사람이 폐병쟁이라고 했을 뿐이야.」 프리미티모가 말했다.

「그래, 폐병쟁이였지.」 필라르는 커다란 나무 주걱을 손에 들고 말했다. 「그 사람은 키가 작고 목소리도 가늘었어. 게다가 소를 끔찍이 무서워했지. 나는 시합을 앞두고 그렇게 겁내는 사람을 본 적이 없어. 그러나 막상 시합이 시작되면 그처럼 담이 큰 사람도 없었어. 이봐요, 당신은 죽는 걸 몹시 겁내고 있지? 죽음을 아주 대단한 걸로 착각하고 있지? 하지만 피니토는 항상 겁에 질려 있어도 시합에서는 사자와 같이 용맹했어.」 필라르가 파블로를 쳐다보며 말했다.

「아주 대담한 걸로 평판이 높았어.」 형제 가운데 한 사람이 말했다.

「난 그런 겁쟁이는 처음 봤어. 자기 집에 소대가리도 놔두려 하지 않는 거야. 언젠가 바야돌리드 축제 때 파블로 로메로의 소를 멋지게 죽인 적이 있지만……」 필라르가 말했다.

「그건 나도 생각나. 그때 나도 거기에 있었거든. 이마 털이 곱슬곱슬하고 뿔이 유난히 긴 티눗빛을 한 놈이었지. 30아로바[23]도 넘는 놈이었어. 피니토가 바야돌리드에서 죽인 것은 그 소가 마지막이었지.」 프리디티보가 말했다.

「맞았어. 그리고 카페 콜론의 간골 손님으로 자신들의 클

---

28 중량의 단위. 1아로바는 11.5킬로그램이다. 30아로바는 약 350킬로그램.

럽에 그의 이름을 붙이고 우쭐거리던 패들이 그 소의 머리를 박제해 카페 콜론에서 조촐한 연회를 열고 그 자리에서 피니토에게 선물했지. 식사 중에 소머리는 벽에 걸려 있었는데 보자기로 덮어 두었어. 나도 참석했었는데 나만큼이나 못생긴 파스토라, 니냐 데 로스 페이네스 그리고 창녀나 다름없는 여자들이 여럿 있었어. 조촐하긴 해도 아주 멋진 연회였는데, 한 사내를 놓고 파스토라와 유명한 창녀 사이에서 쟁탈전이 벌어졌지. 까딱하다가는 육박전으로 발전할 뻔했어. 난 행복에 빠져 피니토 옆에 앉아 있었는데 그 사람은 예수 수난 주간에 교회에서 예수상을 덮어 두듯이 보랏빛 보자기로 덮어 둔 소머리를 쳐다보지도 않더군. 피니토는 사라고사에서 열린 그해 마지막 투우에서 소를 죽이려는 마지막 순간에 뿔에 받혀 얼마 동안 의식불명인 때가 있었어. 그때는 음식을 소화시킬 수도 없었고, 연회 도중 입에 손수건을 대고 피를 토해 내서 음식을 많이 먹지 못했어. 지금 무슨 말을 하려고 했지?」 필라르가 말했다.

「소 대가리. 박제한 소 대가리 말이야.」 프리미티모가 말했다.

「그래그래. 당신들이 잘 알아들을 수 있도록 자세히 이야기해야겠군. 피니토는 그다지 쾌활한 사람이 못 돼. 그건 당신들도 알고 있겠지? 그는 굉장히 무뚝뚝해서 나하고 둘이 있을 때도 웃는 모습을 본 적이 없어. 아무리 우스운 일이 있어도 늘 그랬어. 그는 항상 심각했지. 마치 페르난도같이 진실했어. 하지만 그때는 피니토 클럽의 열성 팬들이 마련한 연회이니만큼 명랑하고 즐거운 표정을 지을 필요가 있었단 말이야. 그래서 그는 식사 중에 웃기도 하고 다정하게 얘기도 했지만 손수건을 꺼내 들고 있는 것을 아는 사람은 나뿐이었어. 그는 손수건을 석 장 가지고 있었는데 석 장을 다 쓰고 나에게 가만히 말했어. 〈필카르, 더 이상 참을 수가 없어. 이곳을 떠나고 싶어.〉

〈그럼 나가요〉라고 내가 말했어. 그가 무척 괴로워하는 것을 알았거든. 연회가 한창이었고 실내는 떠들썩했어.

〈아니야, 돌아갈 순 없어〉하고 피니토가 반대했어. 〈어찌 되었건 이건 내 이름이 붙은 클럽이니까 끝까지 있어야 할 의두가 있어.〉

〈그렇지만 기분이 나쁘면 돌아가도록 허요.〉

〈안 돼. 그냥 그대로 있어요. 만자니야나 좀 따라 줘요〉하고 말했어.

아무것도 먹지 않은 빈속에다 위장도 나쁜 사람이 술을 마시는 건 좋지 않을 거라고 생각했지만 뭐든 마시지 않고는 그 떠들썩한 분위기에 어울릴 수가 없었지. 그래서 난 그 사람이 만자니야를 거의 한 병 다 마시는 것을 보고만 있었어. 준비한 손수건을 모두 사용했기 때문에 손수건 대신 냅킨을 사용했어.

그러는 동안 연회는 난장판이 되고 몸이 작은 창녀들은 여러 클럽 회원들의 목 위에 올라타서 테이블 주위를 돌기 시작했어. 파스토라보고 노래를 부르라고 했고, 엘 니뇨 리카르도는 기타로 반주를 했어. 가슴이 벅차오더군. 술이 거나하게 오르자 모두 유쾌해져서 그 이상 찾아볼 수 없는 우정의 장면이 계속되었지. 난 정말 그때 집시들의 열정적인 연회를 처음 봤어. 그래도 그 연회의 계기가 된 소머리를 쓴운 보자기를 열려고 하지 않았어.

나는 아주 흥겨워져서 리카르도의 반주에 박수를 치고, 니냐 데 로스 페이네스의 노래에 장단을 맞추는 등 정신이 없어 피니토가 자신의 냅킨을 다 사용하고 내 것까지 쓰고 있다는 걸 깨닫지 못했지. 그때 피니토는 만자니야를 너무 많이 마셔서 눈빛이 유쾌하게 반짝였고, 누구에게나 아주 즐거운 듯이 고갯짓을 해보였어. 그러나 피니토는 말을 하게 되면 도중에 냅킨을 꺼내야 하는 것이 염려스러워 말은 별로 하지 않았어. 그래도 아주 유쾌하고 흥겨운 표정을 계속 지었지. 그 사람이 거기에 나와 있는 이유가 그것이었으니까.

이렇게 연회가 계속되는 동안 내 옆에 앉아 있던 사람은 라파엘 엘 갈로의 매니저를 지낸 사람이었는데, 그가 내게 이야기를 하나 해주었어. 끝 부분만 말하자면 이런 거였어.

〈그런데 라파엘이 나를 찾아와 이렇게 말했어.《당신은 이 세상에서 나에게 둘도 없는 친구이며 내겐 가장 고귀한 사람이야. 당신을 내 친형처럼 생각하고 선물을 하나 주고 싶어.》이렇게 말하고 근사한 다이아몬드 핀 하나를 주며 내 양 볼에 키스했지. 우린 둘 다 아주 감격해 하고 있었어. 그리고 라파엘 엘 갈로는 카페를 나갔지. 난 테이블 옆에 있던 레타나에게 말했어.《저 더러운 집시 놈은 방금 전에 새로운 매니저와 계약서에 도장을 찍고 온 거야.》《그게 무슨 말이에요?》레타나가 묻는 거야.《나는 10년이 넘게 그놈의 매니저 노릇을 했어도 선물이라곤 받아 본 적이 없어. 그러니까 이 선물을 준 저의가 모가지 치는 것 말고 또 뭐가 있겠어?》그리고 그 말은 사실이 되었어. 그렇게 해서 엘 갈로는 그자를 잘랐지.〉

그런데 바로 그때 파스토라가 우리 대화에 끼어들었어. 그 여자는 라파엘을 변호할 생각은 추호도 없었어. 하지만 그

매니저가 〈저 더러운 집시 놈〉이라고 집시를 욕한 게 문제였지. 라파엘을 나쁘게 말하기로는 누구도 그 여자를 따를 사람이 없었으니까. 그 여자가 하도 억지를 쓰니까 매니저가 입을 다물고 말았어. 내가 파스토라의 말을 가로막으니까 또 다른 집시가 나를 방해했어. 주위가 소란스러워서 상대방의 말은 하나도 알아들을 수 없었고, 단지 〈갈코〉라는 말이 다른 말보다 크게 들리더군.

소동이 진정되고, 대화에 끼어든 우리는 술잔에 시선을 내리깔고 앉아 있었는데, 그때까지 보랏빛 보자기에 덮여 있는 소머리를 공포에 짓눌린 표정으로 바라보던 피니토를 발견했어.

그러자 바로 그때 클럽 회장이 연설을 시작했어. 그것은 소머리 제막식에 관한 연설이었는데, 처음부터 끝까지 〈올레!〉 하는 환호성과 테이블 두드리는 소리로 요란했어. 나는 아우성 소리를 들으며 피니토를 바라보고 있었지. 그는 자기…… 아니, 내 냅킨에 피를 토하며 의자에 푹 주저앉은 채 바로 앞 벽에 보자기에 덮여 걸려 있는 소머리를 공포에 짓눌린 얼굴로 뚫어져라 쳐다보는 거야.

연설이 끝나갈 무렵 피니토는 고개를 자꾸 흔들더니 점점 더 의자 속으로 파묻혔어.

〈여보, 기분이 나빠요?〉 하고 물으니까 피니토는 날 알아보지 못하고 고개만 내저으며 〈싫어, 싫어〉라고단 하더군.

그러는 동안 클럽 회장은 연설을 끝내고 여러 사람들의 갈채 속에 의자 위에 올라서서 손을 뻗어 소머리를 덮고 있는 보랏빛 보자기를 끌러 천천히 벗겨 냈어. 보자기가 한쪽 뿔에 걸리자 천을 들어 뿔에서 빼냈지. 그러자 새까만 뿔이 양쪽으로 쑥 나온 노란 소머리가 나타났어. 뿔의 하얀 끝은 고슴도치의 털처럼 날카로웠어. 소대가리는 마치 산 놈같이 울퉁불퉁한 이마에 콧구멍이 빠끔히 열려 있고 불같이 타는 눈으로 피니토를 똑바로 노려보더군.

 다들 소리치고 박수 치며 야단법석이었지. 하지만 피니토는 점점 더 의자 깊숙이 파묻힐 뿐이었어. 얼마 후 모두 조용해져 피니토 쪽을 바라보니까, 피니토는 〈싫어, 싫어〉 하면서 황소 대가리를 쳐다보며 더욱더 몸을 뒤로 빼는 거야. 그러더니 아주 큰 목소리로 〈안 돼〉 하고 고함을 질렀어. 동시에 그의 목구멍에서 피가 한 덩이 툭 튀어나왔어. 냅킨으로 피를 닦아 내려고 하지도 않더군. 핏덩이는 그의 턱을 따라 흘러내렸어. 그는 계속 소를 보고 있었던 거야. 그러더니 이렇게 말하더군. 〈투우의 계절도 좋아. 돈을 버는 것도 좋아. 밥 먹는 것도 좋아. 그렇지만 나는 먹을 수가 없어. 내 말 알아들어? 속이 안 좋아. 이젠 끝장이야! 안 돼! 안 돼! 안 돼!〉 그는 식탁을 둘러보더니 다시 소를 쳐다보았지. 그러고 다시 한 번 〈안 돼!〉 하고 소리치고는 고개를 테이블 위로 떨궜어. 그는 냅킨을 입에 갖다 댄 채 그냥 그렇게 앉아 있었지. 아무 말도 하지 못하고. 그래서 연회는 처음에는 퍽 기분 좋게 시작되어 자못 성황을 이루며 유쾌하게 친목을 꾀하며 잘되어 가더니 결국에는 아주 엉망이 되어 버렸어.」 필라르가 잠시 말을 끊었다.

 「그럼 그 사람은 그 뒤 얼마나 살다 죽었죠?」 프리미티보가 물었다.

 「그해 겨울에 죽었어. 그 사람은 사라고사에서 쇠뿔에 떠받힌 상처를 끝내 회복하지 못한 거야. 그렇게 뿔에 받히는 것은 직접 뿔에 찔리는 것보다 더 나빠. 내상(內傷) 때문에 낫지를 않아. 그 사람은 소의 숨통을 끊어 놓기 위해 다가설 때마다 그렇게 공격을 당했기 때문에 투우사로서 그 이상의 성공은 거두지 못한 거야. 키가 작아서 뿔을 재빨리 피할 수 없었던 거지. 늘 뿔의 날에 받힐 수밖에 없었어. 그렇지만 그 이전의 부상은 가볍게 스치는 정도에 불과했지.」

「그렇게 작다면 투우사가 되지 말았어야죠.」 프리미티보가 말했다.

필라르는 로버트 조던을 쳐다보며 고개를 흔들었다. 이어 그녀는 여전히 머리를 흔들면서 커다란 무쇠 솥을 들여다보았다.

세상에 어쩌면 이런 인간들이 다 있을까 하고 그녀는 생각했다. 스페인 족속이란 도대체 어떻게 된 인간들인가. 〈그렇게 작다면 투우사가 되지 말았어야죠〉라니! 난 그런 말을 듣고도 가만히 있지. 는 그런 말에도 화가 나지 않아. 이미 설명을 다 했으니까 잠자코 있으면 되는 거야. 아무것도 모르는 사람들이란 얼마나 단순한가! 아무것도 모르니까 그렇게 말하는 거야. 〈그 녀석은 대단찮은 투우사였다〉라고! 아무것도 모르니까 그런 모진 말도 하는 거야. 어떤 사람은 〈그가 폐병쟁이〉였다고 말하지. 사정을 잘 아는 사람의 설명을 다 들은 다음에도 말이지. 〈그렇게 작다면 투우사가 되지 말았어야죠〉라고 말이야!

이제 그녀는 불 위로 몸을 굽히고 선 채, 침대에 누워 있던 피니토의 거무스름한 몸뚱이를 머릿속에서 다시 떠올렸다. 그의 양 넓적다리에는 툭 불거진 상처가 있었고, 오른쪽 갈비뼈 밑에는 불로 지진 듯한 나선형의 상처 자국이 있었다.

또 옆구리에는 채찍 자국 같은 모양의 상처가 겨드랑이까지 뻗어 있었다. 그녀의 눈에는 피니토의 감긴 두 눈과 엄숙하게 생긴 가무잡잡한 얼굴과 이마에서 뒤로 빗어 넘긴 검은 고수머리가 보였다. 그녀는 그의 침대 곁에 앉아서 다리를 마사지하고 장딴지의 뭉친 근육을 풀어 주었다. 마치 빵 반죽을 하듯이 주물렀다. 두 손을 모아 가볍게 두드리기도 했다. 모두 굳어진 근육을 풀어 주기 위해서였다.

「어때요? 다리가 좀 어떻느냐는 말이에요.」 그녀가 그에게 물었다.

「아주 좋아, 필라르」 그는 눈도 뜨지 않은 채 대꾸했다.

「가슴도 문질러 드릴까요?」

「아니, 제발 그쪽은 건드리지 말아 줘, 필라르.」

「그럼 장딴지는?」

「싫어. 거기도 너무 아파.」

「그렇지만 문질러서 약을 바르면 한결 나아지지 않겠어요?」

「아냐, 필라르. 그만둬. 건드리지 않는 게 낫겠어.」

「알코올로 닦아 드릴게요.」

「그래, 아주 부드럽게.」

「당신, 지난번 투우 때는 멋있었어요.」 그녀가 이렇게 말하면 「그래, 그때는 정말 멋지게 해치웠지」 하고 그가 말했다.

그녀는 그의 몸을 알코올로 닦아 주고 이불을 덮어 준 뒤 침대 속으로 들어가 옆에 누웠다. 그는 검게 탄 손을 뻗어 그녀의 몸을 어루만지면서 말했다.

「당신은 꽤 부드러운 데가 있구려, 필라르.」

그건 그가 한 말 가운데 가장 농담에 가까운 말이었다. 그는 투우가 끝나면 그냥 잠에 떨어지는 것이 보통이었다. 그녀는 그때마다 침대에 그렇게 누워 두 손으로 피니토의 손을 잡고 그의 숨소리에 귀를 기울이곤 했다.

그는 자다가 가끔 놀라는 경우가 있었는데 그때마다 그가 힘을 주어 자신의 손을 잡는 것을 느꼈다. 그럴 때면 그의 이마에는 땀이 배어 나왔다. 그럴 때 그가 눈이라도 뜨면 그녀는 〈아무것도 아니에요〉라고 말했다. 그러면 그는 스르르 다시 잠이 들었다. 그녀는 이렇게 그와 5년을 지냈다. 그동안 한 번도 그에게 부정한 짓을 한 적이 없었다. 단 한 번도. 그러나 그의 장례 후 그녀는 투우장으로 피카도르의 말을 끌고 들어오던 파블로와 눈이 맞았다. 파블로는 힘과 용기 면에서는 피니토가 일생을 두고 죽여 온 황소와 아주 비슷한 사람이었다. 그러나 황소의 힘과 용기가 죽을 때까지 지속되는 게 아님을 그녀는 비로소 알았다. 그러면 아직까지도 변하지 않고 있는 사람은 누구인가? 그건 나야, 하고 그녀는 생각했다. 그래, 난 지금도 변함이 없어. 그렇지만 무엇을 위해서?

「마리아.」 그녀가 마리아를 불렀다. 「좀 더 꼼꼼하게 일할 수 없겠니? 요리하는데 그렇게 불을 세게 피우다니. 그 정도 불이면 마을도 다 태워 버리겠다.」

바로 그때 집시가 온통 눈투성이인 채로 동굴에 들어섰다. 그는 카빈을 든 채 입구에 서서 발의 눈을 털어 냈다.

로버트 조던은 일어서서 입구 쪽으로 걸어가 집시에게 물었다.

「보고할 건?」

「큰 다리 위에선 한 번에 두 명씩 여섯 시간 교대로 보초를 섰어요. 도로 보수 요원의 관사에는 병사 여덟 명과 하사 한 명이 있어요. 자, 당신 시간 측정계는 여기 있어요.」

「제재소 쪽은?」

「거긴 영감이 있어요. 제재소와 도로 양쪽을 감시하고 있어요.」

「도로는?」 로버트 조던이 물었다.

「언제나처럼 아무런 변화도 없었어요. 차가 몇 대 지나갔을 뿐 이상한 건 없었어요.」

집시는 추운 것 같았다. 추위 때문에 검은 얼굴은 오그라들어 있었고 양손은 빨갰다. 그는 동굴 입구에서 재킷을 벗어 눈을 털었다.

「보초 교대 시간까지 기다렸어요. 교대는 낮 12시와 오후 6시였어요. 보초 교대까지는 너무 오랜 시간이더군요. 그런 군대에서 근무하지 않는 것이 얼마나 다행인지 모르겠어요.」

「영감을 찾으러 갑시다.」 로버트 조던이 가죽점퍼를 입으며 말했다.

「난 싫어요. 이제 불 좀 쬐고 뜨끈한 수프도 마셔야겠어요. 여기 있는 사람들 중 한 명에게 영감이 있는 곳을 말해 주면 그 사람이 당신을 안내해 줄 거요. 이봐, 게으름뱅이들.」 집시가 식탁의 사나이들에게 소리쳤다. 「누가 영감에게 이 영국 사람을 안내하겠어?」

「내가 가지. 어디 있나 말해 줘.」 페르난도가 말했다.

「잘 들어. 여기야……」 집시는 안셀모 영감이 도로에서 망보는 지점을 가르쳐 주었다.

15

안셀모는 바람을 피해 커다란 나무둥치 밑에 웅크리고 앉아 있었다. 나무 기둥 양편으로는 눈보라가 몰아쳤다. 그는 나무 기둥에 몸을 바싹 기대면서 양손을 반대편 소매에 엇갈려 찔러 넣고 고개는 바싹 수그렸다. 여기 더 오래 있다가는 얼어 죽겠군. 게다가 이건 정말 쓸데없는 짓이 아닌가. 그 영국 사람은 교대가 올 때까지 여기 있으라고 했지만 눈이 이렇게 갑작스럽게 몰아치리라는 것은 예상하지 못했을 거야. 도로에 수상한 움직임이라고는 없어. 길 건너편 제재소에 있는 초소의 배치와 활동 상황은 뻔한 거야. 이젠 캠프로 돌아가야지. 조금이라도 생각이 있는 녀석이라면 내가 돌아오기를 기다리고 있을 거라고. 아니야, 조금만 더 있다가 돌아가자. 명령이 너무 엄격해서 탈이군. 상황에 따라 탄력 있게 행동하는 것도 허용되지 않으니. 그는 두 발을 모아 비볐다. 그런 다음 두 손을 소매에서 빼내고 몸을 앞으로 구부려서 두 손으로 다리를 주물렀다. 또 두 발을 서로 부딪쳐 혈액 순환이 되게 했다. 나무가 바람을 막아 주는 덕분에 그가 있는 곳은 비교적 덜 추웠다. 그는 조금만 더 있다가 돌아가야 되겠다고 생각했다.

웅크리고 앉아 발을 비비고 있는데 도로에서 자동차 소리가 들렸다. 그 차는 체인을 달았는데 한쪽 체인이 철컥철컥 소리를 내고 있었다. 차는 눈 덮인 도로를 계속 달려오고 있었다. 녹색과 갈색 페인트가 얼룩덜룩하게 칠해져 있었고 유리창은 푸른색으로 선팅을 해 안이 들여다보이지 않았다. 그것은 참모 본부에서 사용하기 위해 위장 채색을 한 롤스로이스였다. 그러나 안셀모는 그런 것을 알 수가 없었다. 그리고 망토를 입은 세 명의 장교가 차 안에 있는 것도 볼 수 없었다. 두 명은 뒷자리에, 나머지 한 명은 앞쪽의 접는 의자에 앉아 있었다. 앞에 앉은 장교는 푸른색 창의 절개구로 밖을 내다보았으나 안셀모는 그것을 알 수가 없었다. 장교도 마찬가지로 안셀모를 보지 못했다.

차는 눈 속을 달려 그의 앞까지 왔다. 헬멧을 쓴 얼굴 붉은 운전사가 그의 눈에 들어왔다. 운전사가 입고 있는 망토 밖으로 얼굴과 헬멧이 튀어나와 있었다. 또 운전사 옆에 앉은 조수가 든 자동 소총의 총구가 앞으로 비죽이 나와 있는 것도 보였다. 차는 곧 도로 위쪽으로 사라졌다. 안셀모는 점퍼 주머니에 손을 넣어 로버트 조던의 수첩에서 찢어 낸 종이 두 장을 꺼냈다. 그는 그 종이에다 자동차를 그린 후 표시를 했다. 그건 그날의 열 번째 차였다. 여섯 대는 도로 위쪽에서 다시 아래쪽으로 내려왔으나 나머지 네 대는 아직 돌아오지 않고 있었다.

그 정도 통행량은 보통 때와 마찬가지였다. 안셀모는 이 고개와 산악의 전선을 유지하는 사단 참모들이 타고 다니는 포드, 피아트, 오펠, 르노, 시트로엥 등과 사령부 참모들의 롤스로이스, 란시아, 게르세데스, 이소타 등을 구별할 줄은 몰랐다. 그건 로버트 조던만이 할 수 있는 일이었다. 만약 조던이 여기에서 망을 보고 있었다면 도로를 올라가는 차들을 보고 사태가 심상치 않다는 것을 단번에 알아차렸을 것이다. 그러나 조던은 거기에 없었고, 안셀모는 그 종이쪽지에 도로를 올라간 자동차 표시를 또 하나 했을 뿐이었다.

안셀모는 이제 너무나 추워 더 어둡기 전에 캠프로 돌아가야겠다는 생각뿐이었다. 길을 잃을 염려는 없었지만 더 이상 여기서 기다리는 것은 쓸데없는 일이라고 판단했다. 바람은 그치기는커녕 점점 더 차가워졌고 눈발도 전혀 줄어들지 않았다. 그러나 그는 그 자리에서 일어나 발을 구른 뒤 휘몰아치는 눈발 사이로 도로를 쳐다볼 뿐, 언덕 쪽으로 돌아갈 엄두는 내지 못했다. 그는 여전히 소나무에 의지한 채 서 있었다.

영국 사람은 내게 자리를 지키라고 했어. 지금이라도 이리로 오고 있을지 몰라. 내가 여길 떠나면 그 사람은 눈 속에서 나를 찾다가 길을 잃을지도 모르지. 이번 전쟁 동안 우리는 느슨한 군기와 항명 등으로 많은 손해를 보았지. 그러니까 그 사람이 올 때까지 좀 더 기다려야지. 그렇지만 곧 오지 않으면 명령이고 뭐고 그만 가봐야겠어. 보고할 만한 자료는 다 준비되었어. 앞으로도 할 일이 얼마든지 남아 있지 않은가. 여기서 얼어 죽는 것은 쓸데없는 만용일 뿐이야.

도르 저쪽 제재소에서는 굴뚝으로 연기가 피어올랐다. 안셀모는 눈 속에서도 흘러오는 연기 냄새를 맡을 수 있었다. 저놈들은 따뜻하겠군. 그는 생각했다. 지금은 편안하겠지만 내일 밤엔 우리 손에 죽겠지. 그건 참 이상한 일이야. 생각하고 싶지 않아. 하루 온종일 저놈들 망을 봤어. 저놈들도 우리와 똑같은 사람이겠지. 지금 저리로 걸어가 문을 두드리면 아마도 따뜻하게 나를 맞아 주겠지. 그러나 임무 수행 중이니까 통행증을 보자고 하겠지. 저놈들과 내가 다른 것은 서로 다른 명령을 받아 놓고 있다는 것뿐이야. 저놈들은 파시스트가 아니야. 그런 명칭으로 부르기만 할 뿐 실제로는 아닌 거야. 저놈들도 우리와 마찬가지로 가난한 녀석들일 뿐이야. 놈들은 우리를 상대로 싸우지 말아야 하는 건데. 나는 살인이라면 생각조차 하기 싫어.

이 초소에 있는 자들은 가예고 놈들이야. 오늘 오후 그들의 대화를 엿들어서 알고 있어. 도망도 갈 수 없는 자들이지. 그랬다간 가족들이 총살되니까. 가예고 놈들은 아주 영리하거나 아주 미련하고 잔인하거나 이렇게 두 부류밖에 없어. 난 그 두 부류를 다 만나 봤지. 리스테르는 가예고 놈이고 프랑코와 같은 마을 출신이야. 이 가예고 놈들은 이런 때 눈이 내리는 데 대해 어떻게 생각할까? 그들의 고향에는 이렇게 험한 산이 없지. 늘 비가 오고 초록이 빛나는 곳이지.

제재소 유리창에 불빛이 나타났다. 안셀모는 몸을 떨며 생각했다. 영국 놈, 그 망할 자식! 저 가예고 놈들은 지금 우리 땅에 와서 저렇게 따뜻하게 잘 지내고 있는데 나는 꽁꽁 언 채 나무 뒤에 숨어 있어야 하다니. 또 우리는 산짐승처럼 바위 굴 속에서 우글거리고 있지 않은가! 그러나 내일이면…… 산짐승들은 바위 굴에서 나오게 될 것이고, 지금 편안하게 있는 저자들은 담요에 싸인 채 시체로 변하게 되겠지. 우리가 오테로를 습격했을 때처럼 말이야. 안셀모는 오테로 일은 생각하고 싶지 않았다.

오테로를 습격하던 날 밤 그는 난생처음으로 사람을 죽였다. 그는 이번 초소 습격에서는 사람을 죽여야 하는 일이 없었으면 하고 바랐다. 오테로에서 안셀모가 보초병 위에 담요를 뒤집어씌우자 파블로가 칼로 찔렀다. 그때 그 보초병은 담요 속에서 숨이 막히면서도 안셀모의 발을 잡은 채 놓지 않았다. 그 보초는 비명을 질렀고 안셀모는 담요 위를 더듬어 마구 칼을 찔러 댔다. 잠시 후 안셀모의 발을 잡았던 손에 힘이 빠지며 축 늘어졌다. 그는 무릎으로 그자의 목을 눌러 비명 소리가 새어나오지 않게 했다. 이어 파블로가 모두 잠들어 있는 초소 유리창으로 폭탄을 던져 넣었다 바로 그때 안셀모는 그 담요 뭉치에 칼을 찔러 넣었다. 섬광이 터졌을 때 온 세상은 붉은색과 노란색 천지였다. 이미 두 개의 폭탄을 집 안으로 던진 것이다. 파블로는 핀을 빼는 즉시 재빨리 폭탄을 유리창 안으로 던져 넣었다. 침대에 누운 채 죽지 않은 자들은 두 번째 폭탄이 터질 때 침대에서 일어나다가 죽임을 당했다. 파블로가 요원의 들불처럼 스페인 전국을 휩쓸며 파시스트들을 해치우던 전성기 때 얘기였다. 당시 밤이 되면 안전한 파시스트 초소는 아무 데도 없었다.

그런데 이제 파블로가 끝장이 난 것이다. 마치 불알이 잘려 나간 수퇘지처럼, 하고 안셀모는 생각했다. 거세 작업이 끝나자 수퇘지는 비명 소리를 거두었지. 그리고 불알 두 쪽을 던져 버렸을 때, 이미 수컷이 아닌 수퇘지는 꿀꿀거리며 그 불알 쪽으로 다가가 그것을 집어삼켜 버렸지. 아니, 파블로는 그 정도로 타락하지는 않았어. 사람들은 파블로를 실제보다 더 나쁘게 생각하는 경향이 있어. 어쨌든 추악하게 변하긴 했지.

이거 너무 추운데. 안셀모는 생각했다. 영국 사람이 빨리 왔으면 좋겠는데. 이번 초소 습격 때는 사람을 죽이지 말아야 할 텐데. 이 졸병 넷하고 하사관 하나는 살인하기 좋아하는 사람에게 미뤄야지. 영국 사람이 그렇게 말했어. 꼭 죽여야 한다면 할 수 없이 나라도 해야겠지. 아니야, 영국 사람은 다리에서 자기와 같이 있으면 된다고 했어. 죽이는 일은 다른 사람에게 맡기겠다고 했어. 다리에선 전투가 벌어지겠지. 내가 그 전투를 견뎌 낸다면 영감치고는 괜찮게 이 전쟁에서 활약한 것이 되겠지. 어쨌든 이젠 그 영국 사람이 와주었으면 좋겠는데. 춥기도 하지만, 제재소의 불빛을 쳐다보며 가예고 놈들은 얼마나 따뜻할까 하고 생각하니 더욱 견디기 어려운걸. 고향으로 돌아갈 수 있다면, 이 전쟁이 어서 끝난다면 얼마나 좋을까. 고향으로 돌아가기 위해서는 이 전쟁에서 이겨야만 해.

제재소 안에서는 한 병사가 침대에 올라앉아 부츠에 구두약을 바르고 있었다. 다른 병사는 목침대에 누워 잤고, 또 한 사람은 취사(炊事)를 했고 하사는 신문을 읽고 있었다. 헬멧은 벽에 박은 못에 걸려 있었고 소총은 판자벽에 기대어 세워져 있었다.

「6월이 다 되었는데 눈이 오다니, 참 알 수 없는 고장이에요.」 침대에 앉아 있는 병사가 말했다.

「놀라운 일이로군.」 하사가 말했다.

「지금은 5월이에요. 아직 5월이 다 가지 않았다고요.」 취사병이 말했다.

「5월 말에 눈이 오다니 참 알 수 없는 고장이에요.」 침대에 앉아 있는 병사가 되풀이해서 말했다.

「산간 지방에서는 5월에 눈이 오는 것이 그리 신기한 일도 아니야. 마드리드에서는 5월이 가장 추운 적도 있었지.」 하사관이 말했다.

「그리고 다른 어느 달보다 더운 적도 있었고요.」 취사병이 거들었다.

「5월은 일교차가 심한 달이야. 카스티야에서 5월은 기온이 높기도 하지만 아주 춥기도 하지.」 하사가 말했다.

「비가 오기도 하죠. 이번 5월엔 거의 매일 비가 왔으니까.」 침대의 병사가 말했다.

「그렇지 않아. 자네가 말하는 5월은 혹시 4월이 아닌가?」 취사병이 대꾸했다.

「자네들 얘기를 듣고 있으면 아주 돌아 버릴 것 같군. 달 얘기는 이제 그만두자고.」 하사가 말했다.

「어부나 농부에게 중요한 것은 실제 하늘에 뜨는 달이지 달력은 아무런 의미도 없어요. 예를 들면 이제 막 5월의 달이 시작된 걸 볼 수 있는데 달력상으로는 6월이 다가오고 있거든요.」 취사병이 말했다.

「그렇다면 어째서 실제 달의 움직임에 맞추어 달력을 만들지 않는 거지?」 하사가 물었다. 「자네 논리는 골치만 아프지 아무짝에도 쓸모가 없어.」

「하사님은 도시 출신이죠? 루고가 고향이시죠? 그러니 바다나 시골 사정을 어떻게 아시겠습니까.」 취사병이 지지 않고 말했다.

「도시에서 배우는 게 자네 같은 촌놈들이 바다나 시골에서 배우는 것보다 더 많아.」

「5월은 첫 정어리 떼가 나타나는 달이지요. 정어리잡이 고깃배들이 출어 준비를 하고 고등어 떼는 북쪽으로 물러가는 달이지요.」

「자넨 고향이 노야면서 왜 해군에 입대하지 않았나?」 하사가 물었다.

「노야가 아니라 네그레이라에서 징집령을 받았기 때문입니다. 거기서 태어났거든요. 이 네그레이라는 탐브레 강 상류에 있기 때문에 별수 없이 육군에 입대하게 된 겁니다.」

「운이 나빴군.」 하사가 말했다.

「해군이라고 수월한 것은 아닙니다. 전투가 벌어지지 않는다고 하더라도 이 해안은 겨울에 위험하기 짝이 없는 곳이지요.」 침대의 병사가 말했다.

「육군보다 더 나쁘지는 않겠지.」 하사가 말했다.

「하사님은 어떻게 그런 식으로 말씀하시죠?」 취사병이 말했다.

「난 위험한 정도에 대해 얘기하고 있는 것뿐이야. 폭격을 견뎌 내야 하고, 공격을 감행해야 하고, 참호 속에서 지루하게 기다려야 하는 것 따위를 말한 거야.」

「여기에는 그런 게 없죠.」 침대의 병사가 말했다.

「다행이야. 하지만 언제 그런 처지가 될지 어떻게 알겠나. 이렇게 손쉬운 생활이 영원히 계속되지는 않을 테니.」 하사가 말했다.

「언제까지 여기에 있을 수 있을까요?」

「모르겠어. 그렇지만 전쟁이 끝날 때까지는 있었으면 좋겠군.」 하사가 말했다.

「여섯 시간 보초는 너무 힘들어요.」 취사병이 말했다.

「폭설이 계속되는 동안에는 당분간 보초 시간을 세 시간으로 하지. 아무래도 그렇게 하는 게 낫겠어.」 하사가 말했다.

「그 참모 차들은 뭐죠? 참모 차량이 그렇게 많이 지나간 것은 아무래도 마음에 걸려요.」 침대의 병사가 말했다.

「나도 그래. 그런 건 모두 불길한 징조야.」 하사가 말했다.

「좋지 않은 징조이기는 비행기도 마찬가지지요.」 취사병이 말했다.

「그러나 우리의 항공대는 막강해. 빨갱이들에게는 우리와 같은 비행기가 없어. 오늘 아침의 비행 광경은 정말 보기에 흐뭇하더군.」 하사가 말했다.

「빨갱이 비행기가 그럴듯하게 날고 있는 걸 본 적이 있죠. 쌍발 폭격기였는데 정말 무섭더군요.」 벙커의 병사가 말했다.

「그랬지. 그렇지만 우리 비행기만큼 막강하지는 못해. 우리의 항공대는 무적이야.」 하사가 말했다.

안셀모가 눈 속에서 도로와 제재소의 불빛을 지켜보고 있는 동안 초소 안의 사람들은 이러한 이야기를 주고받았다.

살인은 면했으면 좋겠어. 안셀모는 생각했다. 전쟁이 끝나면 모든 살인 행위에 대한 공식적인 속죄 행위가 있어야 해. 전쟁 후에 종교가 없어지게 된다면 적어도 공식적인 시민 행사 같은 것이라도 조직해서 전쟁 동안의 살인 행위에 대해 속죄를 해야 해. 그렇게 하지 않으면 평생 사람답게, 그리고 참답게 살 수 없을 거야. 살인이 필요할 때가 있기도 하지. 그러나 그건 인간으로서는 못 할 짓이야. 이 모든 일이 끝나고 전쟁에서 승리하게 되면 우리 모두의 잘못을 씻어 줄 속죄 행사가 반드시 있어야 해.

안셀모는 매우 선량한 사람이었다. 그는 혼자 있을 때가 많았는데 그런 때면 살인에 대해 곰곰 생각하는 버릇이 있었다.

영국 사람은 어떤 사람일까? 그는 살인 따위는 개의치 않는다고 했어. 하지만 감정이 섬세하고 친절한 사람인 것 같아. 어쩌면 젊은 사람들에게는 살인 따위가 큰 의미 없을는지도 모르지. 외국인이나 종교가 다른 사람들에게서 우리와 똑같은 태도를 기대하기는 어렵겠지. 그러나 살인 행위를 하는 사람은 자기도 모르게 잔인해질 것 같아. 아무리 어쩔 수 없어 한 짓이라고 하더라도 나중에 속죄해야 해.

이제 완전히 어두워졌다. 그는 도로를 가로질러 불빛을 바라보았다. 양손으로 문질러 가슴을 따뜻하게 하려고 애썼다. 이제 정말 캠프를 향해 출발해야지. 그는 생각했다. 그러나 웬일인지 도로 옆의 그 나무 곁에서 떠나지 못하고 뭉그적거리고 있었다. 안셀모는 오늘 밤 다리를 폭파하면 좋으련만, 하고 생각했다. 오늘 밤 다리를 폭파하면 좋겠는데. 이런 밤이라면 다리를 폭파하고 초소를 습격하는 일은 식은 죽 먹기일 거야. 그러면 모든 일이 단번에 끝나 버릴 텐데. 이런 밤에는 뭐든지 다 할 수 있을 텐데 말이야.

잠시 후 그는 나무에 기대 선 채 발을 가볍게 구르면서 다리 생각을 더 이상 하지 않았다. 그는 밤이 되면 늘 마음이 쓸쓸해졌다. 오늘 밤엔 그 쓸쓸함이 어찌나 심한지 배 속 한가운데가 뻥 뚫린 것 같은 공복감이 있었다. 예전에는 이런 외로움을 기도로 극복하곤 했다. 가끔 사냥에서 돌아오면서 같은 기도를 수없이 되풀이했는데 그게 큰 도움이 되었다. 그러나 반(反)파시스트 운동에 참가한 이래 기도하는 일은 그만두었다. 기도하고 싶은 마음은 있었지만 그게 부당하고 위선적이라고 생각했기 때문이다. 다른 사람들도 모두 고통 받고 있는데 자신만 특별 대우를 받고 싶지 않았다.

그래, 난 외롭다. 그는 마음속으로 절규했다. 하기야 병사들은 모두가 외로운 존재들이지. 그들의 아내, 가족이나 부모를 잃은 사람은 모두가 외로운 존재다. 나에겐 아내가 없어. 아내가 이 운동이 터지기 전에 죽은 것은 오히려 다행스러운 일이야. 그 사람은 이 운동이 왜 일어났는지도, 내가 이 일에 가담하는 이유도 모를 테지. 내게는 자식도 없어. 앞으로 생길 일도 없어. 일을 하지 않는 낮에는 외로웠다가 밤이 되면 그 외로움이 더욱 사무쳐. 그러나 단 한 가지 자부할 수 있는 것은 공화국을 위해 충실히 일해 왔다는 사실이야. 어떤 기도, 아니 신조차 이 사실을 부정할 수는 없어. 나는 우리 민족이 미래에 함께 공유할 수 있는 행복을 위해 어려운 일을 시작했어. 난 이 운동의 시작부터 최선을 다해 일해 왔고 부끄러운 일이라곤 티끌만큼도 한 적이 없어.

단 한 가지 마음에 걸리는 것이 있다면 사람을 죽여야 한다는 거야. 하지만 그것에 대해서는 속죄할 기회가 오리라고 믿어. 나뿐만 아니라 많은 사람들이 짊어지고 있는 이 죄에 대해서는, 어떤 정의로운 구제 방법이 반드시 마련되어야 해. 그 영국 사람과 이야기하고 싶지만, 그는 아직 젊어서 이해하지 못할지도 몰라. 전에 그는 살인에 대해 이야기했어. 아니, 내가 그 이야기를 꺼냈던가? 그는 사람을 여럿 죽였을 텐데, 살인을 즐기는 사람 같지는 않아. 살인을 즐기는 놈들은 반드시 썩은 냄새를 풍기거든.

그것은 분명히 커다란 죄악이야. 필요하다고 하더라도 우리에게 살인할 권리는 주어지지 않았어. 그러나 스페인에서는 그 행위가 너무나 쉽게, 아무 필요 없는데도 수시로 자행되는 경우가 많아. 그래서 나중에는 손댈 수도 없는 부정이 난무하는 거야. 아니, 이 일을 너무 심각하게 생각하지 않는 게 좋겠군, 하고 그는 생각했다. 지금이라도 당장 속죄할 수 있는 방법이 있다면 좋겠어. 이 일은 내 일생 동안 가슴속에서 가라앉지 않는 앙금처럼 가책을 줄 거야. 살인이 아닌 대부분의 행위는 친절이라든가 그 밖의 적당한 것으로 용서되든가 보상될 수 있어. 그러나 살인 행위는 커다란 죄악이어서 이 문제에 자꾸 신경이 쓰이는 거야. 한참 뒤에, 나라를 위해 봉사한다든가 어떤 방법으로든 속죄할 기회가 올지도 몰라. 마치 교회에서 죄에 대해 보속의 형태로 뭔가 보상하는 것처럼. 그는 미소를 지었다. 속죄를 위한 것이라면 교회란 참으로 편리한 것이다. 그런 생각에 빠져 어둠 속에서 만족한 기분으로 미소 짓고 있는데 로버트 조던이 다가왔다. 그가 아무 말 없이 다가왔기 때문에 노인은 그가 바로 곁에 올 때까지 알아차리지 못했다.

「이봐요, 노인장. 어떻습니까?」 로버트 조던이 노인의 등을 가볍게 두드리며 말했다.

「지독한 추위예요!」 안셀모가 말했다. 페르난도는 조금 떨어져서 눈보라를 등지고 서 있었다.

「자, 어서 갑시다. 캠프로 돌아가 몸 좀 녹입시다. 노인장을 여기서 오랫동안 있게 한 건 내 불찰이었습니다.」 로버트 조던이 나지막한 목소리로 말했다.

「저것이 놈들의 등불입니다.」 안셀모가 손가락으로 가리켰다.

「보초는 어디 있습니까?」

「여기선 보이지 않아요, 저기 모퉁이를 돌아서 있으니까.」

「바로 저놈들이로군요……. 얘기는 캠프에 가서 듣기로 하죠. 자, 어서 돌아갑시다.」 로버트 조던이 말했다.

「메모한 정보를 보여 드리다.」 안셀모가 말했다.

「내일 아침에 보겠습니다. 자, 이거나 한 모금 들이켜요.」 로버트 조던은 수통을 노인에게 건네주었다. 안셀모는 수통을 기울여 술을 마셨다.

「카아, 이거 불같이 독하군.」

「자, 갑시다.」 로버트 조던이 어둠 속에서 말했다.

앞이 보이지 않을 정도로 난무하는 눈발과 검은 소나무 둥치 외에는 아무것도 보이지 않았다. 페르난도는 조금 위쪽에 서 있었다. 저, 담배 장수 인디언 좀 봐. 저 친구한테도 한 모금 줘야겠군.

「이봐, 페르난도. 한 모금 하겠소?」 그가 다가가며 말했다.

「고맙지만 싫습니다.」 페르난도가 말했다.

나야말로 고맙군. 로버트 조던은 생각했다. 담배 장수 인디언이 마시지 않아 다행이야. 이제 술도 얼마 남지 않았거든. 그건 그렇고 노인을 만나서 기쁘군. 그는 노인의 얼굴을 바라보고 그의 등을 가볍게 두드려 주고는 산을 오르기 시작했다.

「노인장, 당신을 만나서 기쁩니다. 우울하다가도 당신 얼굴을 보면 힘이 생깁니다. 자, 어서 갑시다.」 로버트 조던이 안셀모에게 말했다.

그들은 눈길을 오르기 시작했다.

「파블로의 궁전을 향하여.」 로버트 조던이 말했다. 그 말을 스페인어로 하니 그럴듯하게 들렸다.

「공포의 궁전으로 말입니까?」 안셀모가 말했다.

「길 잃은 달걀들의 동굴을 향해서죠.」 로버트 조던은 그의 말을 받으며 즐거워했다.

「웬 달걀이죠?」 페르난도가 물었다.

「농담이오. 달걀은 괜히 해본 말이오. 동굴에 있는 사람들이 어떻게 달걀이겠소.」 로버트 조던이 말했다.

「그런데 왜 길 잃은 달걀입니까?」 페르난도가 다시 물었다.

「난 몰라. 당신에게 설명하자면 책 한 권이 필요해. 필라르에게 물어보시오.」 로버트 조던은 안셀모의 어깨에 팔을 둘러 꼭 감싸 안고는 마구 흔들며 말했다.[29]

「이봐요, 노인장. 당신을 만나서 기뻐요. 이 나라에서 사람을 어떤 곳에다 남겨 두고 다시 그 자리에서 재회한다는 사실이 얼마나 기쁜 일인지 아마 당신은 모를 겁니다.」

이 나라에 대해서 아무 소리나 함부로 할 수 있다는 것은 그가 안셀모를 얼마나 신뢰하는가를 보여 주는 단적인 증거였다.

「나도 당신을 보니 기쁩니다. 그러잖아도 막 떠나려던 참이었어요.」 안셀모가 말했다.

「정말 그런 생각이 들 만도 했겠습니다. 그러지 않으면 얼어 죽었을 테니까 말입니다.」 로버트 조던이 환한 목소리로 말했다.

「위쪽은 어때요?」 안셀모가 물었다.

「좋아요. 별일 없어요.」 로버트 조던이 대답했다.

29 〈달걀〉은 스페인어로는 별 의미가 없으나, 영어의 〈egg〉는 사람을 가리킨다. 파블로의 동굴을 가리켜 〈공포의 동굴〉이라고 한 것은 파블로가 다리 폭파 작전을 두려워해 공포에 떨고 있다는 뜻이고, 〈길 잃은 달걀들〉은 곧 있을 다리 폭파 작전 이후 갈 곳이 마땅치 않은 게릴라들을 가리킨다. 그 뜻을 필라르에게 물어보라고 한 것은, 도망칠 곳이 없는 사정에도 불구하고 작전에 찬성한 필라르의 용기를 다른 대원들도 가져야 한다는 뜻이다.

혁명군을 지휘하다 보면 갑작스럽게 행복감을 느낄 때가 있는데 로버트 조던은 이 순간이 그러했다. 양 측면에서 보좌하는 사람 중 한쪽 측면이 제대로 버텨 줄 때 느끼는 그런 행복감이었다. 양쪽에서 다 잘해 준다면 그건 너무 행복한 일이지. 그는 생각했다. 그런 행운은 기대하기 어려워. 그리고 옆에서 도와주는 사람을 움직여 나가면 결국에는 한 사람밖에 없어. 그래, 바로 한 사람이야. 그건 그가 원하는 격언은 아니었다. 어쨌든 안셀모는 좋은 사람이었다. 정말 좋은 사람이야. 전투가 벌어지면 나의 왼쪽을 맡아 줘. 그는 생각했다. 그러나 아직 당신에게 그 점에 대해선 얘기하지 않겠어. 아주 끔찍한 전투가 될 테니까. 하지만 멋진 전투가 될 거야. 난 늘 나의 주도 아래 멋진 전투를 치르고 싶었어. 나는 아쟁쿠르 전투 이후 누가 잘하고 잘못 했는지 잘 알고 있어. 그렇지만 이번 전투만은 잘 치러야지. 소규모이긴 하지만 아주 멋진 전투가 될 거야. 내가 구상한 대로만 펼쳐진다면 이번 전투는 정말 멋질 거야.

「이봐요, 당신을 다시 보니 정말 기쁩니다.」 그가 안셀모에게 말했다.

「나도 마찬가집니다.」 노인이 말했다.

그들이 어둠 속에서 언덕 위를 걸어 올라가자 등 뒤에서 바람이 불었다. 그들이 계속 올라가자 바람이 그들 옆을 스쳐 지나갔다. 안셀모는 외로움 같은 것은 전혀 느끼지 않았다. 영국 양반이 그의 어깨를 가볍게 두드린 이래 외로움 같은 것은 씻은 듯이 없어졌던 것이다. 영국 양반은 기분이 좋았고 그들은 서로 농담을 했다. 영국 양반은 모든 것이 만족스럽게 잘되어 간다고 말했다. 배 속에 들어간 술이 온몸을 따뜻하게 했고 산을 타는 그의 발은 따뜻해져 왔다.

「도로에는 별 이상이 없었어요.」 그는 영국 양반에게 말했다.

「좋아요. 저기 위쪽에 올라가면 설명해 주십시오.」

안셀모는 이제 기분이 좋았고 감시 위치에 그대로 남아 있었던 게 잘한 일이라고 생각했다.

안셀모가 시간을 앞당겨 캠프에 되돌아왔다면 그것도 잘한 일이었을 것이다. 이런 상황에선 현명하고 정확한 판단이지. 로버트 조던은 생각했다. 그러나 그는 지시대로 그 자리를 지켰어. 스페인에서 그런 일은 아주 드문 거야. 이 폭설 속에서 자리를 지킨다는 것은 많은 것을 의미해. 독일인들이 폭풍우 속에서도 공격을 감행할 수 있는 것이 무엇 때문이겠어. 안셀모 같은 사람이 한두 명만 더 있으면 좋을 텐데. 정말 그런 사람이 필요해. 페르난도가 이만큼 해줄까? 가능성이 있을지도 모르지. 어쨌든 자발적으로 감시 위치에 나를 안내해 주겠다고 나섰잖아. 그도 안셀모처럼 임무를 철저히 수행했을까? 그만큼 잘해 냈을까? 고집은 아주 세어 보이던데. 좀 더 알아봐야겠군. 저 담배 가게 안의 인디언 노인같이 생긴 페르난도는 무슨 생각을 하는 걸까?

「무슨 생각을 하고 있소, 페르난도?」 로버트 조던이 물었다.

「그런 건 왜 묻죠?」

「그저 궁금해서. 난 호기심이 많은 사람이오.」 로버트 조던이 말했다.

「저녁 먹을 것을 생각하고 있었습니다.」 페르난도가 말했다.

「식사하는 걸 좋아합니까?」

「아주 좋아합니다.」

「필라르의 요리 솜씨는 어때요?」

「보통이에요.」페르난도가 대답했다.
 근엄하기는 제2의 쿨리지[30]로군. 로버트 조던은 생각했다. 그러나 이 사람은 어딘지 믿음직스러운 구석이 있어 보여.
 그들 세 사람은 눈발을 맞으며 언덕 위로 터벅터벅 걸어 올라갔다.

---

 30 Calvin Coolidge(1872~1933). 미국의 제30대 대통령. 제1차 세계 대전과 대공황 사이의 시기에 보수적 정책을 펼침으로써 미국인들에게 검소, 절약, 근엄, 무뚝뚝함의 대명사가 된 인물.

16

「엘 소르도가 여기 왔었어요.」 필라르가 로버트 조던에게 말했다. 그들이 눈보라를 벗어나 뿌옇게 연기에 싸인 따뜻한 동굴 안으로 들어서자 마리아는 로버트 조던 쪽을 향해 고개를 끄덕여 보였다.

「그는 지금 말을 알아보러 나갔어요.」

「좋아요. 내게 전하라는 말은 없었나요?」

「아니, 그저 말을 구하러 간다고만 하던데.」

「그럼 우리들은?」

「모르겠어요. 저 사람을 좀 봐요.」 필라르가 말했다.

로버트 조던은 안으로 들어오면서 파블로가 그를 보고 히죽 웃는 것을 보았다. 그는 그가 넓은 탁자 위에 앉는 것을 보고 희미하게 웃으면서 손을 흔들었다.

「영국 양반.」 파블로가 불렀다. 「아직도 눈이 오고 있나, 영국 양반?」

로버트 조던은 그에게 고개를 끄덕였다.

「신발을 이리 주세요, 제가 말려 드릴게요. 여기 불가에 걸어 놓을게요.」 마리아가 말했다.

「더우지 않도록 조심해. 이런 곳에서 맨발로 다니고 싶은 생각은 없으니까.」

로버트 조던이 그녀에게 말했다.

「뭐가 잘못됐나요? 회의가 있어요? 왜 밖에 보초를 내보내지 않았습니까?」

로버트 조던이 필라르에게 말했다.

「아니, 이런 눈보라 속에? 말도 안 되지.」

식탁 옆에는 여섯 명의 남자가 벽에 등을 기댄 채 앉아 있었다 안셀모와 페르난도는 아직도 손으로 툭툭 두들겨 재킷과 바지에 묻은 눈을 털어 내거나 입구 옆에 있는 벽에다 대고 발에 묻은 눈을 털고 있었다.

「재킷도 주세요. 눈이 묻은 채로 녹아 버리면 안 되니까요.」 마리아가 말했다.

로버트 조던은 재킷을 벗고 바지에 묻은 눈을 털어 낸 뒤 신발 끈을 풀었다.

「당신 때문에 여기 있는 게 모두 젖어 버렸는걸.」 필라르가 말했다.

「당신이 먼저 불렀잖아요.」

「그렇지만 당신이 문가로 돌아가서 솔질하는 것을 방해할 사람은 아무도 없다우.」

「그렇다면 미안하게 됐습니다.」 로버트 조던은 더러운 땅바닥에 맨발로 선 채 말했다.

「마리아, 내 양말 좀 찾아 주지 않겠어?」

「완전히 대왕마마로구먼.」 나무 한 조각을 불 속에 던져 넣으며 필라르가 말했다.

「우리에게 남아 있는 시간을 잘 활용해야 하니까」 로버트 조던이 그녀에게 말했다.

「잠겨 있는데요.」 마리아가 말했다.

「자, 여기 열쇠 있어.」 로버트 조던이 열쇠를 던졌다.

「이건 이 자루에 맞지 않는데요.」

「자루가 틀렸어. 다른 것을 보라고. 양말은 위쪽 옆에 있어.」

양말을 찾아내자 마리아는 자루를 닫고 자물쇠를 채운 뒤 양말을 열쇠와 함께 그에게 가지고 왔다.

「앉아서 그 양말을 신고 발을 잘 문지르세요.」

그녀가 말했다. 로버트 조던은 그녀에게 싱긋 웃어 주고는, 〈당신 머리털로 닦아 주면 더 좋겠는데〉 하고 필라르가 듣도록 일부러 크게 말했다.

「형편없는 사람이로군. 처음에는 지주 상전처럼 굴더니 이젠 아주 예수 그리스도야? 마리아, 장작개비로 좀 패줘라.」 필라르가 말했다.

「그러지 말라고. 좋아서 농담 좀 한 건데.」 로버트 조던이 마리아에게 말했다.

「좋다고요?」

「응, 모든 것이 잘되어 가고 있는 것 같거든.」 로버트 조던이 말했다.

「로베르토, 앉아서 발을 말리세요. 몸을 녹여 줄 마실 것을 좀 갖다 드릴게요.」

마리아가 말했다.

「얘, 마리아, 넌 마치 그 사람이 생전 발에다 물 한 번 안 묻혀 본 사람처럼 행동하는구나.」 필라르가 말했다. 「아니면 이곳에 눈이라곤 내린 적이 없다고 생각하는 거냐?」

마리아는 양가죽을 그에게 가져가 더러운 동굴 바닥에 깔았다.

「저, 신발이 마를 때까지 이걸 발밑에 깔고 계세요.」마리아가 말했다.

양가죽은 뽀송뽀송하게 마른 새것으로 무두질을 안 한 것이었다. 로버트 조던은 양말을 신은 채 발을 올려놓으면서 자신의 발바닥도 양피지처럼 쩍쩍 갈라지는 것 같다고 느꼈다. 불가에서 연기가 나자 필라르가 마리아를 불러 말했다.

「불꽃이 일어나도록 해야지, 웬 연기야? 아무짝에도 쓸모없는 것 같으니라고. 너구리 잡냐?」

「필라르, 당신이 하면 되잖아요? 전 지금 귀머거리 영감님이 두고 간 병을 찾고 있어요.」마리아가 말했다.

「그 짐 뒤쪽에 있어. 넌 그 사람이 젖먹이라도 되는 것처럼 행동하는구나.」

「그런 게 아니라, 젖어서 추위에 떨고 있어 그러는 거예요. 게다가 막 집에 돌아온 사람인걸요. 이곳에 말이에요.」그녀는 로버트 조던이 앉아 있는 곳으로 병을 들고 갔다.

「여기 그 병이 있어요. 이 병으로 아주 멋진 램프를 만들 수 있어요. 전기가 들어오는 곳으로 간다면 이 병은 아주 멋진 램프가 될 거예요.」그녀는 그 술병을 황홀하게 바라보면서 말했다. 「로베르토. 이렇게 부르니까 어때요?」

「난 내가 영국인이라고 생각하고 있었나 봐.」로버트 조던이 그녀에게 말했다.

「사람들 앞에서 당신을 로베르토라고 불렀어요. 그걸 어떻게 생각하세요, 로베르토?」그녀는 나지막한 목소리로 얼굴을 붉히면서 말했다.

「로베르토.」파블로가 탁한 목소리로 말하면서 로버트 조던을 향해 고개를 끄덕였다. 「그런 호칭이 듣기 어떻소? 돈 로베르토.」

「당신, 이 술 좀 들겠소?」 로버트 조던이 파블로에게 말했다.

파블로는 고개를 저었다. 「나는 주로 와인을 마시며 취하지.」 그는 한껏 위엄을 갖추고 말했다.

「그럼 바쿠스[31]하고 잘 지내 보게.」 로버트 조던이 스페인어로 말했다.

「바쿠스가 누군데?」 파블로가 물었다.

「당신의 동지.」 로버트 조던이 말했다.

「난 들어 본 적도 없는걸. 이 산속에는 그런 사람 없다고.」 파블로가 진지하게 말했다.

「안셀모에게 컵을 좀 주지.」 로버트 조던이 마리아에게 말했다. 「정말 추운 사람은 바로 그야.」

그는 마른 양말을 신고 물을 탄 위스키를 마셨다. 혀끝으로 깔끔한 맛이 느껴졌고 따뜻한 기운이 번져 갔다. 그렇지만 이건 압생트처럼 온몸을 돌아다니지는 않을 거야. 로버트 조던은 생각했다. 압생트 같은 술은 없어.

누가 이런 곳에서 위스키를 마실 것이라고 상상할 수 있었을까 하고 그는 생각했다. 그렇지만 곰곰 생각해 본다면 스페인에서 라 그란하만큼은 위스키를 쉽게 얻을 수 있는 곳 같기도 했다. 귀머거리 영감이 다이너마이트 전문가를 위해 애써 술을 가져올 생각을 하고 또 여기에다 두고 갔을까? 그들이 갖고 있는 것은 매너뿐만이 아니다. 매너대로 한다면 병을 꺼내서 아주 정식으로 마셔야 했을 것이다. 프랑스 사람들이라면 그렇게 했을 것이고, 남은 것을 아껴 두었다가

---

31 Bacchus. 술의 신.

다음번 행사에 다시 사용할 것이다. 아니. 손님을 배려하는 진정한 매너는 그런 것이 아니다. 먼저 손님이 위스키를 좋아할 것이라고 생각하고 그것을 준비해 두고 또 일부러 가져와서 그를 기쁘게 해주는 것, 그것이 진정한 매너이다. 특히 그 손님이 자신이 직접 하지 않으면 안 되는 일에 전념하고 있고 그 밖의 다른 일은 생각하지 못할 때, 이처럼 위스키를 가져와 손님을 대접하는 것, 그것이 스페인 사람들의 진정한 매너이다. 스페인 사람들이 가진 성격 가운데 하나지. 그는 생각했다. 위스키를 가져올 것을 기억한다는 것도 내가 스페인 사람들을 사랑하는 이유 가운데 하나야. 그들을 너무 낭만적인 사람들로 생각해서는 안 되겠지만. 미국인들이 그러하듯이 스페인 사람들도 여러 종류가 있으니까. 아무튼 위스키를 가져다주었다는 것은 참 멋진 일이야.

「그래, 어때요 술맛이?」 그가 안셀모에게 물었다

노인은 얼굴 가득 미소를 띠고 그 커다란 손으로 컵을 든 채 불 옆에 앉아 있었다. 그는 머리를 저었다.

「맛이 없나요?」 로버트 조던이 물었다.

「이 아가씨가 물을 타서 말이이요.」 안셀모가 대답했다.

「로베르토가 마신 것과 똑같이 만들었는데요.」 마리아가 말했다.

「당신은 특별한 술을 바라나요?」

「아니.」 안셀모가 마리아에게 말했다.

「특별한 것은 바라지 않고 마시면 목이 타는 그런 술을 좋아해.」

「그건 나에게 주고, 그 영감에긴 목이 탈 만한 것을 줘.」 로버트 조던이 그녀에게 말했다.

그는 컵 속에 있는 술을 자기 컵에 따르고 빈 컵을 그에게 돌려주었다. 마리아는 병에 들어 있는 술을 조심스럽게 따랐다. 이번에는 물을 섞지 않았다.

「어, 좋다.」

안셀모는 컵을 받자마자 고개를 뒤로 젖히고 단숨에 술을 들이켰다. 그는 병을 들고 서 있는 마리아를 바라보고 한쪽 눈을 찡긋했다. 그의 두 눈에서 눈물이 흘러내렸다.

「바로 이거야.」 그가 입술을 핥으며 말했다. 「이거야말로 우리를 괴롭히는 벌레[32]를 죽여 주는 거지.」

「로베르토.」 마리아가 그를 부르면서 병을 들고 그의 옆으로 다가왔다.

「이제 식사를 해야죠?」

「준비가 됐나?」

「당신이 원하면 언제라도 드실 수 있어요.」

「다른 사람은 벌써 들었나?」

「당신하고 안셀모하고 페르난도 빼고는 다 들었어요.」

「그럼 먹지.」 그가 말했다.

「당신은?」

「나중에 필라르하고 같이 먹을 거예요.」

「지금 우리와 같이 먹지.」

「안 돼요. 그러면 안 돼요.」

「괜찮아, 같이 먹자고. 우리나라에서는 남자가 여자보다 먼저 먹지 않는걸.」

「그건 당신 나라 이야기고요. 여기에서는 여자가 나중에 먹는 것이 바른 순서예요.」

32 인생의 고민을 뜻함.

「그 사람하고 같이 먹지그래. 같이 먹고, 같이 마시고, 같이 자고, 같이 죽지 뭘 그래? 남편을 따라 그 나라 관습대로 하라고.」 파블로가 테이블에서 이쪽을 바라보며 말했다.

「당신 취했소.」 로버트 조던이 파블로 앞으로 가서 선 채 말했다. 파블로는 지저분하고 수염이 숭숭 난 얼굴이 재미있다는 듯이 그를 쳐다보았다.

「그래, 영국 양반, 도대체 어디야? 남편하고 마누라하고 같이 밥을 먹는 나라 말이야.」

「미국의 몬태나 주요.」

「그럼 남자도 여자처럼 치마를 입는다는 곳이 거기야?」

「아니, 거긴 스코틀랜드지.」

「그렇지만 이봐 영국 양반, 당신이 치마를 입으면……」 파블로가 말했다.

「난 입지 않아.」 로버트 조던이 말했다.

「당신이 그런 치마를 입으면 그 속에 뭘 입지?」 파블로가 계속 물었다.

「스코틀랜드 사람이 무엇을 입는지 알 게 뭐야. 나도 궁금하군.」 로버트 조던이 말했다.

「스코틀랜드 말고. 누가 거기 일을 알고 싶댔어? 그깟 이름도 모르는 나라에 대해서 궁금하다고 했나? 아닐세, 난 관심 없어. 이보게 영국 양반, 자네 말이야. 내가 궁금한 것은 자네 나라에선 당신이 치마 속에다 무엇을 입느냐는 거야.」 파블로가 말했다.

「우린 치마를 안 입는다고 두 번이나 말했잖아. 술에 취해서건 장난으로건 절대로 입지 않는다고.」

「하지만 당신 치마 밑엔……」 파블로가 계속 갈했다.

「당신네가 치마를 입는 것은 세상이 다 아는 일이라고. 군인들까지 말이야. 나는 사진으로도 보았고 프라이스 서커스에서도 보았어. 당신네는 치마 밑에 무엇을 입지, 응? 영국 양반?」

「*Los cojones*(불알 두 쪽).」 로버트 조던이 말했다.

안셀모가 웃었다. 근엄한 페르난도를 제외한 모든 사람이 웃었다. 여자들 앞에서 말하기 창피한 그 낱말의 발음이 그를 기분 나쁘게 해서 웃지 않았던 것이다.

「그래, 그게 당연하지. 그렇지만 내 생각에는 〈*cojones*(불알들)〉가 충분하다면 따로 치마를 입지 않아도 될 것 같은데.」 파블로가 말했다.

「영국 양반, 파블로는 혼자 떠들게 내버려 둬요.」

프리미티보라고 불리는, 코가 비뚤어지고 얼굴이 평평한 사내가 말했다.

「취해서 그러는 거니까. 내게 말해 보세요. 당신네 나라에서는 무엇을 해서 먹고 살죠?」

「소나 양을 치고 있어요. 그리고 밀과 콩도 대량으로 재배하고, 사탕수수도 많고.」

세 사람은 테이블에 앉아 있었다. 파블로를 뺀 나머지 사람은 모두 테이블 가까이에 모여 있었다. 파블로는 와인 항아리 앞에 혼자 있었다. 식탁에는 어젯밤과 똑같이 스튜가 올라와 있었다. 로버트 조던은 며칠 굶은 사람처럼 허겁지겁 스튜를 떠먹었다.

「당신네 나라에도 산이 있어요? 이름으로 봐서는 산이 많을 것 같은데.」

프리미티보가 화제를 다른 방향으로 돌리려고 애쓰면서

물었다. 그는 파블로가 술 취해서 횡설수설하는 것에 당황하고 있었다.

「많기도 하고 높기도 하지.」

「그리고 좋은 목초지들도 있고?」

「아주 훌륭한 목장이 많이 있소. 정부가 관리하는 숲들은 여름이 되면 훌륭한 목초지들이 많이 생기지. 가을이 되면 소를 몰고 낮은 산지로 가고.」

「토지는 농민들이 소유하고 있나요?」

「대부분의 농토는 농사를 짓는 사람들의 것이오. 원래 땅은 나라 것이었지만 그 땅에 거주하면서 그곳을 개간하겠다고 선언하면 한 사람이 150헥타르까지 소유할 수 있도록 했소.」

「어떻게 그렇게 되었는지 말해 보시오.」 아구스틴이 말했다.

「그것은 대단한 의미를 가진 농지 개혁이오.」 로버트 조던은 자작 농지 설정 과정을 설명해 주었다. 그는 이전에 그것을 농지 개혁으로 생각해 본 적이 없었다.

「야, 그거 멋진데. 그러면 당신 나라는 공산주의 국가인가요?」 프리미티보가 물었다.

「아니, 공화국이오.」

「내 생각으로는…… 무슨 일이든지 공화국이라야만 할 수 있어. 나는 다른 형태의 정부는 필요 없다고 생각해. 당신 나라에 대재벌은 없소?」 아구스틴이 물었다.

「많이 있소.」

「그러면 착취가 있겠군.」

「물론. 매우 심하오.」

「하지만 당신은 그것을 없애려고 하고 있지?」

「그런 편이오. 하지만 지금도 착취는 계속 자행되고 있소.」

「타도해야 할 지주들은 없소?」

「있소. 하지만 세금을 통해 그들을 혼내 주어야 한다고 생각하는 사람이 많소.」

「어떻게?」

로버트 조던은 스튜 그릇을 빵으로 닦아 내면서 소득세와 상속세가 어떻게 부과되는가를 설명했다. 「그렇지만 대지주들은 그대로 남아 있소. 토지에도 세금은 매겨지는데 말이오.」

「그렇다면 대기업가나 대지주들은 틀림없이 그런 세금에 반대해서 혁명을 일으키겠죠? 내게는 그런 세금이 혁명적인 것으로 보이는데? 자신들이 위협받고 있다는 것을 알면 정부에 반대해서 들고일어날걸. 이곳의 파시스트들처럼 말이에요.」 프리미티보가 말했다.

「그럴 수도 있죠.」

「그러면 당신은 우리가 여기서 그러는 것처럼 당신 나라에서도 싸워야 할 거고요.」

「그래요, 싸워야만 하겠죠.」

「당신 나라에는 파시스트가 많지 않아요?」

「자기가 파시스트라는 것을 모르는 파시스트가 많소. 그렇지만 때가 되면 알게 될 거요.」

「하지만 그들이 들고일어나기 전에 미리 그들을 없앨 수는 없겠죠?」

「그래요, 우린 그들을 없앨 수 없소. 하지만 파시즘을 두려워하도록 민중을 교육해서 파시스트들이 나타났을 때 그들을 알아보고 대항하게 할 수는 있소.」 로버트 조던이 말했다.

「당신, 파시스트가 하나도 없는 곳이 어딘지 알고 있소?」 안드레스가 물었다.

「어디요?」

「파블로네 마을이오.」 안드레스가 히죽 웃으면서 말했다.

「그 마을에서 무슨 일이 일어났는지 알아요?」 프리미티보가 로버트 조던에게 물었다.

「얘기는 들었소.」

「필라르한테?」

「그렇소.」

「그 여편네한테 그 일에 대한 모든 것을 다 들을 수는 없었을 거요. 그녀는 끝까지 보지도 않고 창가에서 떨어져 나갔거든.」 파블로가 심각한 목소리로 말했다.

「당신이 그다음에 무슨 일이 있었는지 말해 보구려. 내가 그 이야기를 제대로 모르는 것 같으면 당신이 해주면 될 거 아녜요?」 필라르가 말했다.

「싫어. 난 한 번도 그 이야기를 한 적이 없어.」

「그렇겠지. 당신은 아마 말할 생각이 없겠지. 그리고 그런 일이 일어나지 않았기를 바라고 있겠지.」

「아니야, 그렇지 않아. 모든 사람들이 나처럼 파시스트들을 죽였으면 우리는 이런 전쟁을 하고 있지도 않을 거야. 하지만 그땐 그렇게 행동하지 말았어야 했어.」 파블로가 말했다.

「왜 그렇게 생각하지? 정치적인 견해가 바뀌었나?」 프리미티보가 물었다.

「오, 아니야. 그렇지만 그건 너무 잔인했어. 그 당시의 난 정말 잔인했지.」

「그리고 지금 당신은 술에 취했어.」 필라르가 말했다.

「그래, 당신 허락을 받고 취했지.」 파블로가 달했다.

「난 당신이 잔인할 때가 더 좋았어. 인간 가운데서 제일 역겨운 게 술주정뱅이예요. 도둑도 도둑질을 하지 않을 때는 다른 사람이나 다를 바 없어. 강탈범도 자기 집에서는 힘으로 빼앗지 않아요. 살인자도 집에 있으면 자신의 피 묻은 손을 닦아 내지. 그렇지만 술주정뱅이는 구역질 나는 냄새를 풍기면서 자기 침대에다 토악질을 할 뿐만 아니라 자기 몸을 알코올로 녹여 버린다고.」

「당신은 여자라서 이해 못 하는 거야. 술에 취하면 내가 죽인 사람들이 생각나지 않기 때문에 행복해. 그들을 생각하면 너무나 슬프단 말이야.」 파블로는 조용한 목소리로 말하고는 울적해서 머리를 흔들었다.

「그에게 귀머거리 영감이 가져온 것을 좀 줘요. 기분을 좀 살려 줘야지. 참을 수 없을 정도로 슬퍼지나 봐.」 필라르가 말했다.

「내가 그들에게 생명을 되돌려 줄 수 있다면 얼마나 좋겠어.」 파블로가 말했다.

「지랄은 나가서 너 혼자나 떨어. 여기가 어딘 줄 알고 이래?」 아구스틴이 그에게 말했다.

「난 그 사람들 모두를 살려 주고 싶어. 모두 다.」 파블로가 슬픈 목소리로 말했다.

「지랄 같은 소리. 그런 이야기 집어치워. 그러지 않으려면 여기서 나가. 네가 죽인 것은 파시스트야.」 아구스틴이 그에게 소리쳤다.

「내 이야기 들었지? 나는 그들 모두를 되살리고 싶단 말이야.」

「그러면 당신은 물 위를 걷게 되겠군. 내 평생 이런 남자는 처음 본다니까. 어제까지만 해도 조금은 남자다운 데가 남아 있었는데, 오늘은 병든 고양이만도 못해. 그렇지만 취해 있으니 행복하겠군.」 필라르가 말했다.

「궁땅 죽이든가 아예 죽이지 말든가 했어야 하는데.」 파블로가 고개를 끄덕이며 말했다.

「이보게, 영국 양반. 당신 어쩌다 스페인에 오게 됐소? 파블르가 하는 말에 귀 기울일 필요는 없소. 저 녀석은 취했으니까.」 아구스틴이 말했다.

「2년 전에 이 나라와 이 나라 말을 배우러 여기 왔었소. 미국 대학에서 스페인어를 가르쳤지.」

「당신은 대학 교수 같은 구석이 거의 없는데.」 프리미티보가 말했다.

「수염이 없기 때문에 그런 거야. 보라고, 수염이 없다니까. 당신 정말 교수야?」 파블로가 말했다.

「강사요.」

「하지만 가르친다며?」

「그렇소.」

「그런데 왜 스페인어를 가르치지?」 안드레스가 물었다. 「당신은 영국인이니까 영국 말을 가르치는 것이 더 쉬울 텐데?」

「그는 우리만큼 스페인어를 잘해. 그가 스페인어를 가르치지 못할 이유가 뭐가 있어?」 안셀모가 말했다.

「그래, 하지만 뭐랄까, 외국인이 스페인 말을 가르치는 것은 주제넘은 짓 아닌가요?」 페르난도가 말했다. 「당신한테 하는 이야기는 아닙니다, 돈 로베르토.」

「가짜 교수일 거야. 수염이 없는걸.」 파블로가 혼자 즐거워하면서 말했다.

「틀림없이 당신은 영어를 더 잘해요. 영어를 가르치는 것이 훨씬 쉽기도 하고 분명해서 좋을 것 같은데.」페르난도가 말했다.

「스페인 사람한테 가르치는 게 아니야.」필라르가 끼어들기 시작했다.

「난 배우고 싶지 않아요.」페르난도가 말했다.

「가만히 좀 있어, 이 고집쟁이야. 그는 미국인에게 가르치는 거야. 북아메리카인 말이야.」필라르가 말했다.

「미국 사람들은 스페인어를 할 줄 모르나?」페르난도가 말했다.

「남아메리카 사람들은 할 줄 아는데?」

「아이고, 이 답답아. 그는 영어를 쓰는 미국인에게 스페인어를 가르치는 거라니까.」필라르가 말했다.

「하지만 아무래도 내 생각에는 자기 나라 말인 영어를 가르치는 것이 쉬울 것 같은데……」페르난도가 말했다.

「당신은 이 사람이 스페인어로 말하는 거 못 들어 봤어?」필라르가 로버트 조던을 바라보며 어쩔 수 없다는 듯이 고개를 저었다.

「들었어. 그렇지만 사투리가 섞여 있어요.」

「어디 사투리?」로버트 조던이 물었다.

「에스트레마두라.」페르난도가 점잖게 말했다.

「세상에. 별소리를 다 듣겠군.」필라르가 말했다.

「그럴지도 몰라요. 난 거기서 왔으니까.」

「잘도 알아맞혔군. 이봐, 노총각, 밥은 다 먹었나?」

필라르가 페르난도를 돌아보며 말했다.

「먹을 것이 충분하기만 하다면 얼마든지 더 먹을 수 있지.」페르난도가 그녀에게 말했다.「그리고 돈 로베르토, 내가 당신 기분 상하게 하려고 그런다고는 생각지 말아 줘요.」

「지랄 같은 소리.」 아구스틴이 차갑게 말했다. 「정말 지랄이야. 우리가 동지를 〈로베르토 씨〉 하고 부르려고 혁명에 가담한 거야?」

「내 생각에는, 혁명은 우리 모두가 서로를 높여 부르기 위해 일어난 거예요.」 페르난도가 말했다. 「공화 정부 아래서라면 그렇게 되어야단 하죠.」

「지랄 같은 놈.」 아구스틴이 말했다. 「지랄 같으니라고.」

「그리고 난 아무리 생각해도 돈 로베르토는 영어를 가르치는 것이 더 나을 것 같아.」

「돈 로베르토는 수염이 없어.」 파블로가 말했다. 「가짜 교수야.」

「그게 무슨 뜻이지? 내가 수염이 없다니? 이건 수염이 아니고 뭐요?」

로버트 조던은 나흘 동안이나 깎지 않아서 푸르스름하게 수염이 자란 턱과 목을 가리켰다.

「그건 수염이 아니야. 그런 것은 수염이 아니라고. 그는 가짜 교수야.」

파블로가 고개를 저으며 말했다. 그는 이제 거의 들떠 있었다.

「도대체 모든 것이 엉망진창 개지랄이라니까. 그렇지 않으면 여기가 정신병자 수용소든가.」 아구스틴이 말했다.

「너도 마셔. 내가 보기에는 모두가 정상으로 보이는데. 돈 로베르토가 수염이 없는 것만 빼면 말이야.」 파블로가 그에게 말했다.

마리아가 손으로 로버트 조던의 뺨을 재빨리 만졌다.

「수염이 있는데요.」 그녀가 파블로에게 말했다.

「넌 알고 있겠지.」 파블로가 말하자 로버트 조던이 그를 바라보았다.

그가 많이 취하지 않은 것 같다고 로버트 조던은 생각했다. 그래, 별로 취하지 않았어. 그러니 조심해야겠는걸.

「이봐, 당신 생각은 어때? 눈이 계속 올까?」 그가 파블로에게 말했다.

「당신은 어떻게 생각해?」

「내가 먼저 물었어.」 로버트 조던이 말했다.

「다른 사람에게나 물어봐. 나는 당신의 정보원이 아니야. 당신은 당신 정보원이 준 서류를 가지고 있을 텐데. 그 여자한테 물어보지그래? 그 여자가 대장이야.」

「난 당신한테 물었어.」

「가서 당신네들끼리 수작이나 떨라고. 당신하고 그 여자하고 그 계집애하고 말이야.」

파블로가 그에게 말했다.

「그는 취했어요. 신경 쓰지 말아요, 영국 양반.」 프리미티보가 말했다.

「내가 보기엔 별로 안 취한 것 같은데.」 로버트 조던이 말했다.

마리아는 그의 등 뒤에 서 있었는데 로버트 조던은 파블로가 그의 어깨 너머로 그녀를 쳐다보는 것을 보고 있었다. 텁수룩하게 수염이 덮인 얼굴에 박힌 수퇘지 같은 조그만 두 눈이 그녀를 쳐다보았다. 로버트 조던은 생각했다. 난 전쟁 도중과 그 이전에 숱하게 많은 살인자들을 보았지만 그들은 모두 달라. 그들에게는 공통된 특징이 없고 생김새도 서로 다르지. 범죄형이라고 볼 수 있는 자는 없어. 하지만 파블로는 왠지 기분 나쁜 놈이야.

「나는 당신이 술을 마셨다는 것을 믿을 수가 없어. 물론 취했다고 생각하지도 않아.」그가 파블로에게 말했다.

「난 취했어.」파블로는 위엄 있는 표정을 지으며 말했다. 「마시는 것은 아무것도 아니야. 취한다는 것이 중요한 거지.」

「글쎄, 내 생각에 당신은 겁쟁이인 것 같군.」로버트 조던이 말했다.

갑자기 동굴 안이 조용해졌다. 필라르가 요리 하고 있는 불 위에서 장작이 타는 소리가 들렸다. 그리고 발을 얹어 놓고 있는 양가죽이 찍찍 갈라지는 소리가 들렸다. 밖에서 눈 내리는 소리가 동굴 안까지 들려오는 것 같았다. 사실 눈 내리는 소리를 들을 수는 없었지만, 눈 내린 곳의 침묵의 소리를 들을 수 있었다.

이자를 죽여 버렸으면 좋겠다고 로버트 조던은 생각했다. 이자가 무엇을 하려는지 알 수가 없어. 그렇지만 좋은 일은 아닐 것이 분명해. 모레 다리를 폭파해야 되는데. 이자는 나쁜 놈이니까 작전의 성공적 수행에 방해가 될 거야. 이놈 문제를 확실하게 해두지 않으면 안 돼.

파블로는 그를 보고 히죽 웃더니 손가락 하나를 들어 자신의 목을 자르는 시늉을 했다. 그는 너무나 짧고 굵어 잘 돌아가지 않는 고개를 양옆으로 저었다.

「안 되지, 영국 양반.」파블로가 말했다. 「날 건드리지 말라고.」그가 다시 필라르에게 말했다. 「당신은 나를 이런 식으로 없애려고 하면 안 돼.」

「뻔뻔스러운 놈.」로버트 조던은 이제 마음속으로 그를 죽여 버려야겠다고 결심하면서 그에게 말했다. 「비겁한 놈.」

「그럴지도 모르지. 하지만 나를 건드리지 않는 것이 좋을 거야. 자, 한잔 들라고, 영국 양반. 자, 어서 저 여편네한테 나를 제거하는 데 실패했다고 신호를 보내게나.」

「입 닥쳐.」로버트 조던이 말했다. 「나도 생각이 있어서 네 놈을 건드리려고 하니까.」

「그렇게 애쓸 가치가 없어.」파블로가 그에게 말했다. 「난 자네에게 시비를 건 게 아니니까.」

「넌 정말 보기 드물게 아무짝에도 쓸모없는 놈이야.」로버트 조던은 말했다. 그는 일을 이렇게 흘러가게 놔두는 것이 싫었다. 두 번이나 이 문제를 가지고 실패하는 것이 싫었다. 그는 파블로를 자극하는 말을 하면서 이 일이 전에 벌어진 일의 재판이라는 느낌이 들었다. 그가 읽었거나 꿈꾸었던 유사한 사건에 대한 예전의 기억을 더듬어, 지금 연극을 하는 듯한 느낌이 들었고, 주위가 빙글빙글 도는 것 같았다.

「보기 드물고말고. 희귀종인 데다가 술주정뱅이지. 불알을 위하여 건배, 영국 양반.」

파블로는 잔을 와인 항아리에 넣어 술을 떠서 위로 들어 올렸다.

이놈은 정말로 별난 놈이다. 로버트 조던은 생각했다. 영악한 데다가 복잡하기도 하고, 그는 자신의 거친 숨소리 때문에 불이 타는 소리를 들을 수가 없었다.

「자네를 위해!」로버트 조던이 와인 항아리에 잔을 집어넣으면서 말했다. 배신자도 이만한 건배를 받을 만한 가치는 있지. 건배를 해주자.

「건배!」그는 말했다. 「건배, 건배!」건배를 하면서 그는 자신에게 몇 번이고 말했다. 네놈에게 건배를 해주다, 아암, 해주고말고.

「돈 로베르토.」 파블로가 엄숙하게 말하자 로버트 조던이 대꾸했다.

「돈 파블로.」

「넌 교수가 아니야. 수염이 없잖아? 그리고 날 없애려면 등 뒤에서 쏘는 수밖에 없는데, 넌 불알도 없잖아?」

말을 마치자 그는 입을 꼭 다물고 로버트 조던을 바라보았다. 그 모양이 꼭 물고기 입 같다고 로버트 조던은 생각했다. 저 머리통은 꼭 가시복 대가리 같군. 바늘에 걸려 올라오면 공기를 들이마셔서 배가 부풀어 오르는 그 물고기 같아.

「건배, 파블로.」 로버트 조던은 잔을 높이 들어 올리고 건배를 외친 뒤 단숨에 술을 들이켰다. 「난 네게서 많은 것을 배우고 있어.」

「내가 교수를 가르치고 있는 거로군.」 파블로가 고개를 끄덕였다.

「자, 돈 로베르토. 사이좋게 지내세.」

「우린 이미 친구인걸. 하지만 이제부터 더 좋은 친구가 되자그.」 로버트 조던이 말했다.

「우린 이미 좋은 친구인걸.」

「난 여기서 나가겠어.」 아구스틴이 말했다. 「한평생 살아나가려면 지랄 같은 소리를 1톤은 들어야 한다는 말이 있지. 방금 내 귀에는 지랄 같은 소리가 각각 25파운드씩은 들어갔을 거야.」

「뭐가 불만이야, 이 검둥이 늠아?」 파블로가 그에게 말했다. 「넌 내가 돈 로베르토와 우정을 나누는 것이 보기 싫으냐?」

「나보고 검둥이라고 욕하는 네 입이나 잘 단속해.」 아구스틴은 그의 앞으로 가서 그의 손을 낮게 잡고 우뚝 섰다.

「하지만 다른 사람들도 그렇게 부르잖아?」

「네가 그렇게 부르는 것은 싫어.」

「그래? 그럼, 흰둥이?」

「그것도 아니야.」

「그럼 뭐야, 빨갱이야?」

「맞았어, 빨갱이지. 군대의 붉은 별을 지지하고, 공화국 편이야. 그리고 내 이름은 아구스틴이야, 알겠어?」

「아이고, 애국자 나셨구먼. 이봐, 영국 양반, 좀 보라고. 모범적인 애국자가 여기 있으니까.」 파블로가 말했다.

아구스틴은 왼손을 들어 손바닥으로 그리고 손등으로 파블로의 따귀를 쳤다. 파블로는 그대로 앉아 있었다. 그의 입 언저리에는 술이 그대로 묻어 있었고 표정은 조금도 변하지 않았지만 눈동자가 가늘어져서 강한 햇빛을 받은 고양이가 눈알을 세로로 가늘게 뜨는 것같이 되었다.

「이거 가지고는 안 되지. 이봐, 여편네, 이건 문제 삼을 필요도 없어. 난 절대로 화내지 않아.」 파블로는 고개를 필라르 쪽으로 돌렸다.

아구스틴은 다시 한 번, 이번에는 주먹으로 파블로의 입을 강타했다. 로버트 조던은 테이블 밑에서 총을 꽉 잡고는 안전장치를 풀고 왼손으로 마리아를 밀어 놓았다. 그녀는 약간 뒤로 물러섰다. 그는 다시 왼손으로 그녀의 갈비뼈 근처를 세게 밀어 그녀가 완전히 물러서게 했다. 그는 곁눈질로 그녀가 벽을 따라 불 쪽으로 가는 것을 보다가 그녀가 멀어지자 파블로의 표정을 살펴보았다.

머리통이 둥그런 그 사내는 앉은 채 무표정한 작은 눈으로 아구스틴을 바라보았다. 눈동자는 더욱 작아져 있었다. 그는 입맛을 다시고 나서 팔을 들어 올려 손등으로 입을 닦았다. 그리고 손에 묻어난 피를 바라보더니 혀를 내밀어 입술을 핥고는 침을 탁 뱉었다.

「이 정도로는 안 돼. 난 바보가 아니야. 이까짓 일에 화를 낼 것 같아?」

「여편네에게 그 짓을 시켜 밥 빌어먹는 놈.」 아구스틴이 말했다.

「넌 알 텐데, 우리 여편네 말이야.」 파블로가 말했다.

아구스틴은 또 한 번 그의 입을 힘껏 후려쳤다. 파블로는 빨개진 입을 벌리고 누렇고 지저분한 부러진 이빨을 내보이며 아구스틴에게 웃어 보였다.

「날 좀 내버려 둬.」 파블로는 항아리에 잔을 넣어 와인을 폈다. 「여기 있는 사람 중에 날 죽일 만큼 남자다운 놈은 아무도 없어. 이따위 주먹질은 바보 같은 짓이야.」

「비겁한 놈.」 아구스틴이 말했다.

「말 가지고는 안 돼.」 파블로가 말했다. 그리고 와인을 입에 넣고 부글부글 소리가 나게 입을 가셔서 바닥에 뱉었다. 「말 가지고 나를 화나게 만들려고 하다니 어림도 없어.」

아구스틴은 그냥 서서 그를 내려다보며 욕설을 퍼부었다. 느릿느릿하고 분명하게 가시 돋친 말투로 경멸감을 담아, 마치 밭일할 때 마차 속에서 인분을 거름통으로 퍼내듯이 쉴 새 없이 악담을 퍼부었다.

「그 정도로는 안 되겠어.」 파블로가 말했다. 「그만두지그래, 아구스틴? 그리고 더 이상 날 때리지 말게. 자네 손만 상할 뿐이니까.」

아구스틴은 등을 돌리고 입구 쪽으로 갔다.

「밖으로 나가지 마. 눈이 오고 있어. 여기서 편히 쉬라고.」 파블로가 말했다.

「네 이놈!」 아구스틴은 나가던 발걸음을 돌려 〈네 이놈〉이라는 말에 모든 욕설을 담아 파블로에게 외쳤다.

「나보고 네 이놈?」 파블로가 말했다. 「네놈들이 다 죽어도 난 살아 있을 거야.」 그는 또 술을 퍼내서 로버트 조던을 향해 잔을 들었다. 「교수를 위하여!」 그리고 필라르를 향해 말했다. 「대장 여사를 위하여!」 그러고 나서 모든 사람들에게도 건배를 했다. 「꿈속을 헤매는 모든 동지를 위하여!」

아구스틴이 그의 곁으로 다가서서 그가 들고 있는 잔을 재빨리 쳐 떨어뜨렸다.

「아깝지 않아? 바보 같은 짓 하지 마.」 파블로가 말했다.

이 말을 듣자 아구스틴은 또다시 지독한 욕설을 퍼부었다.

「틀렸어. 난 그런 사람이 아니야.」 파블로는 또 한 번 잔에 술을 채우며 말했다.

「난 취했어. 그걸 모르겠어? 난 취하지 않으면 말을 안 해. 너희들, 내가 떠들어 대는 거 본 적 있어? 하지만 똑똑한 사람은 때로 바보들과 함께 지내기 위해서 어쩔 수 없이 취하는 수가 있지.」

「어서 꺼져. 나가서 네 녀석의 그 비겁한 똥물 속에서 혼자 뒹굴기나 해.」 필라르가 말했다. 「난 너라는 인간이 겁쟁이라는 것을 너무나 잘 알고 있어.」

「이 여편네가 뭐라고 지껄이는 거야? 난 나가서 말이나 둘러보아야겠어.」 파블로가 말했다.

「그래, 가서 말들하고 붙어먹어. 그게 네놈의 버릇 아니야?」 아구스틴이 말했다.

「무슨 소리.」 파블로가 고개를 저었다. 그리고 벽에서 그의 담요 망토를 꺼내면서 아구스틴을 바라보았다.

「그건 네 이야기지. 너 같은 놈이나 그런 고약한 짓을 하지, 난 아니야.」

「그럼 가서 말하고 될 하겠다는 거야?」 아구스틴이 말했다.

「그냥 둘러보러 가는 거야.」

「말하고 붙어먹는 놈.」 아구스틴이 말했다. 「말과 씹하는 놈.」

「나는 말을 정말로 좋아해. 뒷모습조차도 그렇게 아름다울 수가 없어. 말이 여기 앉아 있는 인간들보다 훨씬 멋지고 눈치가 빠르지. 이제 그만하고 당신들은 당신들 일이나 신경 쓰시지그래? 영국 양반, 이 사람들에게 다리 폭파 이야기를 해줘. 공격할 때 그들이 해야 할 일을 일러 주라고. 또 후퇴할 때는 어떻게 해야 하는지도 가르쳐 줘. 당신은 도대체 이 사람들을 어디로 데리고 갈 거야? 다리를 폭파하고 나면 말이야. 난 술 마시면서 하루 종일 그 생각만 했어.」 파블로가 말했다.

「그래 무얼 생각했지?」 아구스틴이 물었다.

「내가 무얼 생각했냐고?」 파블로는 아까 얻어맞은 곳을 탐색하듯이 혀를 안쪽으로 움직였다. 「내가 뭘 생각했든 그게 너하고 무슨 상관이야?」

「말해 봐.」 아구스틴이 그에게 말했다.

「많이 생각했지.」 파블로는 말하면서 담요 망토를 머리에 뒤집어썼다. 둥근 머리통이 누렇게 더러워진 담요 밖으로 삐져나왔다. 「정말 많은 생각을 했어.」

「뭐야? 뭘 생각했다는 거야?」 아구스틴이 물었다.

「난 너희들이 망상에 사로잡혀 있다고 생각했어. 대가리가 사타구니에 처박혀 있는 여편네와 너희들을 망치러 온 외국 놈에게 질질 끌려가고 있다고 생각했지.」

「당장 꺼져.」

「당장 꺼져. 나가서 눈 속에 처박혀 있든지 네 그 더러운 정액을 말에게 주든지 마음대로 해. 이 말하고 붙어먹는 더러운 놈아.」 필라르가 그에게 소리쳤다.

「맞았어. 내가 말하고 싶었던 거야.」 아구스틴이 감탄하듯이 말했다. 그는 무심하게 말했지만 실은 딴생각을 하면서 앞으로의 상황을 걱정했던 것이다.

「나갈 거야.」 파블로가 말했다. 「하지만 금방 돌아올 거야.」

그는 입구에 걸려 있는 담요를 들치고 밖으로 나갔다. 그러고는 거기서 소리쳤다.

「눈이 여전히 내리고 있구먼, 영국 양반.」

17

 이제 동굴 속에서 들리는 소리는 난로 위에서 나는 픽픽 소리뿐이었다. 지붕으로 난 그멍을 통해 불꽃 위로 눈이 떨어지고 있었다.
 「필라르, 스튜 좀 더 없어요?」 페르난도가 말했다.
 「오, 입 닥쳐.」 필라르가 말했다. 그러나 마리아는 페르난도의 그릇을 난롯가에 내려놓은 커다란 냄비로 가져가 스튜를 담았다. 그것을 식탁으로 가져가 내려놓고서는 페르난도의 어깨를 가볍게 두드렸다. 그러더니 어깨에 손을 댄 채 한참 동안 옆에 서 있었다. 그러나 페르난도는 먹는 데에만 정신이 팔려 그녀를 쳐다보지 않았다.
 아구스틴은 불가에 있었고 다른 사람들은 자리에 앉아 있었다. 필라르는 테이블을 사이에 두고 로버트 조던과 마주 앉았다.
 「이봐요, 영국 양반, 이제 그가 어떤 작자인지 알겠죠?」 필라르가 말했다.
 「무슨 짓을 하려는 걸까요?」 로버트 조던이 물었다.
 「무슨 짓이든지 할 거예요. 무슨 짓이든 할 수 있는 사람이니까.」 필라르는 테이블을 내려다보았다.

「자동 소총은 어디 있지?」 로버트 조던이 물었다.

「구석에 있는 담요 안에 있어요.」 프리미티보가 말했다. 「지금 필요합니까?」

「나중에.」 로버트 조던이 말했다. 「어디 있는지나 알아 두려고.」

「저기 있습니다. 습기 찰까 봐 안으로 가져와서 내 담요로 싸두었죠. 탄창은 자루 속에 들었고.」 프리미티보가 말했다.

「그는 그런 식으로 하지 않아요. 무기를 사용해서 일을 저지를 사람이 아니에요.」 필라르가 말했다.

「무슨 짓이든지 할 수 있다고 당신이 말하지 않았나요?」

「그야 그럴지도 모르지만.」 그녀가 말했다. 「그렇지만 총을 사용하지는 않아요. 폭탄을 던진 적은 있지만. 그게 좀 더 그다운 거지.」

「저놈을 죽이지 않는다는 건 어리석고 비겁한 일이야.」 아무 이야기도 하지 않고 있던 집시가 말했다. 「어젯밤 로베르토가 저놈을 죽였어야 했는데.」

「저놈을 죽여 버려. 나도 이젠 죽이는 데 대찬성이야.」 필라르가 말했다. 그녀의 커다란 얼굴은 어둡고 피곤해 보였다.

「난 반대했었지.」 아구스틴이 말했다. 그는 불 앞에 양팔을 늘어뜨린 채 서 있었다. 광대뼈 밑의 수염이 텁수룩한 볼은 불빛 때문에 우묵하게 파여 보였다. 「하지만 지금은 나도 찬성이야. 놈은 해로운 존재야. 그놈은 우리들 모두가 파멸하기를 바라고 있는 것 같아.」

「자, 모두 자기 생각을 말해 봐요.」 필라르가 말했다. 그녀의 목소리는 매우 피곤하게 들렸다.

「안드레스, 당신 생각은?」

「죽여.」 이마 아래쪽까지 까만 머리카락이 난 친구가 이렇게 말하고 고개를 끄덕였다.

「엘라디오는?」

「동감이오.」 안드레스의 형제가 말했다. 「내가 보기에 저자는 아주 위험한 존재요. 그리고 아무짝에도 쓸모가 없소.」

「프리미티보는?」

「동감이에요.」

「페르난도?」

「저자를 가두어 둘 수는 없을까요?」 페르난도가 물었다.

「누가 감시하고?」 프리미티보가 말했다. 「죄수를 감시하려면 두 사람 정도가 필요해. 그리고 나중에는 어떻게 처리할 거야?」

「파시스트들에게 팔아 버리지.」 집시가 말했다.

「안 돼.」 아구스틴이 말했다. 「그건 지저분한 짓이야.」

「그냥 한번 말해 본 거야.」 집시인 라파엘이 말했다. 「나는 파시스트들이 그 녀석을 잡으면 좋아할 거라고 생각했을 뿐이야.」

「잊어버려.」 아구스틴이 말했다. 「그건 지저분한 짓이야.」

「파블로만큼 지저분하지는 않아.」 집시가 자기 입장을 변호했다.

「지저분한 놈이라고 해서 지저분한 처분을 해야 되는 건 아니야.」 아구스틴이 말했다. 「자, 모두들 의견을 말했네. 이제 늙은이하고 영국 양반만 남았어.」

「그들은 여기다 끼워 넣지 마.」 필라르가 말했다. 「파블로가 그 두 사람의 대장은 아니었잖아?」

「잠깐, 내 말 아직 끝나지 않았어요.」 페르난도가 말했다.

「그럼 말해 봐.」 필라르가 말했다. 「하지만 이렇게 말만 하고 있을 거야? 저자가 돌아올 때까지? 담요 밑에 수류탄을 숨겨 가지고 돌아와서 우리를 몽땅 날려 버릴 때까지? 어디 보자고, 다이너마이트가 터질 때에도 그렇게 지껄일 수 있는지?」

「너무 지나친 생각 아니에요, 필라르?」 페르난도가 말했다. 「난 저자가 그런 생각을 하고 있다고 보지 않아요.」

「나도 그렇게 생각하지는 않아.」 아구스틴이 말했다. 「왜냐하면 그렇게 하면 그자가 좋아하는 술도 같이 날아가 버릴 테니까. 조금 있으면 놈이 술을 마시러 돌아올 거야.」

「귀머거리 영감한테 넘겨서 파시스트에게 팔아 버리는 게 어때?」 라파엘이 제안했다. 「눈을 멀게 하면 다루기가 훨씬 쉬울 텐데.」

「닥쳐. 네가 지껄이는 것을 들으면 네 녀석도 뭔가 켕기는 게 있는 것 같아.」 필라르가 말했다.

「아무튼 파시스트들도 저놈을 얻기 위해 대가를 지불하지는 않을 거야. 전에 다른 사람들이 그렇게 해보았지만 파시스트 놈들은 한 푼도 내지 않았어. 그놈들은 아마 당신도 총으로 쏴서 죽여 버릴걸.」 프리미티보가 말했다.

「저놈을 장님으로 만들어 팔면 조금이라도 대가를 받을 수 있을 것 같아.」 라파엘이 말했다.

「입 닥치라니까.」 필라르가 말했다. 「장님 이야기 한 번만 더 하면 너도 그렇게 만들어 버리겠어.」

「그렇지만 파블로는 부상당한 경찰의 눈알을 멀게 만든 적이 있어. 그걸 잊어버렸어?」 집시가 고집을 피우며 말했다.

「닥치라니까.」 필라르가 말했다. 필라르는 로버트 조던 앞에서 눈을 어쩌고 했다는 이야기를 하는 것이 부끄러웠다.

「난 아직 할 말을 다 못했어요.」 페르난도가 중간에 끼어들었다.

「그럼 끝을 내. 빨리 끝내라고.」 필라르가 말했다.

「파블로를 죄수로 붙잡아 두는 게 불가능하고 그를 파시스트에게 넘기는 것도 내키지 않는다면……」

「빨리 말해 보라니까. 제발 빨리 끝을 내줘, 응?」 필라르가 말했다.

「어떤 식으로 이야기가 전개되든, 우리가 계획한 일을 성공적으로 해내려면 그를 이 계획에서 제외시키는 것이 가장 좋은 방법이에요. 그게 내 생각이에요.」 페르난도가 조용히 말했다.

필라르는 조그만 사내를 쳐다보면서 고개를 흔들었다. 그녀는 입술을 지그시 깨물고는 아무 대꾸도 하지 않았다.

「내 의견은 이래요. 그가 공화국을 위해 해로운 자라고 믿는 게 정당하고 또……」 페르난도가 말했다.

「오, 성모님, 여기서조차 한 사람의 주둥아리로 관료주의가 생겨나는군요.」 필라르가 말했다.

「저자의 말이나 최근의 행동을 보면 공화국에 해로운 자인 것이 확실해요.」 페르난도는 말을 계속했다. 「물론 혁명을 시작한 초기부터 극히 최근까지의 그의 행동에 고마운 일이 많기는 하지만……」

필라르는 난로까지 걸어갔다가 다시 식탁이 있는 곳으로 되돌아왔다.

「페르난도.」 필라르가 조용히 말하면서 스튜 그릇을 그에게 내밀었다. 「이 스튜나 격식을 차려 드시구려. 이거나 입이

다 넣고, 지껄이는 건 그만두지그래? 당신 의견은 잘 알아들었으니까.」

「하지만 그럼 어떻게 할 생각 —」 프리미티보는 물으려다가 말을 끝맺지 못하고 멈췄다.

「빨리 해치웁시다.」 로버트 조던이 말했다. 「나는 준비가 다 됐소. 당신들이 결정을 하면 실행하는 것이 내 일이니까.」

순간 로버트 조던은 속으로 생각했다. 무슨 소리를 지껄이고 있는 거지? 페르난도 이야기를 듣더니 나도 그런 식으로 말하고 있잖아. 그런 식의 말은 전염성이 있나보다. 프랑스어가 외교 용어라면 스페인어는 관료주의의 말인 것 같아.

「안 돼요, 안 돼.」 마리아가 말했다.

「이건 네가 상관할 일이 아니야. 입 닥치고 가만히 있어.」 필라르가 말했다.

「오늘 밤에 하겠소.」 로버트 조던이 말했다.

그는 필라르가 손가락을 입에다 대고 자신을 쳐다보는 것을 보았다. 그녀는 문 쪽을 쳐다보고 있었다.

동굴 입구에 쳐 놓은 담요가 치켜 올라가더니 파블로의 머리가 나타났다. 그는 사람들을 보고 히죽 웃더니 담요를 들치고 안으로 들어와서 몸을 뒤로 돌리며 그것을 도로 내려놓았다. 그러고 나서 그 자리에 잠시 서 있더니 담요 망토를 벗고 옷에 묻은 눈을 털었다.

「내 얘기를 하고 있었군. 내가 방해가 됐나?」

아무도 대답을 하지 않자 그는 담요를 벽의 못에 걸고 식탁 쪽으로 걸어왔다.

「얼마나 남았지?」 그는 식탁 위에 빈 채로 놓여 있는 자기 잔을 집어서 와인 항아리 속에 집어넣었다. 「술이 없는데. 가서 가죽 부대에 있는 것을 따라 와.」 그는 마리아에게 말했다.

마리아는 항아리를 집어 들고 먼지투성이의 까만 가죽 술 부대가 무겁게 매달려 있는 벽으로 다가갔다. 그녀는 술 부대의 마개 하나를 비틀어 열고 흘러나오는 술을 항아리에 받았다. 무릎을 꿇고 항아리를 쳐들어 올리자 거기서 맑은 술이 쏟아져 나와 그릇을 채웠다.

「조심해. 술이 벌써 가슴 아래까지 올라왔잖아.」 파블로가 그녀에게 말했다.

아무도 말을 하지 않았다.

「난 오늘 배꼽에서 가슴까지 차도록 마셨어.」 파블로가 말했다. 「그게 하루 일과지. 도대체 무슨 일이야? 모두들 혀가 얼어붙었나?」

이 말에도 아무도 대꾸하지 않았다.

「마개를 꼭 막아, 마리아. 술을 흘리지 마.」 파블로가 말했다.

「술은 충분하니 걱정 마. 네놈이 먹을 만큼은 있어.」 아구스틴이 말했다.

「오, 한 사람은 혀가 말을 듣는구먼.」 파블로가 아구스틴을 향해 고개를 끄덕였다. 「다행이구먼. 난 또 놀라서 벙어리가 된 줄 알았지.」

「놀라긴, 무엇 때문에?」 아구스틴이 물었다.

「내가 들어와서.」

「당신이 들어온 게 뭐 대단한 일이라고 내가 놀라.」

아구스틴은 아마 그 일까지 자기가 하려나 보군. 로버트 조던은 생각했다. 그래, 그 일을 하려는 거야. 그는 확실히 파블로를 증오하고 있다. 그렇지만 나는 이 남자를 증오하고 있지는 않다. 그래, 나는 파블로를 미워하지는 않는다. 구역질 나는 놈이기는 하지만 그를 증오하지는 않는다. 아구스틴이 파블로의 눈알을 빼버린다면 그는 게릴라 부대 내에서 특별한 위치에 올라서게 되겠지. 이건 이 사람들의 전쟁이야. 앞으로 이틀 동안 이놈은 우리의 일에 아무런 도움이 안 된다. 난 이 문제에서는 빠져야지. 오늘 밤 난 저놈을 상대로 이미 바보 같은 짓을 했다. 물론 나는 이놈을 완전히 없애 버리고 싶다. 그렇지만 난 이자보다 먼저 바보짓을 할 생각은 없다. 다이너마이트가 여기저기 놓여 있는 이곳에서 총 쏘기 시합이나 바보 같은 장난을 해서는 안 된다. 물론 영리한 파블로는 그 생각을 미리 했어. 그런데 넌? 넌 생각을 한 거냐? 그는 스스로에게 물었다. 아니, 난 생각하지 못했어. 아구스틴도 마찬가지고. 그러니 바보 취급을 당해도 싸.

「아구스틴.」

「왜?」 아구스틴이 시무룩한 얼굴을 들고 파블로에게서 로버트 조던에게로 고개를 돌리며 말했다.

「당신에게 말할 게 있소.」 로버트 조던이 말했다.

「나중에 하지.」

「지금 하지.」

로버트 조던은 그렇게 말하고 동굴 입구 쪽으로 걸어갔고 파블로의 눈이 그 뒤를 쫓았다. 키가 크고 볼이 홀쭉한 아구스틴은 일어나서 로버트 조던에게 갔다. 그는 마지못해 못마땅하다는 걸음걸이로 그에게 다가갔다.

「당신 저 부대 속에 들어 있는 것을 잊어버리고 있는 거 아니오?」

「아이쿠, 익숙해져서 그런지 잊어버렸었소.」

「나도 마찬가지요.」

「이런, 이렇게 바보 같을 수가!」

아구스틴은 관절이 헐렁해진 것처럼 맥이 빠진 걸음걸이로 식탁에 돌아가 앉았다.

「한잔하세, 파블로.」아구스틴이 말했다. 「말은 어떻던가?」

「아주 좋아. 그리고 눈발도 좀 잦아들었어.」 파블로가 말했다.

「눈이 그칠 것 같은가?」

「응. 이젠 눈발도 가늘어지고 조그맣고 단단한 싸라기눈이 내리고 있어. 바람은 불겠지만 눈은 그칠 것 같아. 바람이 바뀌고 있거든.」

「내일은 날씨가 갤 것 같아?」 로버트 조던이 그에게 물었다.

「그래.」 파블로가 대답했다. 「내일은 춥지만 맑을 거야. 바람이 변했으니까.」

저자를 봐, 로버트 조던. 지금은 태도가 아주 다정하지? 그는 바람처럼 변했어. 돼지 같은 얼굴과 몸을 가졌고 여러 번 사람을 죽인 걸 나는 잘 알고 있어. 하지만 눈치만은 빠른 자야. 그래, 이 돼지는 매우 영리한 동물이야. 파블로는 우리들에 굉장한 증오심을 품고 있어. 아니면 우리의 계획에 대해서든지. 아무튼 우리가 그를 없애 버리기로 결의할 정도로 만들어 놓고는 이제 와서 서서히 그 분위기를 진정시키고 있어 그래서 새삼스레 모든 것을 완전히 새롭게 시작하고 있는 거야.

「우리가 작전을 수행하기에 좋은 날씨가 될 거요, 영국 양반.」 파블로가 말했다.

「우리? 우리라고?」 필라르가 말했다.

「그래, 우리.」 파블로가 그녀를 향해 웃으며 술을 마셨다.

「그럼 우리가 아니고 누구야? 밖에서 곰곰이 생각해 봤어. 우리들이 단결하면 안 되는 법이라도 있어?」

「뭘? 지금 뭘 단결한다는 거야?」 필라르가 말했다.

「모든 걸.」 파블로가 그녀에게 말했다. 「다리 폭파에 대해서 말인데, 난 당신들 생각과 같아.」

「전에 말한 건 어쩌고, 이제 와서 우리들 생각에 찬성이라고?」 아구스틴이 말했다.

「그래. 날씨도 변하는 판국이니깐.」 파블로가 대답했다.

아구스틴이 고개를 저었다. 「날씨라……」 그는 다시 고개를 저었다. 「내가 당신 얼굴을 갈긴 뒤에도?」

「그럼. 그건 문제가 안 돼.」 파블로는 그를 향해 희미하게 웃으면서 손가락을 입술로 가져갔다.

로버트 조던은 필라르를 쳐다보았다. 그녀는 파블로를 무슨 이상한 동물 보듯이 쳐다보고 있었다. 그녀의 얼굴에는 아직도 장님 운운했을 때 나타났던 표정의 흔적이 남아 있었다. 그녀는 마치 그것을 없앨 수 있기라도 한 것처럼 고개를 흔들고 뒤로 젖혔다.

「들어 봐.」 그녀가 파블로에게 말했다.

「네, 여사님.」

「도대체 무슨 바람이 불었지?」

「아무것도 분 게 없어. 생각을 바꾸었을 뿐이야. 그뿐이야.」 파블로가 말했다.

「당신, 문 앞에서 엿들었지?」 그녀가 그에게 말했다.

「그래. 그렇지만 아무 소리도 못 들었어.」

「우리가 당신을 죽일까 봐 겁이 난 거지?」

「천만에. 난 죽음을 두려워하지 않아. 그건 당신도 알 텐데?」 파블로는 그렇게 말하면서 술잔 너머로 그녀를 쳐다보았다.

「좋아. 그러면 당신한테 무슨 일이 일어난 거야?」 아구스틴이 말했다. 「아까는 술에 취해서 우리들 모두에게 욕설을 퍼붓고 바야흐로 우리가 해야 할 일에서 혼자 떨어져 우리가 비참하게 죽을 거라고 지저분하게 말했고 또 여자들을 모욕하더니……」

「그땐 취했었어.」

「지금은?」

「지금은 취하지 않았어. 그리고 생각이 바뀌었어.」 파블로가 말했다.

「다른 사람들은 믿어 줄지 모르지. 하지만 보. 난 믿지 않아.」 아구스틴이 말했다.

「믿거나 말거나. 그렇지만 나만큼 그레도스로 너희를 잘 안내할 수 있는 사람은 없다는 것만 알아 둬.」

「그레도스?」

「그 다리 일이 끝난 뒤에 갈 수 있는 곳은 그곳뿐이야.」

로버트 조던은 필라르를 바라보면서 파블로가 볼 수 없는 쪽의 손을 들어 오른쪽 귀를 두드리면서 묻는 시늉을 했다.

그녀가 고개를 한 번, 그리고 또 한 번 끄덕였다. 그녀가 마리아에게 뭐라고 말하자 마리아가 로버트 조던 옆으로 왔다.

「그녀 이야기는 파블로가 우리 이야기를 엿들었다는 거예요.」 마리아가 로버트 조던의 귀에다 대고 속삭였다.

「그러면 파블로……」 페르난도가 재판관 같은 태도로 물었다. 「당신은 다리를 폭파하는 일에 기꺼이 참여하겠다는 겁니까?」

「그래.」 파블로는 대답하면서 페르난도의 눈을 똑바로 쳐다보고 고개를 끄덕였다.

「정말로?」 프리미티보가 물었다.

「정말로.」

「그러면 당신은 그 일이 성공할 거라고 생각합니까? 이젠 성공하리라는 확신을 가지고 있느냐고요.」 페르난도가 물었다.

「물론이야.」 파블로가 말했다. 「자넨 그런 확신이 없었나?」

「확신하고 있었죠. 내겐 언제나 확신이 있었어요.」 페르난도가 말했다.

「난 여기서 나가겠어.」 아구스틴이 말했다.

「밖은 추워.」 파블로가 다정한 어조로 말했다.

「그렇겠지. 하지만 난 한시라도 이런 정신 병원에 있을 수가 없어.」 아구스틴이 말했다.

「여기를 정신 병원이라고 부르지 말아요.」 페르난도가 말했다.

「여긴 범죄적 정신병자들을 위한 정신 병원이야. 난 정신병자가 되기 전에 이곳에서 나가고 싶어.」 아구스틴이 말했다.

18

 로버트 조던은 두 번에 걸친 파블로와의 대결이 마치 빙빙 돌아가는 회전목마 같다고 생각했다. 물론 실제의 놀이를 말하는 건 아니다. 그건 증기 오르간 소리가 울리고, 어린아이들이 도금된 뿔을 가진 목제 암소에 올라타고 돌면서 막대기로 둥근 고리를 들어 올리는 놀이이다. 아베뉴 뒤 멘 거리의 이른 저녁 어스름 속에 푸른 가스등이 켜지고 옆에 있는 조그만 노점에서는 튀긴 생선을 판다. 그리고 행운의 수레바퀴가 돌아간다. 번호가 달린 칸막이 기둥을 가죽끈으로 때리면 그것이 빙빙 돌아가고, 그 옆에는 상품으로 주는 각설탕 꾸러미가 피라미드처럼 쌓여 있다. 물론 이 상황은 그런 종류의 회전목마는 아니다. 행운의 수레바퀴 앞에 선 사람들은 결과를 기다린다. 남자들은 모자를 써서 머리카락이 보이지 않지만, 여자들은 스웨터를 입고 모자를 쓰지 않아 긴 머리카락을 휘날리며 가스등 아래 서 있다. 그래, 동굴 속의 이 사람들은 그 앞에 선 사람들과 비슷하다. 하지만 이건 종류가 다른 수레바퀴다. 이건 위로 올라가면서 빙빙 돌아가는 운명의 수레바퀴이다.

수레바퀴는 지금까지 두 번 돌았다. 이건 엄청나게 큰 수레바퀴다. 일정한 각도를 유지하면서 매번 한 바퀴 돌아 출발점으로 돌아온다. 수레바퀴의 한쪽이 다른 쪽보다 높아서 한 번 위로 홱 올라갔다가는 다시 시작한 곳으로 돌아 내려온다. 결과가 어떻게 되든 타갈 상품은 없다. 아무도 이 수레바퀴에 타고 싶어 하지 않는다. 매번 타고 싶은 생각이 별로 없이 올라탔다가 다시 돌아 내려온다. 회전은 오로지 한 번이다. 커다란 타원형의 회전. 올라갔다가 내려오는 한 번의 회전. 그리고 다시 제자리로 돌아온다. 우리는 지금 다시 되돌아온 셈이고 아무것도 해결된 건 없는 상태야. 그는 생각했다.

동굴 속은 따뜻했고 밖에서는 바람이 불고 있었다. 이제 그는 수첩을 펴놓고 식탁에 앉아 다리를 폭파시키기 위한 모든 기술적인 부분들에 대한 계획을 세웠다. 도면을 석 장 그렸고 그다음에는 수식을 계산했다. 폭파 작업을 위한 두 개의 도면은 유치원 아이들이라도 알아볼 수 있을 정도로 쉽게 그렸고 폭파 과정에서 만약 자신에게 무슨 일이 생기면 안셀모가 그 일을 대신 완수할 수 있도록 자세하게 그렸다. 도면이 완성되자 그는 그것을 면밀하게 검토했다.

마리아는 그의 옆에 앉아 어깨 너머로 그가 일하는 것을 지켜보았다. 로버트 조던은 식탁 건너편에 파블로가 있는 것과, 다른 사람들이 잡담이나 카드놀이를 하고 있는 것을 의식했다. 그리고 그는 음식물 냄새, 조리하면서 나는 연기 냄새, 퀴퀴한 사람 냄새, 담배 냄새, 와인 냄새가 섞여 이상하게 변한 동굴의 악취를 맡았다. 그의 작업을 지켜보던 마리아가 도면 하나가 완성되는 것을 보고 손을 식탁에 올려놓았다.

그는 왼손으로 마리아의 손을 잡아 자신의 얼굴 쪽으로 가져 갔다. 마리아의 손에서는 접시를 닦고 난 후에 나는 싱그러운 물 냄새와 비누 냄새가 났다. 그는 그녀를 쳐다보지 않은 채 그녀의 손을 내려놓고 다시 일을 시작했기 때문에 마리아의 얼굴이 붉어진 것을 보지 못했다 그녀는 한동안 손을 거기에 그대로 두었지만 그는 다시 마리아의 손을 잡지 않았다.

다시 폭파 도면을 완성하자 그는 수첩을 넘겨 작전 명령을 썼다. 이 명령에 대해서는 계속해서 명확하게 생각해 왔기 때문에 자신이 써놓은 것이 만족스러웠다. 수첩 두 면에 걸쳐 그것을 쓴 뒤 그는 주의 깊게 다시 읽어 보았다.

이제 다 됐지? 그는 스스로에게 말했다. 아주 명확해. 구멍은 하나도 없는 것 같은데. 골스의 명령에 따라 다리가 날아가고 초소 두 개가 파괴되겠지. 그게 내 임무의 전부야. 파블로 건은 원래 내 일이 아니야. 어떻게든 해결되겠지. 가담하거나 도피하거나 둘 중 하나겠지. 어느 쪽이든 나는 전혀 상관없어. 그 수레바퀴에 다시는 타지 않을 테다. 벌써 두 번이나 타고 올라갔다가 다시 출발점으로 돌아왔지 않은가? 다시는 타지 않으리라.

그는 수첩을 덮고는 마리아를 바라보았다. 「어때, 예쁜이, 보니까 좀 알겠어?」

「모르겠어요, 로베르토.」 마리아는 말하면서 여전히 연필을 쥐고 있는 그의 손을 잡았다. 「다 끝났어요?」

「응, 이제 다 썼어. 명령도 완성되었고.」

「뭘 하고 있었소, 영국 양반?」 식탁 건너편에 앉아 있던 파블로가 그에게 물었다. 그의 눈은 또다시 흐릿해져 있었다.

로버트 조던은 그를 자세히 들여다보았다. 그러고는 수레바퀴를 타서는 안 돼, 하고 자기 자신에게 말했다. 수레바퀴에 발을 올려놓아서는 안 돼. 그게 다시 돌기 시작한 것 같으니까.

「다리 폭파 작업을 검토하고 있었소.」 그는 부드럽게 말했다.

「어떻소?」 파블로가 물었다.

「좋소. 모든 것이 잘됐소.」 로버트 조던이 말했다.

「난 다리에서 어떻게 후퇴해야 할까를 생각해 봤소.」 파블로가 말하자 로버트 조던은 그의 술 취한 돼지 같은 눈을 보고 이어 술 항아리를 쳐다보았다. 항아리는 거의 비어 있었다.

로버트 조던은 수레바퀴를 타지 말아야 한다고 스스로에게 말했다. 이놈이 또 술을 마시고 있다. 그렇지만 이번에는 절대로 수레바퀴에 타서는 안 돼. 남북 전쟁 동안 그랜트[33] 역시 거의 술에 절어 있었다고 하잖아? 확실히 그랬어. 만약에 그랜트가 파블로를 만나 볼 기회가 있었다면, 내가 자기를 이놈과 비교한 걸 마구 화내겠지. 그리고 그랜트는 시거를 좋아했지. 파블로에게도 시거를 얻어 주어야겠는걸. 그러면 이놈의 얼굴이 정말로 그럴듯하게 완성될 텐데. 씹어서 반쪽이 된 시거를 물고 있으면 말이야. 어디서 파블로에게 줄 시거를 얻을까?

「그래? 당신의 구상은 어떻소?」 로버트 조던이 정중하게 물었다.

「잘되어 가오.」 파블로는 재판관인 양 진지하게 고개를 끄덕였다.

「뭘 좀 생각해 냈나?」 카드놀이를 하던 아구스틴이 물었다.

---

33 Ulysses S. Grant(1822~1885). 북군의 장군. 남군의 리 장군을 격파하고 남북 전쟁을 승리로 이끈 전쟁 영웅. 뒤에 미국 대통령이 됨.

「응, 여러 가지.」

「어디서 발견했는데? 술 항아리에서?」 아구스틴이 빈정거렸다.

「그럴 수도 있지.」 파블로가 말했다. 「누가 알아? 마리아, 술 좀 따라 줘.」

「술 부대 속에도 무엇인가 좋은 생각이 있으려나?」 아구스틴이 다시 카드놀이로 돌아가면서 말했다. 「왜 술 부대 속으로 기어 들어가서 한번 찾아 보지그래?」

「아니, 난 술잔에서 찾을 거야.」 파블로가 태연하게 말했다.

저놈도 수레바퀴에 올라타지 않았어. 로버트 조던은 생각했다. 수레바퀴가 저 혼자 돌고 있는 게 틀림없어. 수레바퀴는 너무 오래 타고 있을 수 없어. 아주 위험한 수레바퀴일지도 몰라. 우리가 거기서 내려서 잘되었어. 거기 올라탔다가 두 번이나 어지럼증으로 고생했잖아. 이건 주정뱅이하고 아주 잔인한 녀석들이 올라탔다가 결국에는 죽어 버리는 그런 수레바퀴야. 그게 위로 올라가서 회전하면 전과는 다른 회전을 하지만 결국에는 다시 제자리로 내려오지. 그냥 돌게 내버려 두자. 다시는 놈들의 술수에 말려들어 그걸 타지는 않을 거야. 어림없어, 그랜트 장군. 난 그 수레바퀴에서 내렸어요.

필라르는 불가에 앉아 있었는데 그녀의 의자는 식탁 쪽으로 돌려져 있었다. 그래서 그녀는 자신에게 등을 돌리고 카드놀이를 하는 두 사람의 어깨 너머로 놀이를 구경했다.

아까의 그 무서운 분위기에서 이렇게 가족적인 분위기로 바뀌다니 정말 신기한 일이야, 라고 로버트 조던은 생각했다. 이건 망할 놈의 수레바퀴가 밑으로 내려왔기 때문이야. 그렇지만 난 타고 있지 않아. 어떤 일이 있어도 그 바퀴에 다시 올라타지는 않을 거야.

이틀 전만 해도 난 필라르도, 파블로도, 여기에 있는 누구도 알지 못했다. 그리고 마리아라는 존재도 세상에 없었다. 확실히 지금보다는 단순한 세계 속에 살고 있었다. 난 분명히 어려움이 있고 다소 복잡한 문제들도 있겠지만 확실하고 명백하게 수행 가능한 명령을 골스로부터 받았다. 다리를 폭파하고 나서 전선으로 돌아갈 수도 있고 돌아가지 못할 수도 있다고 생각했다. 만약 돌아간다면 얼마 동안 마드리드에 있게 해달라고 요청할 생각이었다. 이 전쟁에선 그 누구도 휴가를 얻지 못하지만 마드리드에서 2박 3일 정도는 머물 수 있을 거라고 확신한다.

마드리드에 가면 책을 몇 권 사고 플로리다 호텔에 가서 방을 잡은 뒤 목욕탕에 들어갈 생각이었다. 짐꾼에게 부탁해서 만테케리아스 레오네사스[34]나 아니면 그란 비아[35]에 있는 다른 가게에서라도 압생트를 한 병 사오도록 해야지. 목욕을 마친 뒤에는 침대에 누워 책을 읽으면서 압생트를 두세 잔 마신 뒤 게일로드 호텔에 전화를 걸어 식사할 수 있느냐고 물어볼 작정이었다.

그는 그란 비아의 음식점들은 맛이 형편없고 정한 시간에 맞추어 가지 않으면 음식이 있지도 않아 거긴 가고 싶지 않았다. 또 그곳에는 그가 아는 신문 기자들이 많이 오기 때문에 입을 단속해야 하는 것도 마음에 내키지 않았다. 그는 압생트를 마시며 이야기를 나누고 싶었다. 그러자면 맛있는 식사와 좋은 맥주를 맛볼 수 있는 게일로드에 가야 했다. 그는

34 마드리드에 있는 식료품 가게.
35 마드리드의 주요 거리.

그곳에서 까르꼬프와 함께 식사하면서 전쟁 상황에 대해 얘기하고 싶었다.

처음 마드리드의 게일로드 호텔에 갔을 때는 러시아 사람들이 점령한 그 호텔이 마음에 들지 않았다. 너무나 사치스럽고 음식은 포위된 도시답지 않게 훌륭했으며 전쟁과는 상관없이 냉소적인 이야기들만 오가는 분위기였다. 내가 너무 쉽게 타락했군. 순간 그는 그런 생각을 했다. 왜 이런 곳에 있다가 후방에 돌아갔을 때, 좋은 음식을 먹어서는 안 된다는 것인가? 그리고 처음 들었을 때는 냉소적이라고 생각했던 이야기들이 이젠 거의 진실인 것 같아. 일이 끝나고 돌아가면 이 일은 게일로드에서 이야깃거리가 될 거야. 그래, 이 일이 끝나면, 하고 그는 생각했다.

마리아를 게일로드에 데려갈 수 있을까? 안 돼. 데리고 갈 수 없어. 하지만 그녀를 호텔에 남겨 둘 수는 있어. 네가 게일로드에서 돌아갔을 때 그녀가 욕탕에서 목욕을 하고 나서 그곳에 있게 하면 된다. 그래, 그렇게 하면 되겠군. 먼저 까르꼬프에게 그녀에 대해 이야기하면 사람들이 궁금해하면서 그녀를 보고 싶어 할 테니까 다음에는 그녀를 데리고 갈 수 있을 거다.

어쩌면 게일로드에는 아예 가지 않는 것이 좋을지도 모르겠다. 그란 비아에서 일찍 식사를 하고 급히 플로리다 호텔로 돌아와야겠다. 그렇지만 아무래도 게일로드에 가고 싶겠지? 그곳에 있는 모든 것을 먹고 그곳의 안락함과 사치스러운 분위기를 즐기고 싶으니까. 그다음에 플로리다 호텔에 돌아오면 마리아가 거기에 있는 거지. 물론 이 전쟁이 끝나면 그녀는 거기에 있게 될 거야. 이 일을 잘 끝내기만 한다면 난 게일로드에서 식사할 자격을 얻게 될 거야.

전쟁 초기에 체계적인 군사 훈련을 받은 적이 전혀 없이 민중 사이에서 무기를 들고 뛰쳐나온 유명한 농부들과 노동자 출신 스페인 지휘관들을 게일로드에서 만났다. 그리고 거기서 그들 대부분이 러시아어로 말한다는 것도 알게 되었다. 이 사실은 몇 달 전만 해도 그에게 최초로 엄청난 환멸을 안겨 준 일이었고 스스로 냉소적인 기분을 가지기도 했다. 그렇지만 어떻게 된 일인지 일단 알고 나니 그건 당연한 일이었다. 그들은 처음에 농민이고 노동자였다. 그들은 1934년 혁명에서 활약하다가 실패하자 나라를 떠나게 되었다. 러시아로 망명한 그들은 꼬뮌떼른[36]이 경영하는 사관 학교나 레닌 연구소로 보내졌는데 거기서 뒷날의 투쟁을 위한 준비를 하고 지휘관으로서 필요한 군사적 교육을 받았다.

꼬뮌떼른이 그곳에서 그들을 교육했다. 혁명을 하자면, 누가 자신의 지원 세력인지 외부인에게 발설해서는 안 되고, 또 자신이 알아야만 하는 것 이외에 다른 것을 알려고 해서도 안 된다. 그는 그것을 터득했다. 예를 들어 어떤 일이 근본적으로 옳은 일이라면 그것을 위해서는 거짓말을 할 수도 있었다. 그렇지만 거짓말이 너무 난무했다. 처음에 그는 거짓말을 하고 싶은 생각이 들지 않았다. 그는 거짓을 싫어했다. 그런데 나중에는 거짓이 좋아졌다. 그것은 내부자가 되기 위한 필수적인 것이었다. 하지만 그것은 사람을 심하게 타락시키는 행위였다.

〈농민〉이라고 불리는 발렌틴 곤살레스가 실은 농민이 아

---

36 〈공산주의자 제3인터내셔널Communist International〉의 약자로서, 이 단체는 스페인 공화국 정부를 지원했다.

니고, 스페인 외인부대의 부사관으로 있다가 탈주해서 아브드 엘 크림에서 싸우던 인물이라는 것을 알게 된 것도 게일로드에서였다. 그것 역시 당연한 일이었다. 그렇게 못 할 것도 없었다. 이런 전쟁에서는 이런 종류의 농민 지도자를 재빨리 찾아내야만 했던 것이다. 그러나 진짜 농민 출신인 경우엔 파블로 같은 인물일지도 몰랐다. 진짜 농민 지도자가 나타나는 것을 기다리고 있을 수는 없어. 만약 나타난다고 해도 농민적인 성격을 너무 많이 지니고 있으면 곤란하니까. 그러니까 농민 지도자를 만들어 내지 않으면 안 되었던 거야. 그런 점에서 보면 발렌틴 곤살레스는 까만 수염이나, 흑인 노예처럼 생긴 두툼한 입술이나, 타오르는 듯한 반짝이는 눈을 가지고 있어서 용모로는 진짜 다루기 어려운 농민 출신 지도자 같았다. 마지막으로 그를 만났을 때 그는 자신이 전에는 농민이었다고 진심으로 믿는 것같이 보였다. 그는 용감하고 집착이 강한 사내였다. 그보다 더 용감한 사람은 어디에도 없었다. 그렇지만 단 한 가지, 그는 떠벌이였다. 흥분하면 분별력이 없어져서 결과야 어찌되든 아무 말이나 마구 내뱉었다. 그래서 벌써 몇 가지 문제가 생겼었다. 그러나 그자는 모든 게 글러 버린 것처럼 보이는 상황에서도 부대를 잘 이끌어나가는 훌륭한 여단장이었다. 그는 모든 게 끝난 상황에서도 그것을 잘 몰랐고, 혹 상황이 그렇다 해도 악착같이 싸워서 그 상황을 돌파할 작자였다.

 그리고 갈리시아 출신의 소박한 석공(石工) 엔리케 리스테르도 게일로드에서 만났다. 그는 러시아어가 유창했는데 지금은 사단장으로 있다. 또 얼마 전에 군단장이 된 안달루시아 출신의 목공 후안 모데스토도 거기서 만났다. 그는 러시아어를 잘했지만, 푸에르토 데 산타마리아에서 배운 것은 아니었다. 그곳에 목공들이 다니는 외국어 학교가 있어 거기에서 공부했을 수는 있어도 절대 그곳에서 배운 러시아어는 아니었다. 그는 진짜 당원이었고 젊은 군인들 가운데 러시아인들로부터 가장 신임을 받는 인물이었다. 그들이 즐겨 쓰는 미국식 표현으로 〈1백 퍼센트 당원〉이었다. 그는 리스테르나 〈농민〉보다 훨씬 지적인 사람이었다.

확실히 게일로드는 필요한 교육을 완성하려면 거쳐 가야 할 곳이었다. 일이 어떻게 되어야 마땅한가 하고 생각만 하는 것이 아니라, 모든 일이 실제로 어떻게 벌어지는가를 배울 수 있었다. 그때는 겨우 세상살이를 배우기 시작한 때였다고 그는 생각했다. 나는 배움을 계속해 온 걸까? 게일로드는 좋은 곳이고 내게 필요한 것들을 충족시켜 주었다. 내가 아직 어리석은 일을 믿었던 초창기에 그곳은 나에게 충격을 주었다. 그렇지만 지금의 난 온갖 기만이 이 세상에 꼭 필요하다는 것을 인정하게 되었다. 또 게일로드는 내가 옳다고 믿는 것들에 대한 나의 신념을 더욱 강하게 만들었다. 나는 무슨 일이 일어날지가 아니라 실제로 무엇이 존재하는지 알기를 원한다. 전쟁에는 항상 거짓이 있다. 그렇지만 리스테르나 모데스토나 〈농민〉의 진실은 거짓이나 지어낸 이야기보다 훨씬 좋다. 그래, 언젠가는 모두가 진실을 말하게 될 거다. 그때까지는 게일로드에서라도 진실을 알 수 있다는 것이 그에게는 즐거운 일이었다.

그렇다. 마드리드에 도착해서 책을 사고 목욕을 하고 술을 한잔 마신 뒤 잠시 책을 읽다가 외출하려고 했던 곳은 바로 그곳이다. 하지만 그런 휴가 계획을 세울 때는 마리아가 옆에 없었다. 그렇지만 상관없다. 방을 두 개 얻을 수 있을 것이고 내가 게일로드에 가 있을 동안에 마리아는 원하는 것을 하면 되고 난 다시 그녀에게 돌아가면 된다. 그녀는 이 산속에서도 이때까지 기다리고 있었다. 플로리다 호텔에서 잠시간 기다리면 된다. 마드리드에서 사흘간 함께 보낼 수 있다. 사흘이면 충분할 거다. 그녀를 데리고 오페라 극장에 〈마르크스 형제〉[37]를 보러 가야겠다. 3개월 전부터 했으니까 앞으로도 3개월은 더 상영하겠지. 틀림없이 그녀는 〈마르크스 형제〉를 좋아할 것이다.

그렇지만 이 동굴에서 게일로드까지는 꽤 먼 길이겠군. 아니야, 멀지 않아. 여기서 빠져나가려니까 먼 것뿐이야. 처음에는 까슈낀이 나를 그곳에 데려갔지만 난 좋아하지 않았지. 까슈낀은 까르꼬프를 만나 보라고 말했어. 까르꼬프는 미국인을 알고 싶어 하고 세상에서 로페 데 베가를 가장 좋아하며 「푸엔테 오베후나」[38]를 가장 위대한 희곡이라고 생각하는 사람이니까. 어쩌면 그럴지도 모르는 일이지만, 로버트 조던은 그렇게 생각하지 않았다.

까르꼬프는 좋았지만 그 호텔은 싫었다. 까르꼬프는 이제까지 만난 사람 중에서 가장 현명한 남자였다. 검은색 말 장화를 신고 회색 바지와 상의를 입었으며 손발이 작았지만 얼굴과 몸은 통통했다. 이빨이 좋지 않아서 말을 할 때 침이 튀어나오는 것을 보고 처음에는 우스운 느낌이 들었다. 그렇지

---

37 1930년대에 가장 인기 있었던 할리우드 코미디 영화인 「오페라에서의 하룻밤」(1935)에 주연으로 나오는 배우들을 말함.
38 Fuenteovejuna(1618). 남자의 미덕을 칭송한 로페 데 베가의 대표적 작품.

만 그는 내가 아는 어떤 사람보다도 명석하고 고귀한 인격을 소유한 사람이었으며 외견상으로는 좀 거만해 보였지만 누구보다도 유머가 풍부한 사람이었다.

게일로드 자체도 사치스럽고 타락한 곳으로 보였다. 그러나 세계의 6분의 1을 지배하는 권력의 대표자들이 조금 안락한 생활을 누린다고 해서 무엇이 문제인가? 처음에는 그런 모든 일들에 거부감을 느꼈으나 나중에는 그래도 괜찮겠다 싶어 그것을 인정하고 즐기게 되었다. 까슈낀이 까르꼬프를 아주 대단한 인물이라고 떠벌렸기 때문에, 까르꼬프는 처음엔 그것을 의식하여 매우 점잖게 나왔지만 내가 영웅인 체하는 연극을 그만두고, 내 자신을 깎아내리는 아주 재미있는 얘기를 해주자 그도 점잖은 태도를 버렸다. 그리고 한술 더 떠 무례하게 느껴질 정도로 격의 없이 대하여 우리는 친구가 되었다.

까슈낀은 그곳에서 간신히 봐주는 존재였다. 까슈낀에게는 분명 뭔가 잘못된 게 있었는데 스페인의 전쟁에 참여하면서 그것을 만회하려고 애쓰고 있었다. 그들은 내게 까슈낀의 잘못이 무엇이었는지 말하지 않으려 했지만 그가 죽은 지금은 말해 줄 수 있을 것이다. 아무튼 까르꼬프와 나는 친구가 되었고 그리고 신기할 정도로 마르고 검고 정이 많으면서도 신경질적이고 원기 없는 여자와도 친구가 되었다. 까르꼬프의 아내인 그 여자는 말라서 볼품이 없었고 백발이 섞인 검은 머리는 짧게 잘랐으며 전차 부대의 통역을 맡았다. 까르꼬프의 정부와도 친구가 되었는데 고양이 같은 눈을 한 그 여자는 때에 따라 빨갛게도 보이고 금빛으로도 보이는 붉은 기운이 도는 금발의 소유자였다. 또 남자들의 품에 안기기에 딱 얻맞은 관능적인 몸매와 남자들의 입술에 꼭 들어맞게 생긴 입술을 가졌으며 어리석고 야심이 강하며 공화국에 대하여 철저한 충성심을 자랑하는 여자였다. 이 여자는 남의 일을 이야기하고 험담하기를 좋아했으며 조심스럽게 이 남자 저 남자 옮겨 다니며 놀아났는데 그건 오히려 까르꼬프를 즐겁게 했다. 까르꼬프는 전차 부대에 다니는 아내 외에 또 다른 아내 혹은 두 명의 아내를 두고 있다는 이야기가 퍼져 있었지만 확실한 것을 아는 사람은 없었다. 로버트 조던은 그가 아는 까르꼬프의 부인과 정부를 모두 좋아했다. 만약에 까르꼬프에게 또 하나의 아내가 있고 그가 그녀를 알았다면 아마 그녀 또한 좋아했을 것이다. 까르꼬프는 여자를 보는 눈이 세련된 남자였다.

게일로드의 주차장 밖 계단 밑에는 무장한 보초가 서 있어서 오늘 밤도 그곳은 완전히 도위되어 있을 마드리드에서 가장 편안한 곳일 것이다. 지금 여기 말고 그곳에 있었으면 좋았을 텐데. 그렇지만 이곳도 괜찮아. 지금은 수레바퀴가 멈추어 있으니까. 눈도 그쳤고.

그는 마리아를 까르꼬프에게 보여 주고 싶었다. 그렇지만 먼저 허락을 받지 않으면 그녀를 그곳에 데려갈 수 없다. 그리고 이번 임무 이후에 그들이 어떻게 나를 맞아 줄지 먼저 살펴보아야 한다. 골스는 이번 다리 폭파 공격이 끝난 뒤에도 여전히 거기에 남아 있을 것이다. 내가 만일 이번 작전으로 공을 세운다면 그들은 골스에게서 그 이야기를 듣게 될 것이다. 마리아 때문에 내가 좋은 이야깃거리가 되겠지. 골스한테 나는 여자가 없다고 말했으니까.

그는 파블로 앞에 있는 술 항아리를 잡고 잔에 와인을 따랐다. 「당신이 허락한다면.」 그가 말했다.

파블로가 고개를 끄덕였다. 저놈은 나름대로 열심히 전술을 연구하고 있을 거야. 로버트 조던은 생각했다. 대포 구멍에서 헛된 명성을 찾는 것이 아니라 저쪽에 있는 와인 항아리 속에서 문제 해결의 열쇠를 찾고 있는 거다. 저 개자식이 이 집단을 지휘하는 한 성공적인 수완을 발휘할 거야. 그는 파블로의 모습을 보면서 만약에 파블로가 남북 전쟁에 참전했다면 어떤 타입의 유격 대장이 되었을까 하고 생각해 보았다. 그 전쟁에도 유격대장이 많이 있었다. 그렇지만 그들에 대해서 거의 아는 것이 없다. 그의 할아버지는 물론이고 콴트릴[39]이나 모스비[40]나 좀 더 작은 규모의 숲 속 유격대장 같은 사람들에 대해서는 말이다. 그리고 그들의 음주에 대해서도 별로 알려진 것이 없다. 그랜트가 정말로 술주정뱅이였다고 생각하나? 할아버지는 항상 그게 사실이었다고 주장했다. 오후 4시경이면 늘 약간 취해 있었고 빅스버그 전투[41]가 있기 전, 포위 공격이 진행되던 중에도 이틀이나 곤드레가 되어 있었다는 것이다. 그렇지만 할아버지 말씀으로는, 아무리 취해 있어도 때때로 좀 깨우기 힘들기는 했지만 일단 깨어나면 정신이 맑을 때와 다름없이 임무를 수행했다고 한다. 하지만 누가 깨울 때 일어날 수 있었다면 진짜로 술 취한 건 아닌 거지.

지금까지로 보아서는 이 스페인 전쟁에는 양편 중 어느 쪽

---

[39] William Quantrill(1837~1865). 미국 남북 전쟁 때 남군 후방에서 게릴라로 활약한 유격대장.

[40] John S. Mosby(1833~1916). 미국 남북 전쟁 때의 북군 유격대장.

[41] 미시시피 주의 도시인 빅스버그에서 벌어진 전투. 이 전투에서 그랜트 장군이 남군에 대승을 거두었다.

에도 그랜트나 셔먼[42]이나 스톤월 잭슨[43] 같은 인물은 없다. 그래, 없어. 제브 스튜어트[44] 같은 사람도 없고 셰리던[45]도 없다. 단지 매클렐런[46] 같은 사람만 넘쳐 날 뿐. 파시스트 쪽에는 그런 작자들이 득시글거리고 우리 편에도 적어도 세 명이 있다.

확실히 나는 이 전쟁에서 천재적인 군인을 보지 못했다. 단 한 명도. 심지어 비슷한 인물도. 클레베르, 루카스, 한스는 각국 연합 여단과 함께 마드리드 방어전에서 맡은 임무를 잘 수행했다. 그리고 대머리에다 안경을 쓴, 자기 자랑을 잘 하던 마드리드 방위 사령관 미아하가 있었다. 그는 부엉이처럼 바보스럽고, 이야기해 보면 전혀 지적인 면이 없는 데다, 황소처럼 미련하고 용감하기만 한 인물로 프로파간다를 통해 자신의 위치를 세우는 작자였다. 그는 클레베르의 인기를 시기해서 러시아 측에 강요해 클레베르의 지휘권을 빼앗고 그를 발렌시아로 쫓아냈다. 클레베르는 훌륭한 군인이었지만 폭이 좁고 그가 맡은 일의 무게에 비해 입이 가벼웠다. 골스는 훌륭한 장군인 데다 뛰어난 군인이었지만 항상 다른 사람의 명령을 받는 위치에만 있어서 자유자재로 능력을 발휘하지 못했다. 이번 공격은 골스에게는 가장 큰일이 되겠지만

---

42 William T. Sherman(1820~1891). 남북 전쟁 때 북군의 장군. 〈전쟁은 지옥〉이라는 말로 유명하다.

43 Thomas J. 〈Stonewall〉 Jackson(1824~1863). 남군의 리 장군을 보필하여 여러 번 승리를 거둔 장군.

44 J. E. B. Stuart(1833~1864). 남군의 유명한 장군.

45 Philip H. Sheridan(1831~1888). 북군의 기병대 출신 장군. 리치먼드 전투에서 제브 스튜어트 장군을 패사시킴.

46 George B. McClellan(1826~1885). 링컨 대통령의 진격 명령을 거부하여 북군을 어려움에 빠뜨린 장군. 그랜트 장군으로 교체되었다.

조던이 들은 바에 따르면 별로 마음에 드는 일은 아니었다. 다음으로는 헝가리인 갈이 있었는데 게일로드에서 들은 이야기 가운데 절반만 믿어도 총으로 쏘아 죽여 마땅한 놈이었다. 아니, 절반이 아니라 10퍼센트만 믿는다고 해도 총살해 버려야 할 놈이었다.

그는 과달라하라 저편 고지에서 이탈리아군을 패배시켰던 그 전투를 보았으면 좋았을 거라고 생각했다. 그러나 그는 당시 에스트레마두라에 내려가 있었다. 그렇지만 2주일 전의 어느 날 밤 한스가 이야기해 주어서 그때의 상황을 다 알 수 있었다. 이탈리아군이 트리후에케 부근의 전선을 뚫고 들어와 토리하-브리후에가 사이의 도로가 차단되면 제12여단은 연락이 끊기게 되어 전투에서 패배할지 모르는 순간도 있었다고 했다.

「그렇지만 이탈리아 녀석들인 것을 알고 다른 부대와 싸울 때는 사용할 수 없는 계략을 시도했지. 그런데 그것이 적중했거든.」 한스가 말했었다.

한스는 그 전투에서 사용한 지도를 가지고 당시의 상황을 모두 설명해 주었다. 그는 늘 그 지도를 지도 통에 넣어 가지고 다니면서 그때의 기적을 떠올리면서 놀라고 즐거워했다. 한스는 군인이고 유쾌한 친구였다. 한스의 말로는 리스테르, 모데스토를 비롯해 캄페시노가 이끈 스페인 군대는 모두 그 전투에서 잘 싸웠다는 것이다. 그건 전부 부대 지휘관들의 공으로, 그들이 부하들을 잘 훈련시킨 덕분이었다. 그러나 리스테르나 캄페시노, 모데스토 등은 소련 군사 고문관들로부터 이렇게 해라, 혹은 저렇게 해라 하는 지시를 여러 번 받았다는 것이다. 그들은 무슨 실수가 있으면 교관 파일럿이 대신 조종해 버리는 조종 훈련생과 마찬가지였다. 올해는 정말로 그들이 얼마나 잘 훈련을 받아 그것을 습득했는지 보여 주는 해가 될 것이다. 얼마 후면 그들이 러시아 고문관의 지시를 받지 않고 혼자서 얼마나 그들의 사단과 군단을 잘 지휘할 수 있는지 알아볼 수 있을 것이다.

그들은 공산주의자들이고 훈련을 중요시하는 친구들이다. 그들이 시킨 훈련은 훌륭한 군대를 만들어 낼 것이다. 리스테르는 훈련을 시키는 데 있어서는 거의 살인적이다. 그는 정말 광신자로서, 생명을 존중하는 마음이 전혀 없다는 점에서는 철저히 스페인 스타일이다. 타타르인이 유럽을 처음 침공한 이래 그의 부대만큼 제멋대로 처형이 실시된 곳도 없을 것이다. 그렇지만 이 사내는 하나의 사단을 한 덩어리가 되어 투지에 불타게 단련하는 능력을 가지고 있었다. 맡겨진 근거지를 지킨다는 것은 훌륭한 일이다. 그렇지만 적의 근거지를 공격해서 그들을 사로잡는 것은 또 다른 점에서 훌륭한 듯이며 야전에서 군대가 자유롭게 기동할 수 있도록 하는 능력은 훨씬 더 가치 있는 일이다. 로버트 조던은 식탁 가장자리에 앉은 채 생각했다. 지금까지 본 바로 러시아의 간섭이 없어진다면 리스테르는 어떻게 될 것인가? 그렇지만 러시아와의 공동 관리가 없어지지 않을지도 모른다고 그는 생각했다. 없어질까? 아니면 강화될까? 러시아인은 이 모든 일에 대해서 어떤 입장에 서게 될까? 그걸 알려면 게일로드에 들러야 돼. 그는 생각했다. 게일로드에서만 그런 걸 알 수 있고, 알고 싶은 것들이 많아.

한때 게일로드는 내게 맞지 않는 곳이라고 생각했다. 그곳은 벨라스케스 63번지에 있으며 각국 여단의 수도 본부가 된 옛 마드리드 궁전으로서 청교도적이고 종교적인, 공산주의와는 반대되는 성향을 가지고 있었다. 벨라스케스 63번지에서는 군대가 마치 일종의 종교 단체와 같다. 그리고 게일로드는 제5연대의 분위기와는 아주 다르다. 아쉽게도 그 연대는 해체되어 새로운 군 사령부 예하의 각 여단으로 배속되었다.

둘 중 어떤 장소에서건 느낀 것은 내가 십자군의 일원이 된 듯한 느낌이 들었다는 것이다. 십자군이라는 말이 지금은 너무 남용되고 낡아서 더 이상 그 진실한 의미를 전달해 주지 못하지만, 그것을 표현할 말은 그것밖에 없다. 모든 관료주의와 비효율성과 파벌 투쟁에도 불구하고 처음으로 성찬 예식에 참여할 때 느끼리라고 기대했던 느낌, 하지만 결국에는 느끼지 못한 그런 느낌이었지. 그것은 전 세계의 모든 압박받는 자들을 위한 임무에 헌신한다는 느낌이었고, 종교적인 경험을 말할 때 느껴지는 당황스러움과 어려움 같은 것이기도 했다. 또 바흐의 음악을 들었을 때, 사르트르 대성당이나 레옹 성당에서 거대한 창문으로 스며들어오는 햇빛을 보았을 때, 프라도[47]에서 만테냐[48]나 그레코[49]나 브뤼헐[50] 등의 그림을 보았을 때 느끼게 되는 그런 장엄한 감정과도 비슷한 것이었다. 그 감정은 내가 온전하고 완벽하게 믿는 어떤 것의 일부분이 되었다는 느낌을 주었고, 또 같은 일을 하는 사람들에 대하여 완전한 형제애를 느끼게 했다. 그것은 이전에

---

47 마드리드에 있는 미술관.
48 Andrea Mantegna(1431~1506). 이탈리아의 화가.
49 El Greco(1541~1614). 스페인의 화가. 그리스 출신이기 때문에 그레코라는 이름이 붙었다.
50 Pieter Bruegel(1525~1569). 플랑드르의 화가.

결코 알지 못했던 감정이지만 지금은 이미 경험했고 또 그것을 매우 중요하게 여기므로 이젠 그것을 위해서라면 죽어도 좋은 그런 것이었다. 단지 죽음은 임무 수행에 방해가 되기 때문에 피해야 하는 것이다. 그렇지만 가장 좋았던 것은 이러한 감정과 필연성을 바탕으로 뭔가 할 수 있다는 점이었다. 그래, 넌 싸울 수 있어.

그래서 넌 싸웠던 거야. 그는 생각했다. 그렇지만 곧 싸움을 하는 과정에 그 순수한 감정이 변질되었어. 싸움에서 살아남은 자, 그 싸움을 잘하는 자들은 순수한 감정을 잃어버리고 말았다. 첫 여섯 달이 지나면서 그들은 더 이상 순수하지 않게 되었다.

하나의 진지 또는 하나의 도시를 방어하는 일은 전쟁에서 그런 순수한 감정을 처음으로 느낄 수 있는 국면이다. 시에라 산맥에서의 싸움에도 그런 순수함이 있었다. 그들은 참다운 혁명적 동지애를 가지고 싸웠다. 산속에서 처음으로 군기를 잡아야 할 무렵에는 그도 그런 가혹한 기율의 필요성을 인정하고 이해했다. 포탄이 떨어지는 곳에서 사내들은 겁쟁이가 되어 도망쳤기 때문에 단속이 불가피했다. 그는 그들이 총에 맞고 쓰러져 길가에 널브러진 광경을 보았다. 탄창이나 귀중품을 빼앗는 일 외에는 아무도 그들의 죽음을 아랑곳하지 않았다. 그들의 탄창이나 장화나 가죽 외투를 벗겨가는 것은 정당한 일이었다. 또한 귀중품을 가져가는 것은 현실적인 조치였다. 그렇게 해야만 무정부주의자들이 그것을 가져가지 못할 테니까.

도망병을 쏘아 죽이는 것은 정당하고 마땅하고 필요한 일처럼 보였다. 그것은 조금도 잘못된 게 아니었다. 도망가는 것은 이기주의적인 행동이었다. 파시스트들이 공격했을 때 우리는 과다라마 언덕의 가시금작화와 소나무로 이루어진 숲과 잿빛 바위 경사를 이용해서 그들을 막아 냈다. 우리는 적의 비행기에서 포탄이 떨어지는 와중에도, 그리고 적의 포병이 공격할 때 쏟아지는 포탄 속에서도 도로를 사수했고 그날 저녁까지 살아남은 이들이 적을 물리쳤다. 나중에 적들이 바위 사이와 숲을 헤치고 왼쪽으로 내려오려 했을 때, 비록 그들이 이미 우리의 양옆을 통과한 뒤였지만, 우리는 요양소 안의 창과 지붕에서 사격을 가해 마침내 지켜 냈다. 우린 포위당한다는 것이 어떤 것인지를 뼈저리게 체험하는 대가를 치르고 살아남았다. 그러고는 반격을 시작해 다시 한 번 적을 도로 저편으로 완전히 쫓아냈다.

그 모든 상황이 진행되는 과정에서, 목구멍이 타고 입이 마르는 공포 속에서, 벽이 무너져 난장판이 되는 속에서, 포탄이 떨어져 폭음을 내고 불빛이 번쩍거리는 속에서도 허둥거리며 총을 치웠고, 총을 쥔 채 쓰러진 병사를 질질 끌어냈고, 벽에서 떨어지는 흙을 덮어쓰면서 머리를 방어물 그늘에 숨기고 부서진 탄창을 밖으로 치웠고, 다시 탄띠를 매만졌고, 그다음엔 방어물 그늘에 똑바로 엎드려 다시 총으로 도로를 겨냥했다. 그때 너는 해야 할 일을 했고 네가 옳았다는 것을 알았다. 입속이 타는 듯한 공포를 맛보았고 불순물이 제거되는 듯한 투쟁의 황홀경을 배웠고, 그 여름과 그 가을에 전 세계의 가난한 사람들을 위해 싸웠고, 모든 폭정에 저항했으며, 네가 믿는 것과 새로운 세계를 위해 싸웠다. 그해 가을에 추위, 비, 진흙과 참호를 파고 요새를 쌓는 긴 고통의 시간을 어떻게 참을 수 있는가를 배웠다. 그리고 그해 여름과 가을의 그 순수한 감정은 피로와 수면과 곤두선 신경과 불쾌함 밑으로 깊이 파묻혔다. 그러나 그것은 아직도 남아 있다. 그리고 네가 겪은 모든 것은 그 감정을 확인하는 데 도움이 되었다. 네가 깊고 건전하고 사심 없는 자부심을 가지게 된 것은 그런 날들을 통해서였어. 그는 생각했다. 하지만 이런 얘기를 게일로드에 가서 하면 아주 따분한 놈이 되어 버리지. 그런 생각이 갑자기 그의 머리를 때렸다.

아니, 네가 그렇게 말할 수 있어? 게일로드에 다니던 그 당시에 넌 이미 그렇게 좋은 인간이 아니었어. 넌 너무나 뭘 모르고 순진했어. 일종의 은총을 받은 마음 상태로 그곳에 들렀던 거야. 게일로드는 당시에도 지금처럼 타락했다고 할 수는 없어. 아니야, 사실을 말해 보자면 전혀 지금과 같은 식이 아니었어. 전혀 지금 같지 않았다고. 그 당시에는 게일로드라는 곳이 아예 없었어.

까르꼬프가 당시의 일을 이야기해 주었다. 당시에 그곳에 와 있던 러시아인들은 팰리스 호텔에 머물고 있었다. 그때 로버트 조던은 그들을 전혀 알지 못했다. 그대는 아직 최초의 유격대가 조직되기 이전이었으며 까슈낀이나 그 밖의 느구와도 만나기 전이었다. 까슈낀은 북부의 이룬과 산세바스티안에서 비토리아를 점령하려는 소모적이고 성과 없는 전투를 벌이고 있었다. 그 친구가 마드리드에 온 것은 1월에 들어서였다. 그리고 로버트 조던이 카라반첼과 우세라에서 싸우던 사흘 동안에, 우군은 마드리드에 대한 파시스트군의 공격을 오른쪽에서 가로막고 무어인을 몰아냈으며 파괴된 교외의 집을 샅샅이 뒤지면서 별에 그을은 회석 고지 기슭까지 진출하여 고지를 따라 방의선을 치고 도시의 그 지역을 지키게 되었다. 그 무렵 까르꼬프는 마드리드에 있었다.

까르꼬프는 그때의 일을 이야기할 때는 냉소적이지 않았다. 당시 모든 상황이 암담하게 보였지만 그들은 철저한 신념을 공유했다. 모든 것이 절망적인 것처럼 보였을 때, 각자가 그 어떤 인용구나 미사여구로도 표현할 수 없을 정도로 강한 확신 속에서 자신들이 어떠한 일을 할 수 있는지 알았고 또 기억했다. 정부는 도시를 버리고 도망쳤다. 그들이 국방부의 모든 차를 가지고 도망갔기 때문에 늙은 미아하는 자전거를 타고 방어 진지를 시찰하러 내려가야만 했다. 로버트 조던은 믿을 수가 없었다. 가장 애국적인 상상력을 발휘해도 그는 미아하 사령관이 자전거 탄 모습을 상상할 수 없었다. 그렇지만 까르꼬프는 그것이 사실이라고 말했다. 하긴 러시아 신문에 자신이 그렇게 썼으니까 사실이라고 믿고 싶었겠지.

그러나 까르꼬프가 신문에 쓰지 않은 또 다른 이야기가 있었다. 그는 팰리스 호텔에 그가 책임지기로 한 세 명의 소련 부상병을 데리고 있었다. 두 명은 탱크 조종사이고 한 명은 비행기 조종사였는데 그들은 움직일 수 없을 정도로 상태가 나빴다. 당시 소련이 전쟁에 개입하고 있다는 증거를 남기는 것은 파시스트 측으로부터 비난받을 구실이 되었으므로 절대 삼가야 했다. 그러므로 수도를 포기할 경우 이들이 파시스트의 손에 넘어가지 않도록 하는 것이 까르꼬프의 책임이었다.

수도를 포기할 경우, 까르꼬프는 호텔을 떠나기 전에 그들에게 독약을 먹여 그들의 신원에 대한 일체의 증거를 없애는 임무를 맡고 있었다. 아무도 부상당한 세 사람의 시체만으로는 증거를 얻을 수 없을 것이었다. 한 사람은 다랫배에 총을 세 방 맞았고 또 한 사람은 턱에 총을 맞아 성대가 드러났고 나머지 한 사람은 포탄으로 대퇴골이 부서진 테다가 얼굴과 손에 심하게 화상을 입어 눈썹도 머리털도 타서 없어져 버렸으므로 그들을 스런인이라고 증명할 만한 것을 찾을 수 없을 터였다. 누구도 나중에 팰리스 호텔의 침대에 버려진 세 부상병의 시체를 보고 그들이 소련인이라고 말할 수 없을 것이었다. 벌거벗은 시체가 소련인이라는 것을 증명할 만한 것은 아무것도 없었다. 일단 죽어 버리면 정치적 신념이나 국적은 남지 않는 것이다.

그 일을 혹시라도 수행해야 하는 필요성에 직면한다면 기분이 어떻겠느냐고 묻자 까르꼬프는 그런 경우를 예상한 적이 없다고 대답했다. 「만약 그 일을 해야만 했다면 어땠겠느냐?」 로버트 조던은 이렇게 물으면서 덧붙였다. 「갑자기 사람에게 독약을 먹이는 것은 간단한 일이 아니겠지?」 그러자 까르꼬프가 말했다. 「그렇지, 독약을 가지고 다니는 것은 보통 자신이 먹기 위해서니까.」 그는 담배 케이스를 열고 한쪽 구석에 있는 물건을 꺼내 로버트 조던에게 보여 주었다.

「그렇지만 자네가 체포되면 그들은 가장 먼저 자네의 담배 케이스를 압수할 거야.」 로버트 조던은 이의를 제기했다. 「손을 들라고 하면서.」

「여기 조금 더 가지고 있지.」 까르꼬프는 히죽 웃으며 웃옷의 옷깃을 뒤집어 보였다. 「그냥 이렇게 옷깃을 입에다 갖다 대고 물어뜯은 뒤 삼키기만 하면 돼.」

「그게 훨씬 좋겠는데.」 로버트 조던이 말했다. 「말해 보지. 탐정 소설에 나오는 것처럼 쓴 아몬드 맛이 나나?」

「모르겠는데.」까르꼬프가 즐거워하면서 말했다. 「한 번도 냄새를 맡아 본 적이 없거든. 튜브를 뜯어서 냄새를 맡아 볼까?」

「그냥 두는 게 낫겠네.」

「그렇겠군.」까르꼬프는 이렇게 말하면서 담배 케이스를 집어넣었다. 「나는 패배주의자가 아니야. 자네도 알지? 하지만 그런 심각한 때가 다시 오고 이런 것을 어디서도 구할 수 없게 될 가능성은 항상 있으니까. 자네 코르도바 전선에서 나온 성명서 보았나? 정말 멋지다네. 모든 성명서 중에 나는 그걸 가장 좋아해.」

「뭐라고 쓰여 있는데?」로버트 조던은 코르도바 전선에서 마드리드로 돌아온 지 얼마 안 되었는데, 그는 갑자기 자기는 농담을 해도 다른 사람의 농담은 듣기 싫을 때 농담을 들은 것처럼 굳어졌다. 「말해 보게.」

그러자 까르꼬프는 그 특유의 어눌한 스페인어로 말했다.

「*Nuestra gloriosa tropa siga avanzando sin perder ni una sola palma de terreno*(영광스러운 우리의 부대는 한 치의 땅도 잃지 않고 전진을 계속하고 있다).」

「정말 그렇게 쓰여 있나?」로버트 조던이 의심했다.

까르꼬프가 이번에는 영어로 이야기했다. 「성명서에 그렇게 되어 있어. 찾아서 보여 주겠네.」

포소블랑코 부근의 전투에서 죽은 사람들을 잊을 수가 없다. 그렇지만 게일로드에서 그런 건 하나의 농담일 뿐이다.

그러니까 현재의 게일로드는 그런 곳이다. 그렇지만 게일로드 같은 곳이 언제나 있었던 것은 아니고, 현재의 상황이 전쟁 초기에 살아남은 사람들을 통해 게일로드와 같은 곳을 낳았다면 나는 기꺼이 게일로드를 찾아가서 그것을 알고 싶다. 너는 시에라 산맥이나 카라반첼이나 우세라에서 느꼈던 감정으로부터 너무나 멀리 떨어져 있구나, 하고 그는 생각했다. 너는 정말 쉽게 타락하는구나. 그렇지만 정말 타락한 걸까? 단지 처음 시작할 때 가졌던 순수성을 잃었다고 보는 것이 옳지 않을까? 모든 게 마찬가지 아닐까? 젊은 의사건 목사건 군인이건 도대체 처음에 가졌던 열정을 지속시킬 수 있는 사람이 있을까? 목사들은 물론 그런 감정을 지속시킬 것이다. 그러지 못하면 목사를 그만둔다. 어쩌면 나치들도 지속시킬지 모른다. 엄격하고 충분한 훈련을 받은 공산주의자들도 순수성을 지킬 것이다. 그렇지만 까르꼬프를 보라. 그는 까르꼬프의 경우를 아무리 생각해도 지겹지 않았다. 마지막으로 게일로드에 갔을 때 까르꼬프는 오랫동안 스페인에 체류했던 영국의 어느 경제학자의 논문에 대해 멋진 평가를 내리려 했다. 로버트 조던은 여러 해에 걸쳐 그 사람의 저서를 꾸준히 읽었고 그에 대해서 알지는 못하지만 존경하고 있었다. 그는 그 경제학자가 스페인에 대해서 쓴 부분은 별로 좋아하지 않았다. 그것은 너무나 명확하고 단순했으며 정리가 잘되어 있었고 그 경제학자가 알고 있는 통계의 많은 부분을 그의 희망 사항에 따라 왜곡했기 때문이었다. 누구나 자기가 잘 아는 나라에 대해서 쓴 논문 따위는 신경 쓰지 않지만, 그래도 조던은 저자의 의도가 가상하다고 생각했다.

그후 카라반첼에서 공격하던 어느 날 오후에 로버트 조던은 그 경제학자를 만났다. 마침 아군은 투우장의 그늘진 곳에 앉아 있었다. 두 개의 큰길에서 총성이 들리고 사람들은 공격을 기다리며 긴장하고 있었다. 탱크가 오기로 되어 있었으나 오지 않자 몬테로는 앉아서 머리에 손을 얹고 먼 곳을 바라보며 말했다. 「탱크가 오지 않는군. 아직도 오지 않고 있어.」

날씨는 춥고 노란 먼지가 거리로 불어 내려오고 있었는데 몬테로는 왼쪽 팔에 총을 맞아 그 팔을 쓰지 못했다.

「탱크가 있어야 하는데.」 그가 말했다. 「탱크를 기다려야 하지만 더 이상 기다릴 수가 없어.」 상처 때문에 그의 어조는 격앙되어 있었다.

로버트 조던은 몬테로에게 전찻길 모퉁이에 있는 아파트 건물 뒤에 탱크가 서 있을지도 모른다는 말을 듣고 탱크를 찾으러 갔다. 정말로 거기에 무언가 있었다. 그렇지만 그것은 탱크가 아니었다. 당시 스페인 사람들은 아무거나 보고 탱크라고 불렀다. 그것은 낡은 장갑차였다. 운전병은 아파트 모퉁이를 돌아 투우장으로 가기를 원치 않았던 것이다. 그는 팔짱을 낀 채 장갑차를 마주 보고 서서 가죽으로 된 헬멧을 쓴 머리를 팔에 기대고 있었다. 로버트 조던이 말을 걸었을 때 그는 고개를 저으면서 팔에 기댄 머리를 들려고 하지도 않았다. 그러더니 로버트 조던을 보지도 않고 고개를 돌려 버렸다.

「거기까지 가라는 명령은 받은 적이 없는데요.」 그가 무뚝뚝하게 말했다.

로버트 조던은 케이스에서 권총을 뽑아 들고 총구를 운전사의 가죽 외투에 들이밀었다.

「여기 네게 주는 명령이 있다.」 그 사내는 럭비 선수처럼 가죽 헬멧을 쓴 머리를 저었다. 「기관총에 탄환이 없는데요.」

「투우장에 가면 있어.」 로버트 조던이 말했다. 「자, 가지. 거기서 탄띠에 탄환을 채우도록 하고. 어서 가.」

「그렇지만 기관총 사수가 없는데요.」 운전병이 말했다.
「그럼 어디 있지? 네 동료 말이야.」
「죽었어요. 저기 안에 있어요.」
「밖으로 끌어내. 거기서 끌어내라고.」 로버트 조던이 말했다.
「손대고 싶지 않아요.」 운전병이 말했다. 「기관총하고 바퀴 사이에 엎어져 있어서 난 그리 건너갈 수가 없어요.」
「이리 와봐.」 로버트 조던이 말했다. 「나하고 같이 하면 끌어낼 수 있을 거야.」

그는 장갑차로 기어 올라가 안으로 들어가다가 머리를 부딪쳐 눈썹 위에 조그만 상처를 입었다. 피가 얼굴로 흘렀다. 죽은 병사는 무겁고 뻣뻣해서 몸을 절반으로 구부릴 수가 없었다. 그래서 엎어진 채 좌석과 바퀴 사이에 끼인 몸체를 밖으로 끌어내기 위해서는 시체의 머리를 망치로 두들겨야만 했다. 마침내 시체의 머리 밑으로 무릎을 밀어 넣어 머리를 들어 올릴 수 있게 되자 그는 이제 머리 부분이 자유롭게 된 시체를 문까지 잡아당겼다.

「이 시체를 드는 데 좀 거들어 줘.」 그는 운전병에게 말했다.
「시체를 만지고 싶지 않아요.」 운전병이 말했다. 그는 울고 있었다. 탄약 가루가 묻어 검게 변한 얼굴 위에서 눈물이 코 양쪽으로 흐르고 있었고 덩달아 콧물도 흘러내렸다.

그는 문 쪽에 서서 시체를 힘껏 던졌다. 시체는 등을 둥글게 구부린 채 전찻길 옆의 보도에 떨어졌다. 시체의 납빛 얼굴은 시멘트 보도에 딱 달라붙었고 두 손은 장갑차 속에서와 마찬가지로 오그라져 있었다.

「들어가, 제기랄.」 로버트 조던은 이제 운전병에게 권총을 들이대고 말했다. 「빨리 들어가.」

아파트 건물 뒤에서 한 사내가 불쑥 나타난 것은 바로 그때였다. 그는 긴 외투를 걸쳤고 모자를 쓰지 않았으며 머리카락은 백발에 광대뼈가 툭 튀어나왔고 눈은 깊숙이 들어갔고 미간이 좁았다. 그는 체스터필드 담뱃갑을 꺼내더니 한 대를 뽑아, 운전병을 권총으로 위협하는 로버트 조던에게 건네면서 스페인어로 이렇게 말했다.

「동지, 잠깐 실례합니다만, 전투가 어떻게 진행되고 있는지 좀 알려 주시겠습니까?」

로버트 조던은 담배를 받아서 파란색 작업복 점퍼 주머니에 넣었다. 그는 이 사람이 누구인지 사진을 통해서 알고 있었다. 그는 바로 그 영국 경제학자였다.

「똥이나 먹어라.」 그는 영어로 이렇게 말하고 그다음 스페인어로 장갑차 운전병에게 말했다. 「저기야. 투우장이야. 알겠지?」 그러고는 무거운 옆문을 쾅 소리가 나게 닫고 비탈을 내려갔다. 그와 함께 탄환이 장갑차에 날아오기 시작했고 쇠 보일러에 돌멩이가 부딪치는 듯한 소리가 들렸다. 이어서 기관총 탄환이 날아오기 시작하자 이번에는 날카로운 해머로 두드리는 듯한 소리가 났다. 그들이 작년 10월 포스터가 아직도 매표창구에 붙어 있는 투우장에 도착했을 때, 탄약통을 열어 놓은 채 손에 총을 들고 혁대나 주머니에는 수류탄을 꽂은 동지들이 기다리고 있었다. 몬테로가 말했다. 「좋아. 여기 탱크가 왔다. 이제 우리도 공격할 수 있어.」

그날 밤 늦게 그들이 언덕 위에 있는 집을 모두 다 점령했을 때 그는 곳곳에 총구멍이 난 벽돌담 뒤에 편안히 누워 있었다. 그는 거기서 풍경이 수려한 싸움터를 내려다보고 파시스트가 물러간 능선을 보면서 방종에 가까운 기분으로 아군의 왼쪽 측면을 보호하는 언덕의 기복과 파괴된 집들을 생각했다. 그는 땀으로 흠뻑 젖은 옷 위에 담요를 두르고 몸을 말리면서 쌓아 올린 짚더미 위에 누워 있었다. 그는 거기 누워서 그 영국 경제학자를 생각하고 웃었다. 그리고 자신의 무례한 행동에 대해서 미안함을 느꼈다. 하지만 마치 정보를 제공하는 대가로 주는 팁처럼 담배를 내민 그 순간, 그는 비전투원에 대한 전투원으로서의 증오심이 끓어올라 어쩔 수가 없었다.

그는 새삼스럽게 게일로드에서 까르꼬프가 그 사람에 대해 이야기하던 것을 떠올렸다.

「그랬군, 거기서 그를 만났구먼.」 까르꼬프가 말했다. 「나는 그날 푸엔테 데 톨레도까지밖에 안 갔어. 그는 전선에서 매우 가까운 곳까지 갔군. 그것이 그가 용감했던 마지막 날이었지. 그다음 날 그는 마드리드를 떠났거든. 그가 가장 용감했던 것은 톨레도에서였던 것 같아. 톨레도에서는 굉장했지. 알카사르 포위 공격 때 그는 작전 계획을 세우는 데 참여하기도 했지. 자네가 그를 톨레도에서 보았다면 좋았을 텐데. 우리가 공격에 성공한 것은 그의 노력과 충고 덕분이었다고 나는 생각해. 그것은 이 전쟁에서 가장 바보스러운 부분이었지. 바보스러움이 극에 달한 상태였어. 하지만 말해주게. 미국에서는 그를 어떻게 생각하나?」

「미국에서는 모스끄바하고 상당히 가까운 사람으로 생각하고 있어.」

「그건 틀렸네. 하지만 그 친구는 멋진 얼굴을 가지고 있고 그 얼굴과 매너가 성공의 수단이지. 반대로 나는 얼굴 때문에 아무것도 안 돼. 별건 아니지만 내가 해낸 일도 꽤 있는데,

민중은 전혀 열광하거나 감동하지 않고, 게다가 날 사랑하지도 신뢰하지도 않아. 하지만 이 얼굴로 이 정도 했으면 잘한 거지. 그에 비하면 그 미첼이라는 녀석은 그 얼굴을 가지고 자신의 행운을 일구었지. 그런데 그건 음모꾼의 얼굴이야. 책에서 음모꾼에 대해 읽은 사람이라면 당장에 그 녀석을 신뢰하게 되거든. 게다가 그 녀석의 행동거지도 천생 음모꾼이야. 그 녀석이 방에 들어오기만 해도 모두 자기가 음모자의 우두머리를 만나고 있다고 생각하게 되는 거야. 그러니까 감상적인 기분으로 자기가 신뢰하는 소련을 원조하고 싶은 자네 나라의 부자들, 그러니까 공산당이 최종적으로 성공할 거라고 믿거나 또는 그런 경우에 대비하여 일종의 보험을 들고 싶어 하는 자네 나라의 부자들은, 이 녀석의 얼굴이나 태도를 본다면 이 친구야말로 꼬뮌떼른에서 가장 신뢰받는 대변자라고 생각할걸.」

「그럼 그는 모스끄바하고 아무런 관계도 맺고 있지 않나?」

「아니, 이보게, 조던 동지. 자네는 두 종류의 바보에 대해서 알고 있나?」

「정직한 바보와 우둔한 바보?」

「아니, 소련에 있는 두 종류의 바보 말이야.」 까르꼬프는 빙긋이 웃고는 말을 시작했다. 「그 하나는 겨울 바보야. 겨울 바보는 남의 문 앞에 와서 쾅쾅 소리 나게 문을 두드린다네. 나가 보면 거기에는 한 번도 본 적이 없는 사내가 서 있네. 그는 매우 인상적으로 생겼어. 덩치가 매우 큰 그는 털외투를 입고 긴 장화를 신고 털모자를 썼는데 눈을 흠뻑 뒤집어쓰고 있단 말이지. 처음에는 발을 굴러 장화를 털고 다음에는 외투를 벗고 그것을 흔들어 눈을 털어 내지. 그러고는 모자를 벗어 문에다 대고 두드리면 또 많은 눈이 쏟아지지. 그런 다음 다시 한 번 장화를 털고 방으로 들어오는 거야. 얼굴을 보면 바로 거기 바보가 서 있는 거지. 이게 겨울 바보야. 여름 바보는 이런 식이지. 한 사람이 길을 걷고 있지. 이 친구는 팔을 흔들면서 머리를 이쪽저쪽으로 갸우뚱거리기 때문에 2백 미터 밖에서도 그가 바보라는 것을 알 수 있지. 그게 여름 바보야. 그 잘생긴 경제학자는 겨울 바보야.」

「그런데 여기서는 사람들이 왜 그를 신뢰하지?」 로버트 조던이 물었다.

「얼굴 때문이지.」 까르꼬프가 말했다. 「그 멋진 음모꾼의 얼굴 때문이지. 그리고 아주 두터운 신임을 받고 중요한 위치에 있다가 금방 나타난 것처럼 보이게 하는 그 값진 속임수 때문이지.」 까르꼬프는 미소를 지었다. 「물론 그 사내는 그 속임수를 팔아먹기 위해 계속 여행을 해야만 하지. 자네도 알다시피 스페인 사람들은 꽤나 이상하잖아?」 그는 로버트 조던의 대답을 기다리지 않고 계속 말을 이었다. 「이 나라 정부는 막대한 돈을 가지고 있어. 무지막지한 양의 금을. 하지만 자기편에게는 아무것도 주려고 하지 않지. 자네는 정부편이지. 그러니까 자네는 아무런 대가도 받지 못할 거야. 그렇지만 만약 세력이 있는 어떤 회사거나, 우호적이지는 않지만 손을 써둘 필요가 있는 나라를 대표하는 인간에게는 돈을 뿌리지. 가까이서 보고 있으면 무척 재미있어.」

「나는 그런 건 원하지 않아. 그 돈 역시 스페인 노동자의 돈이잖아.」

「나도 자네가 돈 같은 것을 좋아할 거라고 생각지는 않아. 단지 이해하라는 거지.」 까르꼬프가 말했다. 「난 자네를 만날 때마다 조금씩 가르쳐 주는 거야. 결국 자네는 교육을 받고 있는 거지. 교수가 교육받는 것은 재미있는 일이 될 거야.」

「귀국해서 다시 교수가 될 수 있을지 모르겠어. 아마 빨갱이라고 쫓아낼걸.」

「그러면 소련에 가면 되지 뭐. 소련에 가서도 연구를 계속할 수 있어. 그게 자네한테는 가장 좋은 일일지도 몰라.」

「그렇지만 내 전공은 스페인어인걸.」

「스페인어를 쓰는 나라도 많이 있어.」 까르꼬프가 말했다. 「그 나라들이 모두 스페인처럼 무엇이든지 하기 힘든 나라는 아닐 거야. 그런데 자네가 교수를 그만둔 지 9개월이나 되었다는 것을 기억해야 돼. 대신 9개월 동안 새로운 것을 배웠잖아. 자네는 변증법을 얼마나 공부했나?」

「에밀 번스가 펴낸 『마르크스주의 편람』을 읽은 것이 전부야.」

「자네가 그걸 모두 읽었다면 상당히 많이 읽은 거야. 1천5백 페이지나 되는데 한 페이지를 읽는 데도 시간이 꽤 걸리지. 그렇지만 자네가 읽어야 할 것은 그 밖에도 많이 있어.」

「지금은 책을 읽을 시간이 없어.」

「나도 아네. 언제라도 시간이 되면 읽어 두라는 이야기야. 지금 일어나고 있는 일들을 이해하는 데 도움이 될 만한 책들도 많이 있지. 이 전쟁에서도 필요한 책이 나올 거야. 반드시 알아 두어야 할 것들을 설명해 주는 책들 말이야. 어쩌면 앞으로 내가 쓸지도 모르지. 난 그것을 쓸 사람이 나이기를 바라거든.」

「난 자네가 제일 잘 쓸 것 같네.」

「비행기 태우지 말게.」 까르꼬프가 말했다. 「나는 신문쟁이야. 그렇지만 다른 모든 신문쟁이들처럼 나도 작품을 쓰고 싶어. 나는 지금 한창 칼보 소텔로에 대해 연구하고 있어. 그 친구는 정말 훌륭한 파시스트였어. 그리고 정말로 스페인적인 파시스트였지. 프랑코나 다른 친구들은 그렇지 않아. 나는 소텔로의 저술이나 강연을 모두 연구해 왔어. 그는 정말로 지적이었는데 살해당한 것도 너무 머리가 좋았기 때문이야.」

「난 자네가 그의 죽음을 암살로 보지 않는다고 생각했는데?」

「암살은 정말로 광범위하게 일어나고 있지. 아주, 아주 광범위하게.」 까르꼬프가 말했다.

「하지만 ―」

「우리는 개인에 의한 테러리즘 행위를 인정할 수가 없어.」 까르꼬프가 미소 지었다.

「물론 범죄적인 테러리스트나 반혁명적인 조직에 의한 것도 인정할 수 없어. 우리는 부하린[51]적인 파괴자들의 살인적인 배신과 잔학성을 공포를 가지고 증오하지. 지노비예프, 까메네프, 리꼬프 그리고 그 하수인 같은 인도주의의 쓰레기들을 증오하지. 우리들은 진짜 악당을 증오하고 혐오해.」 그는 다시 미소를 지었다. 「그렇지만 난 정치적인 암살이 매우 광범위하게 행해질 수 있다고 생각하고 있어.」

「자네 말은 ―」

「별 얘기 아니야. 그렇지만 우리는 이들 진짜 대악당, 인도주의자의 쓰레기나 비겁한 강아지 같은 장군들이나 신뢰를 배반한 제독들 같은 추악한 자들을 처형하고 없애 버려야

---

51 Nikolai Bukharin(1888~1938). 1930년대 후반 스딸린의 대숙청 때 처형된 소비에뜨의 저명한 정치가.

해. 그들은 암살되어서는 안 돼. 자네는 그 차이를 알겠나?」

「알고 있어.」 로버트 조던이 말했다.

「그리고 내가 가끔 농담을 한다고 해도, 농담 중에는 위험한 부분이 있다는 것을 자네도 알아 두었으면 좋겠네. 좋아. 내가 농담을 한다고 해서, 일부 스페인 장군들에 대해 좋게 말한다고 생각하면 안 되네. 스페인 사람들은 지금도 지휘관 노릇을 하는 어떤 장군들을 총살하지 않은 것을 나중에 두고두고 후회하게 될 거야. 나는 총살을 좋아하지 않아. 자네도 알지?」

「난 아무렇지도 않아.」 로버트 조던이 말했다. 「나도 총살을 좋아하지는 않지만 지금은 아무렇지도 않게 되었어.」

「알고 있네. 전에 그렇게 들었네.」 까르꼬프가 말했다.

「총살이 중요한 일인가?」 로버트 조던이 물었다. 「난 그저 일을 성실하게 하려다가 총을 쏘게 되는 것뿐이야.」

「유감스러운 일이지만……」 까르꼬프가 말을 이어 갔다.

「사람을 믿을 만한 존재로 만드는 방법 중 하나야. 믿을 만한 자로 만드는 데 오랜 시간이 걸리는 자들을 조속히 믿을 만한 자로 만드는 방법 말이야.」

「사람들이 나를 믿을 만한 인물이라고 생각할까?」

「자네가 일하는 것에 대해서는 그렇게 여기고 있을 거야. 언젠가 자네가 어떤 생각을 마음속에 가지고 있는지 진지하게 이야기해 보아야겠어. 우리가 이때까지 진지하게 대화하지 못했던 것은 정말 유감이야.」

「우리가 전쟁에서 이길 때까지 내 마음은 정지 상태에 있어.」 로버트 조던이 말했다.

「그러면 오랫동안 마음을 필요로 하지 않게 될 거야. 하지만 조금씩 머리를 훈련시키도록 유념해야 하네.」

「나는 요즘 『노동 세계』[52]를 읽고 있어.」 로버트 조던이 그에게 말하자 까르꼬프가 말했다. 「좋아, 유익한 일이야. 『노동 세계』에는 유익한 기사가 많이 있지. 이 전쟁에 대해 쓴 것으로는 유일하게 현명한 기사야.」

「그래, 나도 동감이야. 그렇지만 전쟁에서 벌어지는 모든 현상을 파악하려면 당 기관지만 가지고는 안 될걸.」 조던이 말했다.

「그야 그렇지.」 까르꼬프가 말했다. 「그렇지단 스무 가지의 신문을 읽는다 해도 뚜렷한 그림을 파악하기는 불가능할 거야. 또 만약 파악한다고 해도 자네가 그것을 가지고 어떻게 할 것인지 나는 모르겠는걸. 난 거의 언제나 명확한 그림을 파악하고 있어. 하지만 그걸 잊어버리려고 애쓰지.」

「자넨 현재 상황이 그렇게 나쁘다고 생각하나?」

「예전보다는 낫지. 최악의 상황은 이미 처리했으니까. 그렇지만 아직도 문제가 많아. 우리는 지금 거대한 군대를 편성하는 중이고 그들 중 몇몇은, 예를 들어 모데스토, 캄페시노, 리스테르, 두란의 군대는 신뢰할 만하지. 사실 신뢰할 수 있다는 것 이상이지. 그들은 매우 훌륭해. 자네도 그걸 알게 될 거야. 또 우리에게는, 그들의 역할이 바뀌고 있다고는 하지만 연합 여단도 있지. 그렇지만 좋은 요소와 나쁜 요소가 섞여 있는 군대는 전쟁에서 이길 수가 없네. 모두가 어느 정도 정치적으로 성숙된 수준에 올라 있어야 해. 모두가 자신이 왜 싸우고 있는지와 그것이 왜 중요한지를 알아야 해. 그리고 모든 병사가 자신이 수행하는 전쟁이 의미가 있음을 믿

---

52 *Mundo Obrero*. 스페인 공산당의 기관 잡지.

고 훈련에 자발적으로 참여해야 해. 우리는 충분한 훈련을 받을 만한 여유도 없이 새로운 군대를 모집해 거대한 군대를 편성하고 있어. 그들은 포탄이 터질 때 어떻게 해야 하는지 조차 모른 채 군대에 편성되고 있지. 우리는 그들을 인민군이라 부르고 있지만 진정한 인민군의 자격을 갖추지 못한 데다 신병에게 필요한 강철 같은 규율도 없는 군대가 될 것 같아. 자넨 그걸 곧 보게 될 거야. 정말 위험한 일이지.」

「자네 오늘 너무 비관적인 것 같은데?」

「아니야. 난 발렌시아에서 많은 사람들을 만나 보고 지금 막 돌아왔어. 발렌시아에서는 아무도 낙관적인 생각을 가지고 돌아올 수 없지. 마드리드에서는 모든 것이 좋고 깨끗하기 때문에 승리 말고는 다른 것을 생각할 수가 없어. 그렇지만 발렌시아는 좀 달라. 마드리드에서 도망친 겁쟁이들이 거기서 아직도 정권을 잡고 있다네. 그놈들은 느긋하게 자리잡고 앉아 관료주의 정치를 하고 있어. 그들에게 마드리드에 있는 자들은 경멸의 대상일 뿐이야. 지금 그들이 노리고 있는 것은 우리의 병참부를 약화시키는 일이야. 그리고 바르셀로나도. 참, 자네는 바르셀로나에 꼭 가봐야 하네.」

「어떤 곳인데?」

「그곳은 아직도 웃기는 오페라 같아. 처음에는 요란한 허풍쟁이들과 낭만적인 혁명가들의 천국이었지. 지금은 가짜 군인들의 천국이야. 군복 입기만 좋아하고 빨갛고 까만 머플러를 두르고 거드름 피우는 것만 좋아하는 군인들이지. 싸우는 것만 **빼놓고** 전쟁의 모든 면이 좋다는 인간들이야. 발렌시아에 가서 보면 구역질이 날 거고 반대로 바르셀로나에 가서 보면 웃음이 날 거야.」

「포움[53] 폭동은 어떻게 되었나?」

「포움이 심각한 문제가 되었던 적은 한 번도 없어. 그건 야만인인 데다 요란한 허풍쟁이들의 모임일 뿐이야. 그야말로 소가 병자들일 뿐이지. 물론 진실하지만 길을 잘못 들어선 자들도 약간 있지. 하지만 그건 두뇌가 우수한 어떤 녀석과 파시스트의 돈으로 이루어진 집단일 뿐이야. 그 이상은 아니야. 오, 불쌍한 포움, 정말로 불쌍한 사람들이지.」

「그렇지만 반란 중에 꽤 많은 사람들이 살해되었다면서?」

「그건 앞으로 살해될 사람에 비하면 그리 많은 수가 아니야. 포움이라는 그 이름만큼이나 대수롭지 않아. 차라리 멈프스[54]나 미즐스[55] 같은 이름을 붙이는 것이 더 어울렸을 텐데. 아니, 오히려 홍역이 더 위험하지. 그것은 시각이나 청각에 영향을 미치니까. 그렇지만 자네도 알다시피 그놈들은 나나 월터나 모데스토나 프리에토를 죽이려고 계획하고 있어. 그 집단은 어떻게 그렇게 뒤죽박죽으로 섞여 있을 수 있을까? 우리하고는 전혀 달라. 불쌍한 포움, 그놈들은 한 사람도 못 죽였지. 전선의 어디에서도. 단지 바르셀로나에서만 약간 죽였을 뿐.」

「자네 거기 있었나?」

「응. 난 그 악명 높은 뜨로쯔끼적 살인자 조직의 악랄함과

---

53 P.O.U.M.(Partido Obrero de Unificación Marxista). 연합 마르크스 노동당. 반스딸린 노선을 가고 있던 스페인 공산당의 분열파. 주로 카탈루냐와 아라곤에서 활약했다. 스딸린이 스페인 공산당에 포움을 숙청하라는 지시를 내린 후 포움의 지도자인 안드레스 닌은 체포되어 고문을 받다가 죽었으며 그 외 많은 포움 인사들이 살해되었다.

54 M.U.M.P.S. 〈볼거리〉라는 뜻.

55 M.E.A.S.L.E.S. 〈홍역〉이라는 뜻.

놈들의 경멸스러운 파시스트적 책략을 묘사하는 전보를 쳤지. 하지만 우리들 사이에서 그건 별로 문제가 안 됐어. 포움 녀석들 중에 인물은 넌뿐이야. 체포했었는데 그놈은 우리의 손을 빠져나갔지.」[56]

「지금 어디에 있는데?」

「파리에. 우리는 그가 파리에 있다고 이야기하지. 그는 기분 좋은 친구지만 잘못된 정치 철학에 미쳐 있어.」

「하지만 그 녀석들은 파시스트들과 연락을 하고 있었겠지? 그렇지 않나?」

「당연하지. 안 그러는 녀석도 있나?」

「우리는 그러지 않아.」

「누가 알겠어? 그렇지 않기를 바라지만. 자네는 자주 그쪽으로 가니까.」 그가 빙긋이 웃으면서 말했다. 「그렇지만 파리에 있는 공화국 쪽 공사관 서기 동지 한 명이 지난주에 부르고스에서 온 사람을 만나려고 생장드뤼즈를 여행했다는 이야기가 있어.」

「난 전선 쪽이 더 나을 것 같은데.」 로버트 조던이 말했다. 「전선에 가까워질수록 선량한 사람들이 더 많아지거든.」

「그럼 파시스트 전선의 후방은 어때?」

「아주 좋아. 거기에는 좋은 사람들이 많이 있어.」

「그래, 그렇다면 적들에게도 마찬가지로 우리 전선 후방에 그들이 좋아하는 자들이 많이 있겠군. 우리는 그들을 찾

---

[56] 폭동이 실패로 끝난 후 포움의 지도자 안드레스 닌은 체포되었다가 스딸린의 부하에 의해 살해되었다. 내전 당시 스페인 공산당을 지지한다고 선언한 헤밍웨이는 마드리드의 게일로드 호텔에 머물면서 스페인 공산당 인사들 그리고 러시아인들과 어울렸는데 그들의 거짓 정보에 넘어가서 이렇게 잘못 기술한 것이다.

아내서 총살하고, 그들도 우리를 찾으면 총살하고. 자네가 그들의 영역에 있을 때는 이 사실을 잊지 말게. 그들 가운데 많은 놈들이 우리 쪽에 파견되어 있다는 사실을.」

「그 점에 대해서는 나도 생각하고 있어.」

「자네는 오늘 일에 대해서 충분히 생각해 보아야 할 거야. 그러니 지금은 그 병에 남아 있는 맥주나 마시고 돌아가게. 난 이제 사람들을 만나러 올라가 봐야 하니까. 위층의 사람들 말이야. 그럼 나중에 또 보세.」

그렇다, 나는 게일로드에서 많은 것을 배웠다. 로버트 조던은 생각했다. 까르꼬프는 로버트 조던이 출판한 단 하나의 책을 읽어 주었다. 그 책은 성공하지 못했다. 2백 페이지밖에 안 되는 것으로 2천 명이나 읽었을까 말까 한 책이었다. 그것은 그가 10년 동안 도보로 또는 자동차, 버스, 말, 트럭 등으로 스페인을 여행하면서 스페인에 대해 알게 된 것들을 쓴 책이었다. 그는 바스크 지방을, 나바라를, 아라곤을, 갈리시아를, 그리고 두 개의 카스티야와 에스트레마두라를 잘 알았다. 그렇지만 세상에는 버로[57]나 포드[58] 같은 사람들이 쓴 책들이 이미 너무 잘 나와 있었고 그의 책은 그 책들보다 나을 게 없었다. 그렇지만 까르꼬프는 로버트 조던의 책을 좋은 책이라고 말해 주었다.

「내가 자네를 알아주게 된 것은 그 책 때문이야.」 까르꼬프는 말했다. 「나는 자네가 진실되게 썼다고 생각해. 그건 매우 드문 일인데 말이야. 그래서 자네에게 여러 가지를 알려

---

57 George Borrow(1803~1881). 여행가이며 스페인의 집시 생활을 연구한 작가. 『스페인의 성서』라는 책을 저술했다.
58 Richard Ford(1796~1858). 『스페인 여행 안내』를 쓴 영국의 저술가.

주려는 거야.」

 좋다. 지금 일을 다 끝내면 책을 써야겠다. 그렇지만 내가 알고 있는 것만을, 진실된 것만을, 그리고 깨닫게 된 것만을 써야 한다. 하지만 그럴려면 지금보다 훨씬 훌륭한 작가가 되지 않으면 안 된다. 내가 이 전쟁에서 알게 된 것은 그렇게 단순하지 않으니까.

〈하권에 계속〉

열린책들 세계문학 205 # 누구를 위하여 종은 울리나 상

옮긴이 이종인 1954년 서울에서 태어나 고려대학교 영어영문학과를 졸업했다. 한국 브리태니커 편집국장과 성균관대학교 전문 번역가 양성 과정 교수를 역임했다. 폴 오스터의 『보이지 않는』, 『어둠 속의 남자』, 『폴 오스터의 뉴욕 통신』, 크리스토퍼 드 하멜의 『성서의 역사』, 프랭크 로이드 라이트의 『자서전』, 존 르카레의 『팅커, 테일러, 솔저, 스파이』, 니코스 카잔차키스의 『향연 외』, 『돌의 정원』, 『모레아 기행』, 『일본 중국 기행』, 『영국 기행』, 앤디 앤드루스의 『폰더 씨의 위대한 하루』, 줌파 라히리의 『축복받은 집』, 조지프 골드스타인의 『비블리오테라피』, 스티븐 앰브로스 외의 『만약에』, 사이먼 윈체스터의 『영어의 탄생』, 싱클레어 루이스의 『배빗』, 어니스트 헤밍웨이의 『노인과 바다』, 『무기여 잘 있거라』 등 1백여 권을 번역했고, 번역 입문 강의서 『번역은 글쓰기다』를 펴냈다.

지은이 어니스트 헤밍웨이 **옮긴이** 이종인 **발행인** 홍예빈·홍유진
발행처 주식회사 열린책들 **주소** 경기도 파주시 문발로 253 파주출판도시
전화 031-955-4000 **팩스** 031-955-4004 **홈페이지** www.openbooks.co.kr
Copyright (C) 주식회사 열린책들, 2012, *Printed in Korea*.
ISBN 978-89-329-1205-9 04840 **ISBN** 978-89-329-1499-2 (세트)
발행일 2012년 7월 15일 세계문학판 1쇄 2024년 5월 30일 세계문학판 6쇄

이 도서의 국립중앙도서관 출판예정도서목록(CIP)은 서지정보유통지원시스템 홈페이지(http://seoji.nl.go.kr)와 국가자료공동목록시스템(http://www.nl.go.kr/kolisnet)에서 이용하실 수 있습니다.(CIP제어번호: CIP2012002997)

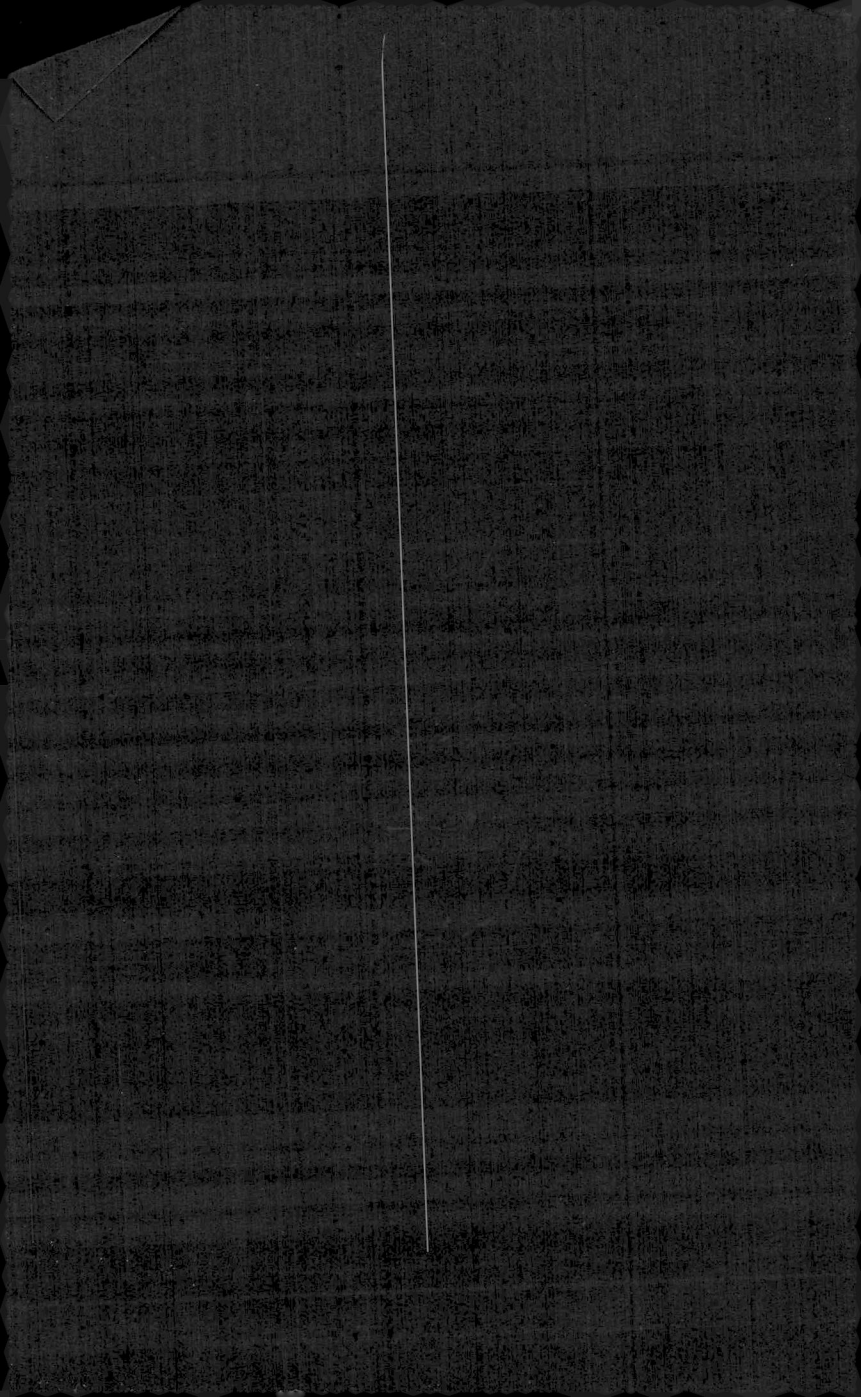